（亚美）哈恰图尔·阿博维扬

Khachatur Abovyan

——

著

董 丹 刘冰玉

——

译

＊ 亚洲经典著作互译计划 ＊

亚美尼亚创伤

Wounds of Armenia

辽宁人民出版社

图书在版编目（CIP）数据

亚美尼亚创伤 /（亚美）哈恰图尔·阿博维扬
（Khachatur Abovyan）著；董丹，刘冰玉译 . — 沈阳：
辽宁人民出版社，2024.6. — ISBN 978-7-205-11224-0

Ⅰ . I369.45

中国国家版本馆 CIP 数据核字第 2024J9E920 号

出版发行：辽宁人民出版社
    地址：沈阳市和平区十一纬路 25 号 邮编：110003
    电话：024-23284325（邮 购） 024-23284300（发行部）
    http://www.lnpph.com.cn
印 刷：辽宁新华印务有限公司
幅面尺寸：145mm×210mm
印 张：13.625
字 数：300 千字
出版时间：2024 年 6 月第 1 版
印刷时间：2024 年 6 月第 1 次印刷
责任编辑：阎伟萍 孙 雯
封面设计：Sunny
版式设计：留白文化
责任校对：吴艳杰
书 号：ISBN 978-7-205-11224-0
定 价：138.00 元

译者序

　　18 世纪初是亚美尼亚解放运动史上的一个重大转折点，当时亚美尼亚的领导人高瞻远瞩，听取了人民的呼声，将解放祖国的希望寄托在俄国身上。每次，当俄国军队开始向南挺进或进入南高加索和阿拉拉特山谷时，亚美尼亚人都竭尽全力地给予支援与配合，而由人民复仇者组成的亚美尼亚民兵组织挥舞俄国旗帜英勇战斗，创造了无数次英雄主义的奇迹。

　　1827 年 10 月 13 日，英勇的俄国军队征服了亚美尼亚东部克孜勒巴什①的最后一个城市——埃里温要塞。因此，大多数亚美尼亚人最终摆脱了波斯、土耳其的枷锁，最终得以在俄国的保护之下，摆脱了被政治奴役、同化以及灭绝的危险。

　　在随后的几十年中，亚美尼亚人民开始逐渐回归族裔，重建被摧毁的国家经济。他们开始接近伟大的俄国人民，加入到俄国的精神世界和经济生活领域。进步的亚美尼亚活动家们一直在思

---

① 里指波斯人，"红头"军，在文中直接译成红头军。

索自身的命运、民族的未来和国家的独立性，将这些与俄国紧密联系在一起。但这个过程是缓慢的，充满了极大的戏剧性。亚美尼亚人在波斯－土耳其专制主义枷锁下所经历的悲剧，以及数百年来的愿望、社会现状和未来亟待解决的问题都在许多文学作品中得以体现。其中，亚美尼亚新文学奠基人哈恰图尔·阿博维扬的小说《亚美尼亚创伤》被认为是不朽之作。

正如亚美尼亚伟大的诗人、思想家，阿威梯克·伊萨克扬在评价阿博维扬的创作时所说："当然，《亚美尼亚创伤》不是普通意义的书。它讲述了野蛮嗜血的土耳其人、阿拉伯人、克孜勒巴什人等乌合之众对最不幸的亚美尼亚人民造成的伤害……《亚美尼亚创伤》既是一部英雄小说，也是这个时代的辉煌史诗，它体现了我们的反抗、我们的生活，是我们在与波斯暴行的斗争中创造的英雄功勋。这部作品是我们与伟大的俄国人民之间在向死而生的战斗中神圣而真诚的约定。"[①]毫无疑问，伊萨克扬是对的。

哈恰图尔·阿博维扬是真正的爱国主义者，是俄国的支持者，是亚美尼亚人民意愿的表达者，各国人民友谊和兄弟情谊的辩护者，伟大的人道主义者、教育家、思想家、民主主义启蒙家。他1809 年 10 月出生于卡纳克村，出身于古老而显赫的阿博维扬家族，家族成员的高尚品行和家庭传统后来成为作家文学和民族志作品的素材。

---

① 阿威梯克·伊萨克扬:《作品集第四卷：回忆录和文集》，埃里温，1951 年，第 118-119 页 (亚美尼亚语)。

阿博维扬的祖父是 1784 年春天在埃里温召开的秘密会议的参与者之一，此次会议决定与俄国开始谈判，志同道合的参与者把解放亚美尼亚的希望寄托于俄国。为此，向圣彼得堡派遣了一名使者。相关文件幸存下来，在这些文件下有阿博维扬的祖父阿博夫先生的签名和印章。

阿博维扬自传中最初的成长环境与在修道院环境中长大的第一批亚美尼亚教育家的人生道路没有太大区别。按照古老的习俗，未成年的孩子都会被父母送到埃奇米阿津修道院。因此，1819 年，他被送到修道院接受教育。阿博维扬在那里一直学习到 1822 年，之后他被神父送到梯弗里斯①的亚美尼亚涅尔西相学校，他于 1826 年 2 月毕业，他的老师是同时代杰出的亚美尼亚教育家波戈斯·卡拉达齐和诗人哈鲁俊·阿拉姆达良。

阿博维扬最初的少年梦想在波斯统治下的严酷时期开花和枯萎。在他很小的时候，他就经历了外国专制的恐怖，开始思考祖国的解放和教育问题。在一次思考中，他回顾以往的经历和对未来生活的最高目标，阿博维扬承认："为祖国而生，为祖国而死，是我从小的目标！尽管背负着专制和愚昧的重负，对欧洲教育的影响又一无所知，甚至没有任何方法来实现自己的目标，在我的灵魂中滋养着这唯一的想法，在我的灵魂中燃烧着这唯一的愿望……我在圣父的祭坛前所作的第一个誓言，在他们的坟墓上流下的痛苦的眼泪，为他们珍贵的遗骸深深地叹息——不管是过去

---

① 格鲁吉亚首都第比利斯的旧称。

还是现在，这一切都是我秘密的守护天使，为他们留下的孤苦伶仃的孤儿开辟一条牺牲自己的道路。"[1]

阿博维扬在埃奇米亚津修道院以及梯弗里斯的亚美尼亚涅尔西相学校里获得的知识、对世界的感知和经验都不足以实现他的追求。他深刻地意识到这一点，因此，多年后，他写道："在我没被开化前，我的内心有个声音告诉我：我不会对任何事情感到满意。"[2] 因此，他受到过去几个世纪亚美尼亚爱国主义启蒙家的个性、创造和行为的启发，决定不惜一切代价前往欧洲或俄国继续接受教育，同时寻求基督教国家君主的帮助，来解放"不幸的祖国"[3]。

1826 年 7 月 16 日，俄国－波斯战争爆发时，阿博维扬已经在路上了。他在洛里山区待了大约两年，了解了战争所带来的灾难。我们在其小说《亚美尼亚创伤》中找到了关于这一点的令人震撼的描写。从 1827 年到 1828 年，他在萨纳欣修道院担任教师工作，从 1828 年 5 月起，他再次定居于埃奇米阿津，在高级神职人员的领导下工作。一年后，阿博维扬成为亚美尼亚主教的翻译和秘书，有机会与高层人士交流，通过他们了解世界上正在发生的事件。

---

[1] 哈·阿博维扬：《作品集第十卷》，埃里温，1961 年，第 254 页（亚美尼亚语）。这段话是阿博维扬用俄语写的。他的俄语也许远非完美，但这是他生动活泼的语言和真诚直接风格的一面镜子。

[2] 同上。

[3] 哈·阿博维扬：《作品集第七卷》，埃里温，1956 年，第 133 页。

1829 年，阿博维扬参加了由杰尔普特大学^①教授弗·帕罗特率领的一次科学考察，并于 9 月 27 日登上了阿拉拉特山的顶峰。此前，他的世界观开始出现重大的转变。从 1830 年到 1836 年，阿博维扬作为国家奖学金获得者在多尔帕特学习。

多尔帕特成为阿博维扬精神重生的地方。他研究科学、语言、艺术，作为一个作家和教育家他达到了那个时代的俄国和欧洲先进思想家的水平。但在祖国，阿博维扬没有得到预期的帮助。而且，他还被视作异己遭到排斥。迫于经济压力，阿博维扬开始为国家工作。他很快就放弃了他的宗教头衔。

后来，从 1837 年到 1843 年（6 月），阿博维扬在梯弗里斯担任当地县级学校的督导员，同时开办了一所私立学校，以培训与他志同道合的民间学校教师，共同发起反对中世纪般的落后现状的斗争，但官僚机构一直阻碍阿博维扬开展教育活动。

1843 年 8 月，阿博维扬搬到埃里温，在"祖国的心脏"从事他喜欢的事业，并最终获得心灵的平静。然而，现实状况对他很不利，他的精神悲剧不断加深。

1848 年春，阿博维扬正准备前往梯弗里斯，接任纳西相学校校长的职务。但在 4 月 14 日早上，他离开了家，再也没有回来。

他的神秘失踪和悲惨死亡至今仍是个谜。简而言之，这就是阿博维扬的生活轨迹。

阿博维扬留下了丰富多样的文学遗产：长篇小说、故事、小

---

① 今塔尔图大学。

品、抒情诗、四行诗、寓言、日记、游记、历史和民族学研究、教育小说、教科书、白话诗笔记，翻译欧洲和俄国作家的作品（如荷马、歌德、席勒、卢梭、托马斯·莫尔、卡拉姆津、克雷洛夫）、官方文件以及亚美尼亚和邻国人民经济和精神生活改革项目。散文、诗歌和科学著作中的每一种都应被视为亚美尼亚新文学史和社会思想史上的一种新的文学形式。

阿博维扬少年时期创作的第一首诗是1824年用古亚美尼亚语书写的，具有英雄挽歌的特点。

他对现实不满，梦想着恢复祖国昔日的荣耀，梦想着为失去的国家地位而战斗，梦想着重新获得亚美尼亚人曾经取得的文化成就。19世纪20年代末，阿博维扬创作了情歌，这可以追溯到中世纪晚期诗人和民间歌手的亚美尼亚歌曲创作。

在亚美尼亚加入俄国期间（1827年），阿博维扬的世界观出现了重大的转折。他认为这一事件是亚美尼亚人精神和政治复兴的开始，并在一些诗歌中赞扬了这一事件。

阿博维扬在多尔帕特的几年里深入研究了现代欧洲诗歌，最终形成了自己的诗歌创作风格。

俄国浪漫主义诗歌奠基人瓦西里·安德烈耶维奇·茹科夫斯基是阿博维扬的私交好友。在写给茹科夫斯基的信中，阿博维扬承认茹科夫斯基的个性和创作对他产生了巨大而有益的影响："当我在亚洲的时候，我就认识您。在童年，您激起了我内心最崇高的感情和冲动……如果人类的心灵存在一种真正的和谐，一种将相隔数百万英里的世界联系在一起的纽带，使这个世界上所有贫乏而无足轻重的东西都成为永恒，那么这个世界上的任何分别都不能成为我不再尊重、致敬和爱您的理由。您对我来说是世界上任何东西都比不上的。"[1]

阿博维扬与波罗的海沿岸德语系作家卡尔·格拉森纳普、约翰·布洛克、保罗·达里（著名词典作者弗·达里的弟弟）等保持着友好的关系。对他影响最强烈、最深刻、最持久的是弗里德里希·席勒。阿博维扬翻译他的作品，研究他作品中的哲学和美学观点，阿博维扬承认："的确，没有一个外国作家从一开始就如此吸引我，没有人像席勒那样对我产生如此强烈、持久的影响。如果有人在未来的生活中成为我的天才和领袖，那只能是他伟大的精神。"[2]

作为诗人，阿博维扬在多尔帕特加入了那些文学大师的流派，主要写关于爱情、自然和祖国的诗。大自然的永恒和生命的短暂、应许的天堂和失去的幸福、自然的情感无法被满足：自由和专制、对个性的追求与当下不和谐的现实——这些矛盾的主题无不体现在他创作的诗歌当中，如《心灵的渴望》《大键琴背后的女孩冯·施卞布斯》《艰难的命运》《傍晚》《致艾玛·凯》《春天》《对祖国的热爱》。阿博维扬将新的亚美尼亚诗歌带出传统主题的桎梏，充满了崇高的社会政治理想。他思考的重要主题是祖国的命运和人民的生活状况。在多尔帕特，阿博维扬想到有必要让生

---

[1] 哈·阿博维扬：《作品集第十卷》，埃里温，1961年，第190页。
[2] 同上，第203页。

动的口语成为亚美尼亚文学语言，使小说符合新时代的要求。到1835 年，他在这方面迈出了成功的第一步。

继多尔帕特时期之后，阿博维扬的主要创作体裁是史诗，包括寓言（《闲暇时光的娱乐》，1838—1840 年）、小品故事（《初恋》《幽默小故事》《喧嚣的世界》，1841 年），最后是小说（《亚美尼亚创伤》，1841 年）。

《闲暇时光的娱乐》这个名字与浪漫学派的作品相呼应（让我们想起拜伦的《闲散的时光》）。本书所收集的阿博维扬的寓言和诗歌有原创和译作，抒情和四行诗的用意是使人们的劳动更轻松，在闲暇时光进行精神和道德自我完善。解释什么是恶，什么是善，什么是生活中应该避免的，什么是可参考的。作者试图影响人的精神世界，在道德上提升人的品质——总的来说，这是启蒙者的主要任务。口口相传的寓言、诗歌故事和哀歌，以及小品故事，成就了一幅大型艺术画布——《亚美尼亚创伤》。

阿博维扬的创作充满了深刻的抒情元素。事件的发展不断伴随着思考、幻想，乍一看似乎离题、偏离主旋律，其实是作者风格的本质特征。崇高的志向和灰色的日常生活、生活当中的尽善尽美和卑鄙龌龊，几乎是他所有作品的共同主题。阿博维扬公正地揭露了亚美尼亚人生活中数百年的不幸，谴责、否定社会现状，他还从启蒙者的角度提出通过教育和回归自然生活的方式来治愈人民所遭受的创伤。在阿博维扬的思想中，文学和艺术处于首要的位置，它们使人民的生活焕然一新，减轻人民的劳动压力，使人恢复活力并丰富他们的精神世界。一方面，他逐渐使自己的文学作品具有高度的思想性和真正的艺术性。另一方面，促进亚美尼亚现实中艺术的发展。

在《亚美尼亚创伤》之后，阿博维扬创作了大量文学作品，还翻译了一些散文和诗歌作品，其中最好的是短篇小说《土耳其女人》（1847 年），这在宗教狂热的环境下是前所未有的。这种乌托邦社会似乎预示着未来的和谐，在这个社会里，人的思想和灵魂不受宗教禁忌自由地发展，人们应意识到这是对爱、兄弟情谊和友谊的信仰，使人类像大自然一样诚实和完美，为了彼此而生活，减轻彼此的痛苦和悲伤。

此外，阿博维扬还为我们留下了许多历史著作，如《亚美尼亚人简论》《亚美尼亚人概论》《安妮遗址之旅》，这在建立新的亚美尼亚史学方面发挥了重要作用。在探讨亚美尼亚人民数千年悲剧的原因时，阿博维扬并没有将其与上帝的诅咒或宿命联系起来，而是试图找到其客观原因，这就是该国的地理位置、亚美尼亚人和入侵亚美尼亚的部落之间经济和精神发展水平的差异。他批评现代欧洲史学，将其定性列强侵略的历史，小国和普通人被驱逐出这些史学。强调平民同样具有智慧和英雄主义，因此值得关注和同情。根据阿博维扬的说法，历史不应该成为自我吹嘘的来源，而应该成为解决现代问题、争取自由、遵循父辈遗愿的动力。

阿博维扬是公认的新亚美尼亚教育学创始人。他的观点是在过去几个世纪伟大的思想家和教育家——赫尔德、卢梭、孟德斯鸠、裴斯泰洛齐等的理论和实践原则的基础上形成的。在他的著作中，与伟大的人文主义者培根和拉斯·卡萨斯的思想产生了共鸣。在他一贯的教学活动中，在一些教科书中（《前方的路》，1837—1938 年；《亚美尼亚人新俄语理论与实践语法》，1838—1939 年；《发现美洲》），在许多文章和备忘录中，他提出了全民识字的问题，可以通过广泛联合各民间学校来实现。他建议将教育与自然研究和组织儿童日常劳动活动联系起来，在学校创办各种工作坊。阿博维扬的主要教学著作是《前方的路》，它的序言用德语书写，这是一本语音学方面的优秀教科书，在这本书中，这位伟大作家的教学观点和原则得到了切实可行的体现，这是作者生前唯一出版的作品（在 1830—1848 年，他仅发表了一些俄语和德语的文章）。然而，在亚美尼亚蒙昧主义者和俄国官僚的阻挠下，禁止阿博维扬在南高加索学校教学活动中使用该书。

阿博维扬在时代和历史召唤下为民族民俗学和人类学奠定了基础。他指出民间创作在文学发展中的决定性作用，整理了一批民间寓言和歌曲。他对家庭习俗、仪式和生活方式的研究主要体现在《乡村家庭设施》（1834—1935 年）和《梯弗里斯的亚美尼亚人的生活随笔及婚礼仪式》（1840 年）这两部作品当中，被约稿发表于当时的欧洲科学期刊。作为各国人民之间积极联系的倡导者，他不仅希望各国人民相互了解，而且希望那些根植于日常生活中值得仿效的习俗和丰硕成果，哪怕国家间距离遥远，也能够成为所有国家的共同遗产。

阿博维扬是一位民俗学家和民族志学家，他的注意力也集中在邻近的民族上——阿塞拜疆人和库尔德人，他收集了他们的民歌。

阿博维扬的文学观、社会观和教学观构成了一个有机的整体，它们相互联系，相互促进。他为"亚美尼亚现代语"而战，既是为新文学而战，也是为新学派而战，他对祖国启蒙教育的不懈探索，与关心改善百姓生活是分不开的。

阿博维扬对改造亚美尼亚人和南高加索其他民族经济生活花费了大量的精力并做了许多工作。他提出，人民的幸福生活只有在良好的政治环境中、在完全摆脱农奴制、在农民受到教育和工业得到发展的条件下才能得以实现。阿博维扬提出了南高加索工业发展、农业改革、土壤研究的问题，并在此基础上，还提出农作物的移栽、利用农业机械化减轻农民负担的问题。阿博维扬在自己的备忘录中建议俄国政府在亚美尼亚种植牧草和植物染料，以此来改变进口的现状，这一建议对人民来说有着不可估量的价值。

但这一切只是阿博维扬创作的一方面。他在《亚美尼亚创伤》之前所创作的一切，无论是艺术创作、日常思考记录，还是历史民族志随笔，都仿佛是这部杰出作品的前奏；在《亚美尼亚创伤》之后的创作都对他的思想和美学原则作了进一步的阐述和深化。当时的社会和政治事件使《亚美尼亚创伤》这部作品饱受争议，也使它贴近生活。

阿博维扬奋笔疾书，在短时间内，也就是1841年2月，又经过了几次修改，同年秋天，完成了这部作品。为什么阿博维扬要如此匆忙呢？

在1826—1829年的俄国－波斯战争和俄国－土耳其战争之后，人们很难恢复被摧毁的经济并满足自己的精神需求。官员和地方政府也无可奈何，战争造成的难以愈合的沉重创伤，依然让人感到痛苦。

此外，数百年残酷的波斯－土耳其枷锁扭曲了亚美尼亚人的思维方式和精神世界，摆脱旧的创伤并不容易。神职人员的职责是对人民进行教育和启蒙，他们却丝毫没有履行这些职责。一些爱国者的努力得不到支持，注定要失败。很明显，在这种情况下，人们对亚美尼亚的命运、它的明天、所选择道路的正确性感到担忧……

《亚美尼亚创伤》回答了所有这些问题。它向亚美尼亚人揭示了他们遭受苦难和经济贫困的真正原因，指出了通往复兴的真正道路，并一次又一次地强调了俄国以及俄国人民在亚美尼亚历史命运中具有重大转折意义并发挥了强大的作用。

在亚美尼亚人民的精神文化史上，很少有作品能够与阿博维扬的不朽作品相提并论，它们在社会生活的兴起以及文学和政治共鸣方面发挥了作用。

《亚美尼亚创伤》标志着亚美尼亚文学新时期的开始，激发了一代代作家的创造力。在普罗希安、阿卡扬、拉菲、伊萨克扬、图曼扬、帕帕齐扬等作家的作品中，人们不能不感受到阿博维扬风格的神秘魅力，亚美尼亚独特的世界图景赋予其灵性。

在这本书中，阿博维扬怀着难以言喻的内心痛苦，向世人揭示了祖国数百年的苦难。他指出了唯一的救赎之路——团结和复兴之路。

阿博维扬以抒情插叙和历史回溯的形式，追溯遥远的时代，直至传奇的时代，解开了国家历史上的一些谜团，得出一个民族悲剧的根源，阐明了一个已经达到前所未有的精神高度的民族，是以何种方式和什么原因失去国家地位的。

亚美尼亚是一个古老的国家，拥有自己独特的文化、诗歌、城市和寺庙、神明和圣地。阿博维扬的亚美尼亚是一片福地，其子孙们作为当之无愧的对手与亚历山大大帝作战，在人类历史之初就建立了自己的国家。

《亚美尼亚创伤》向同时代的人表明，这样一个国家的后代没有权利消沉下去，他必须自豪地说出祖先光荣而神圣的名字，继承祖先留下的宏伟精神遗产，他必须努力重新获得在世界其他民族中的合法地位。诚然，几个世纪的外国压迫让人们遗忘很多东西，分裂了人民过去的团结，摧毁了亚美尼亚的精神教堂，而在俄国的保护下，这一切都可以重新获得。

《亚美尼亚创伤》并不是即兴诗，尽管是他在短时间内以某种忘我的方式创作的。小说的主要思想和意象、画面深深印在他的脑海中，时而恐怖，时而诗意，这些年来一直在搅动着阿博维扬的想象力。那些残暴的使人刺痛的场景不时地从记忆深处浮现出来，阿博维扬写道："啊，还能说什么呢？我的心在流血，我的手在颤抖，我的眼前发黑。……在我们国家，没有一块石头，没有一片灌木丛不是被亚美尼亚人的鲜血染红的。"

小说反映了阿博维扬最神圣的感情和思想，以及他对子孙后代的遗愿——为处境不利的亚美尼亚孤儿创造一个繁荣和幸福的未来。首先，阿博维扬小说中的主人公——阿加西、穆萨等人都具有这些理想特征，其次，作者本人通过抒情插叙，将这些理想自然地表达出来。例如，在叙述赫尔卡拉克利斯居民悲剧的章节中，作者插入了一段写给年轻读者的话："孩子们，我愿意为你们献出我的生命！我将向你们诉说我的悲伤，我为你们写作，我的亲人。当我躺在坟墓里的时候，请你来找我。如果对祖国和对人民的爱给你带来了损失，那你就诅咒我，如果给你带来了益处，那你就祝福我……"

阿博维扬称他的作品为历史小说，其中"你可以了解我们国家当时的状态"。这意味着作者的任务是再现那个时代亚美尼亚人的生活，包括他们特有的生活习俗、生动的语言和思想、对善美的感知、为生存而进行的斗争。"那个时代"是一个非常具体的历史时期——18世纪末到19世纪初几十年，当时，东亚美尼亚人的生活和命运受到土耳其和波斯的压迫，在亚美尼亚已经开始了解放斗争，人民向俄国寻求援助，最终解放了这片乐土。

阿博维扬把他杰出的同胞们生动地展现在读者面前，真实地再现了他们的生活、传奇故事、苦难和绝望，以及他们的善良，使他们牢牢地与古老的文化遗产和大自然联系在一起。作者借主人公之口，谴责不光彩的人类行为，再现了早已退出历史舞台、消失和被遗忘的社会各阶层代表人物的性格特点和生活方式。

阿博维扬像启蒙运动时期的欧洲作家一样，给他的小说起了两个奇特的名字,《亚美尼亚创伤》和《爱国者的哭泣》。

小说的第一章主旨非常清晰。他所说的创伤是指那些阻碍人民强大、扭曲民族性格、灌输与他们格格不入的概念和习惯的社会、道德和政治屏障。

俄国的统治确立以后,一直以来的外在威胁消失了,亚美尼亚人的人身和财产得到了不可侵犯的保障,但数百年的创伤深深地扎根于人民的心灵,如此痛苦,需要持久而大量的努力,以及国家不断地关注才能被治愈。

这就是为什么《亚美尼亚创伤》向无知的教会人士、自以为是的政客和冷漠的市民宣战,并对专制主义、压迫、宗教蒙昧主义和去国家化的欲望进行抨击。另一方面,小说颂扬了人民的友谊、公正和政治自由、全面教育,并呼吁人民进行自我认识。

小说的第二章包含了更深刻的思想。它是一首哀歌,是在战场上形成的,是为了表示尊重或感激,或者是为了纪念在一场力量悬殊的战斗中牺牲的勇士,用他们的死换回了其他人的生命。

通过构思《哀悼阿加西》,对他的记忆永世长存,阿博维扬希望向世界讲述阿加西及同时代人的功绩和英雄主义,向后世传述那个时代的沉痛的见证。他想告诉大家,摆脱波斯地狱而获得的自由是以不可弥补的牺牲为代价赢得的,他公正地歌颂英雄的品格和壮举,以及不惜牺牲生命而成就的神圣的事业。这是英雄时代公认的规则,史诗人物就是这样做的,在这种情况下,阿博维扬本人就是这样做的。

《亚美尼亚创伤》还有一个俗名叫《阿加西的故事》,这是最初的读者根据小说中主人公生活情节而取的名字。在过去，亚美尼亚人最喜欢描写历史英雄功绩的民间故事和有关日常生活的书籍，如以英雄名字命名的作品有：《亚历山大的故事》《瓦尔丹的故事》《大卫贝克的故事》《大卫的故事》等。

众所周知，在民族生死存亡的时刻，这些英雄以牺牲生命为代价拯救了自己的人民和国家，做出了不朽功绩和荣耀，只有这样才能以他们的名字来命名书籍。在作者和同时代人的印象中，《亚美尼亚创伤》的主人公阿加西也是如此，他在生活中有自己的原型，甚至不是一个，而是几个。许多早期读者与小说中所描述的事件处于同一时代，很容易猜测故事中涉及的人物和事件。

阿加西是亚美尼亚新文学史上第一个正面的、理想的人物形象，他仿佛从生活走进了文学，又通过文学影响了同时代的生活，他是第一位经历整个社会生活的杰出亚美尼亚人，在亚美尼亚人反对土耳其专制的解放斗争中树立了无私忘我和英勇奋斗的榜样。

在创造这个人物形象时，阿博维扬面前有许多俄国－波斯战争时期的英雄人物，如：卡纳克人西蒙·姆克尔图米扬·霍贾－霍夫汉尼相，他曾在塔夫里扎备受波斯人的折磨，以及罗斯托姆·阿博维扬、卡拉巴赫的勇敢战士阿斯里－贝克·巴加图里扬，还有其他百夫长。每个人生活中的那些壮举都被写进了《亚美尼亚创伤》中，有机地编织在主人公的史诗传记中。

阿加西是孤儿和弱势群体的捍卫者，是捍卫被亵渎的人民荣誉的战士，是在俄国军队的帮助下解放亚美尼亚思想的执行者和战士，是一个杰出的人，是一个为拯救家庭、人民和国家而牺牲生命的人。

　　无论在家里，还是在自己的周围，每当节日，阿加西都能在骑术这样的军事比赛中表现出实力，他同情族人的痛苦，擦去被欺辱者的眼泪，拔出剑来，保护他们，一开始，他就远离家乡，穿梭于群山峡谷间，与外族侵略者作战。想象一下这个场景，应该是外族人与亚美尼亚人一起参与的军事比赛，亦真亦假。阿博维扬的主人公是一个真正的亚美尼亚人，与他的许多兄弟姐妹有着相似的性格和品质，阿加西懂得思念亲人，怀念过往，就像一个听话的小媳妇，顺从地向长辈鞠躬，轻声低语，但在关键时刻，却能感受到他手臂的力量……当他对亚美尼亚现在和未来的命运做出判断，撕下教会神父的不体面行为的面具，或者谈论生命和自然的神奇奥秘时，阿加西就成为作者思想的代言人。在这种情况下，阿加西超越了时间和环境，成为阿博维扬本人思想和感情的载体，是其灵魂的一部分。

　　在《亚美尼亚创伤》中，有相当多的民族英雄在小说中被提到，但他们是经过艺术加工的完美形象。他们中一些人的悲剧是通过他们的哀叹、对命运的抱怨（给娜兹鲁的信和哀歌）来传达的，对于其他人物的功绩作者多为如实陈述，未进行艺术加工。我们至少要记住涅尔塞斯·阿什塔拉克茨、格利高里·玛努恰良、马达托夫将军①、少年瓦尔丹、阿加西的母亲、美丽女孩塔库依、村长、神父等形象。

《亚美尼亚创伤》也成为后世小说语言文化和结构艺术的典范。在这方面，值得再次翻阅这本书。作品以导言开头，爱国作家分享了他对心灵经历和克服困难的反思，描述了痛苦的创作经历、人物形象的诞生以及思想体现的艰难历程。阿博维扬力求唤起亚美尼亚人记忆中同胞们的爱国事迹，唤醒麻木的人民，为文学注入鲜活的力量，力求描绘人民的生活——他们的爱、苦难和奉献精神，使文学成为国家复兴和道德教育的途径，并在人民的灵魂中唤起自尊和公民责任。

导言之后是小说正文，分为三个章节。第一章讲述亚美尼亚人在残酷的专制统治下，在外族人的野蛮铁骑下的生活慢慢恢复。冬天过去了，大自然苏醒了，到处都是鲜花和潺潺的泉水，但亚美尼亚人的生活依旧那么艰难：到处都是专横和无法无天的行为，到处都是殉难和屠杀的悲剧：侵略者想做什么就做什么，他们没有受到审判或报复。亚美尼亚人民看到了无数的灾难，却无

① 指马达托夫·瓦列里安·格利高里耶维奇（1782—1829），俄国军队的领导人，出生于阿尔扎赫瓦兰达区的阿韦塔拉诺兹村。他从小就去了俄国并在军队中服役。在俄土战争（1808 年）和卫国战争（1812—1813）中，他培养了勇敢和不屈不挠的意志。在卡拉巴赫，他担任该地区的负责人。马达托夫精湛的军事能力在沙姆霍尔战役（1826 年 9 月 3 日）和甘扎克战役（1826 年 9 月 13 日）中得到了体现，当时他率领一支小部队击败了全副武装的波斯军团，并将他们击退到阿拉克斯的另一面，从而巩固了俄国在南高加索的地位，确保了最近一次俄国‑波斯战争的胜利。

法拯救自己。例如，女孩们被拖走了，男孩们被抓走了，在那里让他们信仰穆罕默德，放弃原来的信仰。他们经常被砍下头颅、被活活烧死、备受折磨。亚美尼亚人既不拥有房子，也不拥有牲畜，没有任何的财产，连他本人都不是自己的，更不配拥有妻子。

在后面几章中，作者着重描写亚美尼亚人最初在各地区与异族压迫作斗争的零散的自卫反击战。比如阿加西和他的起义军，为解放祖国而暂时忘记自己宗教职务的格利高里·玛努恰良，赫尔卡拉克利斯村的长老萨尔齐斯先生和他的养子瓦尔丹，这些团体逐渐与胜利的俄国军队联合起来，并在埃里温发表演说。埃里温要塞被收复，波斯在亚美尼亚东部的统治被瓦解，亚美尼亚人获得了广阔的精神和经济发展机会，这是小说的高潮。全体人民欢欣鼓舞，怀着感激的心情歌颂俄国，俄国将亚美尼亚人民从毁灭中拯救出来，引导他们走向新天地："士兵们开始进入要塞，千家万户的民众为此流下激动的泪水。但是那些有心人清楚地看到，这些人，这些冰冷呆滞、凝视天空的眼睛在无言地诉说，摧毁了这人间地狱对于罪人来说根本没有付出任何代价，哪里比得上他们当初占领埃里温要塞时对亚美尼亚人所造成的伤害……孩子、年轻的姑娘、老妪……她们扑向士兵，搂住他们的脖子，在他们的胸前安抚他们的灵魂。自从亚美尼亚失去了它的荣耀，自从亚美尼亚人赤手空拳用头颅在作战，他们没能看到这样的日子，也无法经历这样的喜悦……俄国人现在已经证明……他们所到之处无不充满幸福与和平……欧洲人摧毁了美洲文明，将其夷为平地，——俄国人重建了亚美尼亚，向亚洲人民传达了人道和新的精神……只要亚美尼亚人还活着，就无法忘记俄国人的壮举！"

埃里温和阿拉拉特山谷的解放标志着亚美尼亚历史的伟大转折，如果不是西亚美尼亚还在土耳其的统治之下，这一转折的意义怎么强调也不过分。毕竟，阿博维扬笔下的主人公阿加西的梦想是修复阿尼①的废墟，成为俄国的臣民。

他的教导和建议是将一切都寄希望于俄国，忠于俄国，信任俄国，并在俄国的帮助下重新团结所有亚美尼亚人和整个亚美尼亚。关于这个思考体现在阿博维扬名为《藏古河》②的小说的象征性结局中。

阿博维扬再次回顾了亚美尼亚过去的历史，回顾了昨天的战争，勾勒出未来的轮廓，向他的同时代人和后代嘱托："起来，勇敢的海克后代，拿起武器和盔甲……去打击，去消灭你的敌人——心连心，肩并肩。愿把野兽打得粉身碎骨。愿俄国强大的力量成为你们坚强的后盾。为它而牺牲自己是你们永远不变的追求……亚兰的子孙啊，要增强你们的力量。你们要相亲相爱、团结一致。爱与和平会给所有民族和部落带来繁荣。"

写完《亚美尼亚创伤》后，阿博维扬又活了七年，在他的文学生活和个人生活中，既有幸运，也有说不出的辛酸。民族生活的贫困与停滞加深了他的精神悲剧。尽管如此，他的俄国倾向和政治信念始终没有动摇。

---

① 阿尼是公元10—11世纪亚美尼亚的首都，现在位于土耳其。
② 阿拉克斯河的左支流。

阿博维扬一次又一次地赞扬并认为俄国人来到亚美尼亚带来了幸福，并向人们解释说，是他们"用数百万名子民的鲜血拯救了亚洲的这个不值一提的角落"，他们现在正努力将南高加索的荒野峡谷变成繁花似锦的山谷。[1]

1845 年秋天，在埃里温县学校举行的年度庆祝活动中，阿博维扬说："俄国人的名字对我们来说应该像鲜血一样神圣，我们被拯救，我们在其庇护下平安幸福地生活，我们的信仰、我们的国家不再受敌人的侵犯。"[2]

在他关于修复萨达拉帕特运河的思考（1847 年底）中，阿博维扬欢呼道："愿巴格拉图尼崛起，愿巨人提格拉内斯和海克复活，更要祝福品德高尚的北方子民，他们正在解放痛苦的南方。愿亚美尼亚满目疮痍的教堂再次恢复活力，在那里升起一个又一个祈祷：'上帝啊！保佑……神圣的俄国，愿他们强大而富足！'"[3]

早在 1841 年和 1845 年，阿博维扬就曾写道，他的小说"早就完成了"，准备出版，尽管他梦想着"某个虔诚的人会因为喜欢这本书而将它出版"，但从本质上讲，这本书并没有最终打磨，仍有一些未完成的地方和粗糙之处。以这种形式，《亚美尼亚创伤》于 1858 年首次印刷，没有经过必要的校对，出现了许多删节和错别字。在小说的后续版本中，校勘难题没有得到解决，而恢复的

① 哈·阿博维扬：《作品集第七卷》，埃里温，1956 年，第 145 页。（原文为俄文）

② 《班贝尔·哈亚斯塔尼档案》（《亚美尼亚档案馆报》）第 3 期，1962 年，第 125 页。（原文为俄文）

③ 哈·阿博维扬：《作品集第七卷》，埃里温，1956 年，第 149 页。

校对增加了之前的删节部分，致使错别字的数量成倍增加。

《亚美尼亚创伤》文本规范的工作始于 1939 年。1948 年，在阿博维扬去世一百周年之际，格·穆拉吉扬注释的科学院版的《亚美尼亚创伤》问世，这一版更加准确，几乎贴近作者原文本。然而其中一些遗漏仍然未被恢复，部分遗漏虽然附有注释，但明显的错误仍未改变。

总的来说，这部小说忠实地传达了阿博维扬的思想，也是首次被译成汉语与中国读者见面，翻译有误之处请读者批评指正！

董丹　刘冰玉

2023 年 8 月

致高贵的军事将领^①，

英勇的爱国者，

高贵的海克后代，

加冕骑士斯姆巴特，

谨向您表示最崇高的敬意。

我要在谁面前打开充满悲伤的匣子？

我能给谁看活人的伤口？

我的竖琴忧郁、平静、沉重，

从前的希望之弦在心里早已断裂。

我会从地穴里出来，那里寒冷而寂静，

---

① 根据研究阿博维扬生活和工作的著名研究员叶·沙哈兹确定，《亚美尼亚创伤》是献给亚美尼亚州的最后一位总督斯姆巴蒂安·格沃尔克·斯捷潘诺维奇上校（苏姆巴托夫）的作品。斯姆巴蒂安出生于 1801 年，年仅 16 岁，就成为一名军人，1832 年晋升为上校。他参加了俄国 – 波斯战争（1826—1827）、俄国 – 土耳其战争（1828—1829）和反对高加索人的战役。由于在战斗中的勇敢和功绩，他被授予四级弗拉基米尔勋章、三级和二级安德烈·佩尔沃兹方内勋章、二级安娜勋章。20 世纪 30 年代，他在亚美尼亚地区担任领导职务。他是埃里温市的指挥官，1839 年至 1840 年是亚美尼亚州的总督，深受民众欢迎。1841 年，在该州被撤销后斯姆巴蒂安搬到了梯弗里斯，在那里，他被提起了毫无根据的诉讼，据称是因为他滥用职权。调查持续了四年半，1845 年 10 月，法院终于宣判他无罪，并支付其赔偿金。然而，被侮辱尊严和精神痛苦已经损害了他的健康，他很快就去世了（1846 年或 1847 年初）。斯姆巴蒂安从孩提时代起就与阿博维扬保持着友好关系。他鼓励这位年轻作家在文学上迈出第一步，并支持他的一切爱国事业。

哀悼那片土地，

那里有我还未燃尽的生命。

在充斥着死亡的无尽深渊中，

神圣的祖先在此长眠。

我要把我的一捧灰烬带到坟墓里，

从可怕的灾难中消失！

我的精神之光几近熄灭，是你让我的精神恢复了活力，

你再次照亮了我低沉的灵魂。

我知道你热爱自己的祖国，

我看到了你的高贵和你的深邃灵魂——

突然间，我茅塞顿开，

重新振作，灵魂向你走去。

你的声音向天堂呼唤，我觉得：我会醒来的！

我的死亡之梦即将消失，我将起死回生。

祖国啊，神奇的大地，海克的子孙啊，

你们强大于崇高的灵魂和正义；

在我阴郁的灵魂之上

赐予我天堂，赐予我温暖。

在忧郁中，我跪着，等待着在天空中

找到我的北极星。

在这一刻，我诚挚的祷告飞向天空，

你站在高处，下面有一群勇敢的海克人。

你以一种奇妙的方式出现，与父辈们融合在一起，

你理所当然地分享了勇士的不朽。

作为西利西亚的首领，你也被称为斯姆巴特[1]，

在你身上，他的勇气，他的荣誉，他的热情和他的心都在燃烧。

你使我开口说话，你把我的梦想传达

让我们的英雄听到，我在召唤他们。

他们的荣耀被几个世纪的暴风雨埋在灰烬下——

然而这个国家不知道他们是多么无价！

如果你的周围没有布满鲜花，

如果你没有获得我们的尊重，

那么缪斯会把你的名字带到天堂，

我们的骑士和爱国者，你将与众神平等。

在我们圣父的记忆中，

---

[1] 作为西里西亚的首领，你也叫斯姆巴特……"我们从西里西亚亚美尼亚王国的历史上得知两个叫斯姆巴特的杰出人物。"第一个是沙皇赫图姆一世的兄弟斯姆巴特·冈斯塔布尔（1208—1276），他的名字家喻户晓，他是一位著名的政治家、军事领袖、外交官、作家、历史学家和法学家。亚美尼亚中世纪文学的两部主要文学遗产——《编年史》和《司法者》都由斯姆巴特·冈斯塔布尔创作。第二个斯姆巴特也来自王室（赫图姆二世的兄弟）生活在 13 世纪末，是西里西亚亚美尼亚王国的统治者，然后自封为国王（1296—1298）。阿博维扬将他的朋友斯姆巴蒂安与他们进行了比较。

你的名字在年轻人的心中响起，

从今以后，你的荣耀将影响几个世纪，

它坚不可摧，永垂不朽，无上荣光。

Contents

目录

❋

导言

在居鲁士横扫四方并占领了吕底亚①之后，吕底亚军队及国王的亲信、朋友和将帅们都抛弃自己的国王，纷纷临阵脱逃，他——克洛伊索斯，在镶着宝石的珍珠房里长大，认为世界上没有比他更幸福的人了，他气喘吁吁地在波斯战士面前奔跑，怕他们会把自己的头颅砍下。波斯人追上了他。剑在他的头上闪过，他眼前一黑，但他还没死，想着，死神即将让他的灵魂出窍，他本想把剑刺入自己的胸膛，免得被敌人杀死，与此同时，一名波斯战士在他的头顶举起了剑，这个国王的独生子看到自己的父亲即将死亡，突然张开了嘴：他哑了二十年，他的心也沉默了二十年，这是他第一次发出声音："恶人！你在杀谁？把你的剑拿开！难道你没看到你面前的是世界的统治者克洛伊索斯吗？"

波斯战士的手垂下来，国王幸免于难，二十岁的哑巴儿子救

---

① 吕底亚是亚洲最古老的国家之一（前 685—前 546 年），其克洛伊索斯国王在前 560—前 546 年统治了这个国家。公元前 546 年波斯国王居鲁士（前 559—前 530）征服了吕底亚和亚洲希腊人。

了自己的父亲。这么多年来，无论是父母的爱，还是他们的同情，无论是父母如何期盼听到他的声音，如何想满足他的心愿，无论是荣耀还是权力，无论是金银还是财宝，无论是爱情、友情还是亲情，无论是天雷滚滚还是悦耳溪流，无论一生中有多少鸟儿飞过，都没有对这位可怜的王子产生影响，都未能让他发出哪怕一丝丝的声音。但当他看到亲爱的父亲即将死亡时，他的心冲破了棺材般的盖子，沉默的舌头解开了束缚，他的嘴发出了悲伤的声音。灰心丧气命悬一线的父亲听到了儿子的声音。听到这个故事的人只要一想到孩子对父母的爱能够打破天生的枷锁就会热血沸腾感动不已。

他已经不是二十几岁，而是三十多岁的人了[①]，我亲爱的父亲，我亲爱的人民，我的心也燃起了火，它燃烧并化为灰烬；我日夜流泪，我不停叹息，我的同胞们啊，我渴望把我的想法和我所珍视的愿望告诉你们，然后我才得以入土为安。

无论什么日子，我都能清楚地看到我的坟墓；无论什么时辰，死亡之剑都在我头顶盘旋；我生命中的每一分钟，你们那忧伤的心在燃烧和折磨着我的心，我听到了你们甜美的声音，我看到了你们喜悦的脸庞，我感受到了你们崇高的思想和意志，我享受着你们纯洁的爱和友情，想起了你们失去的荣耀和尊严，想起了我们伟大的沙皇和大公们的事迹和生活，想起了我们神圣的祖国和

---

① 通常这些话被认为是作者本人年龄的证明。阿博维扬出生于1809年10月，而小说写于1841年2月，根据准确计算，阿博维扬当时30多岁。

神圣的土地，过去它们是那么神秘，富有魅力，想起了勇敢的亚美尼亚人民无与伦比的品德和功绩。

马西斯总是出现在我面前，用手指告诉我，我是哪个国家的孩子；在我的脑海中，天堂永存，在我的梦中和现实中，它使我想起了我们国家的荣耀和伟大。海克、瓦尔丹、梯里达底、启蒙者①告诉我，我是他们的儿子。欧洲和亚洲不厌其烦地告诉我，我是海克的孩子、挪亚的孙子、埃奇米阿津的儿子、天堂的居民②。无论是田野之中，还是教堂之内，无论是远离人类居所之处，还是人们的房前屋后，只要有我国先辈和今人踏足过的地方，都有着一座座墓碑。我每次看到这些墓碑，都感受到仿佛有一股力量要把我的心从胸膛里掏出来、搜出来。

---

① 海克、瓦尔丹、梯里达底、启蒙者，是亚美尼亚文学中真正爱国者的传统形象。海克是传说中亚美尼亚人民的祖先，是一个热爱自由的巨人，不堪忍受巴比伦贝尔国王的暴力，他与家人一起前往亚美尼亚，随后杀死了贝尔，并为这个国家和人民奠定了基础。瓦尔丹（马米科尼扬）是亚美尼亚著名的军事领袖和政治家。他以保卫民族独立的名义奋起反抗波斯的压迫，并在 451 年 5 月 26 日的阿瓦拉伊尔战役中英勇牺牲。梯里达底是指阿尔萨息斯王朝（约 287—330 年）的国王梯里达底三世，在他的统治下，亚美尼亚获得了经济和政治上的力量。启蒙者——格列高利·帕尔菲亚宁（约 301—325 年）是第一位亚美尼亚主教，他使基督教成为亚美尼亚的国教（301 年）。

② 根据圣经的传说，在大洪水之后，挪亚方舟停靠在阿拉拉特山上，然后挪亚和他的儿子们定居在亚美尼亚，他的后代从这里分散到世界各地。据古代传说记载，圣经中的天堂位于亚美尼亚境内，起源于亚美尼亚的两条河流——底格里斯河和幼发拉底河——这里被称作天堂之河。在中世纪，这一传说在欧洲广为流传。

当我看到亚美尼亚人时，我多么想把我的最后一口气从胸膛里抽出来献给他。

但是，唉！我的舌头被铐住了，而我的眼睛睁开了；嘴巴紧闭，内心深沉；手无力，舌头短。我没有财富无法实现自己的愿望，也没有一个响亮的名字来使我的话语到达它应该到达的地方。我们的书是用现代文写的，而我们的新的、生动的语言却不被人尊崇——我无法用语言表达我内心的忧郁。我不能发号施令，就算是恳请乞求，也不会有人听懂我的话。但我也希望他们不要嘲笑我，不要说我粗鲁、愚蠢，不要说我不懂语法、修辞、逻辑。我想让他们说："他的思想是多么的深奥，他表达自己的想法是经过深思熟虑的——鬼才听不懂他的话呢！……"我也想展示自己，让他们对我感到惊讶，称赞我："据说，他也是亚美尼亚语言的行家！"

有的人会说一种语言——而我会说几种。我开始翻译很多不同的书，但没有完成。我自己用现代文构思了这么多诗和文章，都可以编成一本厚厚的文集了。

在此期间，上帝给我带来了几个孩子①，我需要先教他们识字。我心碎了：无论我把什么样的亚美尼亚书放在这些孩子的手里，他们都不懂。无论他们用俄语、德语、法语阅读什么，他们无辜的灵魂都会喜欢。看到这些孩子更喜欢外语而不是我们的母

---

① 这句话说的是阿博维扬的私人学生们，他们从 1837 年开始一起学习。1838 年 10 月，阿博维扬创办了一所私立男子寄宿学校，为民间学校培训教师（断断续续地运行到 1842 年底）。

语，我常常捶胸顿足。

然而，这其中的原因是可以理解的：他们用这些语言阅读名人的事迹，熟悉他们的言行，在书中发现可以俘获人心的东西，因为它直言不讳。谁会不喜欢这样的阅读呢？没有人不想知道什么是爱、友谊、爱国主义、父母、孩子、死亡、战争……但是，用我们自己的语言写这样的事情——就会感觉格外刺眼！

你还能用什么方式让你的孩子爱上自己的语言呢？把钻石卖给农民——钻石当然是好东西，但当农民一无所有时，他也不会为你那无价之宝而赠给你一块面包。

道理就是这样的。

但是，当我在欧洲的时候，在其他的书籍中读到，亚美尼亚人民显然没心没肺，因为这么多事件发生在他们的头上，居然没有一个人创作哪怕一部深入他们内心的作品；即便是有，也都是关于教会、上帝、圣人的，再就是一些多神教教徒的书，如荷马、贺拉斯、维吉尔、西福克拉——孩子们甚至把这些书都放在枕头下，因为它们写的世俗事务。说欧洲人都是不讲道理的人，没有信仰的人，他们为了一些微不足道的事情而放弃为上帝工作，这将是愚蠢的。但是他们怎么能不喜欢我们的《纳雷卡》①而去喜欢这些书呢？我清楚地知道，我们的人民并不像欧洲人所想的那样，但你能怎么办呢？磨盘上没有谷物它是不会转动的。你能说

① 《纳雷卡》是亚美尼亚中世纪诗人格利高里·纳雷卡吉（约945—1003年）的著名诗歌《哀歌集》（1002年）的俗称。这部作品被阿博维扬视为艺术思想的最高表达。

什么？

我是这样想的：比方说，写关于英雄——是的，我们中间过去有成千上万的英雄，现在仍然有成千上万的英雄！关于深奥的话——我们的老人知道成千上万深奥的事物！还有热情好客，还有爱情、友谊、勇敢、名人——这些人和事，无时无刻不在我们村民的心中。无论你想讲一个寓言，还是一个谚语，或者想讲一个尖酸的笑话，最年轻的男人都能给你讲不止一个，而是整整一千个。

我想知道，要怎样做才能让其他国家了解我们的心，赞美我们，热爱我们的语言呢？我清楚地知道，在奥斯曼和波斯的土地上，有那么多优秀、聪明、有天赋的亚美尼亚人，在汗国、沙特和苏丹的宫廷里，有多少受人喜爱的民间歌唱家、优秀歌手和诗人，其中大部分是亚美尼亚人。只要提到凯希什－奥格鲁[①]或吉奥尔－奥格鲁[②]就足以证明我的话不是谎言。

[①] 凯希什－奥格鲁（字面意思是"神父的儿子"）——诗人歌手，亚美尼亚人，18世纪上半叶出生于舒拉韦里村，现坐落在格鲁吉亚马尔内乌利市。作为民族歌手他从20岁起就成名了。成为宫廷诗人以后，他游历伊朗和土耳其，定居君士坦丁堡（今伊斯坦布尔）。他用土耳其语创作歌曲。他于19世纪30年代中期在贫困中去世。阿博维扬将凯希什－奥格鲁的几首歌曲翻译成德文，诗人冯·博登施泰特把这些歌曲编辑整理到自己的书《东方的一千零一日》(1850)中并出版。

[②] 吉奥尔－奥格鲁（字面意思是"盲人之子"）是一个半传奇的诗人歌手和民族复仇者，他的歌曲深受亚美尼亚人和东方人的欢迎和喜爱。

至少现在是这样：让人和格利高里·塔尔哈诺夫[1]谈谈，听听他动听的语言，欣赏他出色的身高以及英俊的面容。他的言谈举止、坐起方式值得让各民族成百上千的人模仿——如果我在欧洲最好的剧院里遇到类似的事情，我也会炫目！当我们的文献被大肆毁坏，被子弹消灭的时候，他发现了某种教育方法。由此便知，亚美尼亚人是多么具有天赋！

我在这种苦思冥想中消磨着时光。有多少次我想自戕，找不到任何出路。即便是他们会相信我，但这种悲伤是如此地困扰着我的心，以至于我经常像个疯子一样，冲进山里，冲进峡谷里，独自游荡，思考一切，然后带着一颗充满悲伤的心回到家。

暑假的一天早上把学生解散后，我像往常一样，吃完午饭就去山里闲逛。绝望地走着走着，就来到了德国殖民地[2]，来到一个德国朋友家。他们非常同情我，为我感到难过，三天没有让我回城里。

在城里，我亲爱的学生、熟人、朋友早就为我痛哭流涕了。他们以为我在库拉河淹死了——他们知道我每天早晚都去游泳。我亲爱的学生们再次追随我的脚步——至少了解一些关于我的事情。一天早上，我坐在窗前，沉浸在我的思绪中，他们就从我身

---

① 格利高里·塔尔哈诺夫是埃里温人，热爱东方歌曲和诗歌。1830—1840 年，他是亚美尼亚州（后来的埃里温县）戈克恰伊邦（县）（新巴亚捷茨基）的地区陪审员。他同情农民，保护他们的利益不受阿加拉尔人的侵犯。

② 早在 1819 年，德国移民就在梯弗里斯附近建立了两个村庄。其中一个是新的梯弗里斯，位于库拉河左岸，离城市两俄里。另一个亚历山德斯多夫距离城市五英里，也沿着库拉河岸。阿博维扬很可能指的是新的梯弗里斯。

边走过。一看到他们，我立刻回过神来了。谁能描述我们那天的会面？有心人会明白的。

也许，当我在坟墓里的时候，你们的这份爱才会从我的记忆中消失，哦，我亲爱的，亲爱的朋友们！但是，只要我还在蓝天下，只要我还有一丝气息，亲爱的朋友，我将把你们视为圣人一样，为你们献出我的生命！

但是，唉！天空不能始终保持那样晴朗，那人心呢？阳光刚一照进我的思绪，乌云又抬头了，雷电又在我的心里闪了起来。我不能跳进水里：我心中有对上帝的恐惧，我的耳畔响起了我那无辜的孩子的声音。父母的爱和怜悯在我的胸膛里燃起，如果我永远安息了，谁来抚养我的孤儿呢？

不行，我自言自语道：我应该好好地坐下来，尽我所能地赞美我们的人民，讲讲我们优秀人民的功绩。我转念又想：如果人民不明白我的语言，我还能为谁写作呢？我用亚美尼亚语写，就像用俄语、德语、法语写一样：也许有十几个人会理解，但对于数十万人来说，这简直是我的天书，简直是风磨①！毕竟，如果人们不会说这种语言，听不懂这种语言，那么哪怕嘴里流淌着金子，又有什么用呢？每个人都渴望自己内心所需要的东西。我不喜欢你的香甜手抓饭，你给我又有什么用？

不管我和谁交谈，所有人都在高谈阔论，他们说，我们的人民缺乏好奇心，阅读对他们来说没有任何价值，与此同时，我也

------

① 风磨表示用风来推磨，在亚美尼亚文学中指异想天开的事。

看到我们的人民似乎不愿意阅读，他们手中传阅的只是鲁滨孙的故事和愚蠢的书《铜城》①。

我也很清楚，无论世界上有多少杰出的民族，他们都有两种语言：古老的和新的。要知道，如果古代语言好，连石头都会明白，那为什么要毕恭毕敬地给翻译者工资呢？不，还是让一个聪明的语言学家自己去努力吧。听了他话的人，就能明白，难道还要吝惜自己有学识的大脑吗？

但我认为疯子都不会这么做。于是，我总是不停地独自思索，无论是去参观或在城里散步，我常常全神贯注地注视着人们——正如人们所说，他们在行乐，他们很满意。我曾多次看到，在广场上或街上，人们怀着极大的钦佩之情，成群地聚在失明的民间歌唱家面前，听众们如饥似渴地听他演唱，付给他钱。

毕竟，在任何庄严的聚会或婚礼上，如果没有这些民间歌唱家，是没有人会把食物放进嘴里的！

他们用突厥语唱歌，他们中的许多人一个字都听不懂，但倾听和沉思的人的灵魂会在天堂和人世之间穿梭。

我思考着，思考着，有一天我对自己说：你带上你的语法、修辞和逻辑，把它们放在一起，你自己就像那些人一样，做一个

---

① 《铜城》是亚美尼亚中世纪文学的代表作之一，在 10 世纪和 13 世纪分别两次从阿拉伯语（自童话故事《一千零一夜》）翻译而来。16 世纪诗人格里戈里斯·阿赫塔马尔齐对这本书进行了新的修订，并插入诗歌使它的内容更为丰富。《铜城》深受民众欢迎，手稿和印刷品数量众多。阿博维扬因这本书的宗教训诫内容很幼稚，故称这本书为"愚蠢的书"。

民间歌手——不管发生什么事，剑柄上的宝石不会自己掉落，镀金也不会脱落。那一时刻终将到来，在你死去的时候，没有人会因你的善行而记起你。

有一次，在谢肉节①，我给学生放了假，开始在我的脑海中梳理我从小听到、看到和知道的一切。我终于想起了年轻的阿加西②，还有一百个勇敢的亚美尼亚人，他们昂起头颅，召唤我跟着他们。他们都是贵族。感谢上帝，许多人现在仍然身体健康。而可怜的阿加西死了——要向他的圣墓鞠躬。不昧良心——我选择他。

我的心已跳到喉咙口。

---

① 谢肉节：起源于斯拉夫民族，是从多神教时期流传下来的传统俄罗斯节日，东正教为期40天的大斋期里，人们禁止吃肉类和娱乐，因此在斋期开始前一周，人们纵情欢乐，抓紧吃荤，以此弥补斋期苦行僧式的生活。此处指的是1841年的谢肉节，根据亚美尼亚教会日历，这一年是在2月9日庆祝的。

② 阿加西完全是一个文学艺术形象，然而，它也有自己的原型。阿博维扬谈到其中一个原型是这样说的："这不是陌生人，他是我的同胞，来自迦南，是我同时代的人，也是我的远房亲戚。在那个野蛮的时代，亚美尼亚正在喘着最后一口气；……在埃里温波斯军事长官的后宫里，年轻的亚美尼亚女孩经常被强行带走，皈依伊斯兰教，她们当中许多人蔑视奢华的生活，宁愿接受殉道，也不愿成为动物激情的受害者。阿加西的妹妹也没有摆脱这种可怕的命运。在可怕的尖叫声和抽泣声中，父母和亲戚试图阻止他们自己的女儿被绑架，但没有人性的仆人们粗暴而残忍地拖着这个女孩，因为她异常美丽。阿加西怒气冲冲，毫不犹豫地冲进人群，用剑刺死了一个仆人，并对其他人造成了致命的伤害——他们只有三个人。他没有坐以待毙，冒着前所未有的危险，逃到俄国的土地上，并在波斯战争爆发时与俄国人一起返回。他的妹妹被高价赎回了，现在还活着，而不幸的父母被多年监禁后死在监狱里，死得很惨。"

我看到已经很少有人拿起亚美尼亚语的书籍，很少有人说亚美尼亚语。但每个民族的建立都是基于语言和信仰。如果我们失去了它们，带给我们的就是灾难！亚美尼亚语像克洛伊索斯一样在我面前闪现；阿加西打开了我尘封三十年的难忘回忆，我开始讲述它。

我还没写完一页，我童年的好朋友，高贵的亚美尼亚人阿加丰·斯姆巴特扬博士①就来找我了。我本来想把写出来的作品收起来的，但没来得及。上帝在那一刻把他派来。感谢他，坚持要我把写出的作品读给他听，对朋友没有什么好隐瞒的。

当我朗读的时候，心儿发紧。我想："他现在就要转身，像别人一样皱起眉头，嘲笑我的疯狂——他在心里嘲笑，只是不让眼睛表露出来。"我那时是多么愚蠢，还不懂他高尚的灵魂。在最后他才说："如果始终秉承这样的精神，你会成就一部美好的作品。"我已准备扑向他，亲吻他那甜蜜的嘴。

我的演讲被铭记，要归功于他神圣的友谊。他刚一走，仿佛有一团火在胸中燃烧。那是上午十点。我无暇顾及面包和食物。在这之前如果有一只苍蝇从我身边飞过，我都会把它打死。

亚美尼亚像天使一样站在我面前，为我插上翅膀。父亲和母

---

① 阿加丰·斯姆巴特扬博士，真名是阿迦·贝克，医生，格沃尔克·斯姆巴特扬上校的兄弟，阿博维扬的老朋友，在写作《创伤》这本书的日子里为他提供了道义上的支持。阿加丰毕业于莫斯科拉扎列夫研究所，后毕业于莫斯科大学医学院。1842 年，他在德尔本德服役，后来在霍扎平（阿哈尔卡拉基区）担任检疫医生。1850 年，辞职回到梯弗里斯。1863—1865 年，在舒沙的一所教区学校教法语。死于何时何地尚未确定。

亲、房子、童年，曾经说过的一切，听过的一切——在我看来是如此生动，让我忘记了世界上的一切。我脑子里充斥着模糊的、遗失的、迷茫的念头，突然全都显露出来了，全都回来了。

现在我才恍然大悟，亚美尼亚语和其他语言至今仍然笼罩着我的思想，束缚着我的思想。我以前说过或写过的一切都好像是偷来的，是未经过思考的，因为有时我刚写了一页，不是睡意压倒了我，就是感觉手累了。

直到半夜五点钟，面包和茶我连看都不想看：对我来说烟斗就是丰盛的食物，写作就是面包。我的家人不断来找我、请求我，他们很生气，甚至打算和我吵架——我什么都不理会。当我困意袭来——闭上眼睛的时候，30页纸已经写满了。那一夜，我仿佛觉得自己仍坐在那里写作。如果我能在白天记住所有这些想法，那将是多么幸福。

亲爱的读者，我拖了这么久，不要对此发怒。然后我把这些都记起来，这样你就会知道爱人民的力量是多么的迷人。

次日早晨我所看见的一切，最好不要在别人家发生！我刚睁开眼睛，就听到我可怜的妻子的声音，她是外国人，德国人。我看得出来：她把我唯一的儿子紧紧地抱在胸前，哭得很伤心，就是石头也会怜悯的。仆人们呆呆地站在角落里，同情地看着我。谁的心不会在这一刻破碎？我像个疯子一样跳起来，看着我的孩子——感谢上帝，他还活着！——我恳求妻子，但她无论如何都不回应我，我不知道发生了什么。

"没有信仰的人！你杀了我吧！你对我做了什么？"我终于听

到她说话了。

一旁的仆人在责备我。

现在我才得知，我是彻夜神志不清：尖叫、呻吟、喃喃自语，用亚美尼亚语回答家里人的所有问题，而不是用德语。在述说了一千件疯狂的事情之后，我又开始了自己的内耗。在早上九点前，我都是这样度过的，他们绝望地为我哭泣！

那天早上，以及在接下来的一个星期和一个月里，我像今天一样热切地盼望着，能去找到一个高贵的人，跪拜在他的脚下，求他赏给我一块面包，我到乡村去，日夜收集人民所创造的东西，然后描述这一切。

让他们现在就这样瞧不起我，说我不学无术吧。我高贵的、心爱的、和蔼可亲的人民啊，我的语言因你们而生！让有学识的人为学者而写作吧，而我作为你们无可救药的笨拙的孩子，让我为你们而写作吧！

手中有剑的人，让他们来打我的头，刺我的心吧！否则，只要我还能说话，只要我的心还在跳动，我就会疯狂地高呼："你在向谁举剑？难道你不认识伟人的亚美尼亚人民吗？"

但愿你，我高贵的人民，能爱我、能接受我的事业、能接受你孩子稚嫩的语言，就像父母能接受孩子的第一次咿呀作语一样，孩子是无价之宝。

我长大后——我们会用复杂的语言说话。

阿加西是你最小的儿子。你有许多比他年长比他高贵的儿子。给我鼓励吧，我的生命之光！看我勇敢地把他们带到你眼前，让你惊讶，你的儿子们是多么出色，岂能让他们遭受苦难。我俯首贴面，让我亲吻你圣洁的手。原谅我，让我们一起去找亲爱的阿加西。

第一章

1

有一年谢肉节，下了很多雪，大雪覆盖山间和峡谷。晴朗而寒冷的夜晚冰封大地，在大地上每走一步，都会发出千种声音，吱吱作响，叮当作响，发出千种不同的声音，寒战钻到骨头里。所有的树枝和屋檐下都挂着无数的冰柱，雪花落在冰柱上层层堆积，结冰后形成一个个密密麻麻的冰球。

群山和峡谷似乎刚要开花，抑或是还没来得及开花：它们正濒临死亡的边缘，即将枯萎，向世界最后说声："原谅我吧！"

鸟儿、野兽、动物、爬行动物，它们都冻僵了，到处都是，有的提前　个月就钻进了洞里，藏在那里，慢慢地吃着食物，等待春天的到来。

河流和溪水被厚厚的冰盖卷起，冰盖一层一层逐渐地被结结实实地冻住，只有站在被冰封的溪流旁边才能听到它低沉的声音，忧郁地淙淙流淌着。

那天早上，太阳刚从梦中苏醒抬起头来，把目光投向世界，它光芒四射，在山峰田野间闪闪发光，在冰天雪地中嬉戏着，欢笑着，闪耀着绿色和红色的光芒，像钻石和五颜六色的宝石散落在山谷间、山坡上和教堂的穹顶上。

高山上冰冷的暴风雪，峡谷里的狂风，感受到了这种意志，开始呼号，吹过，扬起尘雪，使旅行者的鼻子和嘴唇都僵硬了，皮肤也裂开了。风雪刺痛他的脸，不停地吹打他的头、脸颊、眼睛和嘴巴。许多人被风卷进峡谷，在那里死去；有些人被埋在雪下，没有了呼吸；有些人被推到路边，腿和头都僵硬了；被吹到山里，在那里窒息，或者被摔到锋利的石头上。

在这样一个严酷的冬日里，光明脱离黑暗，黎明照耀着东方卡纳克①人醒来，起床，打开天窗，洗了脸，画了两遍十字，互祝早上好，给还在睡觉的孩子们身上又盖上了点东西，然后去各干各的活了。

老头们，边走边梳理胡须、捻着念珠，老妇人们腋下夹着面纱，悠闲地走出家门，一边读着《我们的父亲》，一边喃喃自语着"放弃"或"忏悔"，远远地互相打招呼，许多人手里拿着地毯或兽皮，把它们垫到自己的屁股底下，——他们成群结队地来到教堂前，亲吻着教堂的门。他们来得太早了，神父还没来到教堂；他们让敲钟人去敲钟，他们自己深深地鞠了几躬，彼此紧挨着摊开垫子——男人在祭坛前或柱子之间，女人在后面——然后跪下，向对方鞠躬，开始谈论他们自己的事情：庄稼的情况和家

---

① 卡纳克是阿博维扬的出生地，是位于埃里温以北 5 俄里的一个村庄。那里是一个高地，水和空气都很干净，周围是花园，有两座教堂、许多遗址。相传，那里自古就有人居住。现在卡纳克已经与埃里温合并。

里的大事小情，互相问候彼此的健康情况，直到神父来了。点燃了蜡烛、油灯——没有油的地方，教堂司事都给加满了油。然后他把法衣披在神父身上，等着，第二个司事和朗读圣经的神职人员到来，他也深鞠躬，然后跪下，唱着圣歌，做了祈祷，仔细地观察着所有来的人——问候他们的健康状况，然后和他们天南海北地聊——并开始揉眼睛，直到人越聚越多。

在没有钟的地方，敲钟人就爬上屋顶，爬上干粪堆，在那里喊一声，祈祷就开始了。

神父和唱圣经的神职人员在服务，人们向他们深鞠躬；画着十字祈祷，跪下，坐下，勤快敏捷的司事一会儿剪掉蜡烛灯芯，一会儿又点起油灯，一会儿挠着胡子，揉着秃顶，打着哈欠，在教堂里跑前跑后，一会儿给香炉加油，一会儿拍拍那些静静地站着的孩子们的头，孩子们没有大惊小怪，也没有从一个地方跑到另一个地方。他不时从口袋里掏出一个鼻烟壶，摇晃一下，先嗅一嗅，打个喷嚏，画个十字，或者咒骂魔鬼，然后为了表示尊重，他请了一些乡下的贵族，稳重地走开，然后又重回到自己的座位上，或者执行神父的命令。

与此同时，夏天不用上课的佩尔尼人——冬天既不用割草、也不用脱谷，不用挖花园、修剪藤蔓，也不用运稻草——他们伸出手，揉了揉眼睛，还没有完全从睡梦中苏醒过来，就去马厩给家畜和马匹弄干草了，他们把马厩里的地面清理干净，把家畜带去饮水，再用刮刀把它们清理干净，然后一路唱着歌把它们赶回去，拴起来。

羞涩的少妇们，把金线绣花的丝绸奥什玛格[1]拉到鼻子上面，把拉恰克[2]盖在眼睛下面，她们的脸完全看不见，穿着丝绸或蓝色粗麻布的明塔娜[3]，卡那乌斯绸的或亚麻布的衬衫，她们腰上缠着四五倍宽的腰带，像鸟儿一样轻巧而敏捷地往脸上洒了点水，用衣服前襟擦了擦，一个开始扫地，另一个开始收拾院子，第三个已经开始敲火石点炉子，准备好了需要的东西，架上锅开始做饭。

而年轻姑娘们在家里开始梳头发，编辫子，然后把辫子甩到背后，戴上红顶的尖帽子，盖住耳朵，披上披肩，扛上封了口的罐子，去给家里打水，在水边聊了会儿天，然后各自回家，在路上又互相谈笑风生。

阳光照进屋里。北风吹着哨子吱吱作响；暴风雪忽忽地下着，呼啸而过，挤进窗户和门廊，灌到人的眼睛和耳朵里。

孩子们起床了，还没洗漱，围坐在火炉旁，用脚踩着石头和土地，拳头捶打着母亲，要面包吃。

浓密的黑烟弥漫着大门和走廊，将整个房子变成了一片烟海，已看不清任何东西。孩子们的哭声和哀求让人无法忍受，让人头痛。有的在摇篮里号啕大哭，有的在被窝里喊叫，烟呛得满眼满嘴。有的小孩不满足得到的一小块食物，仍然哀求着希望大人再给塞进些吃的，运气好的，又给了食物，便不再作声。

---

① 头饰的一部分，覆盖嘴巴，部分覆盖鼻子。

② 一种白色的头巾。

③ 一种女性连衣裙。

可怜的女主人不知道该捂住谁的嘴巴，该满足谁贪婪的眼睛，她自己时而睁开眼睛、张开嘴巴，时而又闭上眼睛——已经筋疲力尽了。她呛了太多的烟，被烟草熏得直迷糊！不停地打着喷嚏，咳嗽得心都快跳到了喉咙口。不知擦了多少次眼睛，流了多少辛酸的眼泪，眼睛都快哭瞎了。

她弯腰驼背地在房间里踱来踱去。火炉不停地燃烧着，锅里的水一直在沸腾。她拿着扫帚绕着火炉周围又走了一圈，收拾干净，然后尝了一下菜，加了点盐，就等着家人从教堂回来。

上帝还算怜悯他们：烟雾散去了，风停了，去打水的人回来了；小伙子们聚集在一起，太阳已经升起来了，但在家人们还没有从教堂回来，还没有说"主啊，怜悯我们"的祷告之前，没人敢吃哪怕是一小块儿东西。

我在讲述这些的时候还不到八点钟。

"啊！对我们来说，这不是晨祷，说实话，这是婚礼进行曲！"阿加西开始说话了，他是年迈的村长奥加涅斯①的儿子，他一张嘴就开始喃喃自语，唠叨着，要骑上自己的灰马，准备出发去参加今天的比赛，打算简单快速地吃点东西，跳上马背，然后与和他一样的小伙子们一起策马扬鞭，和他们一起四处逛逛，享受生活。

他们为什么这么无拘无束，他们真该死！他们在折磨人吗？

---

① 村长奥加涅斯的形象具有同名的原型，是一个真实的历史人物，一个悲剧人物。在马特纳达兰的文件中写道，波斯统治者绑架了卡纳克人奥加涅斯的儿女，并使他们皈依伊斯兰教，以偿还债务。

阿加西深鞠了两三次躬，画了两次十字，一切准备好了，他说："去亲吻教堂的门——然后各自回家，做自己的事情去吧！"

有这必要吗？这些老头和老太太们像抓马尾巴一样紧紧抓着教堂的门，他们等不及了。一定等到别人对他们说"愿你蒙福"才算完，然后就去享用面包了。说真的，他们越老，就越没理智。想发脾气就发吧，想喝冰水就喝吧。

即使是你要死了，也必须得等他们祈祷结束，走过来说："主啊，请宽恕吧！"然后或许你还会得到什么。如果你的眼睛不盯着点，你就得饥肠辘辘。从教堂门前的台阶开始就不发食物了，如果眼睛能看到什么开心的事儿，如果嘴巴能品尝到点什么、鼻子能闻到肉的味道……那么在那里磨磨蹭蹭还有点意义。

今天的神父们非常殷勤——难道他们担心自己的羊被别人偷走吗？他们不懂方法：不管是好是坏，他们就知道磨面粉，不知道抬杆儿，如果面粉洒落下来，你瞧吧，那别人拿着不就能早点回家了吗？

他们不知道今天是什么日子吗？那么谁制定了这样的规矩呢？那就让他的父亲去祈祷吧，那还能说什么？很明显，他在嚼的是干草根本不是面包，就是这样……

你瞧，肚子已经饿得咕噜咕噜直响，你还得等着，煎熬着，直到礼拜结束，直到饿得好像看到了天堂……

"哦，看在上帝的分上！你是怎么了？你最好再忍一忍，再坚持坚持别说话！你怎么今天一大早就乱发脾气？幸好，你肚子里没着火，要不然就被烧死，或是烤死了！"母亲生气地说。

"难道整个世界都被抢光了，难道你什么都没有了，难道这个世界上就剩下你一个人了。你觉得我们不是人吗？你觉得我们不是上帝创造的吗？难道我们是从地里长出来的吗？哎哟喂——哎哟喂——

"现在的年轻人，他们已经疯了，需要用绳子拴住他们。他们不尊重长辈，他们不重视信仰，不重视上帝的教会和祈祷的力量。

"这就是为什么上帝对我们非常生气的原因，这就是为什么我们不断面临灾难的原因。每个人都在驾驭着自己的马匹。嘴唇上的母乳还没干，还没学会走路，就想甩起腿来跑了——不，对此上帝是不会容忍的。从床上起来，从向上帝作祷告开始，画十字保佑你自己，思量思量你的灵魂，然后做你想做的。幸运的话，你就不会完蛋。啧，啧，啧……上帝摆脱现在这些孩子们吧。如果由着他们的性子，他们能毁了整个世界。好在，上帝还在容忍这种无法无天的行为。如果我是上帝，我是不会容忍这些的……"

阿加西是个听话孝顺的孩子。他没有对母亲说一句反驳的话，沉默着，听着母亲训话。他脚下的地面在燃烧。心已经快要从他的嘴里跳出来。

可怜的小伙子，在乡下长大，从未去过教堂，从未听过祷告，在草地和山里自由健康地生活。有一次在复活节，还有一次在圣诞节，他的确听到了钟声和弥撒，但这有什么用呢？无论是他的心还是他的灵魂对此都没有反应。

对他来说，不管是参加教堂礼拜还是参加人们的婚礼都是一样的。他一个词都不理解，也理解不了祈祷的意义，当他深鞠躬或跪下时，他的后背痛，他的腿也痛。当他盘坐在自己腿上时，他就会感到疲倦，但要是站起来——也没有任何的耐心。他经常不得已走出教堂，来到院子里，坐在墓碑上，让自己睡个够，再心满意足地回到教堂里。

或者有时他会在仪式快要结束的时候，大喊："希望你们幸福！"然后他画两次十字，紧贴了贴教堂的门，就回家了。

好吧，我们不是也在做同样的事情吗？我们为什么要对一个简单的人感到惊讶或嘲笑呢？在其他地方，神父们自己也很难区分黑与白。

有时神父读福音书的时候，要么不停地扶眼镜，要么与司事或神职人员吵架，要么就把胸紧贴在诵经台上，气愤地把福音书里的书页丢到地上，要么拿起一根蜡烛，打神职人员的头，然后再让他把蜡烛立起来。

经常会有一个不好的词突然出现，让人难以理解，还很困难，又很复杂，甚至连魔鬼自己都无法理解！因为神父腰弯得太低了，又或许是把蜡烛拿得太近了，福音书经常被点着，甚至连神父的胡子也会被点燃。

然而，有类似这样的一些词：明明是能正确读出来，却读成了另外的样子，把一个字母读成另外的字母。经常会发生这种情况，他们看到"圣"，读的不是"圣"，而读"神"；再比如说"年"，他们不读"年"，而读"娘"。那么，祈祷的人要么去诅咒神父，要么就完全不去听他说话。

当一个单词缺少一个字母时，连上帝都害怕，更何况是百姓、神父和教唱人员，他们都会感到莫名其妙；此时每个人嘴里都喊出一个词——祖尔纳 [①]，必须吹响祖尔纳，而他们敲打着手鼓，朗读者用扫帚或里皮达 [②] 代替蜡烛，把它们放在诵经者的手里。这时，有的人感叹书籍印刷得如此精致，有的人对装订工艺赞不绝口。最终，与其说人们感谢上帝拯救了他们的灵魂，不如说感谢上帝让他们摆脱了圣书，即福音书。如果当时恰好有一位修士在场，我的天啊，可千万别发生这样的事情，否则的话，诵经的人就会像驴子陷在泥潭里，手脚不听使唤，连话也说不出来。

不过也没什么好奇怪的——他们是穷人，能有什么办法呢？村子里没有学校，城市里没有像样的老师，他们中的许多人肚子里一点墨水也没有。但至少还有人懂点工作方法，仍旧在做着自己的工作，为教会服务。我们都知道这是谁的错，但现在不是谈这个事儿的时候。我又能说什么呢？明白人，可能会挠挠后脑勺，再说了，研究这事也不会让人吃饱饭。最好别往后推了，不要总重复"明天，明天"的，明天和今天是一回事！在我们拖延的时候，狼早就把牛拖走了。但凡有耳朵的人都能听到这句话："走着瞧吧，早晚会被石头绊倒！"

---

① 一种喇叭。

② 金属或木制的礼拜用具。

我们的阿加西，为了说真话，一年也领三四次圣餐，去忏悔，斋戒禁食，参加复活节祭祀，点香点烛。他曾经把所有的罪孽都推在神父身上，他自己则擦擦嘴洗洗手，好像事不关己地站在一旁。只履行自己职责范围内的事儿，他不做任何改变。正如库尔德谚语所说："以前是牧人的小助手，现在依旧是——没有任何长进！"水还是那个水，磨还是那个磨：脑子也不想事儿，嘴巴也不甜。可以说，他啥都能忘，无论是去教堂的路，还是祈祷用的香和蜡烛，都能忘。他只知道这是个习俗。从他睁开眼睛看世界那一刻起，他就知道在五大节的前夕①不应该吃肉，应该去教堂，禁食，接受圣餐，做弥撒，准备追思宴席，在陵前祈福。别人这样做了，他也这样做了：他给穷人提供食物，经常请来神父和百姓，去纪念他已故亲属的亡魂。

所有这些习俗都是美好的习俗，无与伦比的规则，这些习俗都是对神圣的上帝的崇敬和对人类的爱。上帝保佑每个民族都能拥有自己独一无二的美德，但阿加西经常生气，因为没有人向他解释，这些习俗来自哪里，为什么要遵守这些习俗。

他来到田野，看到庄稼和果实，看到草地上的树木和花朵，看到天空中明亮的太阳、月亮、星星——他常常思绪万千，思想飞扬，眼睛常常充满泪水，他常常停下脚步，一动不动地站在那里，他觉得，他已经被带到了天堂。他张开双臂，仰望天空，或

---

① 这是指亚美尼亚教会五个重要节日的前夜：圣诞节、复活节、主显圣容节、圣母升天节和举荣圣架节。

俯视大地，他扼腕长叹："啊，你是谁，你到底是谁？光荣啊，造物主！你为我们创造了这么多的财富！你为什么不让我们看到你？为什么不让我们看到你圣洁的面孔，让我们俯伏在你的脚下，向你献上我们的心和灵魂！"我怎么能只赞美被无数花草装饰的大地，而对天空的美保持沉默呢？是天空给了我光明，让我的田地里结出果实，在夜晚驱走我眼中的黑暗；像帐篷一样为我遮风挡雨，它送来雨露和阳光，使我可以活着，养育我的孩子，让我成为对世界有用的人，以便在我死后人们可以来到我的坟墓前，用简单的话来表达对我的敬意，为我灵魂的安息祈祷。哦，主啊，上帝啊！每次只要我睁开眼睛看到你创造的一切，我的心就会变成火，我的眼睛就会变成泪海，我的嘴巴无法言语，我被火焰和热量所吞噬，但奇怪的是，我没有被那火吞噬，我也没有被那水淹没。我迷茫的目光滑过一片片的灌木丛，一座座的山峰。无论我看的是树根还是山峰，我的眼前一片模糊，一片暗淡。无论树叶是否沙沙作响，无论鸟儿是否飞翔，无论泉水是否潺潺，夜莺是否歌唱，无论风是否吹过，无论露水是否落在我的脸上，无论雷声是否轰鸣，无论雨水是否落下，我都想象着某人的声音，某人的手，无形的灵魂，向我呼唤，召唤我，取悦我，仿佛在说："体验这一切吧，尘世的人，做好人，行善事，了解造物主的伟大和关怀，像树一样结出果实，像花一样吐露芬芳；像山一样生出泉水，像田地一样生出谷物，像大地一样生出面包，像天空一样生出光明……在享受上帝所赐予的财富时，也要分享给其他人；如果你看到一个穷人，就给他吃的，让他吃饱；如果一只鸟从你头上飞过，就给它一些粮食；慷慨一点，你会得到慷慨的回报，你就会体验到人间的幸福。

"哦，我愿意做一切事。如果需要我付出生命，我也将毫不吝惜。但是，善良的上帝啊！如果这个无形的灵魂突然出现在我面前，哪怕只有一次，我就不会那么筋疲力尽，不会心存渴望，不会因为对她那强烈的爱而疲倦不堪，那会发生什么呢？倘若我在梦中见过她的身影，心中便不会悲痛，也不会那么期待，更不会那么痛苦。

"我的上帝，我的造物主啊！如果你让她来到这个世界上，你为什么不让她出现在我面前，哪怕是一天，哪怕是一分钟，哪怕是一瞬间，让我看到她，让我死心塌地按照她的授意去做呢？我愿把我的食物分一块儿给别人，我愿把我的衣服送给别人遮盖身体，这样我的父亲和母亲就会在心中欢喜，说上帝给了他们一个好儿子，没有忘记他们的教诲，他遵循善的道路，按父母的教导行事……"

我们心思单纯的阿加西一边走向田野，一边想着这些事儿，他的心很痛苦。在从教堂回来的路上，他感谢上帝，礼拜结束了，他回到了家，他要休息一下，再去田里，在那里他的心才会舒畅，他会再次听到那美妙的声音并开始做自己的事儿。

他经常带着怨气从教堂回家，把脚伸到角落里或者伸到库尔萨下面，一脸不高兴地唠叨、抱怨，在教堂里忏悔时，有人问他一些事情，让他感觉自己的心被冒犯，这让他做梦都想不到。

他心中常说："兄弟，你得先帮我把我的事儿干完，然后再问我其他的事情吧。无论你说多少话，他们都会让你跪两个小时，他们让我厌烦：一个劲儿地让我说忏悔的话……我什么都没干，我能说出什么呀？这算什么事啊？你得做点儿让我心里好受的事啊，哪怕能感到一点儿清爽、一点儿温暖呢！我话说得多对你有什么好处吗？我尊重你，只是我没有表现出来。难道一切都需要用语言说出来吗？你问这样的事，让我的心都在颤抖——连石头都承受不了这样的话。在上帝的圣殿里怎么能问这样的事呢？连在荒野里都不能说这样的事，因为风会把这些话吹到别人的耳朵里，在家里也不能说这样的事，墙听了都会颤抖，无论在哪儿都不能说！

"我有一个愚见：忏悔时，人应该思考自己所做的恶，自己所犯下的罪，后悔，忏悔，请求上帝恩赐赦免他，让他不再做这样的事，给他力量，使他不误入歧途，成为好人。

"但是如果强迫对方听这些东西，会给别人造成负担，而对方心里也没有任何反应，这会出现什么结果呢？没有什么！你可以用头撞石头五天，你可以全年禁食，但如果你的心不纯洁，这有什么用呢？如果你对我做了坏事，你应该在心里感到忏悔，但如果有人提醒你这样做，你便不会改变你的想法。如果你跪在神父面前，忏悔你的罪过，那你还是站起来吧，让你的良心平静点儿，让他的话进入你的脑海。但是，如果你心情沉重地跪下去，又心情沉重地站起来，这又有什么用？

"唯一的麻烦是他们抓住你的衣领不放你走。随着忏悔日的临近，上帝看到了，一切都在颤抖。我可以说我洗了所有的盘子，我绞尽脑汁，想看看自己做了什么，我可以亲自告诉上帝，而不是让别人来问我。我没有抢劫，也没有杀人，更没有偷任何人的面包。上帝知道这一点。我没有偷窃的念头，没有做任何的错事。在烈日下，在暴雨中，还要跪着爬行多久啊？早上去田里，晚上回来，不去伤害任何人，这哪有什么罪？他们不停地嘀咕：'忏悔吧！忏悔吧！'我不知道谁的身体里装着满满的罪过，我们不都是普通人吗！应该让他们自己忏悔，是他们把负担加在我们身上，让我们成为罪人的。

"俗话说得好：一辈子埋头读福音书的人，他们的大脑里都是水，头脑中没有智慧，否则很可能变成疯子。读福音书的人建立了世界，也将毁灭世界。我不希望反对者落到他们手里：他会被活活吃掉。让我们走着瞧吧！他们读福音书，做弥撒，但他们却对我们说：'按我们的教导做，不要看我们的行为。'我不是瞎子，感谢上帝！你走哪条路，我都要跟你走同一条路。你走正道，我就走正道，但你不能强迫我。你像虾一样弯着爬，而你却要求我不要走歪路。你得先自己做到，然后你再告诉我怎么做。我也知道，上帝不喜欢坏事。哪怕我是一粒尘埃，去做一件不道德的事儿，那上帝也不会容忍！如果你有话要说，就说出来，如果没有，你也不应该去抢劫商队。否则，他们会坐下来长篇大论，他们会提到一千件事，讲出一千件奇事，但内容则是空空如也，索然无味。

"基督能感知到，我从树上和田地里学到的东西比从他们身上学到的更多。听着：如果你想要钱，我就给你钱；如果你没钱，我可以卖掉我的头来支持你，但你得告诉我一些有用的东西。如果你在我的召唤下赶紧来帮助我，为我的灵魂祈祷，你就会知道，我不会拒绝你。

"好吧，这件事就让他过去吧。但我们的神父马尔科斯[①]：他把长袍披在肩上，提起裤子，从早到晚在街上跑，拍打他的鞋子或教训他的猫，扯着他的肩膀，拿着他的法杖，摇动他的念珠，四处搜寻，看看是否有机会能碰上谁家在办丧礼或者在做洗礼，是否从哪传来了羊肉抓饭的味道——然后他就出现在那里：打喷嚏，咳嗽，拍拍大腿，拍拍头，唉声叹气——看，他已经破门而入，冲了进来，像死亡天使一样站在顿德尔地炉旁边。没有人邀请他，他自己坐下来，要了伏特加和点心——可以这么想，亡者的一半灵魂都是被自己救赎的，裹尸布还没有缝好，还没有给亡者洗干净身体，他就急着向人家要丧葬费了，还要从死者身上得到点儿东西。上帝是不会容忍的！上帝呀！你先来拉着我的手吧，给我父亲般的鼓励，用温柔的话语安慰我，然后再带走我的灵魂：如果我不给，我将受到惩罚。

"如果有人要举行晚宴，他就自己坐在主宾的位置，吃五个人的饭。他一闻到酒香味，肚子就开始咕咕叫了。那么在这些行为之后，你是个什么样的人？你不会饿死的，无论如何都不会饿死！你还能让自己做到什么份儿上？要知道，你的肚子不是一个吞噬

---

① 20 世纪 20 年代，在卡纳克村，确实有一个不太识字的传道士叫马尔科斯（在马特纳达兰，保存着一张 1826 年 6 月 5 日他寄给教区主教格沃尔克的票据，他勉强签名并按上指印）。

一切的深渊！'山和峡谷都在神父的肚子里'——这话说得真对，简直是真理。这句话应该写在福音书的空白处，供他们阅读和理解。看见了这句话，神父可能会把我们活活吃掉。我们的孩子们成了牧羊人，自己玩自己的，没有人关心他们——哪怕教他们认认字母，写写字呢。没有，他们只为自己着想。这样可不行……

"的确，我没学过读书写字。我生来就是一头驴子，长大后也是一头驴子。我怎么知道神父应该什么样，教堂应该什么样呢？在我愚笨的脑袋里不可能冒出那样智慧的东西，就算我诵读一千年，就算我死了，完蛋了，就算用脚踢石头，也冒不出来。而错就错在那个没有教我读书的人。但这不仅仅是识字的问题。随你怎么说，但我就是这样用我没文化的脑袋瓜儿来判断的：享用着不义之财，整天无所事事地睡大觉——这是不公平的。一个人必须自己工作，才能老老实实地吃上自己的面包。"

不管谁听了阿加西的这番话，可能都会认为他是一个疯狂的、没有灵魂的无神论者，一个放弃信仰的人——如果他这样大力谴责我们可怜的读书人，忘记是他们为众人分享了基督的血肉灵魂——愿我永远是他们神圣力量的仆人！他们是我们灵魂的统治者，他们净化了我们并把我们从罪恶中解救出来。不论在地上还是天上他们都被赋予了权力，为我们打开和关闭天堂的大门。如果他们不在那里，我们的灵魂就会在地狱里，在永恒之火的炙热角落里，受到折磨和煎熬，而魔鬼也会有机会分到一杯羹。如果他们不在我们过吊桥时拉住我们的手，我们就会掉进深渊，我们身体的每一块都会落入无数魔爪中。说你想说的话，做你想做的事，没有人拖你的后腿！每个人都是自己的主人。但凡说这种话的人，应该把他的牙齿打掉，让他清醒过来。

你能怎么着呢？一头乡下驴子，笨头笨脑，思想简单，粗鲁而质朴，他从来都没见过老师和学校。对于他来说，清理马粪，握住犁柄，耕田种菜就是学校——他不知道别的。如果一个人不洗手就吃饭，月复一月、日复一日地在田里和马厩里，从他那能打听到啥事儿？谁又会理会他说的话呢？不管是人还是野兽，都是一样的。如果一个人不知道该如何受洗，不知道该把手放在胸前还是放在额头上，也不知道是从右到左还是从左到右画十字，但只要他在一年中去过五次教堂，就不会引起别人的注意。

所以听了阿加西的话的人不要生气，也不要举手打他的嘴巴。别人的语言更加尖酸刻薄。但很少有人像阿加西一样有这样善良的性格和心肠，这样美好的灵魂。

他不再是个小孩儿了，他已经二十多岁了，但他在父亲和母亲面前表现得像一只无辜的羔羊。他没有一次以任何方式违抗过他们，也从没对别人说过一句不愉快的话。当他的眼睛与别人的眼睛相遇时，他立即想起了他父母的教诲，并竭尽全力地按照他们的意愿行事。

所有的同村人都为他欢欣鼓舞，都以头颅起誓。他们钦佩他，赞美他，祝福他。如果有人遇到麻烦，如果有人感受痛苦，他就会忘记自己，赶紧去帮忙。他会从嘴里省下食物，给别人吃。他不保护自己的财产、自己的田地和自己的牲畜，而是去保护邻居们的财产。作为村长的儿子，他是穷人和弱者的朋友。

如果一个孤儿来到他们家，他就铺上桌布，打开钱包；如果一个人没有犁，他就把自己的犁给他；如果一个人没有牛或随从，他就把自己的派去。如果有人没有足够的钱雇人去修剪葡萄藤、翻土、掩埋葡萄藤，到了春天再把它们挖出来，他就会召集村里的小伙子们，不用叫不用请，自己就来帮人干活了——当主人来到自己的花园，非常惊讶，然后就开始祈祷上帝赐予他幸福的生活，因为在我们国家，如果不及时掩埋葡萄藤，它们都会死。许多父亲和母亲都羡慕阿加西的父母，羡慕他们有这样一个好孩子。

　　无论哪里有聚会，无论哪里有酒席，他总是走在别人的前面，逗人开心，令人捧腹大笑。

　　他生来一副高大的身材，一双深邃的黑眼睛，他的眉毛仿佛是用羽毛画出来的，他生着一张无比美丽的脸庞，他甜美的言语、悦耳的声音、宽阔的肩膀、高高的额头和金色的卷发，让所有人都为之疯狂：谁看了他，都会忍不住盯着他看。

　　当他把萨兹①拿在手里时，在那一瞬间所有的石头和树木都开始呼吸，它们活了过来，开始说话。

　　虽然他的脸被晒伤了，失去了娇嫩的颜色，但当他笑的时候，当他睁开眼睛、扬起眉毛的时候，仿佛一朵正在绽放的玫瑰，在他的脸上闪闪发光。

　　他枪里的子弹从来没有打偏过。他心地善良，不会白白杀死

---

① 一种弦乐器。

一只鸟，也不会踩死一只蚂蚁，但村民们日夜受到入侵者的骚扰，如果碰巧土耳其人进入花园要杀死他或他的邻居，那么无论他在哪里，哪怕在天上，都会立即出现，如果你从村子的另一端叫他，他也会立即出现，如果他不能用语言解决问题，那么他就会拔出他的剑、步枪，或者徒手制敌，敌人就会像被打败的猫一样被制服，有时跳进大桶里，在那里藏起来，最后跳进水里，因为经过无数次实践发现，你若不打败土耳其人，他就不会成为你的朋友。

他非常强壮，抓住一个成年男子的腰带能把他像鸡一样举过头顶，转个身，再放下。他要骑马时，只要他一抬手，狮子就会弯腰，把背靠向他。五个人一起攻击他，也无法扭动他强壮的手臂。他用马刀一刀就能砍断公牛的脖子，刀尖刺到地上。他常常用马刀的一个刀柄赶走 20 个强盗。只要一提到他的名字，土耳其人就会瑟瑟发抖。如果发生打斗，往往仅凭他的声音，打斗者就会像苍蝇一样飞走，四散而逃，直到无影无踪！

他的绰号是"阿斯兰·巴拉西"[①]。要是让他去收拾强盗和土匪，就算把他的双手都捆起来，他也会毫发无损地回来。

虽然他拥有如此惊人的品质，但他与孩子在一起时仍是个孩子，在大人面前就是个大人。

他站在可汗或沙赫面前，回答他们的问题，仿佛他生来就是国王的儿子。笑容和喜悦从未在他的脸上消失过，他的心是如此

---

① 意为"狮子之子"。

纯洁，他的良心是如此安然，他的灵魂是如此正直。他的每一句话都像一颗无价的钻石。

　　许多母亲都想让阿加西做自己的女婿，想好好照顾他。年轻的姑娘们只要听到他的声音，甚至听到他的名字，就已经准备把自己的灵魂献给他了。通常，当她们去打水或站在屋顶上时，看见阿加西从旁边路过，她们觉得这就是天使，为他而着迷。听到他的声音，看到他匀称的身材，姑娘们都很激动，甚至失去了理智，打算把自己的心掏出来献给他。当姑娘们唱着《亲爱的居卢姆》①时，或者在算命占卜的时候，每个人心里都牵挂着阿加西。她们会梦见阿加西，醒来后又对梦中的爱情感到惋惜。

　　如果哪个女孩从阿加西手里得到了苹果或玫瑰，她会把它们放在口袋里，即使它们已经腐烂或枯萎了；睡觉时，她会把它们放在枕头上，醒来时，她会去闻它们，把它们贴在自己的胸口和脸上。当阿加西在某个地方做客时，从无数个地方、墙缝、门缝、各个角落，姑娘们的眼睛就这样盯着他看。她们每个人都希望阿加西的手能碰到自己的手，能够与他同呼吸，或者让阿加西的剑插入她的心脏，她要为阿加西而牺牲，让阿加西埋葬她，让阿加西伤心地为她哭泣，为她流泪。但可惜，阿加西早就实现了他长久以来的愿望，而姑娘们的梦想就只能是梦想了。整个村庄对阿加西的爱是如此狂热，他们甚至为他谱写了一首歌——他们自己唱，并教给孩子：

――――――――

① 是一首在鲜花节上演唱的合唱歌曲，也叫"迎春歌"。

亲爱的阿加西，你是我们最高的荣耀，你是一道亮丽的风景。

你在这世间独一无二！

我们乐意把生命献给你，珍爱你，我们的天使，我们将在坟墓里呼唤你，把我们的灵魂交给你。

你给天空带来光明和色彩，你给花儿带来生命和芬芳。

你若走过，群山都低头致敬。

听见你弹奏的萨兹，夜莺和玫瑰都在哭泣，拍打着脑袋，

如此喜欢你，如果你不在那里，他们就会感到悲哀。

只要我们还活着，你就是我们的光，永远庇护我们，

就算死了，你也会让我们安息，到我们的坟墓里变成一只脚。

这样的儿子让国王真羡慕，光耀门楣。

听到你的名字，残酷的敌人都会四散而逃。

你的脸庞在阳光下熠熠生辉，你是太阳的宠儿，我们亲爱的人，

云朵都会张开翅膀，欣赏你的美丽。

如果你走出家门，所有人都会为你而着迷，

如果你开口说话，所有人都会窃窃私语："我们可以为你而死！"

你的眉毛仿佛是羽毛化成的，你的身躯好像是法国梧桐。

每个人都对你钦佩不已。

过来，快过来，亲爱的！

然而，无论阿加西做过什么，在家里他都表现得像一个女孩

子。没错，这次有一件小事儿传开了——就是谢肉节那天发生的事儿!

酒窖和储藏室的钥匙都在阿加西母亲的口袋里，她是一个坚持己见的人，她固执地说，在教堂礼拜结束之前，就算阿加西渴死，也不会给他一滴水喝。他年轻的妻子就这样努力遵守着，但她能做什么呢? 她什么都做不了主，可怜的人。

这个铁石心肠的婆婆谁都不管，谁的话也不听。一切都是她亲力亲为准备的：伏特加酒、葡萄酒、鸡肉、鸡蛋、羊肉——在教堂礼拜结束之前，要是有人路过这里，用手指碰了什么东西，那他可就惨了!

一切都井井有条，在萨库①里铺上了地毯，把院子和房子都清扫了一遍。今天村里的长老们都被请到了这里，在谢肉节期间各家每天按顺序轮流请别人吃饭——这是一个传统。

阿加西派人爬上屋顶，那人盯了很久，直到人们从教堂里走出来。仆人一看到妇女们的白纱，就赶紧向房屋跑进去，让小主人高兴。

但母亲坚持按照自己的方式做事：不让阿加西动弹，直到萨拉哈图恩奶奶②回到家，把她的圣诗和面纱放在一边，说"主啊，怜悯吧"，然后给每个人分一个圣饼。

"愿上帝不要生您的气，您今天把我累坏了，把我折磨死了。"

---

① 谷仓里的客厅。

② 一些资料显示，哈·阿博维扬的奶奶也叫这个名字。

阿加西嘟囔着，把一块圆饼塞进嘴里，不等客人来，就跳出房间，在门后消失了。

那匹好马一定认为有这样一个骑手在它背上是一种荣誉。阿加西的脚刚碰到马镫，这匹马就开始快活地摇着脑袋，用蹄子踢打地面，铁掌碰撞出火星，咆哮着，打着响鼻，然后它就像长了翅膀一样冲了出去。

阿加西的朋友们也相聚在一起，一切都准备就绪了：大家都等待着自己的长辈入席，否则他们可不敢开席，因为刚看见尊长们从教堂走出来，现在就站在村里，谈论着这些小子们今天干的坏事儿。

其中一个人咬牙切齿地说："这些没牙的老头怎么还不死，他们肯定不会让我们消消停停地享受这顿盛宴。哎哟，他们都老了，已经忘记了自己的青春，所以他们不希望我们生活在快乐之中！"

但老村长奥加涅斯是一个经验丰富、十分老练的人，他的胡子和头发因遭遇了无数次的不幸而变得灰白，他曾无数次地陷入不同的困境。现在，他稳稳地、骄傲地站在那里，命令村里的信使，如果发现有什么土耳其人出现在村里，就先带他去吃个饱饭，然后好好地看着"这条狗"，以免咬到人。说完话，大家带着神父，不慌不忙地去了村长家。

他们一走，我们年轻人的星空就亮了。

2

“长老们来了！嘿，你！后退，靠边站，让路！”信使科坦大声地叫喊着，他有一只眼睛瞎了，脸看起来歪歪扭扭的，一半胡子绞在一起，粘在脸上，另一半粘在脖子上，粘在下巴上，他这辈子就这么一直大喊大叫的。

沙皇都不会像我们村里的长者这样披着厚斗篷隆重地进入宫殿，他们中的许多人身上的衣服还不到两个卢布。

有的人裹着穿了十来年的破烂不堪的罩袍，有的人肩上披着破旧的打着很多补丁的库尔德阿坝 ①，虽然遮住了嘴巴和胡须，但腰部以下却没遮住。破烂的呢料外罩衫已经磨得很薄了，千疮百孔的，被风吹得乱七八糟，感觉好像要把这些破衣服吹烂吹飞。

而每个人的头上，都像坐着一只公羊！微胖的有钱人，他们从头到脚穿着还算体面，上帝赐予的衣服：新的拉布衫、有刺绣镶边的深蓝色细布裤子、精致薄呢料的浅蓝色外罩衫、蓝色细布库尔德外套；白麻布或羊毛的腰带。有些人衬衫的领子是卡那乌斯绸的，有些人的领子是亚麻布的。虽然衬衫上也有补丁，但不超过十几二十处，补丁是彩色的，红的、黄的、条纹的，所以有些衬衫从远处看会被误认为是五彩缤纷的马披或花条纹的猫尾巴。

但最引人注目的是，他们每个人都穿了一件狼皮大衣。看上

---

① 阿坝指厚呢子披风。

去，就像土耳其人用散沫花染料染的红色大胡子把整个身体遮盖住了，没有任何裸露的地方。前襟和肩上垂下来的窄袖，像极了牵驴子的缰绳，一直垂到地上，所到之处被清扫得像镜子一样干净。每件毛皮大衣都有一拃厚，但可惜的是，日晒和雨淋让它褪了色，看上去像一张得了皮肤病的马皮。大衣上积攒了整整十年的灰尘和污垢，别提多厚了！许多人的肩膀和背上都有巨大的破洞，毛都掉光了，乍一看以为是春天正在脱毛的骆驼。

他们中的一些人戴的高帽子上的毛皮破了，帽顶钻出一些毛，哪怕是被轻轻一吹，每根茸毛都会飞到空中，在头顶打转。

尽管如此，还是很开心地看到头人和其他大多数长者们把帽子翻到右耳朵处歪戴着，高兴地把羊皮袄从一边肩膀拉到另一边肩膀上，摇头晃脑的，让他们高高的帽子不出丑，保持笔挺。

他们时不时地请对方吸烟，或者与朋友搂脖抱腰，回忆起自己的童年，开着玩笑，相互推搡打闹，吹着口哨，弹着脑瓜嘣儿，呵斥，扑哧扑哧地笑着，哑巴着嘴，啧啧地赞叹，或是哈哈大笑，声音震耳欲聋。

总之，许多人一路从教堂笑到家，笑得肚子疼，不知不觉中仿佛已经过去了整整一年，他们始终是沿路走走停停交谈着。

我说的都是真的，他们中的许多人虽然穿着鞋，但没穿袜子，光着脚。有些人的袜子上打的补丁足有一千处。在他们的手上、脸上和胡子上满是脏东西，显然已经堆积了整整十年。

他们中的许多人嘴里已经不剩几颗牙了。本来就是穷人，现在还老了，你能拿他怎么办呢？

但是每个人都有一座房子和一个装满东西的地窖，里面堆满了各种各样的好东西——都是上帝的恩典，除了蛇蛋找不到，啥都能找到。

装满酒的卡拉斯①排成一排整齐地摆放着。粮仓堆满了粮食，牛棚里拴着奶牛和水牛，还有小牛犊和小水牛，马厩里有一匹好马，院子里有一架挂满挽具的犁。

储藏室里成堆的甜瓜、西瓜、梨、苹果，各种水果成捆挂着。进入储藏室时，你会被这些扑面而来的香气迷住。

当新娘和年轻的丈夫或尊贵的客人在给予生命的感恩节时将头枕在枕头上，他们会产生一种错觉，仿佛在天堂中睡去，又在天堂中醒来。

他们中有的人拥有两个花园，有的拥有三个花园，家里随时都会有工人和牧羊人，整个房子里嘈杂声不断。

卡拉斯罐子里装满了塞凡湖湖鱼。锅里有奶酪，细颈罐子里的卡乌尔玛烤肉，还有祖赫、博赫、沃霍马科特。还有一些罐子里装着酥油、黄油。羊皮里也有奶酪——我还能说什么呢，这不是房子，简直是酒的海洋！

即便是十个人同时来到这样的家庭，吃吃喝喝一整月，打碎盘子，砸坏东西，那房主的财物也不会觉得有减少。

常有这样的情况发生，哪怕是一个完全无关的陌生人，经过他们家门口，主人也会拉着他的手，邀请他入席，让他品尝他们

① 一种大的陶罐，通常盛酒。

餐桌上的菜肴，然后再继续上路。

有时，他们在教堂里看到一个外来者，听他说完："上帝保佑，上帝保佑！"大家站在教堂门前的台阶上，每个人都想成为第一个邀请他到自家做客的人。

如果情愿请客的人很多，那么他们就达成协议，他们经常留客人待两个星期左右：一天在一个人家里喝酒，第二天到另一个人家里喝酒，或者所有人一起款待他，逗他开心，安抚异乡人的心。

许多人养了成群的羊。

有些人卖了两三百公斤的梨、苹果和杏儿，并把同样的数量分给穷人和路人。他们还会储存一些留着治病，那些山里来的没有果园的穷人，不管是土耳其人还是亚美尼亚人，都可以来拿一些水果回去给他们的病人吃，这样他们就不会白白等待和盼望了。在我们国家，无论一个人得了什么病，他的第一服药和最后一服药都是水果。如果没有水果，也就无药可救了，他口干舌燥，临死也不会得到缓解。

每个人都专门从家里的存酒中分出一小部分酒以供教会需要，如果农民在村了里没有果园，还会分给农民一些，让他们纪念亲人的亡灵而得到安宁。

在教会五大节日的前夕，他们会宰杀祭祀用的公羊或母牛，举行葬礼和弥撒，向神父付钱，全家人都会去亲人的坟墓，在那里举行追思弥撒，给穷人发食物。

除了一些衣服，他们在市场上几乎不为家里买其他东西，只买做男士衬衫或外罩衫用的布料或粗麻布，但大多数情况下，都是年轻小媳妇和女孩子们在家里纺纱织布，自己缝制。

再看看他们的妻子，如果看到她们全身穿着丝绸和绸缎，简直让人发疯。丈夫们在很多方面已经不讲究了，而他们的妻子则从头到脚都保持着干净整洁。一个男人总是在田间地头劳作，能给他穿什么？而他们的妻子每天和餐具打交道，所以应该让她们穿好戴好。

常有这种事发生：为了激怒对方，他们把自己的妻子打扮得像春天的玫瑰：搓纹革鞋、有时红靴子、绣有金边的丝绸长裤、鲜红的丝绸明塔纳[①]、绣有金边的莱查克[②]、卡拉姆卡的阿尔哈卢克[③]、貂皮大衣、银扣子、银手镯、绣花的奥什马格[④]、挂有硬币的天鹅绒丝带，额头上戴一圈，在沙尔瓦尔[⑤]上缝一圈，带花纹的领子、金腰带、镶嵌宝石的戒指、琥珀或珊瑚项链——中间穿孔加入金子，或是用二十戈比的硬币串连起来，胸针、耳环是金的，或者是珍珠做的、明塔纳的边儿也常镶有珍珠。

许多人的头上戴的各种头饰、装饰物，足足有五图曼[⑥]！许多人的额头上都系着一串纯金铸成的硬币。

每个人的妻子和女儿好像是可汗或贝克[⑦]的女儿一样。

----

① 明塔纳是指亚美尼亚节日民族服装。

② 莱查克是指印花棉布围巾。

③ 阿尔哈卢克是指有手工印花的长衫。

④ 奥什马格是指盖住嘴巴和部分鼻子的头饰。

⑤ 沙尔瓦尔是指女阔腿裤。

⑥ 图曼是伊朗货币单位。

⑦ 贝克或称拜伊。在古老的土耳其，它是当地民族的突厥贵族头衔。

每户人家都有四五个儿媳妇，如果一家之主生了病，儿媳妇们就会围在他身边，照顾他，给他洗脚，喂他喝水。只要他把头或背凑过来，他的儿媳妇和女儿们就会争先恐后想方设法地给他抓痒或是往他脑袋上看。

不管他是拿着三卢布，还是拉布钦 [①]，她们每个人都跑过去做自己擅长的事情。有的给他揉腿，有的给他把水烧热，有的端来壶给他洗脚洗头，有的卷起袖子给他倒水，有的给他递上毛巾，有的给他卷袖子，有的给他整理衣服，有的给他铺床，服侍他睡觉。

当他睡着的时候，儿媳妇和女儿们会仔细检查，绝对不会让苍蝇从他身边飞过，或者落在他的脸上。

家里有客人的时候，她们也会这么服侍他，都不敢抬眼看他。假如他表达了什么愿望，她们都不是小跑而是拼命奔跑着去满足他。她们会双手抚胸，站在那里，望着主人和客人，等着他们随时下命令。只要婆婆或公公的一个眼神她们就心领神会，她们是绝对听话的。

这就是幸福，所以幸福就是有钱。让这些钱被诅咒吧，让铸造钱币的人也被诅咒吧！村民们常常摇着头说：既然钱不能吃，也不能把它当衣服穿，今天你把口袋塞满钱，明天就会咬你的手指！有它们在，你就夜不成寐，日不能安，魂不守舍，就像肚子剧烈地疼痛。钱如铁锈一般，如手掌上的泥土一般，今天它还存

---

① 拉布钦是一种鞋头向上尖的高跟鞋。

在，明天就会消失成为回忆。你死了，就会归狼和狗所有。品尝钱的感觉和吃自家的肉是一回事。

你瞧，萨达尔[①]来我们这儿了，大财主也来了。只要是盆里有面包、陶罐里有酒、麻袋里有面粉就行，哪怕让我一贫如洗赤身裸体呢！如果让我悲伤，还不如让我死去！让我的家中富有，孩子们都安然无恙，不管是一千人来我家，还是一千人离开，对我来说都不是负担。面包是上帝创造的，我同样也是上帝创造的。如果有人来了，就让他吃吧！感谢上帝，我还有很多东西可以吃。只要我的孩子们都健康，只要我还活着就好。上帝怎么能从创造物中减少食物呢？我把帽子推到后脑勺，努力劳作，以补上我的缺失。让懒惰的人去忧伤吧！

不，不——没有灵魂、没有信仰的人才会向金钱投降。钱也好，灰尘也罢，都是一回事，过眼云烟。

制金匠波先生[②]很有钱，那又怎么样呢，难道他个头能比我高一点点吗？还是过得比我好？他歪斜的眼睛能说明一切。由于操劳脸上脱皮了，变得骨瘦如柴，前胸贴后背的，牙齿突出，眼眶凹陷。一阵微风吹过，他就会全身收缩，蜷缩成一团。如果你捏住他的鼻子，他就会断气。

即使一千名这样一无是处的土耳其人和亚美尼亚人、乞丐和流浪者以及各形各色的异乡人在一年内不吃我的面包，即便他们

[①] 萨达尔是波斯语首领的意思，是一些伊斯兰国家的司令。

[②] 他完整的名字是波戈斯。阿博维扬指的是一个现实中的人——埃里温的富翁，珠宝商扎加尔·波戈斯。

不在我家睡觉，不喝我的酒，难道我就能安然入睡了吗？即使是掘我的坟墓，我也一言不发。

我的果园物产特别丰富，在德黑兰和伊斯坦布尔都知道我的果园。我怎么能拒绝别人呢？这是我的习惯：随便吃多少都行，装满一口袋，再装满库尔金①回家。

自己栽树，可以在树荫下睡觉，自己种植水果，可以吃收获的果实：在这个世界上还有什么比这更好的呢？我不穿新衣服，穿着旧衣服感觉也很好。谁能阻挡我？谁能一边敲打着我的头，还一边让我穿上丝绸和锦缎？难道我自己做不了自己的主吗？

当你进入城市时，感觉这个世界充满饥饿：你既没有满足感也没有幸福感。但如果卖面包和水来赚钱，那么你的安身之处何在？能向谁伸出援手？

我曾多次看到，店铺里堆积着金铸的卢布以及各种货币，每次，当店铺的主人开始数钱时，他的灵魂似乎与身体分离，毕竟他们对自己的金库还是很关心的！试想，金钱长了翅膀，瞧，它可能会飞走！

但要同这样的人伸手，除非我是个狗崽子，除非我没有获得"一把草芥"的殊荣，如果我说的是假话，那上帝、大地、天空、海洋、陆地都是见证人，不会递上稻草戳你的眼睛。呸！一个人为了贪图金钱就必须出卖自己的灵魂。

哪怕你在最亲爱的人的房门前站一千年，卑躬屈膝，即将饿

---

① 传统东方手袋，采用多色羊毛纤维地毯工艺编织而成。

死，哪怕你前心贴后背饿得肚子咕咕响，也不会有人请你进屋，连口冷水都不会给你喝……

即使他在你家里吃了、喝了，吃你的面包和盐吃了几个月甚至是几年，但当你们的目光相遇时，他像被子弹击中一样。他也会转过身背对着你，甚至连看都不想看你一眼。那么就连同你的钱去见鬼吧！你这个无赖！我就把你当作是个瞎子，不想认出我，也不想邀请我上桌，那就让石头砸在你的头上吧！我祈求上帝，让你碰上那个世界的恶人，让你因此而失明，对你来说，问声你好，祝福健康，有这么难吗？至于让你把脸转过去，往回跑吗？道一句"早上好"或"下午好"，是不需要为此付钱的。你为什么像个木头橛子似的站着？不为别的，不为钱！不为钱！哦，你这个贪财的人，你这个吸血鬼！即便我的大衣不是用上好的布料，而是用普通的毛料制成，而且又旧又破，而你的大衣是崭新的，用最上等的绿呢料制成，那我也不会把它抢走！像你这样讲究穿戴的人有成千上万，就让他们崇拜我简陋的楚哈① 吧，没有客人时它可不会吃饭。如果再让我抓到你，我知道我会把你的马转到哪里去！别着急，等到风把你吹到我们这儿的，等着瞧吧！

而当我们买印花布的时候，他们却竭力地想拿走我们最后一个五戈比硬币。

好吧，这是时代的原因！过去是否看到或听到过这种情况：可以把小羊和狼放在一起放牧吃草，但现在人们需要把公牛抬起

_____

① 高加索人民的男士外衣。

来，看它下面是否压着小牛犊。如果一匹马摔倒了，他们就赶紧把它的马蹄铁取下来。能向谁诉说自己的痛苦呢？

父亲不认可自己的儿子，儿子也不认可父亲，兄弟不认可兄弟。好在，还没有被完全摧毁。

一个人必须自己做好事，上帝才会给他送来好运。

不过，至高无上的主啊，请保佑我们的土地和我们的水！如果世界上还有人有灵魂和信仰，那就是我们。

让我们吃喝玩乐、互相尊重、彼此开心，那么，即使他们不念我们的好，至少也不会记得我们的恶。

一个人做的事情，会从别人身上看到结果。行善则见善，行恶则见恶。

阿波夫[①]已经去世一百年了，但对他的美好记忆一直留存着，大家都记得他的好。无论是突厥人还是亚美尼亚人都在他的墓前发誓。

他在路边有一个大果园，名声在外，连印度斯坦族都知晓。他亲手播种这片大果园，是为了让每位经过的路人都能享用它的果实。

每天早上，四个园丁收集所有的掉落的果实，装在大筐里运到路边，把经过这里的人的袋子和衣裤口袋都装满。这个果园就

---

① 阿波夫是阿博维扬的祖父，一些资料显示，他为穷人和多神教徒种植了一个巨大的花园，一直保存到 1930 年（现在那里矗立着埃里温电灯厂的建筑）。阿波夫是 18 世纪 80 年代秘密协会的成员之一，该协会决定开始与俄国进行谈判，希望能从伊朗侵略者手中解放亚美尼亚。

像一座真正的大森林，主人没有从这个大果园里拿走一个水果或一杯酒作为家用，所有的东西都被分开存放，分发给村里的穷人。

我们能从这个虚荣的世界带走什么？我们一无所有地来，也将一无所有地离开。即使我有很多财产，很多财富，哪怕我已经成为这个世界上一个伟大的人物，我仍将不得不进入坟墓。那时，我的财富就只是一把土和一块麻布。如果我表现得好，别人会说："这人挺不错。"如果我表现得差，他们会说："这人挺恶劣的。"

"亲爱的神父，"他对神父说，"我是在说实话还是谎话？我无法分辨文献中的黑与白。我对世俗事务的判断也非常短浅。谁不喜欢，那是他的自由，每个人都是自己的主人……（对个人来说是自由的，但对村子来说你是村长）"土耳其人被诅咒，但他说的话是美好的。你怎么想，村长？如果我没说实话，就掌我的嘴，揪我的耳朵，你自己清楚你的数落对我来说是一种爱抚，即使用整个世界去换你的一根头发，我也不会去做。如果我说谎，那你就说："你在胡说八道！"我就会闭嘴。

的确，没有人关注我，无论是老师，还是博学的僧侣，但我对那已故父亲的美好记忆可以抵得上十位学识渊博的僧侣。他过去所说的一切，就像在福音书的空白处做的标注。在他的内心有一整本《圣经》。他说一句话，能援引一千个不同的证据。他对《日课经》《赞美诗集》《经集》①都熟记在心。假使有一百个哲学家和博学的僧侣和神父聚集在一起，他也会让他们闭嘴，撵走

---

① 东正教中用于家庭小范围的经集。

他们。另一个世界正在发生什么，他可以说出来。如果有收税官到我们村子来收税，为了避免落入我父亲的手中，会躲起来，否则，救命啊上帝！父亲会把他折磨得忘记来时之路。

如果我现在能用自己这笨脑袋聊天聊得这么顺利，这都是他给的——那我自己是谁呢？我能知道什么呢？一大早天亮前去教堂，深鞠躬两三次，就出来了，翻翻书，打打哈欠，如果想睡觉了就倒在柔软的床上，吃喝玩乐，参加宴会，肚子撑得发胀，头也发胀，然后却责备起我们来：把我们劳动挣来的都给我们，让我们吃得好，穿得好，用得好，为你祈祷。我的老兄，神父，我的灵魂，你是我的光，你有祈祷文，把它留给自己为自己祈祷。难道是给我们放的债吗，现在又要回去了？在最坏的情况下，我会说：上帝，我向你忏悔。

上帝不看他们说话的嘴，而是观察他们的心。当婚姻是否合法的问题出现时，如果是近亲关系，神父们会随时拆毁我们的房子。那么，如果是近亲，用金钱就能使关系变得疏远吗？

我们闭上嘴，只听从他们的吩咐。假如我们保持沉默，难道上帝从天堂看不到这些吗？

我在这儿吃着自己的羊肉手抓饭，却有人打你的头；我在这儿喝着自己的玛索尼①，却有人说你是贼猫，这到底是怎么一回事？

当然了，他们是神职人员，我们不能得罪他们，所以连石头都被诅咒得开裂了，只是他们应该稍微克制一下自己。

---

① 起源于亚美尼亚的发酵乳饮料。

塞凡的隐居者①都是好僧侣，他们不喝酒，不知道肉的滋味，他们的衣服是粗糙的毛线或家纺布做的，他们睡在光秃秃的地板上。但他们的脸闪着光芒。无论你给不给钱他们都会为你祈祷，给你祝福。如果你去拜访他们，他们会和你谈论笃信宗教的虔诚行为。如果他们看到女人的脸，他们就会跑到两俄里之外。他们从不谈论女人、酒、金钱、马匹这些东西。

但我们当地人，不介意自己骑上一匹跑得快的马，他们穿着丝绸和绸缎；他们有可口的羊肉抓饭、上千种美味菜肴和各种饮品。

但是，当有人与他们扯上关系时，他们就会做好随时要砍掉对方脑袋的准备，基督或穆罕默德都没有这么做过。这算什么？那么，我所要做的就是把钱递上去，好让我的灵魂进入天堂吗？好吧，如果我是个坏人，如果我做了无法无天的事，难道仅仅通过他们的一面之词，主神就应该赦免我灵魂的所有罪孽吗？为什么要给上帝金钱，难道是因为他的名字被神圣化了吗？钱应该给那些穷人。与其说把钱给一个连谢谢都不会对你说的人，还不如干脆把它们扔掉。

即便你接待他们一千天，热情款待他们，但如果你去他们家，却连一口冷水都喝不上。不，上帝是不会允许这么做的！剥削我们，让他们的朋友和亲戚满意，却还在污蔑我们。

假设我们不关注这一切，我们遵守礼节，但我们的孩子们却像驴子一样成长，没有人关心他们，不开办学校，没人教书，他

----

① 居住在塞凡岛中的隐士以严格自律而闻名。

们就想着要夺走我们凭良心所得到的一切。

去清真寺吧，你看，每一个毛拉①尽管不是基督徒，也会召集四五十个大人、孩子从早到晚地教导他们，给他们解释信仰的问题；而我们的人只是一味地追逐着自己的快乐。那么请问，谁的行为能让上帝更满意？

你说了又说，求了又求，他们都不听。我们的孩子们就像我们一样，像驴子一样吃饭，像驴子一样成长。我们自己是外行，无法教导他们。而那些知识渊博的内行却堵住了耳朵，我们该向谁求助呢？

如果我在撒谎，嘿，在座的各位，用你的手指挖出我的眼睛！我们的人民处于如此悲惨的境地，注定要遭受刀剑烈火，这一切都是因为没有人向我们解释，我们是谁，我们的信仰是什么，我们为什么会来到这个世界上？我们一无所知地来，又什么都带不走地离去。一只母鸡喝水或啄食碎麦粒时，一天上百次地鞠躬点头，但这有什么用呢？

谁都知道天上有上帝，有秉公的法官，但我们还要知道在这个世界上该做些什么，才能不让法官谴责我们。不是这样吗？弟兄们，我们要自己去判断。

是我的错，就这样吧。但是最后一个土耳其人可以背诵大部分的《古兰经》，而我却不能背诵祷告词《以父之名》。如何能知道死后我的灵魂和肉身会在哪里？我可怜的孩子们会从我这儿学

---

① 对伊斯兰教学者的尊称。

到什么？

三言两语是讲不清楚的。

当然，我无法用手指抠自己的眼睛，用拳头打自己的头和脸颊，但我能怎么办？一想到我们悲惨的处境，我的心都碎了。让他们来教导我这个老头，教育我的儿子，给我们指明方向，不要把我们带离正道，不要让我们放弃信仰。让魔鬼抓住我，让我失去一小撮土地和一块亚麻布，还有一座教堂和弥撒，如果那样的话我不会为他们付出一切，如果我不为此向他们付出一切的话：如果他们想要我的眼睛，我就把它抠出来给他们；如果他们想要儿子，我会杀了我的儿子，我会牺牲他……

"亲家，阿鲁提翁，你应该讲讲，"村长说："你对谁说话？对谁说话？我们的人民成千上万，他们既不识字，也不知道文字的力量。我们的星星已经消逝，我们会像来时一样离开。你说的每句话都如钻石般珍贵，但谁需要它呢？在狼的头顶诵读福音书，狼说：'快点读吧，要不然羊群要走了！''Bilana bir, bilmiana bin（对明白的人讲一次，对不明白的人讲一千次），'土耳其人说。你要向谁诉苦呢？谁愿意被气得嘴歪眼斜呢？"

如果你的话没有起到作用，你为什么要白白地折磨自己？你不为自己的嘴感到可惜吗？对一块石头讲道，连续讲十年，又有什么用呢？能对它产生什么影响呢？愿上帝让我们父母的灵魂安息，因为他们教育我们要去教堂，否则我们会像野兽一样长大。这些事情我们可以谈论上一年都不会结束。

到我家来吧，吃一口上帝赐予的东西，让我们为父母的亡魂干杯，或许有一天上帝能怜悯我们。不能永远这样下去！

走吧，走吧，否则很快就要到大斋期了，到时候坐在那里吃腌菜，啃胡萝卜，把它们勉强塞进嘴里、咽到肚里，那就糟糕了。趁现在过谢肉节，必须大吃一顿。

任凭上帝安排吧！富人和学识渊博的僧侣能坐在自己的位置上，即便他们不愿意做善事，那就不做。总不会因为他们有罪来追究我们的责任，找我们算账吧。谁知道我们明天会发生什么？他们吸食高尚的人的血和肉。想办法自我拯救吧！上帝是我们的依靠，他不会忘记我们，不会离开我们的。

现在环境很差，路也不好走，而明天的光明还是会到来的，那时许多母亲会开始哭泣。

如果你的路是直的，那就沿着它一直走吧，不管它有多长，都不要偏离直道。否则，如果你要走山路和峡谷，就会很糟糕，你会经历很多麻烦，古语说得好：谁偏离了道路，就会失去一只眼睛……

来吧，一起去我家吧，看看我们的女主人做了什么菜。可怜的女人整夜没合眼，忙里忙外的，像旋转的车轮一样……

上帝保佑我们的首领！如果不是他，这个人会把我们折磨死……另一边传来一位对话者的声音。他捻着胡子，嗅着空气的味道，摇头晃脑，胃口大开地咽了咽口水，咳了一声继续说道："日祷已经结束五个小时了，恐怕乌鸦都会想方设法弄块肉或是什么糟糕的食物吃吃，而我们只能在这里任凭饥肠辘辘、耳朵嗡嗡作响；严寒冻得小腿生疼，饥饿感也越来越强烈，可你看他，就在那磨磨蹭蹭，像一个全速运转的磨盘，磨啊磨。我正要打断他，想对他说：'你的结尾缩短些吧！商队要走了，放慢磨盘的速度吧，堵住你的嘴，管住自己的舌头；如果风吹你，那就回家去，让风在那里继续吹，但对我们来说，风已经足够大了，我们的手脚完全冻僵了，像木头一样不听使唤。'"

这真是一种惩罚啊，不是吗？如果想说话，就在自己家说，这样就可以听着听着就睡着了。而你，就像一个小商贩，在那纠缠不清！我们自己很清楚丢失的驴子被拴在哪里，如果你无法靠近，那就一点办法没有了。他们会扭断你的脖子，驴子会被砍掉腿和头，无法辨认。他看到驴子的主人在咆哮，主人却被告知说，不，这不是他的驴子！哦，再说了谁愿意被砍掉脑袋？

有一个古老的幽默：有人曾经问骆驼："为什么你的脖子是歪的？"骆驼回答道："我哪个部位是直的，我的脖子不能歪吗？"

这就是我们目前的处境，难道能用语言说服别人吗？不，先拿上牛轭和打谷板，准备好打谷场，堆好谷垛，然后抓住牛耳朵。哎，兄弟，你已经无数次看过他是如何拿着打谷板奔向草原的，你为什么在那儿一直叫喊，徒劳无益，还耽误我们吃饭？庄稼人要先犁地、松土，然后播种，否则虫子和鸟儿会吃掉你所有的种子，到时候你就会在那搔着后脑勺，吮着手指头！如果你想赶走蜜蜂，就要用烟熏它，你把脸凑上前去，它肯定会蜇你，这不是明摆着的事吗！

大家都驱马飞奔，不会有人在意谁跑在前面。自己身下的蜡烛亮着。世界是羊尾上的脂肪，人类是一把刀。没有人会向你索取什么。但如果你把杨树弄弯了，它就会倒向你，把你的头压碎。木桶匠的斧头会劈向自己的方向，而树的影子就在树的下面。水为鱼提供庇护所，母鸡会保护自己的小鸡。你可以大声说话像乌云密布雷声轰鸣一样，但谁会去听你说话呢？你若有药，就治治自己的病吧；你若有油，就存放在自己的锅里。无论你做什么，无论你说什么，水总能找到它的方向。你只能停留其间，得到一个坏名声。

老实人的帽子到处是破洞。你没听说过吗？无论是谁一巴掌拍在他脑袋上，羊毛都会随风飘散。但和你有啥关系？和其他人一样，你的肚子不会高出你的嘴。如果你从内向外呼吸，那就屏住呼吸，保持沉默。谁让你来我们这称粮食的？你为什么要带自己的量具冒出来？

如果你明白自家的墙都不能相信这个道理，那就对土地也不要说，因为别人会到处宣扬，而你会成为罪人。如果他们不听，你能怎么办呢？又不能因此杀死自己。

我曾经做过牧羊人的助手，而且一直是牧羊人的助手；不给我指明正确之路的人，上帝会惩罚他。应该砍谁的头，挖谁的眼呢？

我们站在冰天雪地中，冻得浑身哆嗦，可你瞧他，吹着祖尔纳，我亲爱的人儿啊，在他们跳舞的地方演奏吧，否则，如果你在这空无一人的地方吹奏，没有人会给你一个硬币，没有人会赞美你。

村长，我们来你家向你道贺。亲家阿鲁提翁，我请求你不要生气。让我的话语撞击山石，掷地有声，风，请把我的话吹向四面八方。如果你生气了，请喝些冷水来消除你的怒气吧。

你的头颅就像一座山，无论是雨、雪、冰雹还是雷击，你都不在乎。我们知道你说的是正事，但一个农民的话能算得了什么呢？

城里人被安排得很周到，在那安静地自顾自地喝着茶，哪个地方寸草不生，哪个地方被彻底摧毁，他一点儿也不关心。

每个人都在整理自己的帽子，挠着头。即使你张开嘴，他们会把土塞满你的嘴；即使你睁开眼睛，他们会把灰尘扬进去。如果一只狗认不出自己的主人，应该和谁说？请告诉我，应该和谁说？如果你有碎麦粒，拿去给你的鸡吃。如果你有稻谷，就拿去磨。如果你有能力，就磨好你的刀，从侧面出击。世界上到处是抢劫和欺骗，恶人就像是从驴子身上卸下来的轿子让你背着。不，兄弟，按照自己想要的方式去生活吧，开心地吃喝吧，享受谢肉节的盛宴吧！不用让脑子清醒！去吧，我跟着你……

3

于是，他们一个人推着另一个人，邀请对方先走过去，拉着对方的手或袖子，最终走进了村长的房子：

上帝保佑！豆荚和豌豆都是神圣的！感谢老爷的葡萄干，感谢所有人的心，（找到位置坐下）也感谢我们的双手（弄了许多好东西，把公鸡都驮到村子里来了）……然后弯下腰，走进房子暖和的地方。

愚蠢的人才不会对他们说这个话："上帝保佑你们，善始善终！"

现在让我们在他们温暖的萨卡门口待着吧，眼睁睁地看着我们的长辈们参加盛宴。假如他们不让你站在门外，你能咋办？如果你是一个陌生人，甚至是一个外族人，也是一样的，他们的习俗就是这样：你要是不在的话，他们不会吃任何东西，你要是不去，他们会生气，他们可能会各回各家。

进去还是不进去？不会把我们吃了吧？

不，如果你在他们那儿待上一年，他们所有人都会带你走家串户，盛情款待你，带你玩儿。到了谢肉节，要是有一整辆大篷车无意中进了村子，他们就会把大篷车从路上带回来，把你和你的仆人，还有马匹都留在家里，他们会照料所有人，不去叫醒你，也不会打扰你——他们就是这样热情好客！

快去吧！去饮马吧！再把马赶进马厩！我们去吃点东西，吃点肉，吃点手抓饭，只要把手帕贴到鼻子上，上帝保佑，那里气味便传到心里了。

如果你动作快，就来得及有个地方坐下，动作慢了，那就只能站着。每回都找不到地方坐，也是常有的事，这就跟你没关系了！

现在开始热闹起来了，场面变得混乱，都乱成一团了。你尽量把前襟拿在手里，把帽子戴在头上，不然你出去的时候就没有帽子戴了，就会感冒。好吧，你要是不听我的话，上帝会惩罚你的！

萨卡里热得像澡堂一样！一边烧着干粪，用来取暖，另一边呢，散发着公牛、母牛和马的气味，头都快炸开了，好像有人在我的头上钻孔。

当客人进来时，肚子空空，身体发虚，头脑不清醒，手脚都冻僵了，浓浓的蒸汽和黑色的粪烟打在他们的鼻子上，他们的整个内脏都颠倒了。

有人捂嘴巴，有人捂眼睛，有人捂肚子，有人捂鼻子，还有一些人点燃了烟斗。也许，他们认为这更简单一些，至少会摆脱这种难以忍受的恶臭！有人打喷嚏，有人咳嗽，还有人打嗝儿，好像心和肺都要一起涌出来一样。鼻子就是大鼓，嗓子就是唢呐，肚子就是手鼓。当他们咳嗽时，脸和胡须都变红了。他们打喷嚏就像下雨一样，向四面八方飞溅。他们不问谁的脸或嘴巴、眼睛或眉毛在哪里，他们完全忘记了这一切也是上帝创造的。

许多人没有手帕，他们就用前襟擦鼻子，或者用手擤鼻涕，然后抹到墙上。还有些人用力地把烟雾、蒸汽、粪便的味道都吸了进去：各种灰尘都吹进鼻子里，再传到脑子里。

这时候可怜的女主人也不想把脸弄脏，提起下摆，擦了擦鼻子，出来对客人说"早上好"，欢迎他们的到来。

听到这样的咳嗽和打喷嚏声，出于礼貌，她打开了外门，好让臭气和烟雾能散出去点儿。但是，说真的，我宁可她把胳膊扭断了，也比去开门强！

门吱呀一响，所有人都从座位上跳了起来，有的没戴帽子，有的拖着皮大衣，捏着鼻子，捂着眼睛，什么也不管，冲进院子里让自己精神精神，在萨卡的烟熏火燎之下，都不知道脚底下是什么东西，很难形容这种拥挤的场面。

他们以为是风把门吹开了，没有注意到我们可怜的女主人，她完全被挤倒了。响起了一阵喧闹声和尖叫声。当神父转过身来的时候，他们不知道该笑、该哭还是该出手相助：此时，女主人浑身都是水，像一条乌黑油亮沾着粪便的鲫鱼掉进一口可怕的大锅，一点儿都动弹不得。鼻子、脸颊、拉恰克和明塔娜，全都弄脏了，可以说，在"芬芳的"泥浆中她毫无体面可言。

在这样混乱的情况下，不幸的女人认为她的手很干净，把手指放在嘴边，把奥什马格往下放了放，让呼吸顺畅一点儿。愿上帝保佑与你作对的人不要发生她这样的事吧！一块美味的牛粪掉进了她的嘴里。谁都不会忘记圣餐、十字架和福音！口水以及各种难听的话从她沾满牛屎的嘴里吐了出来。

直到这时，我们反应迟钝的村长还以为这是由于小牛脱缰而引起的混乱，女主人想把它们赶到圈里拴上。但是他往门口一看，我的天啊！房子塌了砸在了他灰白色的头上。

村长尖叫着，像森林里的熊一样咆哮着，猛地击打着身边每个人的头部，冲上去把自己的夫人从这个混乱的地狱中救了出来，但是，撒旦瞎了眼，皮袄绊住了他的腿，随后咕咚一声摔倒在地上！

瞧他此时发生了什么？愿上帝保佑与你作对的人！他整张脸都插进了牛蜜罐里，眼睛、眉毛、嘴巴、鼻子和胡须都被涂得满是油脂，哪怕是一千名经验丰富的澡堂服务员花一辈子的时间都不能用指甲花如此巧妙而迷人地涂在上面。

慈悲的女主人看到丈夫如此不堪，忘记了自己的悲伤，从地上爬起来，去帮助自己的老头。而老头子只想做一件事：至少能把他的头从这个甜美的枕头上抬起来一点，使他的夫人不至于感到那么丢人。但他们的手还没有碰到，不知何故屁股撞到了一起……没有比这更糟糕的了！他们又一次摔在那香甜的蜜汁里了，这次，连四头水牛都很难把他们弄出来！

"你这个可怜的家伙！我要把你埋了！你为什么要爬到这里来？我丢的脸对你来说还不够吗，你还想再来一次。这又不是枣子，只自己吃，不给别人。你为什么要费这么大劲儿呢？你赶快从我眼前消失吧！你什么都不会做，连赶驴都不会。但愿教会、弥撒、面包、桌布、谢肉节、斋戒，都不要看到你的脸！我们自己过自己的谢肉节吧，让这些人去他们想去的地方，都见鬼去吧！他们应该马上打断自己的腿，这样他们就不会跨过我们家的门槛了！我们到底怎么了？我们在世界上都很丢脸。这真是太痛苦了。现在无论是家人，还是信使科坦，所有人都在龇牙笑话我们呢……"

"哎，你这个老巫婆！还嫌我不够倒霉吗？你还在那里骂我！你最好管好自己的舌头，把嘴给我闭上！小心我把你的牙踢掉，让你吞下去。难道你每天吃的是屎吗？你缠着我干什么？要不是你把自己弄成这副德行，像个残疾一样爬都爬不起来，我们两个人就都可以避免麻烦。管她是女人，还是生鸡蛋，都是欠打的。谁乐意找女人，我就把这些话说给谁听……很多话都到了嘴边了，但又咽回去了……上帝呀，请饶恕我这个罪人吧，只是太难过了！我们都很倒霉！……好吧，收拾收拾家什儿，起身出去吧，不要让我再看见你！……"

听了这些话，客人们笑得更厉害了，笑得心都滚到了嗓子眼儿，有些人的腿像生皮革一样抖着。看到如此滑稽的景象，谁会闭上眼睛不笑？客人自己也不想那样笑，但是，这得诅咒邪恶的撒旦！事情的结果就是这样。

尽管如此，客人们一只手捂着肚子，一只手捂住嘴，走近主人，想帮助他。但他斜着眼睛抱怨着，自己站了起来，走到座位上，胳膊和腿上涂满了"指甲花"。

发生了这么些闹剧，发生了这么多事儿，信使科坦还一无所知呢。此时正好这些喧闹声和嘈杂声响起来了：嘿！拿水来，快帮帮忙！主人们都要窒息了！

当年轻人科坦听到这句话时，他还以为，烟把主人给呛到了。他像一卷羊毛线团滚动到眼前来，他先是抓住了一个掉落的瓦罐而不是水壶，对人们大叫起来："要敬重你们的父亲、母亲！"而且，他已经忘记自己的身份了，就在村长刚刚洗脸、洗胡子，正要漱口的那一刻，他又飞进了房里，他的牙齿还粘着几块美味的食物。没错，他设法把一大半吞到肚子里，喉咙疼得要命，他开始咳嗽，喝了 口水，但无济于事，后来就在这里一个劲儿地咳嗽！人年纪大了，肚子饿了，头脑又不清醒，突然间，闻到这样的香味儿，这样的蜂蜜味儿！说实话，这真是一件令人高兴的事，懂的人自然明白！

要说再补充点什么的话，那就是我们的村长像一头被激怒的熊，捂着肚子在那转来转去。

"哎哟，快叫我瞎了眼吧！我亲爱的村长，哎，我真该下地狱！哎呀呀！你是我多么亲爱的人啊！难道你的科坦是死了，消失了吗？你怎么会遇到这么大的麻烦？"可怜的信差喊道，他斜着眼睛，侧着身子，快速走到村长跟前，为他的不幸而哭泣，安慰他的痛苦。但就当村长要打他一巴掌，以纠正他那双失明的眼睛，要把他的牙齿打到肚子里的时候，不知为什么科坦不见了。科坦做事特别麻利，他不知道那里有一个耳光在等着他，他决定改正自己的错误，以取悦主人，他双手抱起瓦罐，直接扣到自己的头上。上帝保佑，这里发生了什么事！

在地窖里放了五年的一大罐又酸又浓又冒泡的东西，溅了他一身，说真的，即使在世界洪水泛滥的那天，这样的场面、这样的灾难也是从来没有见过、听过的。毕竟，"村长……"可怜的信差心里一沉。臭气熏天的酸汁浇在他的头上，他朝旁边跳了十步，牙齿打着寒战，浑身瑟瑟发抖，就像狗偷了食物一样；然后，他浑身散发着臭气跑到角落里，就这样待在那里，像变成了石头或者冰一样。

在那一刻，让他花一百个杜曼[①]买一个老鼠洞，他也一定会买下它，然后爬进去，为这倒霉的一天而痛哭流涕，离主人远点儿。我不希望我的反对者也落得这个下场，而主人……上帝呀，可别让他过来！在把干净水送来之前，他吃尽了苦头。

村长的胡子、嘴巴、前胸和后背、皮袄，浑身发出扑哧扑哧、啪嗒啪嗒的响声。口袋和拉布钦也灌满了。他的后背发痒，

---

① 一种价值十卢布的硬币，是 1932 年货币改革之前的伊朗货币。

眼睛刺痛，而只要他一动弹，两条同样湿透了的裤腿就发出响亮的声音，碰在一起能撞出声响的，不是手鼓，也不是祖尔纳！

但在这种糟透了的情况下，他仍然大喊大叫，咆哮着，挣扎着，挥舞着双手，他想抓住信差，杀死他。他像一只瞎鸡一样站在墙边，时不时地喊道：

"让我进去，让我进去！我要把他打死，就像宰一条狗一样，这个该死的独眼龙！让他瞎一只眼睛还不够，让他对我耍这种把戏，看我怎么收拾他，我要让他一只耳朵都剩不下……"

把水运来的时候，大家都快饿死了。许多人完全虚脱了，仰面躺在地上。他们已经无须往对方的脸上撒面粉或者抹酸奶了，就像他们经常为了好玩而做的那样。有人可能会说，面粉和酸奶很充足，就在那呢。此时，正好村长夫人在吵闹声中走了出来，嘟囔着，抱怨着，为自己哭泣，洗去自己的耻辱。

人们很清楚村长是什么脾气。当他生气时，他连天使都不会放过，更何况是信使科坦。他们向神父使了个眼色，让他在村长睁不开眼睛的时候，让他平静下来，以这种方式可以保护信差，这样他们就可以把这个可怜的家伙带到村长面前，让他亲吻村长的手，也许村长会尊重神职人员的要求。

"狂欢节到了，奥加涅斯亲家，我们和你，我的兄弟，咱们都失去了理智，"我们极有声望的神父平静地张开嘴唇，希望能够保持自己的尊严，也希望以某种方式恢复平静，让二人和解，"世界上任何事情都可能发生。毕竟，你不是少女，荣耀和光彩并没有从你身上消失；你也不是块玻璃，我的朋友，你不会破裂，你更不是蜡烛，你不会融化。让我们宽容一些吧。你到底发生了什么？基督在他的神圣福音中写道：'愿他赐予你一切愿望的实现！''和平缔造者拥有无上的幸福。'你真的要在你敌人的头上点燃一把火，只因为他是……哎……呸呸呸……哎呀呀！要是你觉得谁用和平侮辱了你，那么连你的父亲都是有罪的！七代人都会诅咒你，上帝会消灭早上和白天向你致敬的人！'我怎么了？'"神父突然从布哈里克①下方的某个地方惊呼起来：挠着自己的头，摇晃着胡须。"要知道，我们今天遇到了一个多么该死的人，一切都颠倒了。诅咒面包和水，只能带来倒霉，仅此而已。什么样的火能把我们活活烧死？"

事实上，这位不幸的神职人员掉进了火里。当他走近主人让他冷静下来时，他没有想到血腥和愤怒蒙蔽了他的眼睛和理智，使他完全失明。不敬虔的老人就这样用拳头狠捶了可怜的神父的胸膛，致使神父的长袍朝一个方向飞去，帽子朝另一个方向飞出去，而他自己仰面朝天地直接掉进了粪火里，整张脸都被火燎干净了。这个可怜的家伙的嘴里全是灰渣子，他的胡子被烧没了，连根儿都不剩，整个皮都脱落了，此后半年多才稍微长出来一点点。

因此，随之而来的是最愉快的"赞许"，神父弱到别人碰撞他一下都经受不住，还想引导我们浸泡在乳浆、蜂蜜和香料中的村长走上正确的道路。

"在教会里，他们这些人就让我们烦透了，不仅如此，在萨卡

---

① 亚美尼亚的一种壁炉。

里，他们还想显示他们的权威，你能忍受吗！"村长喊道。"把你封为神父的人可真是个好人。这是对撒旦的诅咒，上帝原谅我，这些话就是不由自主，脱口而出！"

村长喃喃自语了很久，而信差却被带走藏起来了。愿上帝引导他走上正道，使他不再犯这样的错误，给我们识字的人带来更多的智慧和理智，以免在这样的地方失去自己的名声。

4

村长终于睁开了眼睛，开始急忙在各个角落搜寻，这样能让他的心稍微平静下来，但信差已经不见了。

一面是长老们，另一面是妻子，他们都围绕在村长周围，劝他无论如何都要平静下来，与神父和解。而返回来的信差扑在村长的脚下，承认错误，吻他的手，甚至弄翻了伏特加酒杯。

烟渐渐消退，蒸汽也散了，总之，一切都开始井井有条了。神父读道："请保持……" 位长老说："再一次迎来和平与安静"……女主人说："阿门！"村长说："请原谅我们，上帝……圣父，我请你做我的调解人。"最后，当他们把伏特加和下酒菜端上来时，每个人的心都回归原位了。一切都随风消散了，点起香烟，窗户和门都打开了，难闻的气味都散去了，脑袋很热，我们的老绅士们终于坐下来吃饭了。铺上桌布，神父坐在一端，村长坐在另一端，其余的人都顺着墙坐成一排，收紧两条腿，这样就可以给仆人留出一条通道。

年轻人倒了伏特加酒，第一杯酒奉给神父。神父在碗上画了十字，说了祝福的话，把酒给端碗的人喝，可是端碗的不是别人，正是我们的信差。然后神父自己端起手中的酒杯，开始了他的祝福：

"主啊，来吧，让世界和平吧，让沙皇们和解吧，让基督徒获得自由吧。真希望我们能活到那天，让所有人都能在俄国的羽翼下坐在那里参加宴会。"

"阿门，阿门！"所有人异口同声地祈祷。

"村长，我愿你的家人安康，愿你的儿女长寿。愿耶和华使你的家坚不可摧，使你远离邪恶的人。你是我们头上的冠冕，我们眼中的花朵。愿亚伯拉罕父的福加在你之上。西缅长老，愿你因福死而得生。凡斜视你的，必使他失明。凡心中对你有怨的，愿耶和华使他变好。过去的就过去了，愿上帝赐予一切美好的结局。你所受的苦难，愿他因你悔改而记在你的账上。今天是你，明天是我们，我们和你一样，也遇到了麻烦。谁吵架，谁就喝冷水。"

"要是我有一个温暖的地方，手里捧着这样的碗，那心里就很高兴，在那里，哪怕在我头上推磨也好！好吧，玩得开心，亲爱的，气气你的敌人。谢肉节快乐，愿上帝也赐给我们复活节！只要有机会，就要过好明媚的一天。不是今天就是明天，大斋期马上就要到了。看来，那时只能嚼酸菜秆了。"

"祝大家身体健康和快乐永驻。荣耀归于你，至高无上的主，我们将俯面亲吻你的双脚。我们是你创造的，请不要毁灭我们。主啊，我的上帝啊！你让我们的俄国沙皇心生怜悯，让他来解救我们吧。在我们看到俄国人的面容之前，不要让我们死。祝大家身体健康！"

说完，就把一杯伏特加酒倒在地上。

"你要安然无恙，身体健康，稳居高位。亲爱的神父，您刚才说的祝酒词太好了，我们都很喜欢。"大家齐声喊道，开始给他拿食物，有人拿奶酪，有人烤羊肉或煮羊肉，把各式各样的小菜卷到烤饼中。

神父先用手碰了碰请客人的大拇指，然后拿了一块，放在嘴唇上，然后放在额头上，说："你的手是神圣的，愿上帝赐予你力量。"祝福了，赞美了，伸展一下腰身，然后放进嘴里，咀嚼吞咽，听完大家的祝福，他说："请便吧！"

于是这碗伏特加酒开始绕圈，从这只手传到那只手，整整一个小时的时间，酒碗都被折磨透了，更折磨着还没喝多点儿酒的人。因为每个人都准备了一大堆祝福的话，要知道，只要谁有一点语言天赋，那么，他不端着这一碗葡萄酒或者伏特加在餐桌上展示，那还能在哪里发挥呢？

但每一句祝福的结尾总是这样："上帝保佑你，神父，愿上帝巩固你的职位，愿你一直为我们这些罪人作祷告。村长，保重身体。愿你永远保护我们。兄弟，愿上帝保佑你的孩子们。阿维蒂克，愿上帝赐予我们红色带子，将你的儿子系在冠冕上[①]。亲家，

---

① 这里可以假设阿博维扬指的是他的父亲阿维蒂克·阿博维扬（1778—1834）和他自己。"系红带子"寓意祝愿婚姻幸福美满。

你是我们的光，愿上帝赐予你一个健康的男孩。周围的每个人，让我们健康快乐吧！上帝保佑我们。干杯！"

所以喝酒的人必须对每个人单独说些什么，并对每一次祝酒词做出回应。如果一个人一下说了二十个祝酒词，也确实有二十个人坐在那，这也行，在每次说祝酒词的时候，如果不单独说点什么，那么这杯酒你就不能咽下去，祝酒词也会卡在你的喉咙里。

有个人整整一个小时都拿着杯子，大家都在等着，别人能对他唱点什么，或者说点什么，比如，唱一首以他名字命名的塔拉干①也好呀。众所周知：在农村，除了神父和朗诵圣经的人，谁还能唱沙拉坎吗？但他们也经常这样，要么是沙拉坎，要么是公羊：揪羊毛，上帝保佑！听众马上就会跑到耶路撒冷圣地。能怎么办？幸运的是，有很多人既不识字，也不知道识字的力量。这可能更好，就不会那么头疼。

在我们国家，首先要洗手和擦拭，所有这些都是坐着进行的，一个年轻的仆人一边肩膀上搭着条毛巾，手里拿着一个铜盆走到每个人面前，弯下腰，或者跪下，把水倒在他们的手上，然后铺上一块桌布，中间放上盐瓶、一盆奶酪和鱼，然后在每个人面前放上足够的面包，有时还放一些青菜。

勺子、叉子、刀具在我国还没有开始使用。人有手指，叉子和刀子有什么用？

---

① 塔拉干是蟑螂的意思，与沙拉坎谐音，沙拉坎是亚美尼亚民间流行的赞美诗体裁。主要创作于亚美尼亚文学诞生之初，五到十三世纪。

食物装在托盘上，仆人把前襟和袖子甩到肩膀上，弯下腰，按照两人一碗分配。

吃完之后，要再次洗手和嘴，否则就是对食物的亵渎。

我们没有在餐桌上摘下帽子或鞠躬的习俗。在这个国家就是这样的习惯，这不是欧洲，我们不干那多此一举的事情。

当他们吃了一点咸菜和奶酪时，肚子里简直就有一群狼在发疯。

"嘿！我怎么肝疼，嘴里干透了，把这毒药给我倒满，让我们尝尝它是什么味儿……一块鱼卡在喉咙里了。这个是什么玩意儿？可别把我们整到这来弄死了！"长老们从四面八方喊道，招呼着，赶快把酒倒上。

然而，有些人认为，亚美尼亚人会像其他一些民族一样，他们愿意为酒献出自己的灵魂，像一些连高加索山脉都没见过的人，当他们看到一大桶酒时，先画十字祈祷，然后就在酒窖的某个地方睡着了，要么把马刀和外套都放一边，在泥里打滚，要么躺在雪里，说着梦话。但愿别发生这样的事！

亚美尼亚人没有这种习惯。他们早就已经摒弃这种行为习惯了，因为所有人都没见过世面，就像驴一样，吃饭，长大，从没听说过道德和上帝的法则。你瞧，他们连酒的价格都不知道；两杯酒进肚，脚不会不听使唤，头也不会失去灵光，人也不会飘飘欲仙。

不，不，他们是一个粗鲁的民族，他们不会把所有的钱花在喝酒上，但在适当的时候，他们会赖着主人说："给倒点酒呗。"

于是他们就会喝得脸色绯红，脑袋变成了拨浪鼓，话也多得像只夜莺，心也变成了雄狮，但绝不会变成猪。你永远不会看到一个亚美尼亚人躺在泥泞中，哪怕他喝了五东加①的酒。

我会说：真棒！这是一个真正的男人，让别人试试吧！

在用餐时，一旁服侍的年轻仆人又给神父端了一碗酒，大概是两杯的量，神父祝福后就放到指定的位置了。然后仆人把酒再传给其他用餐的人。在整个晚餐过程中，没有人给自己倒酒，这是仆人或其他什么人的事。即使有二十个人同坐一张桌子用餐，每个人都必须喝这同一碗酒，当碗绕一圈轮到最后一个人的时候，这个人已经口干舌燥了，而第一个喝酒的人嘴巴也已经干透了。

在埃里温祝酒词并不常见，但一个人不应该忽视自己的口才；当他拿起碗的时候，他必须得说些什么，能说点什么就说点什么，这并不重要。当头脑发热的时候，你想说什么就说什么。哪怕你说点儿不好的话，也会被人当成好话听去。

我们国家常见的食物有：鹰嘴豆肉汤、肉面包、肉汤、葡萄叶包饭、炸鱼和炖鱼、羊肉抓饭、炖鸡和羊肉串。它们在绒毛草中烤熟，经常直接放在烧烤架上，大家彼此把冒着热气的烤肉递给对方。时不时地，在四周服侍的仆人趁机也张开嘴巴，让客人拿一块烤肉塞进他嘴里，或者从他们碗里讨口酒喝。

这样一来，他们已经干了几大碗酒，大家的心情都好极了，脑袋都热了起来。总之，连狗也找不到主人了！

———

① 东加是液体的计量单位，一东加等于四升。

克尔琼茨·维拉普当然也在客人之列，他带着萨兹坐在旁边，准备好了。有他在就足够了。只要长着耳朵，怎能不欣赏他的歌喉呢？

河床上的水一流下来，他就调好自己的琴弦了。来吧，享受盛宴吧！

墙壁嗡嗡作响，大地跟着颤动，连天花板也律动起来，歌手的声音刺穿了头骨。维拉普的声音是如此响亮，即使五公里开外的路上，也都能听！

"赞美你，荣耀属于你！唱得好，唱得真好！啊，要是你妈妈再生五个这样的孩子就好了，这样你就不会是世界上独一无二的了！唱吧，你是我们的，唱吧，愿上帝保佑你永远过着甜蜜的生活！"

我们的长老们从各个角落兴高采烈地呼喊着，摇头晃脑，津津有味地打着嗝，有的嘴里流出了口水。

神父在心情非常愉快的时候，会经常一展歌喉，要么与维拉普竞争，扯着嗓子喊；要么唱起《没药妻……》①。参加宴会的人被迫远离他或将杯子握在手中，他用沙哑、颤抖、刺耳、酸涩的声音唱歌，人们的头都要从肩膀上掉下来了。

长老们也不卖呆，想到什么，他们就和盘而出，他们大喊大叫，这种合唱声完全破坏了可怜的萨赞达尔②的歌声，简直是一

---

① 根据福音书，她们是为耶稣基督带来没药以涂抹棺材的圣女，玛利亚抹大拉、玛丽亚克列波娃、莎乐美。

② 萨赞达尔指的是东方音乐家。

团糟。

但这还不够。然后我们的"蜜糖村长"张开了他没有牙齿的嘴。事情就是这样！墙壁在颤动，猫在喵喵叫，院子里的母鸡听到主人的声音，就排成一排，咕噜咕噜地叫。牛犊、公牛、马和所有的牲畜都高兴地准备挣脱束缚。

驴子叫，水牛叫，山羊叫，母牛叫，牛犊叫，有的嘶嘶叫，有的呵呵喘，有的嗡嗡叫，还有的在尖叫，其余的我就不说了，丢人。用大麦和稻草养大的畜生什么事都做得出来。

总之，读者们，你们是不是很烦？这样的鼓声，这样的音乐，你哪怕在沙赫的宫殿里也听不到！不过，还是由他们去吧，葡萄藤只管自己变绿就好，随便吧！

这简直就是火炮，也可以说是枪炮响，这没有影响到任何人。许多人似乎还很喜欢。

可是此一时彼一时，刚刚是信差的麻烦，现在是神父的麻烦。神父拿起杯子，说了祝福的话，把杯子刚刚举到嘴边，打算一饮而尽，突然一头驴从另一侧砰的一声撞过来，使可怜的神父失去了最后的理智。

他不知所措，一半酒没碰到喉咙，另一半还洒在胡子上，神父想把住碗，免得摔碎，于是无意中动了一下左手。让撒旦的眼睛瞎了吧！结果，他狠狠地打到了村长的头上，村长的毛皮帽子掉进了火里，碰到了羊肉串签子，村长的十颗牙齿中有一颗从原处掉下来，咽到肚子里消失了。如果是别的时候，我知道，他会把神父的胡子薅下来，然后塞进他的嘴里，而此刻，他的头顶上哪怕碎一块石头，他也不会吱声。

"这很好，不过，你已经尽力了。好吧，没什么，这就是谢肉节，脑子都糊涂了！嘿，孩子，倒酒！好好地唱起来吧，亲爱的维拉普！让我们喝酒，玩得开心！谁知道我们明天会怎么样？我亲爱的老兄，你真是太倒霉了！我要是能把你的花白胡子给毁了，才能让我心满意足！吃喝玩乐吧！"村长这样说着，非常敏感地拍了拍神父的肩膀。他也没感觉欠了债，对于每次的损失都要用五倍来偿还。

就这样，长辈们平静地，像在自己家里一样大吃大喝，愉快地开玩笑，试图取悦对方，讲成千上万个优秀的童话故事，往里面插入一些俗语或者虚构一些故事，开玩笑，取悦听众的心。他们就这样度过了平静的一天。

早就吃饱了，不再碰碗筷了，大家都在吃甜点，喝葡萄酒，还有人起来跳舞了。当神父给某人一碗酒时，那人会千方百计地躲避，不想从他神圣的双手中接过礼物并紧贴他的手。就这样他们又等了一个小时，才可以起身出去看看年轻人的骑术表演。

5

太阳升起来了，高高地挂在空中。严寒稍稍减弱了一些，天气变得温暖起来。山峦和峡谷像银子一样闪闪发光、熠熠生辉。

无论谁在这个时候进入卡纳克，都会认为是要有什么好消息从天而降，世界变成了天堂，人的眼睛应该再也不会看到悲痛和哀伤。卡纳克的废墟都在欢欣鼓舞、拍手称快，这些废墟将一改往日容颜，面貌一新，盖满房屋，变得人烟稠密。

很多男人、小伙子们和孩子们从家里蜂拥而出，来到街上、屋顶上玩耍！外人会认为这些农民——土地的主人，他们无忧无虑，每人都有一千图曼。人们玩得很开心，有的人手拉手跳舞，有的人围坐一圈聚餐，有的人唱歌，有的人附和。

这边有人吹奏祖尔纳，那边有人玩挽具游戏，有角力士在摔跤，还有吉卜赛女人在算命。男孩们在打雪仗，玩捉迷藏，他们像真正的士兵一样战斗。击鼓声、祖尔纳乐曲声、周围喧哗声和嘈杂声，充斥着整个世界。

阿加西在盛宴结束后，被十几个像他一样的年轻骑手带领着，穿过村庄，向田野奔去，他们来到打谷场，那里有一些磨盘，在这里展示他高超的骑术，因为村子找不到这么平坦的地方。

他骑着马俨然一名国王的儿子！他穿着盔甲装配上武器，肩上扛着一支步枪，侧面挂一把马刀，腰间别着两把手枪和一把匕首，穿着绿色的卡那乌斯绸灯笼裤，戴着一顶绣金的卡普尔帽，脖子上围着一条粉红色的丝巾。一顶诺盖帽子歪戴着，帽檐拉低遮住了右耳朵。金褐色的卷发在风中飘扬，轻轻地触及他优雅的脸庞，又垂在他的脖子上。他那小胡子，仿佛是用精致的丝绸做成的，捻在一起弯弯上翘，每根胡须末端都能触碰到耳朵。谁看到他都会发出赞叹之声！

当村民们看到他时，大家都拍手叫好并跳起舞来。不约而同地即兴唱起为他作的歌曲：

"亲爱的阿加西啊，你是我们的小鸽子！这杯酒为你的健康而满上，你是我们心爱的光，要永远和我们在一起啊！去吧，我们现在就跟着你！"从四面八方传来呼喊声，此起彼伏，人们为阿加西的健康而干杯。作为对此殊荣的回应，这个尊贵的年轻人挥舞着帽子，亲切地鞠了一躬，继续骑马前行。

从远处就可以看到这个年轻人在创造什么样的奇迹。他把头俯贴在马耳上，策马扬鞭，赶得马蹄火花四溅，那似乎不是一匹马，而是一只振翅飞翔的鸟！

要么就是把飞镖抛向空中，紧跟着像闪电一样冲过去，飞快地抓住飞行中的镖，然后在马鞍上坐直身子。

或者，飞镖落地时，他驰骋而过，从马鞍上俯下身子，灵巧地捡起，飞镖在他手中不断飞舞。

有时他也把飞镖向伙伴掷去，但他瞄得很准，只是打中帽尖，或者把帽子完全打掉。伙伴们知道，他是爱惜他们的，不会击中他们。

他经常会双脚站在马鞍上，任马驰骋。他的英勇、灵活和勇敢气概让人喜欢，让人敬佩！

"干得漂亮，你是好样的，阿加西！"他的母亲只生下这个独一无二的孩子。即使是过一千年，不会再有像他这样的人出生了！观众们笑着、说着，欢欣鼓舞，拍手叫好。

突然，在这欢乐的气氛中，仿佛一声惊雷，震动了大地，抑或是炮声隆隆，或者是天空被撕裂。

"都掠走了！都掠走了！热爱上帝的人们啊，来我这里，帮帮我吧！为我哭泣吧！他们践踏了我的房子，摧毁了我家的炉灶！让我的眼睛失去光明！他们撕开我的胸口掏出我的心脏……救救我吧！上帝、天堂、大地、海洋啊……这是多么无情的惩罚，多么悲惨的灾难啊！唉！让我的日子、我的生命变得暗淡无光吧！我看到的这是什么？你手中的军刀被折断，你的道路布满荆棘！我的生命之火已熄灭，我的太阳已经昏暗。唉！我应该跳入什么样的河中，我应该下什么样的地狱？大地啊，你为什么不张开嘴把我吞噬，为什么不蒙蔽我的眼睛？我不愿看到这黑暗的日子并为此哀悼……他们把我的孩子掠走了……上帝啊，帮帮我吧！你的怜悯心在哪里？你给我们带来了多么大的痛苦啊！既然你烧毁了我们的一切……那就干脆把你赐予我的灵魂也拿走吧，从今天起我不再需要它了！你给我的不是灵魂，你给我带来的是战火，让我在胸中燃烧，燃烧着我的身体……哦，太痛苦了！帮帮我吧！救救我吧！天堂啊，崩塌吧，我求求你，把我埋在你的下面！让我们的父亲感到羞耻吧！你们算什么男人啊！？伸出你们的援助之手吧，帮帮忙吧！你们是石头做的还是木头做的啊？亲爱的塔库依－张 [①]！请让我献出生命吧！塔库依，我愿意为你而死……我俯首在你脚下，亲爱的塔库依……我愿意为你蓝色的眼睛献出我的生命，我心爱的塔库依！你像爱惜眼睛一样珍爱着自己，你宠

[①] "塔库依"不是人名，是亚美尼亚人对女性的尊称。"张"这个词在亚美尼亚称呼中用得极为普遍，指和蔼可亲、甜蜜、愉快和受人尊敬的对话者，在以后的翻译中将省略该词，把它翻译成适当的形容词。

爱自己难道是为了让自己陷入如此的困境吗！你最好杀了我，刺穿我的心脏，让我倒在你脚下停止呼吸，让我死去，然后让他们把你带走，不要让我看到你艰难的度日……带我坠入那无尽黑暗的地狱吧！"

在这震撼人心的尖叫声背后，清晰地传来一个男人的声音，那人在说土耳其语，威胁着，让一个女人闭嘴。

"闭嘴，你这个婊子！我现在就割开你的肚子！你发什么疯？这是萨达尔的命令。我奉命把你女儿带走。你能做什么？你有什么能力？在萨达尔的命令面前，哪怕是一座山也经受不住。你说，你能做什么？"

谢肉节变成了一场死亡的灾难。

孩子们哆嗦着哭着往家跑，妇女们关起门来，躲在地窖里的卡拉斯后面，藏在上房里，或者干脆蜷缩在稻草和干草垛里。

整个村庄好像一瞬间就毁成瓦砾了。

胆子小的男人逃跑了，躲了起来，而那些内心或多或少还算坚定的人，怀着恐惧和不安颤抖地走上前来，他们不是为了帮助那些可怜的人，只是想看看来的到底是什么人，看看他们是如何把这些可怜而不幸的女孩带走的。女孩们脸色如死人般的苍白，在屋顶上站成一排。她们当中很多人无法发出丝毫的声音，她们的嘴被塞住了。很多人的内心被吓得僵硬了，她们嘴唇干裂，鲜血顺着嘴角流淌。

他们多想前来帮忙，多想倾其所有去解救这些可怜的女孩。但能怎么办呢？既然是萨达尔下的命令，谁还敢动手？

如果你敢试图说一个不字，他们就会立马烧掉你的房子和你家所有的财物，你就会被挂在炮口上，然后向你开一炮①。可别发生这种事情！我的敌人最好别落入异端教派的魔掌！你准备把什么样的尘土撒在你头上呢？

这些人为所欲为，对他们没有任何审判和惩罚。亚美尼亚人民经历了多少这样的不幸，却没有办法达成一致来自救。比如，他们把女孩抢走，把男孩抓走，让他们放弃自己的信仰去皈依穆罕默德的宗教。他们的头颅被砍下、被焚烧、受尽折磨。对于亚美尼亚人来说，连自己都不属于自己，更何况他们的房子、牲畜、财物和妻子。令人惊讶的是，即使在这样的灾难面前，处于如此的恐怖之中，这些人眼中仍充满喜悦，仍笑容满面。

所以，正如我前面所说的，大约有一百来号人跑来聚在一起，把手放在怀里就那么站在屋顶上往下看。哭声和哀号声充斥着整个世界。

费拉什②激愤地继续肆虐残暴，要么用枪指着人群，威胁着要把他们全部打死，要么把人们赶走，但这些像受惊的羊群一样的人又会重新回来，就这么反反复复地跑开，又跑回来。

这个可怜的、不幸的母亲发生了什么？但愿不要再发生这样的事儿！你看，她用石头砸自己的脑袋，把土扬在身上，像丢了小鸡的母鸡一样来回奔跑，捶胸顿足！她无数次地敲打自己的脑

---

① 这是波斯统治时期的一种常见惩罚方法，把罪犯的手脚绑起来，把他塞进炮口，然后开炮。

② 武装卫兵。

袋和膝盖，大喊大叫，求救哭泣，撕扯自己的头发，把自己的脸抓得血肉模糊，眼里已失去光芒，身体无力，说不出话来。

她的声音沙哑，呼吸急促，晃着头，双腿抽动，痛打自己，头撞石头，或者趴在地上，吻着大地，扑倒在费拉什人的脚下，抓住他们的手，想抢过军刀，刺进自己的心脏。他们击打她的胸口，用脚踹她，把她扔到一边，她又张开双臂扑向女儿，搂着女儿的脖子。任凭费拉什人对她拳打脚踢，用鞭子或枪托打她，也不松手，她已神志不清了。这个不幸的女人甚至想割开自己的肚子，把心爱的女儿装进去。

"亲爱的塔库依，这是怎么一回事？我不是在你的婚礼上跳舞吗？新郎在哪里？神父为什么还没到？鸡血石在哪里？指甲花在哪里，拿些指甲花来，我要给我女儿的手涂色。为什么听不到敲鼓和祖尔纳的声音，弹奏啊！嘿，宾客们！你们干吗就那么站在屋顶上，把手放在怀里，什么也不做！……还是你们不喜欢我？舞动起来吧！难道婚礼上的客人都是这样站着，不参与其中吗？你们在那看什么呢？这些花销是我出的，又不是从你们的口袋里拿的。尽情地吃吧喝吧，请祝福我的女儿一生幸福吧！我的女儿是我的宝贝，我是不会拿任何东西来交换的。你们就不能为了她而纵情欢乐，抚慰一下我的心吗？

"这一切是发生在我的梦里还是现实中？还是我的头已不在肩上了？嫁妆已经准备好了……不，不……新郎去了梯弗里斯，他不可能这么快回来……这些人为什么而来？要知道土耳其人是不吃亚美尼亚面包的……是的，是的，我认出来了，这是我们的熟人来参加我女儿快乐的婚礼了！别哭了，我的宝贝！亲爱的塔库依，我愿意为你奉献我的身体和灵魂。只要我还活着，看谁还敢动你一指头？亲爱的塔库依，你的金发，你的眉毛是天使用羽毛画出来的……我亲爱的女儿，我愿意用我的灵魂来换取你的安稳的居所！亲爱的塔库依，你是盛开的玫瑰，紫色的花蕾，我的太阳，我的生命，你是我的花冠，我的骄傲，我的女儿啊！……睁开你的双眼，为了它们我可以献出我的灵魂；张开你的小嘴，为了你那无与伦比的、散发着玫瑰香味的双唇，我可以献出我的生命！……你是否爱着你那可怜的老母亲呢？这就是你对我温柔的爱抚给予的回应吗？哦，如果你感觉拘束，只要你愿意，我会让他们都走开……

　　"嘿，走吧，收拾收拾离开这里吧，别出现在我亲爱的女儿面前！你们无事可做，就各回各家吧，为什么要聚集在这里？你们是多么的厚颜无耻啊！嘿，我在和你们说话呢，你们难道聋了吗？亲爱的塔库依，我们去花园吧，树上已开满鲜花，我愿意用我的灵魂去换这绽放的笑颜！田野里长满了嫩草，我愿意用我的生命换取你年轻的生命！我们为什么要站在这里？走吧，我们去看看，我们也高兴高兴……"

6

我还能说什么，有什么可补充的？我一想起那个不幸的母亲所说的话和所做的事，我的心里就很恼火。

亲手养育过孩子的人，当然会懂得母亲的心。但软弱的舌头能在言语中传递出每一次创伤、每一个心灵的痛苦吗？

命运多舛的母亲失去了理智，不知道自己在说什么，也不知道自己在做什么。

还有费拉什，他们有十个人，都是异教徒，虽然他们还在继续厉声恐吓，但看到母亲如此痛苦，也对她生出些怜悯之情。他们明白，母亲把女儿抚养长大，却在一瞬间失去了她，这是一件多么痛苦的事。

连母鸡都是这样的，当她的小鸡崽没有活路的时候，母鸡是会用生命来保护它的。对于有思想的人来说，我们还能说什么呢？

他们也感到困惑，但这是萨达尔的命令。如果他们不这样做，不把女孩带走，面临的结局就是：要么他们的头被砍下来，要么他们的眼睛被挖出来。他们别无选择。

最后，他们商量了一下，决定把母亲和女儿一起带到要塞的萨达尔那里，完成他们的任务，在那里，他们想怎样就怎样吧。他们命令仆人们备上马鞍，带上武器，穿上盔甲，别上马刀，静静地走到母女俩身边，把她们带走。

塔库依，塔库依，和平之眼，塔库依，上天永不凋谢的花朵！塔库依，天堂，紫罗兰！你是无价之宝，唯一的，无与伦比的塔库依！要用什么样的语言来赞美她，要用什么样的眼睛才能发现她的美呢？

她那张雪白的脸曾是那样的容光焕发，像太阳一样闪着光芒，两腮曾像玫瑰一样绯红，此刻却变成了一张白色的画布，褪色了，呆滞了。这双明眸，曾使所有注视它们的人灵魂燃烧，此刻它们暗淡了，紧闭着，塌陷了。

塔库依，年轻的塔库依，母亲唯一的女儿，塔库依，当她用天使般的目光注视着某人时，那人就会充满无限的喜悦。现在她僵硬麻木地躺在地上，没有呼吸，不说话，仰面对着天空，仿佛已经离开了这个世界，进入了天使的怀抱，在天堂里欣赏着自己的纯洁无瑕。

她那乌黑的眉毛，闪闪发光的眼睛，石榴石般的脸颊，她那细长的羽毛般的嘴唇，清澈的额头，光滑直挺的鼻子，她那夜莺般的歌喉，美妙的脖颈……所有这一切都静止了，麻木了，变硬了。

当那只肮脏的手碰她时，她十分虚弱地"啊"了一声，叹了口气，便失去了知觉，当他们把她带到门口时，她就像一只等待被宰杀的鸡，没了声音。脖子弯着，毫无力气，头在门槛一边垂了下来，而身体还在另一边平躺着。她那金黄色的头发一半盖住了无辜的脸颊和胸膛；另一半，混杂在一起，散落在地上。一只温柔的手无力地垂在胸前，另一只手麻木地搭在地上。她的血管干涸了，呼吸停止了，她的灵魂升上了天空。

难道这是真的吗？在那之前，她还没有听到过一句冒犯她的话，她的眼睛也没有见过痛苦的日子，在她面前没有人敢讲粗话。就像玫瑰开花，紫罗兰长大一样，她的腿从来没有碰到过石头，也从来没有一根刺扎过她的手指。

她已经十五岁了，对日常事务还一无所知。女孩们，她的朋友们，还在院子里、屋顶上玩儿，打发时间，而她有时会偎依在母亲的膝盖上，要么缝纫，要么刺绣，要么打扫房间和院子，要么照看牲畜，干所有的家务活。

哪怕有一只鸟从她头顶飞过，她都会满脸通红，无法呼吸，惊恐万分，急忙赶回家，这样谁也看不到她的影子。

不管母亲是否会刺痛她的手指，或者拿什么伤到她，女儿都愿意把自己的灵魂拿出来交给她。她祈求上帝的怜悯，在她俯身祈祷之处，既没有石头，也没有草芥。

她看到乞丐，会把自己的食物给他，乞丐会给她祝福，祝她长命百岁。

当光明还没有脱离黑暗的时候，她就走进了花园里。当她走出花园回来的时候，天已经黑了，宵禁了，一片寂静。

任何想见到她的人都必须躲在树后或拐角处，只能从远处凝视她完美无瑕的脸庞，欣赏她天使般的双眸。

就连花儿听到了她的脚步声，也会欢欣鼓舞，绽放得更加绚丽。

鸟儿们看见她，也仿佛振作起来，从翅膀下面扬起头来，兴高采烈，叽叽喳喳地叫个不停，抖落着身体的羽毛，拍打着翅膀。

当她抚摸羔羊的头时，这只无辜的动物感觉抚摸它的不是人类的手而是天使的手。她稍一走开，羔羊就会咩咩地叫，全世界都听得见，让人心疼。它就这样叫着，待在哪里都不愿意，经常睡在她温柔的膝盖上，吃着她手上甜美芳香的草。

当她睡在长着紫罗兰的绿色草地上，睡在玫瑰花丛中，睡在桑树下，或者睡在潺潺的溪水旁时，就好像光从天空中洒落，照亮着岸边。

很多时候，当她这样睡觉的时候，母亲会小心翼翼地走到她身边，把脸轻轻地贴在她的脸上，或者把她的头抱在自己的膝盖上，给她盖上点什么，为她画十字祈祷，让她睡得香甜，好好休息。当她醒来时，她的母亲给她揉揉脸，轻轻地拍拍她的手掌，让她站起来，呼吸一下傍晚凉爽的空气，欣赏日落，采摘一些果实和花朵，然后和她一起回家。

常常是当她这样醒来的时候，一只手拿着玫瑰花，另一只手拿着紫罗兰。群山、峡谷、树木、灌木丛、花草似乎都醉心于她，捕捉她的呼吸来滋养自己，让自己变得更加茂盛，更加翠绿。

微风吹拂她的发丝，一旦触碰到她的脸，就再也不想飞走了，在她头上打转，抚弄她的头发。

当她俯身靠近玫瑰时，玫瑰也向她伸展开来，仿佛是为了捕捉到她的呼吸，为了偷走她面颊上的色彩，从而变得更加美丽，更加芬芳。

当夜莺感受到她的存在时，忘记了自己的玫瑰，开始歌颂她，因对她的思念而烦恼苦闷，萎靡不振。

通常，当她在喃喃自语或独自唱歌时，就好像有天使在和她说话，应答着，重复着她的声音。

晨露欢喜地滴落在地上，落在她完美无瑕的脸上。傍晚的最后一缕阳光转过身去，闭上眼睛，让她早点儿入睡，这样黑夜就会快点过去，清晨它还可以再来与她相会，被她散发的光芒所感染，快乐无比。

梦落到她的眼睛里，就像天使来找圣徒：在她的脸上张开翅膀，把天堂的露珠洒在她的身上，拥抱她，醒来后，再次拥抱她。

哦，我在哪里能找到这些词呢？她的每一个转身，每一句话，每一个眼神，她的眼睛和嘴唇的每一个动作都是如此的美妙。

她睁开明亮的眼睛，或者张开散发着马郁兰芳香的嘴唇时，人已经不想吃饭或喝酒，只想这么看着她，欣赏她曼妙的身姿，哪怕在她的脚边、在她的手中死去也心甘情愿。

而此时，这个来自天堂的天使，这个无辜的天使落在了野兽的手中！

需要有一颗多么坚硬的心在看到或听到她的人生故事时，不被恐惧所动摇？哪个母亲在这种时候不会拿起马刀插进自己的胸膛呢？哪个邻居或路人看着她年轻娇嫩的脸庞时，不会闭上眼睛哭泣，释放自己的内心呢？

但是类似的事情，可怜的农村人见得多了，也听得多了，眼泪都哭干了，他们的眼睛已经看不见了。

就在这个时候，费拉什发现母女二人都因痛苦而十分虚弱，没有一点声音，甚至不再呼吸，他们认为在这种放松的状态下把她们带走是件好事，这样她们就不会受到太多的折磨和痛苦了。

他们中的两个人已经骑上马，为两个女人安排了座位，一个给母亲，另一个给女儿，他们认为自己已经很好地完成了这项任务。但是没有料到，在他们前面，马刀突然闪闪发光。

其中一个费拉什的人头落地，在地上滚动着。还没有停下来时，另一颗人头紧跟着也滚了下来。

"亲爱的阿加西，阿加西，你毁了我们的家。住手吧，可怜可怜你的老父亲吧。我们全家人，连同所有的孩子，现在全都要被抓走当俘虏了。你不要这样做，忍忍吧，我的心肝儿啊，你就是我的全部呀，至少怜惜怜惜自己年轻的生命吧，哎，你真是太无情了！天哪，这是什么样的灾难落到了我们的头上！圣乔治战士，施洗者圣约翰，请帮帮我们吧！① 孩子们，快离开这里，快走吧，不要停下你们的脚步！"

有人跑去找村长，把消息告诉他……他真该死，应该把他的酒变成毒药。这里血流成河，而我们那些愚蠢的长老们却坐在那里胡闹！这些人啊！愿他们的盛宴、圣十字架、福音，都将诅咒落到他们自己身上！

"你们这些倒霉的人，哪怕关心一下人们的痛苦也好，可你们

---

① "圣乔治战士，施洗者圣约翰，请帮帮我们吧！"这是亚美尼亚人的一个常用语，也是不幸或绝望的人常说的话。两位圣人都因他们的神奇事迹而受到亚美尼亚人的爱戴。为了纪念他们，人们建造了教堂，创作了许多歌曲和传说。军人圣乔治生活在戴克里先皇帝时代，在 4 世纪初。他因宣扬基督教而被杀。施洗约翰被亚美尼亚人认为是民间诗人的守护神。他的礼拜地点是塔隆（穆什）的圣卡拉佩特修道院，民间诗人和歌手夏天去朝圣。

却安稳地坐在屋子里，拿着酒壶和酒杯，边吃边喝！"

"嘿，瓦托！过来，过来！事情越来越糟了。他们会来的，会把我们全都带到要塞的萨达尔那里。"

"阿加西，阿加西！你聋了吗？快跑，快跑，逃离那些狗，快躲起来！你这个倒霉的，到底做了什么？你毁了我们所有人，毁了我们的家，哎，残酷的人……"

但此时哪怕大炮隆隆作响，敲起鼓来，阿加西还是听不到。他确实聋了，耳朵、眼睛和身体都不属于他，但他的头脑和手清楚地知道自己在做什么。他的眼睛布满了血丝。现在这个年轻人是时候展示自己的臂力和挥舞马刀的技巧了！如果不是为了这样的场合，他还要马刀干什么？

骑在马背上，他看到人们都惊慌失措，然后又安静下来。

"嘿，伙计们，这出了点问题，我们走吧，我们的谢肉节被毁了！"他说着，旋风般地走了。

人们知道他的暴脾气，当看到他疾驰而去时，纷纷从四处呼喊他，挥着手和帽子让他回来，但此时他已经气喘吁吁了。他策马驰骋，竟全无暇检查他的枪是否上了膛。

一个年轻的壮士像狮子一样冲向费拉什。这一路上他已经明白发生什么事。

当他砍下两个人头时，其他人都缴械投降了，但勇敢的阿加西喜欢尖叫：

"你们这些魔鬼的孩子！是谁派你们来的？你们这是跟谁过不去？亚美尼亚人老实，所以就应该把他们活活吃掉吗？我现在就熄灭你们眼中的光。从这里滚开！否则你们每个人在我面前就会像一只被宰杀的鸡崽儿一样颤抖！只要我的手还在我身上，你们从这里一根线也拿不走！"

说完，他砍断了一个人的肩膀，挑出了另一个人的肠子，而剩下的六个人跳上马，知道自己无路可逃了，就径直冲向堡垒。

"起来吧，亲爱的！亲爱的塔库依，睁开你明亮的眼睛，你是我的全部，阿加西还没有死，他的骨头还没有腐烂，也没有变成灰烬，没人敢用一根手指碰你美丽的秀发。我的双眼流露悲伤！我的心万分悲痛！你怎么全身冰冷！亲爱的塔库依，我亲爱的人呀，带走吧，带走我的灵魂吧，让我去死，只为你能活着，不要伤你可怜的母亲的心，不要伤害我，我求求你！"

一个温柔的年轻人这样说着，哭着打自己的头。眼泪从他的眼眶里涌出。

别人跑去打水。而他，双手交叉，像块石头一样，依旧站在那里，一动不动。

他不敢靠近她，不敢拥抱她，不敢揉搓她的双手，不敢在她耳边说好听的话，不敢用手抚摸她的脸颊。不能做的就是不能做的，因为塔库依还是个姑娘，是别人的女儿。

他望着不幸的母亲，她没有发出任何声音，又向两旁望去，地狱般死亡的景象出现在她的眼前。周围没有其他人，一个人也看不见。所有人都逃走了，跑到山沟和峡谷里保命去了。

狗嗷嗷嗥叫，公鸡和母鸡也咕咕叫着，仿佛在同情他说：

"你该做的都做了，救救你自己的命吧！快躲起来，快到帕姆巴克去，到梯弗里斯去，到俄国的土地上去①。在这个国家，你的日头落山了，你的白昼消逝了，你的灯熄灭了。炮口在这里等着你。趁现在还安静，趁你的手里还有马，趁你还能呼吸，趁你的腿还有力气，快跑吧，救救自己吧！

"如果你留下来，你全家都会被砍死，如果你离开，也会一样，但至少你可以救自己！你是父亲唯一的儿子，不要断了他的香火。因为你手上沾满了鲜血，杀了萨达尔的仆人。哎，你的良心在哪里！想想看，他们会让你血债血偿的。他们的家人现在很生气，显然会骂你骂得口吐白沫。

"你为什么像木头一样站着？你还在等什么？你身下有一匹快马，你身上有武器和盔甲，白天无论在哪都能找到一块面包……"

7

地狱似乎在他面前裂开。长着无数个头的魔鬼咬牙切齿，狂喜、大笑、嚎叫、磨爪、撕扯，鼓起地狱般的火焰，要把他烧了，烤了，把他分成碎块。成千上万的热焦油鲫鱼、一千条蛇和

---

① 1801 年，随着格鲁吉亚也加入到俄国的羽翼之下，亚美尼亚的帕姆巴克（现在的斯皮塔克）地区加入了格鲁吉亚，后来希拉克和久姆里要塞（现在的列宁纳坎和阿胡良地区）也加入了格鲁吉亚。自那时起，埃里温地区的许多亚美尼亚人为了逃避波斯统治者的压迫，独自或全家逃往上述地区，即梯弗里斯和南高加索地区。

蝎子张着嘴巴，似乎在等待着准备把他撕成碎片，吞下去吃掉。

阿加西刚从这个可怕的梦中醒来，他又梦见萨达尔的刽子手卷起袖子，眼中布满血丝，拿着精良的军刀，向他走来，现在要把他带走。炮兵在擦拭大炮，准备好装入火药。父亲、母亲、亲戚、同乡、路人，所有人仿佛都在尖叫着，大声呼喊着，拍着自己的头，拍着自己的膝盖，哀叹着，呼唤着他的名字，哭号着：

"亲爱的阿加西，砍我，用马刀砍我吧！我的生命消逝了，连太阳也黯然失色……家被毁了……我的孩子……我的灵魂……天空、大地、我的天使……哎，痛苦啊！我的眼睛滚出去了，我的瞳孔变得无神……用你的手打死我吧，我亲爱的儿子……我会死在你脚下，我会停止呼吸！……我亲爱的……我将从你的手中接受死亡！……你就是我的灵魂……我会把我的白发铺在你脚下，亲爱的阿加西！只要我眼中有光，尚有气息，你就用脚踏在我的嘴上，把马刀插在我的心上，让我死吧，让我离开，彻底消失，而你可以做你想做的事。让我眼里的光熄灭吧！我把你比作天空，我的儿子……我的山顶，我的上帝！……"

老人躺在阿加西的腿上，把头撞在地上，扯着自己的头发，冲过去抱住阿加西的膝盖。

亲爱的读者们，说这些是不是有点多余？您自己也能猜到，这个可怜的、倒霉的老头正是阿加西不幸的父亲。

信使吓得哑口无言，跑进长老们设宴的饭堂，喊道：

"嘿！你们的房子要塌了，村子被攻打了，已经变成废墟了，女孩阿托扬佐娃被抓了，阿加西还在血战，费拉什在射击，在杀人……"恰巧，突然间，雷声响起，或者是可怕的炮声，轰隆隆的声音向峡谷袭来，岩石颤抖，嗡嗡作响，震得耳朵发聋，像个傻子一样在那一站几分钟，你的脑袋嗡嗡作响，晕头转向，眼前发黑，失去理智，呆若木鸡地站在那里，四肢发软，浑身发抖，舌头发麻，已经也不知道自己在哪里了，是在人间还是在地狱。阿加西的父亲也浑身发抖，脑中一片空白，他僵在原地，愣了一会儿，才开始转动眼睛看看两边。

他因年迈而筋疲力尽，一只脚已经踏进坟墓了，他只有一个孩子，独生子。他宠溺地看着自己的儿子，心想：我就是这个世界上的王！

你看儿子走得多快，他的双腿好像离地了，好像在用翅膀飞翔。他把一切都抛在脑后了，什么年迈啊，死亡啊，地狱啊，天堂啊。他认为，这是自己的第二次生命，高兴得欢呼着，欣喜若狂，像个八岁小孩一样哈哈大笑。

有时，他一听到阿加西的名字，内心都激动不已，心都提了起来。每次亲吻他的眼睛，或者拥抱他时，都感觉是上天往他身上落了一束光，墙壁变成了玫瑰，群山峡谷变成了连绵的花朵。

他望着孩子那清澈的额头，欣赏着他的成长，欣赏着他的脸庞，他觉得新的太阳已经升起了，他想剖开自己的胸膛，把它放进去。

如果他想要父亲的命，父亲也会毫不吝惜自己的生命，如果他想拿走父亲的灵魂，父亲也不会说个不字，他会牺牲自己的头颅，只为实现儿子的愿望。

每当他去可汗或贝克家的时候，他就把儿子打扮得非常漂亮，每个人都惊讶地看着这个年轻人。萨达尔自己也注意到了这个勇敢的青年，还有他的勇气和他的臂力。每逢节假日，他常常是骑射比赛第一名，他谁都不服。一提起他的名字，斗士们都吓坏了，瑟瑟发抖。当他来到场地上摔跤时，所有人都张开嘴站在那里。谁也不敢靠近他。

在萨达尔的要塞里，常常为了开玩笑，让他用公牛或骆驼代替公羊，他们说，这样至少可以羞辱他一下，或者偷换他的马刀，给他一把钝刀，等一会儿在他使用的时候，让他出丑，但是这位年轻的勇士大刀一挥便砍下了公牛和骆驼的头：头落到一边，躯干倒向另一边。

"可惜呀，可惜，你是亚美尼亚人！"萨达尔常常摇摇头说，"如果你是穆斯林，就应该给你一个汗国！"

在战斗最激烈的时候，在枪林弹雨中，他如离弦的箭一样跑得飞快，像狮子一样冲进了敌人队伍的最深处，把敌人打得落花流水，把他们消灭掉，他抓着奥斯曼人的头发在地上拖着走，去见萨达尔。

"阿斯兰·巴拉西！"萨达尔喊道，吻了吻他的额头。"我真希望我有十几个像你这样的人！该折断你母亲的脊梁。她怎么没生出四个像你这样的？干得好，太棒了！愿你的脸永远那么光彩夺目！"

打猎时，他的子弹总是第一个击中目标。

连可汗们和贝克们都对他俊俏的脸庞和宽阔有力的肩膀感到

惊讶和兴奋，他们经常开玩笑说，如果他成为穆斯林，他就会成为贝克，甚至成为可汗。会给领地，还会给他农奴、牲畜、金银珠宝、女人。可是阿加西从小就知道，不可以为了贪图荣华富贵而背弃他神圣的信仰。

"我的干面包比你的手抓饭还甜！我不能用我们神父头上的最后一根头发换你的毛拉和阿訇。我信我自己的信仰，宁可去犁地、翻地、播种、铲土，也不愿背弃我的信仰，去成为一个可汗、贝克，或者世界的统治者。"

萨达尔给了阿加西一把马刀，给了贾瓦德汗一把枪，给了纳吉汗一匹马。[①] 不久前，阿加西被任命为亚美尼亚支队的百夫长。再补充一点，整个埃里温只有一个阿加西。所有人都以他的名字起誓，都为他的事迹而高兴，都想讨他的欢心。

8

"我这是在哪里？是睡着了，还是醒着？我是不是在做梦？哦，哦，哦……这里的确是一片血海……"当第一次发烧温度降下来后，昏昏沉沉的感觉笼罩着老人，命运多舛的老人喃喃自语着。"就是这里，地狱，正是那个地狱……他们说地狱是烈火红红

---

① 纳吉汗是侯赛因·库里汗统治时期的一个官员，是卡拉帕帕克人(突厥部落)的首领，被称为专制而残忍的走狗。贾瓦德汗的身份尚未确定。

的……痛苦啊，我要承受三倍的痛苦！……我的身体在颤抖……我的眼中暗淡无光……在那里，人们在那里锻造钩子，一把把镰刀竖立着，铁叉子闪着光……上帝，你的荣耀是伟大的！你为什么创造了我们，难道是为了在这永恒的火焰中燃烧我们吗？不是从娘肚子里出来的人是有福的……我看到什么了？哦，我的天啊！他们在把人油炸……把肉切成碎块……宽恕他们吧，宽恕他们吧，我祈求你宽恕吧！走开，我不愿再看到你！下地狱去吧！瞧，那里有个喝了很多酒的人，他们正在割开他的肚皮……那些诽谤别人、制造流言蜚语、毁坏房屋的人被撕掉舌头……哎呀，他们焚烧他，把他放到油锅里煎炸……对那些喜欢钱的人，他们就从火中取出滚热的硬币，贴在他的身上……而那个受贿者，他们用钳子把肉撕下来，塞进他嘴里……他们把熔化的铅浇在盗贼以及放荡的妓女头上……把烧得炽热的铁钎子插进他们的心脏……焚烧他们的内脏……那里充满着尖叫声、呻吟声、啜泣声……那个人顺脸流淌的不是汗水，而是烈焰，嘴里冒着火苗，在燃烧。这里闪电袭来，那里雷声轰鸣……一切都消失了：天空、星星、太阳、月亮……一切都黯然失色……唉，我仿佛觉得，有的人嘴里的不是舌头，而是一把燃烧的剑，有的人的手变成一条蛇，有人的眼睛里冒着火，还有的人鼻子冒烟……我的天呐！我这是在哪啊？谁把我带到了这里的？还是这就是审判日？很久了吗？昨天我们全村所有人不还坐在一起大吃大喝吗？……看在上帝的分上，看在基督的分上，帮帮我吧，救救我吧！看啊，他们来了，他们要把我也带走……阿加西，你在哪里啊？把你粗壮英勇的手臂给我吧！我亲爱的……你什么时候能帮帮你的父亲呢？"

儿子的名字一入耳，便如闪电一般。他精神一振，神志清醒过来，睁开眼睛，发现这一切都只是幻觉，没有火，没有地狱，在他面前摆放的依旧是桌布、面包，只是客人散了，神父把福音书放在他的额头上，抬头望天，读赞美诗，祈祷，为他施洗，哭泣着，擦干无声的泪水。

"我亲爱的父亲，是你……让我触摸你的手……我亲爱的父亲……哦，这感觉真好……我的心平静了，我的身体变得更加强壮……我将托您的福继续活在这个世界上……哦，那是什么？他们险些在我活着时就把我带到地狱……我还没有亲吻阿加西，还没有祝福我的妻子和儿媳呢，孩子们在哪里？维拉普①在哪里？"

大家都沉默不语！"瞧，这些骗子，又让我一个人在这儿昏昏欲睡，而他们却离开去跳圆圈舞了……你看这些畜生都对我做了什么！……的确，我已经老了，我的腿已经跳不动了，但我的手还可以举起来啊，我还能拍手喝彩啊，还可以和大家一起度过甜蜜的时光啊……唉，这该死的岁数，没有人愿意看一个老人……老兄，给我倒杯酒吧，让地狱和世界土崩瓦解吧，让他们看着我们尽情吃喝……"

老年人的确很难承受住痛苦，因为他的生命力已经减弱，他已没有以往的热血和心气。但他会很快忘记苦难，因为他的灵魂不再那般炙热，他的记忆也没有那么强了，无法让一些事情长久

---

① 指亚美尼亚霍尔维拉普修道院。

地留存在记忆中。

当第一次发烧温度降下来后，老人从昏昏沉沉中神志清醒过来，他已经什么都不记得了，他以为是烈酒把他醉倒，浑身无力，以为是烧煤的热浪冲上头，于是他迷迷糊糊睡着了。

当他做了那个可怕的梦睁开眼睛时，这个不幸的人觉得自己好像重生了。只要能让他再多活几年，继续享受这尘世的福祉，他愿意放弃一切。

当一个人做可怕的梦，梦见有人杀他，或者梦见敌人从四面八方包围他，要砍掉他的头。醒来时，发现还在自己家里，还躺在自己的床上，哦，此时的心情是多么轻松，起身画个十字祈福。这就是这位可怜的老人此时的感觉。他想一跃而起，亲吻墙壁和家门，把他的儿媳妇和孩子们，朋友也好，敌人也罢都搂在胸前，亲吻他们，欣赏他们，把灵魂交给他们，只为他们一直到死都能这样和睦地生活，彼此相爱，享受这个世界的财富，而且他们在这个世界所有愿望都能实现而不留遗憾，不会再回头看这个世界。

他记得自己的花园、田野、山川、峡谷、房子，他所有的财产、牛群、财富、树木、鲜花……他看到这一切又重新回到手中，他目睹这一切，再次感受到熟悉的味道和芳香，他有一种冲动，发自内心地想去舔舔那些石头，亲吻大地。他想在所有人面前跪下，深深鞠躬，他想做出牺牲。他这一生中还从未这样充满热情地站在教堂里热切地祈祷，从未带着这样虔诚的信仰去受洗，从未如此热切地亲吻神父的手，也从未以如此深情的目光仰望天空，俯瞰大地以及整个世界。

他的灵魂从未像此刻这样欢快。他感觉，这个世界就是天堂，世界上的所有人都是天使，他的心中已没有邪恶的念头、不可告人的秘密。在这一刻，谁还能在他内心深处找到愤怒、恶意、嫉妒、仇恨、恶毒、恼怒呢？一切都被消除了，都消失了。现在他明白了去教堂的意义，明白了祈祷是为了什么，明白了神圣的弥撒具有何种力量。

我的造物主啊！想想我们在这个世界上生活的日子有多么短暂！想想上帝创造我们是为了让我们享受幸福，享受他的财富，但我们最后的命运都是一样的，就是一把土，两步长的坟墓，对于每个人来说那一天都会到来，光辉灿烂的美丽天空、可爱的大地、开满鲜花的山川和峡谷，这一切都将从我们眼前消失。在冰冷黑暗的大地深处，我们的肉体将会被蛆虫啃噬，我们的尸骨会化为灰烬，有谁会知晓他最终会飞去哪里，飞向地球的哪个角落？

愿意听坏话的耳朵总有一天会失聪；不想从别人的眼睛里看到一点光的眼睛总有一天会失明；舌头，就像一条蛇，每天刺痛和毒害无数人，它总有一天会安静、枯萎、腐烂，成为虫子的食物。我们的脑海中怎么会有这邪恶的念头出现？难道我们不想把他们当成圣人一样尊敬、敬重，去服侍他们吗？

但是我们的眼睛已经习惯了这一切，我们的心已经凉了，我们的思想已经冻结了。

我们只要去教堂，就认为任务已经完成了，义务已经履行了，因为我们已经接受了洗礼，该鞠的躬都鞠了，站着祷告，开斋，领受圣餐。在教堂里所说的话，对我们来说是不切实际的，对我们没用，因为这不是我们心里话，语言也不是我们的语言。

他们在对我们说话，但我们垂着耳朵，睁着眼睛，听，听不见，看，看不见。我们的心是什么时候被点燃的，让我们明白，一切的奇迹都是无所不能的上帝为我们创造的？那我们自己又是什么？我们的崇拜、赞美、鞠躬和感恩对万能的主来说有什么意义？

谁可怜就去帮助谁，谁生病就去安慰谁，去帮助那些一贫如洗的人，这才是我们应该想的事儿。我们伤了谁的心，那就去跟人和好吧。如果我们走进教堂时，心中充满了苦涩、恶毒和成千上万的怨恨，而离开教堂时依然怀着沉重的心情，那又有什么用呢？为了使心变得干净，有必要去死吗？为了评价这个世界，还要去地狱看看吗？难道非要到地下去，才能热情地寻找一个有眼缘，可以与之交谈，愿意听他说话的人吗？

啊，你想一想：如果你死后能像现在一样有力地从坟墓里出来，难道你不想紧紧抓住第一个经过你坟墓的旅行者的腿，拥抱他，紧贴他的脸，把你的眼泪洒在他身上，把你的嘴唇压在他的嘴上，把他抱在怀里吗？也不会因为他经过时只说了句：愿主安息他的灵魂！或者在你的坟头点上蜡烛而放开他吧？

你难道不想把覆盖你美丽眼睛、扭曲你高贵形象、束缚你温柔舌头、压抑你甜美呼吸的那片泥土在水里搅和搅和一饮而尽？不想向全力压在你身上的石头鞠躬吗？

为什么不趁现在，你还尚存理智、胸膛里还有心、脑袋里还有思想的时候考虑这些事儿呢？

啊，亲爱的，我多么希望你能在这个时候走进我的内心，看看那里正在波涛汹涌。

总有一天，我将不得不失去你们，我可爱的朋友、伙伴、熟人，那些我最爱的人，还有与我长着相同面孔的人。那时我就听不到你们的甜言蜜语了，听不到你们的声音，也看不到你们美丽的脸庞……你们会把我放进坟墓，为我那罪恶的灵魂祈祷，把一捧土盖在我脸上，也许你们有人会心痛，有人会在我身上流下一滴眼泪，可是，啊！我的哽咽难鸣，一想到这些，我的手就不听使唤……哎！你不能从我的嘴里听到一点感恩的话……地狱有什么好说的！我将永远离开你们，再也听不到你们的话语，再也见不到你们可爱的脸庞，什么样的地狱比这更可怕呢？

我们可怜的老人也沉浸在这类似的想法中。他准备亲吻站在他面前的神父的祭袍，让它们抚过他的脸，抚过他的眼睛，或者把他的手放到自己怀里，又或者把他的手拿到嘴边，闻一闻。可怜的神父感到困惑：眯起眼睛，喃喃自语，用手捂住嘴，眼泪如海水般从他的眼睛里涌出来。

神父不敢说出发生了什么事：老人会离开这个世界，不再回来。瞒下去吗？但这事情沸沸扬扬的全世界都知道，你怎么隐瞒？

或者告诉他，儿子死了，父亲不必看他最后一眼，随后他的生命就坍塌了。该怎么办呢？

神父朝门口看了看，他心疼老人，他很担心，他怎么能把他怀里的灵魂交给上帝呢！他的心紧紧地揪着，五味杂陈。他发现自己被夹在两把剑之间，无论往哪走，都会被刺死。

"奥加涅斯，我的忏悔者，站起来，让我们出去散散步，呼吸一下新鲜空气吧，我们为什么待在家里，躲在角落里？天气变暖了，风也柔和，让我们去看看上帝的光吧！"

说完以后，好心的神父吻了一下村长的头和胡子，他想找个借口把村长从座位上扶起来；他认为，老头子出去了，还没弄明白是怎么回事，就会和人群混在一起，和他们去一些地方，就会亲眼看到一切。

听到是一回事，看到又是另一回事。悲伤离我们越远，我们越能感受到它，当它出现在我们眼前时，我们先是麻木，然后伤口开始隐隐作痛，接着痛苦，最后逐渐愈合。

"亲爱的老兄，我们再喝一杯，到时候，你想带我去哪里，就带我去哪里。喝下这杯酒，我就是你的俘虏，是你的看家狗，哪怕你踩我的头，我都一声不吭。我今天一整天都没见到阿加西，他从早上出门到现在还没回来。莫非我不应该去看他的骑术表演，亲吻他的眼睛？如果没有他，我半个小时都活不了。我们走吧，一切都好好的，祝你身体健康，愿上帝保佑让你的职位稳固！"

他刚说出："亲爱的阿加西，我眼中的光，我的心尖，我为你的健康干杯！……"这时，突然好像一颗炮弹炸开了门窗，击中了他的额头，把他的大脑炸开了。这个虚弱、憔悴的老人向后倒了下去，躺在那里，一言不发，一声不吭，就像一只被宰的公羊。刚刚，他把拐杖拿到手里准备出去时，突然传来一声尖叫：

"阿加西在哪里？亲爱的丈夫！……阿加西被人抓走了……当家的！……我们的家被人毁了……亲爱的丈夫……他们灭了你

的灯火……你是我的依靠……他们砰的一声关上了你的门，当家的！啊哈……啊……啊……阿加西……阿加西……阿加西……阿加西呀！……他们来了……把他抓走了……双手被绑起来……脚被戴上了镣铐……哎呀，哎呀，哎呀！……让他们刺瞎我的眼睛吧……我说了谁的坏话，让这样的不幸发生在了我身上！……跑吧……追吧，看看他那魁梧的身材……看看他是怎样骑马的……我来了，我来了，亲爱的阿加西！你等等，我这就戴上面纱，戴上头巾……而你，不幸的人……哪怕动动你的手呀，怎么像柱子一样站在那！……哎呀，哎呀，哎呀！……饶了我吧，求你了！……我被烧死了，烤焦了……你让我的双手焦枯！……让我的眼睛无神！儿媳妇，亲爱的，你动一动，哪怕抬抬手！哎，亲爱的沃迪特①，你是我的紫罗兰，春天的花朵，你是我鲜艳的鸢尾花，我的雏菊……你怎么双手交叉……完蛋了吗？……像个死人一样站着？"

藏古河在一旁流淌，等一下，我们送一送阿加西……他的灵魂还没有来得及飞到天堂……我们会比他先到那里，别担心……听着，我要给你唱一首关于他的歌：

　　阿加西……我的孩子……亲爱的……
　　你是我们的骄傲，我们的皇冠……

---

① 按照阿博维扬的原意，阿加西这部小说中主角妻子的名字应该是沃迪特。后来，他改变了主意，给女主人公取名娜兹鲁，但这里忘记了更换名字。

现在我们没有了骄傲……也没有了皇冠，

我们没有剑，也没有枪……

生命消逝了……我的灯灭了……

亲爱的阿加西，阿加西！……

而你，可怜的人……

你还要睡多久？

好吧，好吧……去吧……带着你的儿子……去吧，跳进水里吧……

我们现在就跟在你后面……

在此期间，悲伤的父亲在人间和地狱里徘徊了无数次……只要他抬起头，他就会被再次打击，被推到深渊。一边是20岁的年轻儿媳在拍打着自己的脑袋，揪着自己的头发，另一边是他可怜的老太婆。她们身上一件衣服都没穿，脸上毫无血色。全身被弄破撕烂了。拉恰克、奥什马格、额头、前胸，都被血染红了，就像一块大红布。

小媳妇怎么了，上帝保佑，不要再发生这样的事！她羞于大声哭泣，因此她的悲伤更加强烈，更加痛苦……她想撕开自己的胸膛，把头插进去。

她们两个一听到这个致命的消息，就像发疯了一样，躲在阿萨通① 里，纹丝不动地站在角落里。

———————

① 专门存放面包和烤饼的房间。

那天晚上，她们两人都做了噩梦。母亲梦见阿加西的马在骑术比赛时跌倒了。她跑过去抱住儿子，母亲猛地坐起来，梦醒了。而年轻的媳妇梦见了婚礼，好像遇见了强盗。阿加西骑着一匹灰马赶走了劫匪，用马刀砍了他们，然后消失在尘雾中。年轻的姑娘们想拦住她，小媳妇提起前襟，就向阿加西身后跑去，却扑面摔倒在地上，睁开眼睛时感觉天旋地转。

当她突然想起发生过的事儿，就会大喊大叫，尖叫的声音在天堂里都能听到，墙壁也嗡嗡作响。老妇人听到儿媳失控的叫喊声，猛地起身，像一把刀扎在她心上。然后，她大声哭号，扯着自己的头发，抓住儿媳妇的手，冲出阿萨通，倒在半死不活的丈夫面前。她用指甲挖土，撒在自己的头上，像一只刚被宰杀的母鸡，血还没有冷却，把脚和脸撞在石头上，正如已经描述过的那样。啊，我不想再多说了，因为他们的一举一动和所说的话都灼烧着听者的心。

正如我说过的，我们这个不幸的老头子立刻从座位上跳了起来，既没戴帽子，也没穿皮袄，跑出了房子。他痛心疾首地尖叫着，拍打着自己的头，扯掉自己的胡子，就这样，气喘吁吁地，艰难地从一边摇晃到另一边，无助地拖着双腿，勉强走到儿子跟前，倒在地上，躺在儿子的脚边。

他跌倒了一百次，双脚和额头撞了石头一百次，直到他到达那个地方，他的头和全身没有一处是完好无损的。他撞了无数次石头，浑身是伤，血凝结在他花白的胡须上，粘在下巴上。现在，老人倒在儿子身边，吻着他的脚，恳求他用马刀杀了自己，可以早日摆脱这苦难的世界。

手无寸铁的人民真可怜，

可怜的国家，沦为敌人的奴隶。

把国家和生命交给强盗的人，他的子民的命运是悲惨的。

有人上山打猎，

有人在家存钱，

瞄准那些手无寸铁的人，

将头颅装进自己的腰包。

无论是规则还是房子，无论是家人还是教堂——

一切都将夷为平地，

如果有人束手就擒，

那么他将被祖国抛弃。

海水欢腾跳跃——对它而言眼泪是什么？

啊，它没有心，波浪中没有灵魂。

你不能把船托付给它：

它会让你闭上双眼，到海底才睁开。

熊发疯了，咆哮着，

搅乱了群山的寂静，峡谷也跟着颤抖。

无辜的羔羊，你为什么站在那里？

快跑吧——不要被吃掉。

草原和田野瑟瑟发抖，

天翻地覆，天雷炸响，

路人，你为何流泪？

躲在石头后面——自救吧！

啊，善良的天使，太阳，快来吧，

垂下你那灼热而美丽的双眼！

对亚美尼亚人来说，你从未到来，——

星星早已为我们而落下。

宝剑、宝座、宫殿、财富——俱往矣，

君王和王子都在大地的怀抱里。

谁来庇护他们可怜的孤儿？

难道敌人的心中还有上帝吗？

第二章

1

埃里温要塞矗立在一个光秃秃的石崖上，这是一座拥有千年历史，古老而破旧的要塞，它高昂着头，仿佛一个千头恶魔，冷漠地打量着周围的环境，四面被护城河包围且中间有塔楼加固，最上端有一串串锋利的齿轮、建有厚度有五嘉兹①的双层墙。

要塞一侧是孔德区，另一侧是达穆尔 – 布拉赫区②，一个入城口向北，另一个入城口向南，要塞抬起自己憔悴不堪的头仰望天空，把宽大的地板铺在地上，一张千疮百孔的无耻的脸，用光滑的灰泥涂抹着，泛着白光。这里有千户人家，一扇扇窗子好似一双双圆睁的眼睛望向四周。要塞揽抱着山岩累累的赞吉峡谷，峡谷黑漆漆的，很可怕，光秃秃的，沉默无语，吃人的埃里温要塞。

从远处看，埃里温要塞试图掩饰自己发黄的面庞，贪得无厌的眼睛向下望，以此来更快地欺骗朴实忠厚的观众，更加轻松地

---

① 嘉兹是长度单位，一嘉兹等于四分之一俄尺。
② 孔德区和达穆尔 – 布拉赫区是埃里温最古老的街区。

引诱观众，然后又悄无声息将其吞噬和毁灭。

有关要塞是由阴险、狡诈的波斯人建成的，还是由毫不妥协、凶猛的奥斯曼人奠基的，没有任何记录，它出现的时间也无从得知。它的历史被隐藏在黑暗之中①，无人知晓，也没有人听说过任何确切的消息。

要塞在此已屹立整整千年，无论面对什么她那张残酷的面孔都可以巍然不变，像一头无耻的野兽。多少炮弹落在她粗糙的背上，她松软的胸膛上，她光秃秃的脑袋上，但她毫不在乎，没有什么能将她触动。勉强治好了自己受伤的羽翼，加固了自己的断骨，她就重新昂起黑漆漆的额头，重新鼓足了劲儿，起身振作起来，挺直腰杆，抬起肩膀。她又在威胁着，撒播着恐怖，并且，拍手嘲笑那些给她梳头的人，他们想和她的影子玩耍，嘲笑他们的虚弱、畏缩、软弱无力、愚蠢和粗鲁。

这个用土坯垒成的，而非石头筑就的城堡，重新带着挑衅的眼神，气势汹汹地举起手指。无愧于一切，将自己被折断的双腿伸进赞古河，伸进那条日夜无法入眠，日夜无法安宁的赞古河。河水已失去理智，疯狂地用钝马刀般的，用斧头般的水流劈砍她裸露的乳房和她无耻的心，看着赞古河无法平息复仇的怒火，摧毁憎恨的人，咆哮着，号叫着，继续向前冲去。她的声音渐渐远

---

① 埃里温市及其要塞由阿尔吉什提国王领导下的乌拉尔图人于公元前782年建立。其后多次被毁、重建。阿博维扬描述的堡垒建于土耳其统治时期，即1583年。

去，她遮盖着脸静静地投进赞格巴萨尔①的怀抱，已经没有任何希望，带着一颗破碎的心，悲伤地四处流淌，她带来大地赋予的成千上万种的财富、成千上万的果实和所有其他的好东西，分享给所有人。而她自己却迷路了，张皇失措，甚至无法将自己的消息带给心爱的姐妹——阿拉克斯河②，因为湿气浓重，埃里温人已经切断了河水的去路，爱怜地把水引到他们的田地里，让她那比牛奶还香甜的光明之水浇灌被太阳燃烧晒枯的心，洗净苦涩的汗水，用她馈赠的果实来支撑他们的生活。

埃里温要塞啊！一千年来，亚美尼亚的土地上一直盘踞着敌人和强盗。正是这片土地，壮美的国度，伊甸园就在这里！难道上帝不爱惜神圣的亚美尼亚马西斯山吗？他用洪水毁灭了整个世界之后，让挪亚方舟停在这里，这样就可以先在亚美尼亚的土地上重新繁衍人类，继而其他国度也可住满人类，难道他不觉得值得吗？

这是一片神圣的土地，战无不胜的海克拒绝了肆无忌惮的贝尔神③的邪恶图谋，来到这里，他召集居民和勇敢无畏的军队，欣赏着亚美尼亚美妙的山脉、美丽的田野，看到了天堂般的赞古峡谷和泡沫飞溅、奔腾不息的河水，看到了阿拉克斯河张开感恩的

---

① 埃里温汗国的地区之一。名字意为河水灌溉区。

② 南高加索的一条河流，库拉河的最大支流，是亚美尼亚高地最大的河流之一，全长 1072 公里，流域面积 10.2 万平方公里。

③ 巴比伦最古老、最强大的神，巴比伦的最高统治者，最古老的三位一体神之一，相当于希腊的宙斯和亚美尼亚的阿拉马兹德。

怀抱，看到了马西斯山和阿拉加茨山^①的山峰，看到了塞凡湖开满鲜花的山谷和山脉，海克把长矛插入泥土里，用圣名"海雅斯坦"^②来称呼她，用贝尔的遗骸祭祀他的箭和弓；

这是一个圣地，世界的征服者沙米拉姆^③来到这里，组建了军队，她在其他任何地方都找不到她心仪的人，想念我们天使般的亚拉的面庞，既然无法用眼泪和爱迷惑他神圣的心，希望以武力俘获他，哪怕是用他圣洁的气息触及一下她的脸，那么当他死后，命令将他的尸体放在自己面前，日夜哭泣，热切地希望要么让他复活，要么在他的脚下死去；

在那个国家里扎梅尔^④想帮助赫克托尔对抗阿基里斯；在那

---

① 亚美尼亚西北部一座火山，亚美尼亚第四高高地，也是现代亚美尼亚最高的山脉。山高 4090 米。山脉东西长 40 公里，南北长 35 公里。下部的斜坡覆盖着森林，较高的是草地。

② 在亚美尼亚语中，亚美尼亚被称为"海雅斯坦"。

③ 亚美尼亚语，即古希腊神话中的塞弥拉弥斯，是尼诺斯国王的传奇王后，成功地接替了他的亚述王位。根据传说，阿拉是中亚美尼亚人海克祖先的后裔之一，以其非凡的羊绵和对祖国和家庭的热爱而闻名。在亚美尼亚异教徒和古代东方，对阿拉和沙米拉姆的崇拜很普遍。据他说，沙米拉姆是爱与生育的女神，美丽、性感、好战。阿拉是在垂死中复苏的大自然的化身，是春天和农业之神。更广为人知的名字是美丽的阿拉。

④ 据史料记载，扎梅尔是一位参加特洛伊战争并阵亡的亚美尼亚王子。荷马的《伊利亚特》（颂歌 II，第 860 行）中提到了阿斯卡尼乌斯，他与弗里吉亚人及时抵达帮助普里阿摩斯，一些研究人员倾向于在他身上看到扎梅尔和亚美尼亚人。福克斯和勇敢的阿斯卡尼乌斯从遥远的阿斯卡尼亚率领弗里吉亚军队无所畏惧，战斗如火如荼。扎梅尔是亚美尼亚浪漫主义者最喜欢的形象。

里，帕鲁尔 ① 和阿尔巴克 ② 烧死了那波帕拉萨尔 ③；在那里，提格兰 ④ 和居鲁士大帝 ⑤ 一起夺走了阿斯提阿格斯 ⑥ 的灵魂；在那里，瓦赫 ⑦ 和大流士三世科多曼 ⑧ 试图阻挡亚历山大前进的道路；在那里，帕提亚帝国的瓦加尔沙克 ⑨ 封锁了其兄弟阿尔沙克进入亚美尼亚的道路，改善该国设施，确立了纳哈拉时代 ⑩；在那里，王中之王提格兰坐在宝座上，他征服了叙利亚的土地，并邀请迦太基的巨人汉尼拔指挥官；在那里，无敌的特尔达特 ⑪ 以他的勇气和智慧惊动了罗马城，征服了父辈的国家，赶走了阿兰人 ⑫ 和波斯人；在

---

① 帕鲁尔是第一位亚美尼亚沙皇，在他统治时期亚美尼亚获得独立。

② 阿尔巴克——是米底沙皇基亚克萨雷斯（前 625—前 585）。

③ 巴比伦最后一位国王（前 626—前 605）。

④ 指亚美尼亚国王提格兰·耶尔万迪德，公元前 6 世纪在位（约前 560—前 535）。

⑤ 波斯国王（前 559—前 530）。

⑥ 是古代西亚米底王国的最后一任君主。他公元前 585—前 550 年在位，共 36 年。一向臣服于米底王国的安善王居鲁士二世起兵反叛米底，于公元前 550 年征服米底王国，建立波斯帝国，他的名字来自于古波斯语，意为"舞标枪者"。

⑦ 是亚美尼亚的一位先祖，神龙斗士瓦格哈尔的后裔，按年代顺序，他是著名的提格兰·埃尔万迪德的儿子。

⑧ 大流士三世，波斯帝国末代君主（前 336—前 331 在位），公元前 331 年大流士三世集结新的波斯军队与亚历山大在高加米拉村进行了一场恶战，公元前 330 年战败身亡，亚美尼亚人也跟随大流士参加了这场战役。

⑨ 指瓦加尔沙克·霍雷纳齐，他是亚美尼亚阿尔沙基德王朝的开创者。

⑩ 是以纳哈拉体系为核心的后王国时代政治体系。

⑪ 指亚美尼亚沙皇梯里达底三世（约 287—330）。

⑫ 北高加索地区古老居民。

那里，上帝的儿子在神圣的启蒙者面前显灵，并用光标记了他降临之地的界限；

在这片土地上，瓦尔丹·马米科尼扬和他值得尊敬的兄弟瓦汉[1]用自己的鲜血和无与伦比的勇气捍卫了自己的法律和教会的荣誉；弗拉姆沙普[2]将启蒙和智慧带到这个地方，带到自己的家乡；鲁比尼扬家族[3]和巴格拉图尼王朝统治者们[4]再次从坟墓中站出来，去唤醒这个被数以万计的敌人所占领的毫无生气的国家，为它注入了新的活力；

这是一片幸福的土地，这里曾经闯入过亚述人、波斯人、匈奴人、阿兰人、马其顿人、罗马人、阿拉伯人、奥斯曼人，他们如洪水般涌入，数百个民族和国家被他们践踏、摧毁、夷为平

---

[1] 指瓦汉·马米科尼扬，是5世纪著名的政治家和军事领袖，为亚美尼亚的独立而奋斗。481年至484年领导了人民起义。在对抗波斯征服者的战役中取得辉煌胜利。484年底，他签署了《恩瓦尔萨克条约》，之后被选为亚美尼亚的"马兹潘"，"马兹潘"是在波斯帝国统治下的亚美尼亚部分地区的总督头衔，这个头衔一直保留到中世纪。瓦汉统治该国约15年。

[2] 亚美尼亚阿尔沙克王朝统治下波斯管辖区的沙皇，389—415年间在位。

[3] 鲁比尼扬家族是奇里乞亚亚美尼亚王国的开创者和建立者。在1080—1375年统治期间，莱翁二世（1187—1219），海屯一世（1226—1270）和莱翁三世（1270—1289）最为著名。

[4] 巴格拉图尼是亚美尼亚的一个沙皇王朝，它在该国其他王朝中占据主导地位。885—1045年主要统治希拉克及其周边地区，该王朝著名的开创者阿硕特一世（885—890）、他的孙子阿硕特二世（914—929）、阿硕特三世（953—977）和加吉克一世（989—1020）。在他们统治时期，国家的经济和文化生活蓬勃发展，建造了美丽的建筑。961年，著名的阿尼成为巴格拉图尼的首都城市。

地、烧光杀光，那里每座山都血流成河，到处是被石头压死的人，而数以百计的部落被夷为平地，人民被彻底毁灭，他们的精神和名字都没有留下，但神圣的亚美尼亚民族，无敌的海克后裔，当他们失去一切，失去了生命、国家、崇高、荣耀、权力、军队时，他们发现已无法抵挡这股毁灭的洪流，无法与这些野蛮的民族抗衡时，这些野蛮人一个跟着一个地冲向欧洲、冲向亚洲，无论进犯哪里都会不可避免地经过亚美尼亚的土地，他们举目望天，头低垂在胸前，心紧紧地团结在一起，他们冒着炮火连天，在千军万马之中穿行，以一种世界上从未见过也永远不会见到的众志成城的精神，保全了自己、捍卫了自己神圣的信仰、神圣的法律。

这个国家，这个无与伦比的民族，近来一直处于毁灭的边缘，现在举目望天，祈求一只强大的俄国雄鹰出现，将他们的土地和孩子置于它的羽翼保护之下。

在大约 20 年内，文明的基督徒欧洲十字军的铁蹄践踏了可怜的新大陆，抹杀它，将其夷为平地，五六百万的部落中活下来的都没有一千人，他们漂泊在山间、峡谷，像一头头野兽，在为那个恐怖的日子哀悼中死去。可怜的亚美尼亚人民能怎么办呢？自挪亚时代以来的六千年里，他们不是生活在基督徒和有教养的民族中，而是生活在多神教徒、偶像崇拜者、穆罕默德人、异教徒中，与他们斗争，也经常战胜许多敌人，但玫瑰能在海中绽放吗？紫罗兰能在火边生存吗？柔软的麦穗能像我们的人民忍受住敌人的压迫那样忍受住闪电和冰雹吗？

亚美尼亚人民，亚美尼亚人民啊！我愿意为了你们，为了你们的土地付出我的生命，我的亚美尼亚人民！我将牺牲自己。我的亚美尼亚人民，什么样的乳汁哺育了你们，什么样的母体赋予了你们生命，谁的双手呵护了你们，谁在用语言祝福你们，让你们也拥有了同样的灵魂和内心，你们让整个世界看到了这样一个闻所未闻的奇迹？

除非眼睛瞎了，才看不到，了解不到你们的美德。除非成为哑巴了，才能沉默不去赞美你们，不敬重你们的名字。除非心是石头做的，才能不去爱你们，不对你们有期盼之心！

祝福俄国人的到来吧，和他们彼此相爱、和睦生活吧！毕竟，你们也是那个国家的后代，也是那个民族的孩子，它曾经震惊于世界，未来也会同样让世界感到震惊。像你们的祖先那样彼此珍惜、互相尊重吧，想想你们的祖先吧！对你们的土地和人民叩头膜拜吧，而我也要回到我那被打断的故事中去了。但我的目光望向远方，我敏锐地倾听到：我恳求你们，不要轻视我这个珍贵的愿望，不要让我把它带进坟墓，我不希望听到你们彼此的爱已经消退了，你们的友谊枯竭了，这会让我的身体在地下受折磨，让我的灵魂在天上受煎熬。

我们去埃里温要塞吧！白昼正在消逝，披上黑夜的外衣。我心中一片黑暗，心慌意乱，甚至让我看到光明的大地现在看上去是我的眼中钉，插在我心里的一把刀。

鸟儿爱它的巢穴，而我……我恨这片土地！我痛骂它，因为我听到的、看到的一切，就像烧得通红的煤炭一样，焚烧着、灼伤着我的内心。埃里温要塞几乎所有的水土都沾染着亚美尼亚人的鲜血！

我该怎么办？扑进水里，来熄灭我内心之火？还是死去，摆脱这些痛苦，不让它们折磨我杀死我，不让它们把我生吞？

埃里温要塞啊，埃里温要塞！

自从亚美尼亚王国已不再存在，基督教就成为亚美尼亚人民的希望和憧憬，成为他们的天国，而波斯人和奥斯曼人在欧洲赶走了罗马人，又在那里折磨希腊人民，在亚洲屠杀亚述人和巴比伦人，此后，他们一直从两个方向觊觎我们，磨刀霍霍，像疯狂的狮子和老虎，磨刀霍霍，急于喝我们的血，以满足他们贪得无厌的胃口，一个咀嚼一阵后递给另一个，一个吸完血后又扔给下一个。从那时起，埃里温要塞在奥斯曼帝国统治下又过了一百五十年。

后来纳迪尔沙[1]，他践踏了印度斯坦和阿拉格斯坦[2]之后，把脸又转向了埃里温。群山和峡谷在他面前俯首称臣。对纳迪尔沙来说穿着宽大长袍的奥斯曼人算得了什么？不就是一抔泥土吗！有能力抵抗他吗？当他的帐篷出现在比卡纳克[3]略高的穆拉德塔帕山顶

---

① 土库曼阿夫沙尔部落的首领，伊朗国王，1736年至1747年在位。沙即沙赫，为皇帝称号。

② 即伊拉克。

③ 一个前亚美尼亚村庄，现为埃里温的一部分。

时，哈桑·阿里汗·卡扎尔 ① 立即将奥斯曼人赶到卡尔斯 ②。这位勇敢的指挥官用他的军刀砍死多少奥斯曼人，砍掉了多少人头，砍断了多少肩臂，他的手已发麻，军刀也钝了。他回来之后，把长矛扔在纳迪尔沙的帐篷前，长矛已抖动着插进地里。

然而，这个勇敢者的豪迈精神却成为沙赫眼中的刺，他非但没表现出应有的尊重和授予其荣誉，而是立刻下令刺瞎这个可怜的人，这样月亮就不敢在太阳面前发光，沙赫的名字也不会受损。

这个命运多舛的盲人在奥斯曼人被驱逐后获得了埃里温的汗位：万恶的波斯人再次踏入我们的国家。

在他之后，他的弟弟侯赛因·阿里汗 ③ 成为了大汗。但这位弟弟却非常软弱无能，当时在格鲁吉亚统治的国王希拉克略二世向他宣战并打败了他，还向他征收了三千托曼的贡赋。

当他的儿子穆罕默德汗 ④ 接替他的位置后，阿迦·穆罕默德汗 ⑤ 开始了他的远征，和纳迪尔一样，摧毁了山脉和峡谷，他去了卡拉巴赫和梯弗里斯，而派他的兄弟阿里·库利汗 ⑥ 去了埃里温。

当梯弗里斯的俘虏前往埃里温时，穆罕默德汗坐在埃里温要塞

---

① 埃里温汗国的第一位波斯可汗。

② 土耳其安纳托利亚东北城区的一个城市，是土耳其东部的边防重镇和军事要地。9—10 世纪，是亚美尼亚独立公国的所在地。

③ 1764—1778 年统治埃里温汗国。

④ 1779—1795 年和 1798—1805 年统治埃里温汗国。

⑤ 也就是阿赫塔·沙赫，波斯新王室——卡扎尔王朝（1779—1797）的创始人，好战、嗜血的统治者，1795 年攻占并摧毁了梯弗里斯。

⑥ 1795—1797 年间统治埃里温汗国。

里，把所有居民都召集在自己身边，没有把战马的缰绳拱手相让给敌人，当敌人从四面八方围攻要塞时，他没有采取军事行动，因为汗自己也说过："听说，当你们占领梯弗里斯时，一定会抓到我。"事情就这样发生了：当梯弗里斯被占领、被烧毁后，最后一批俘虏的队伍也刚刚到达埃里温，此时大汗的脊梁骨被打断了。

阿里·库利汗进入要塞，邀请穆罕默德汗来做客，但是在进餐期间，他下令将穆罕默德汗的手脚捆绑起来，并将他发配到波斯。

据说，在所有的汗中，没有比他更好的。过了一些日子，有一天晚上，他突然召见了亚伯拉罕王子①，这个不幸的人来到大汗面前时，已经被吓得不死不活的了。可汗突然用愤怒的声音说：听说亚美尼亚人没有教堂的钟声就不去教堂，那么为什么听不到钟声呢？王子颤抖着回答说，是因为害怕他而停止了敲钟，听到这些，可汗生气了，命令王子向亚美尼亚人宣布，他，阿里·库利汗，来到这里就是为了保护和主宰人民，解救他们于危难之中，而不是来压迫他们的。

他是一位令人难忘的可汗，他不再征收人头税和劳役地租，用希望和慈悲的态度去鼓舞人民。

但他执政并没有多久。当萨迪克汗②在卡拉巴赫杀死他的兄

---

① 是埃里温地区亚美尼亚人领袖梅利克·阿加玛利亚著名家族的后裔，有俄国倾向，从 18 世纪 80 年代初开始与俄国宫廷建立关系。1804 年齐齐亚诺夫进军埃里温失败后，他领导将部分亚美尼亚人重新安置在梯弗里斯。卒于 1827 年 10 月。在亚美尼亚贵族传统中，"梅利克"对应于"王子"头衔。

② 18 世纪末统治卡拉巴赫。

弟后，埃里温的亚美尼亚人和土耳其人攻占了要塞，把他赶了出去，这个不幸的人在卡扎尔人那里连名字都没留下，最后在不停地祈祷请求下，才得以保住自己的脑袋，回到家乡。

过了没多久，马金斯克汗来到埃里温，作为穆罕默德汗的亲戚将政权掌握在自己手中。

当法特·阿里沙赫①坐上王位后，穆罕默德汗求母亲出面斡旋，答应用埃里温一万托曼贿赂，可以重新坐上他以前的宝座。

这就是当时发生的情况。纳希切万的凯尔巴里汗②是个瞎子，他对卡尔斯发动了战争，打败了帕夏③，让国家处于分崩离析之中。

在此期间，俄国人刚刚占领了帕姆巴克河④，那里有一个少校，绰号"卡拉"，意思是"黑暗的"。

汗在回来的路上，打算试着占领帕姆巴克河。当他打听得知卡拉少校只有几百人的兵力时，就下令让手下去活捉少校。

但这些可怜人当时还不知道俄国士兵和俄国大炮的威力。汗的队伍发起了三四次的进攻，但是，看到俄国人像一堵墙一样站在那里，任凭子弹飞来脸都不会转一下，最终汗的队伍完全被吓

① 卡扎尔王朝伊朗第二任沙赫，统治时间为1797—1834年，卡扎尔王朝创始人的侄子和继任者。

② 纳希切万汗国的统治者，经常干涉埃里温汗国的事务，并试图占领邻近的俄国地区。

③ 土耳其、埃及和其他一些伊斯兰国家对高级军政官员的称谓。

④ 亚美尼亚境内的一条河流。

住了，调转马头，回家去了。

就在此时，发生了一件事，穆罕默德汗被说服与沙赫达成了秘密协议，用欺骗的手段把英勇的齐齐阿诺夫[1]请到自己身边，装作是准备把要塞交给俄国人。

但当齐齐阿诺夫带着三千人进入埃里温后，看到狡猾的波斯人正在为他设下陷阱时，他不假思索地占领了埃里温的清真寺，把自己反锁在里面。这位勇敢的壮士在那里坚守了三个月，没有面包，没有援兵，在最炎热的时节，好像有火倾泻在头上，代价之高，连一卢布的银币都买不来一升盐。与此同时，沙赫带着无数的士兵出现了，占领了群山和峡谷。俄国军队的大量士兵死去了，有的死于饥饿，有的死于炎热。这时亚美尼亚人拿来了面包，想尽一切办法去帮助俄国人，特别是活着的殉道者约汉尼斯主教[2]，他清空了埃奇米阿津的教堂的所有粮仓，让俄国人不管怎样能够在埃里温坚持下去。

但这不是上帝的意愿。齐齐阿诺夫召集了少数士兵和亚美尼亚人，设法带领他们逃离这些野兽，到达梯弗里斯时，整个格鲁吉亚、整个高加索地区发生内讧，大家都在互相撕咬。

---

[1] 格鲁吉亚血统的俄国军事人物，1802 年他成为阿斯特拉罕的军事总督和高加索军队的指挥官，开始征服南高加索汗国。1804 年夏天，他对埃里温发动了一场战役，但未能攻克该要塞，并于 9 月撤退。计划于 1806 年发起新的战役，但很快在巴库附近被杀。

[2] 亚美尼亚格列高利教堂的大主教，怀揣着在俄国的帮助下解放亚美尼亚的梦想，一直努力实现这一梦想，为俄国军队提供食物等。他于 1810 年 11 月去世。

红头军前后包围了部队，虽然进行了几次战斗，都觉得为难，最后还是被迫再次折返。

随着齐齐阿诺夫的到来，单是这个勇士的名字就能让国民感到和平安宁。

如今生活在阿夫拉巴尔①的亚美尼亚人就是在那时离开了自己的家园，有的是在亚伯拉罕王子的领导下，有的是在百团长奥加涅斯②的带领下，搬到了新地方，在梯弗里斯定居下来。

俄国人离开后，穆罕默德汗被俘并被带到了波斯，取而代之的是塔瓦基亚汗，也就是与古多维奇③一起作战的那个人。但他很快就被胡赛因汗④取代，胡赛因汗及其兄弟哈桑汗⑤一起被派往埃里温，这两人在几年的时间里践踏了卡尔斯、巴亚泽⑥和埃尔祖鲁姆⑦，奥斯曼人衣衫褴褛邋邋遢遢。

在埃里温，从来没有过像他这样的首领：善良、诚实、同情

① 梯弗里斯古老的街区。

② 来自格加米扬斯王子家族，有俄国倾向。1804年，在齐齐阿诺夫对埃里温的战役失败后，与他的兄弟以及他的农民一起前往希拉克和洛里，后来定居在格鲁吉亚。卒于1815年。

③ 俄国陆军元帅。1806年，他被任命为高加索军队总司令。1808年秋，他领导了俄国对埃里温的战役。

④ 埃里温汗国最后一位统治者，1807—1827年在位。他奉行双面政策：迎合讨好，主要压迫亚美尼亚人。

⑤ 萨达尔侯赛因汗的兄弟，为人嗜血残忍。1827年10月1日被俄国人俘虏。

⑥ 土耳其的一座城市，靠近俄国和波斯边界。

⑦ 位于土耳其安纳托利亚高原的东部，土耳其最大省份埃尔祖鲁姆省的省会。

人民的痛苦、关心各项设施。但是，他的心地有多善良，他的弟弟就有多残暴。如一头野兽，地狱的恶魔，他每迈出一步，山川和峡谷都会颤抖。在他看来，人的头颅和葱头并无区别。

这就是为什么上帝对他很生气的原因，剥夺了他所有的财富，最终安抚了可怜的亚美尼亚人那被折磨得精疲力尽的心。如今，十字架庇护着他们，使他们变得神圣，阿里的魔掌不再让人感到恐惧和战栗。

让我们祝福这一时刻吧！当俄国人踏上亚美尼亚光明的土地那一刻，克孜勒巴什人那魔鬼般的阴霾被驱散了。

只要我们尚存一丝气息，日日夜夜都要想起我们所经历的日子，每次看到俄国人的面孔，都要画十字祝福，颂扬上帝，上帝听到了我们的祈祷，把我们带到俄国沙皇面前，让他至高无上的强大双手来保护我们。

在这个幸福到来之前，我们经历了怎样的日子，多少子弹落在我们可怜的人民头上，用军刀刺穿并焚烧我们的脏腑，我们流了多少血，我们不断地迁徙游牧，从一片土地到另一片土地，离开我们的家园，离开我们定居的地方！我们有多少、我们的大公有多少在烈火中或在巴托格① 击打下死去！想了解这一切的人，就请跟随我再次出发去埃里温吧！

请读者不要以为我出生在埃里温，所以对这片土地和水域会非常热爱。哦，不是这样的，上帝清楚我离开那里时还是个孩

_____

① 和人的手指一样粗的棍子，在俄国传统上用于体罚。

子。但是，这么多年后的今天只要一回忆，我们走过赞吉桥，穿过集市广场时，为了我能快速通过，为了不让土耳其人注意到我们，我的父亲会用他的手和脚向我打暗语，因为大声说话在当时是很危险的，一回想到有多少次在我们自己的花园里我们的人和红头军互相打斗伤害，我就会浑身颤抖，觉得很可怕。

即便我们还没有见过俄国人，如果让我们再一次进入埃里温：这是我们的祖国，这里曾经生活着我们的祖先，他们是这里的主人，他们在这里死亡，安葬在这片土地。那么我们就会理解俄国人的所有功绩，就会珍惜我们现在的幸福。谁想来就来吧！

埃里温要塞啊，埃里温要塞！

啊！在黎明时分远远望去它那无耻的头颅，好像地狱般张开大嘴，牙齿咬得咯咯作响，怒气冲冲地呼出肮脏的、刺鼻的、苦涩的气息，夹杂着唾液散布到四面八方；它呕吐着，以便让那些被吞下的身体在其腐烂的肠子中更容易消化，好再次伸出它的魔爪，不加咀嚼地吞下无数虔诚的人，将贪得无厌的肚子塞得满满的。

日落时分，呈现的景象：仿佛撒旦的孩子和爪牙们，他的军队和长官们都聚集在这里玩魔鬼游戏，庆祝地狱盛宴，在塔楼上面，有人在踩踏那些被砍下的头颅、有人在乱砍没有头颅的尸身，往上面吐口水，拍手哈哈大笑，狂笑不止，他们像挥舞军刀、长矛或棍子一样把没有生命气息的尸体左右晃动，最后扔进深渊。

中午时分，又呈现出另外的景象：似乎那里有一座火山，燃烧着的硫黄和火焰把每个缝隙填满，烟气上腾，熊熊燃烧，即刻便会噼噼啪啪地爆裂开，轰然倒塌，庞大的身体吞没整个世界。

每一座塔楼，每一个角落，堆满了白骨和尸体，或许是一些无辜的囚犯，像猪一样沉得肚子都转动不了，已经肿得眼看着就要破裂，碎成小块！

亚美尼亚人的敌人，毛拉①，日夜幻想着能让基督教的信仰从地球上消失，亚美尼亚人也能随之一起消失，当他登上清真寺宣礼塔，诵颂阿赞②，召唤信徒们来向他们的伊玛姆③阿里和穆尔图扎利祈祷，他将手贴近耳朵，尖声叫喊，仿佛撒旦本人的号角在召唤亚美尼亚人去哀悼他们悲惨的命运，因为这已经发生了不止一次了，一个可怜的、无助的亚美尼亚农民正安静地去市场做买卖，为了赚几个铜板，养活他的家人，突然间有人猛踢他的腿，打他的头，他被打得忘记了面包和家人，已不记得来时的路，而这一切的发生就是因为他在祈祷的时候不小心触碰了穆斯林的衣服，亵渎了衣服！

人们仿佛每时每刻都在等待着火从天而降烧到他们头上，每个人都在为自己的命运战战兢兢，害怕一不小心惹上麻烦。能说什么，能讲什么呢？

也许，无论是撒旦的号角，还是审判的日子都没有那么可怕，因为还有希望得到上帝的怜悯，就像这些可怕的日子，在晚上，对于每个人来说不知道第二天早晨是否会来临，黎明时分，人们不指望在当天晚上还能够健全地、完好无损地闭眼入睡。人

---

① 伊斯兰教教职人员，古兰经和伊斯兰教宗教仪式方面的专家。

② 召唤穆斯林共同祈祷。

③ 伊斯兰教的教长。

们一直生活在惊吓中，一直战战兢兢地生活。

埃里温要塞啊，埃里温要塞！

啊，还是让我马上死吧！它吞食掉了多少亚美尼亚人的肉啊！多少无辜的灵魂年复一年地遭受着刑罚和折磨，或者接受了蒙难者的冠冕！太多的人忍受着一切——烈火、火焰、铁钎、锤子和火砖……随着炮弹一起射出来，被炸裂成无数碎片，或者呼天喊地，用牙齿撕咬自己的身体，双眼随时能从眼窝里脱落，倾听着同胞兄弟、亲人、孩子们的声音，在绞刑结里摇摇摆摆，带着一颗受尽折磨的心，在绞刑架上把灵魂交给上帝，飞向天堂，终于摆脱了这个悲惨的世界，摆脱了这些狂暴的野兽般的魔爪。

而小伙子们，他们是每个家庭唯一的儿子，是贫苦家庭的支柱和慰藉，是一个美好的十口之家的主人，是这个家庭的希望，却有多少人在花季年龄，在未来幸福生活即将到来的黎明时分失去了生命。一些人被活活剥皮，另一些人把他们高尚的头颅置于军刀之下，像羔羊一样被人宰割，这样至少在天堂里，他们可以实现年轻时珍藏的那些梦想，如果大地真的那么渴望他们无辜的鲜血，急于喝下它，那或许，已经得到满足了。

2

亲爱的读者，我的亚美尼亚同胞，你们是我眼中的希望，这些人与你们信奉着同样的上帝，与你们身上流着同样的血，我谈论他们事迹的同时，也为他们深感悲痛。他们和你们做着同样的洗礼，受着同样的屈辱，画着同一个十字。在听我说这些的时候，你们的心和灵魂作何感想呢？

我知道，你心里在说，愿这样的日子一去不复返，愿你的敌人不会陷入这样的麻烦。我知道，你的心在灼烧，在哀号，以至于你都不屑于看一眼这个失去良知的人，一看到他们就想跑，想躲起来，但你要相信我：这不是他们的错，是我们自己的错。

如果我们互相尊重，互相帮助，互相开导，从而我们的生活改善了，连大海都别想吞噬我们，更何况奥斯曼人或者波斯人！

万能的造物主赐予我们灵魂、智慧和天赋，不是为了让坏人羞辱我们。

上帝现在赐予我们一束光：在俄国的剑面前，群山都无法站稳。如果我们齐心协力，彼此相爱，咬紧牙关，遵从上帝的教诲，就像我们的祖先有福的记忆一样，那么相信我：上帝会爱我们和人民。

当然，偏离了最初的话题，讲了这么长时间道理是不好的——我知道，但心已经迫不及待了。该怎么办？我再次想起我们村民所说的那些话。但这不是人民的错，因为他们迷失了方向，人们忘记了彼此。是的，像我们这样有文化的人应该把脚绑在树上，饿死他们！谁拥有得越多，就付出得越多。当审判的日子来临时，像我这样懂点文化的人将会得到什么样的回报？我们该怎么办？难道我们只想吃喝玩乐，骑着轻快的马，口袋里装着闪闪发亮的卢布，用手把它们扔出去玩玩，到处走走，到处狂欢，到处玩乐，别的事儿我们什么都不想？

我们散发着果子露酒的香气，陶醉于卡赫齐亚葡萄酒的甜美，我们激动地、骄傲地坐着马车四处闲逛，穿着锦缎和丝绸，仆人给我们洗手洗脸，我们躺在温暖的毯子下，躺在柔软的床垫上，从头到脚轻松舒坦。这一切，或许，不会把我们带到地狱，但无论如何，也不会把我们带到天堂。

"这连孩子都知道，"你会这样对我说。

但你能怎么办？知道是一回事，做是另一回事。我说的是我自己，所以让别人不要生气。只要他们不给我钱，我就不给任何人书籍，我也不教孩子们。你们看列兹金人和突厥毛拉，他们就不是这样做的：他们免费教育本国人民的孩子，于是上帝赐给他们食物。难道他会让我们饿死吗？在每个清真寺的院子里，即便在农村，也肯定有一所学校，甚至还很大，在那里教两三种语言。而在我们教堂的院子里，就连鹳都没有筑巢。那么逐渐地，人心如何会不冷却？

一辈子都没摸过马刀的人，能说出它的优点吗？从来没开过枪的人，能会打猎吗？一十年来，你一直告诉库尔德人，火鸡或卡布鲁抓饭①都是美食，但如果他从来都没吃过这些，难道他会放弃自己的洋葱和酸奶、乳渣和面包，然后去听你的话吗？你是怎么想的？让我很无语，难道你不知道，在孩子长牙之前，不能给他吃硬的东西吗？

---

① 用蜂蜜和干果调味的手抓饭。

你想没有地基就盖房子，没有火就烤面包，用手指代替蜡烛燃烧。你想让你的猪油在没有灯芯的情况下发光。你想把斧头放在树下，自己睡大觉，或者袖手旁观，你认为这棵树会变成你的柴火吗？你的脑子在哪里？没有酵母粉的面团是发不起来的。不，不，别在那白白地跺脚了。马刀不用就会生锈，小麦在潮湿的地方也会发霉。把地种上，却不好好耕，瞧，虫子和鸟儿把粮食都吃光了。

不，你先把地耕好，在房子下面打上地基，让人们开开眼界，只要路是正确的，你就把他们带到那条路上去，而不是走进山沟里去。你向人民展示你的爱，那时我会看到，他们是有多么不喜欢你！有些人还会污蔑我们。不仅如此，连我们自己都开始批判自己，向着他们说话了。这怎么可能？

我将为亚美尼亚人民献出自己的灵魂。教育他的孩子们，培养他崇高的灵魂。我说教育，并不是说让他学会如何打牌，用法语聊天、背诵诗歌，甚至胡说八道。

没有必要教他唱沙拉坎和赞美诗，还有把米粥喝光，这些东西也让我们很痛苦。做正确的事吧，看看他是否愿意为你献出自己的灵魂。

在春天到来之前，树不会开花，夏天没到，果实也不会成熟，而你想在冬天最严寒的时候闻闻你花园里的玫瑰，摘下成熟的果实。很显然，这怎么可能呢？

骨头如果长时间不伸展，就会麻木并开始疼痛。要是连续躺两天，后背也会疼的。两条腿走路走多了也会累，就是那样……

要知道，这个重担让我们背负了上千年，压得我们喘不过气，而你却说："快跑！"就算出来了，我也会一头扎倒在地上。

如果一个人被饿了一个星期，难道可以喂他吃肉吗？难道能用火烤冻伤的地方吗？你说，是把一个烧焦的脑袋放在雪里，还是放在火里？

穷苦百姓耗尽了多少年心血，在他们心中有千百年的伤痕，至今未愈。他们吞下了这么多苦涩的眼泪，眼里黯然无光，嘴里索然无味，心里毫无温度。你想让这一切在一小时内改变吗？这怎么可能？

以我们人民的崇高代表为例，就像是扎夫罗夫先生或赫列季诺夫先生、大卫·塔马姆舍夫、莫夫谢斯·特尔·格里戈洛夫：他们为了表现出对墓地的虔诚，为了空洞的祈祷，花了几千卢布。他们捐赠土地，建造一座教堂，人们自愿去帮忙，无偿工作，自己带饭，难道你认为这样优秀的人民、这样善良的民族会拒绝建设学校，拒绝互相帮助吗？只要他们对此有兴趣。

不，亲爱的，水不会向上流，不会的。你给它找条路，清理沟渠，把石头和杂草扔出去，看看水是不是还在自己流淌。

不过，我把正事儿给拖延了，请读者不要生气。让我们回到我们的地狱吧。

"够了，你得了吧，"也许有人会说，"你快告别这个地狱吧！"

啊，怎么告别呀？该如何从我们漂亮白皙的女孩身边直接过去呢？难道我们不应该祭奠她们吗？难道不应该讲一讲她们是如何被牵着走的，她们是如何脸朝下被拖走的，在石头上，在沙子上，在铁网上，在荆棘上，拽着她们的头发拉扯，打她们的头，用鞭子抽打她们的背，时常踩在她们的肚子上跳，踢，踹，用马刀平刮她们的肌肤，用脚踩踏，用枪托打或者用铁皮靴子踢；捆住她们的手，绑住她们的脚，时常把她们赶到一百俄里开外的地方，在她们身后跟跄蹒跚着父亲母亲、兄弟姐妹，光着脚，连头巾也没戴，叔叔、姐夫和亲戚们，所有人都在捶胸顿足，撕扯自己的头发，用泥土和石头砸自己；她们仿佛是一群任人宰割的羔羊一般，最终被赶进堡垒。

许多人在家里就咽气了，许多人在路上，在父母面前，就进入了另一个世界，在那里没有悲伤和叹息。

许多意志力更强大的人到达了要塞，在那里哈吉、毛拉、吉亚尔巴莱、苏夫特、可汗、贝克、阿訇、赛义德都扑向她们，企图欺骗或威胁她们放弃信仰。但她们坚信，自己不会被任何荣耀所吸引，不怕任何惩罚，不贪图可汗的生活，也不怕死，她们希望成为基督的新娘，作为处女离开这个世界，加入天使般的国度，她们无论如何都不会背叛自己的信仰。严刑拷打、刀山火海、饥饿和死亡，这些惩罚全都被置之度外，那么能够还给父母的只有这金黄色的头颅、雪白的身体，还有那被砍掉的手脚。

姑娘们，她们的心如此坚强！连石头都裂开了……愿上帝保佑她们的灵魂！

3

亚美尼亚人民曾有那样纯真的心，那样坚定的信仰，美好的灵魂和爱，以至于他们把一切都失去了：土地、国家、自由、权力、尊严，把一切都交到了残暴的敌人手中，为了自己的信仰牺牲了所有的一切，被奴役，被压迫，经受着背井离乡的生活、苦难、折磨、饥饿、死亡……他们坚定地、毫不动摇地坚守着他神圣的教会，遵循着启蒙者赋予他的光明法则。

这就是英雄主义，这就是永恒的精神力量，舍己救人、英勇无畏、意志坚定，是那种从大洪水时代至今没有一个民族能表现出来，也永远不会表现出来的真正的精神力量。在这里，哪怕山坍塌瓦解，铁化为灰烬，海干涸到底，但是热爱上帝的亚美尼亚人民仍以无与伦比的勇气和坚韧承受了一切，保全了自己的名字。

现在我们要失去这些不幸的残疾人了，他们失去了眼睛，手臂和腿……像这样年轻俊俏的亚美尼亚人如今在埃里温仍然可以遇见。他们两只眼睛都瞎了，哎呀呀，他们非常渴望看见，但却看不见自己的未婚妻、妻子、孩子。有些人既不能用手也不能用勺子吃东西，他们像小孩一样，需要别人把食物喂到他们的嘴里，因为他们根本没有嘴唇，手也被从肩膀上砍下来了。

还有一些人是被马车拖曳而变残的。

有些人没有鼻子，有些人没有舌头。

当别人在他们面前愉快地讲话时，当孩子们哭或笑时，他们的心会在胸口破碎。的确，在他们心里有某种悲伤或渴望，但他们就像哑巴，就像新生的婴儿一样，无奈只能用脚和头做手势才能被人理解，而他们自己却不能对别人说一句生气的话或者一句深情的话。

啊，愿这样的国家永远不复存在！愿俄国王国坚不可摧，将我们的人民和国家从囚禁中解放出来，像慈祥的父亲一样保护他们，接受他们！什么样的语言，什么样的眼睛，才会在每次仰望天空的时候不赞美上帝？我们怎能不俯首在地，向他祈求我们最仁慈的皇帝长寿、健康、强大，愿他的皇子皇孙们健康、幸福，愿他强大的国家坚不可摧、光芒万丈和永恒的存在呢？

亲爱的读者，你听到了这么多，当想到你就是这个民族的儿子，这个民族为了你承受了那么多苦难和痛苦，他们没有把你的血液同另一个民族混在一起，你的心难道不会为之一振吗？为了保全民族，养育子孙，有自己名字、语言和信仰，就这样受了千年的压迫与折磨，你认为这是件容易的事吗？

哎，谁会这么想？长着一颗什么样的心才能不爱自己的语言和自己的人民？

比如说，夜莺的声音很甜美，但上帝给了野鸡或孔雀美丽的颜色、美丽的翅膀和羽毛。当然，玫瑰值得拥有一切赞美，但为什么紫罗兰不把自己的颜色和香气给它呢？难道，你一看到玫瑰，你不再爱紫罗兰了吗？即使是山上的无耳花，虽无名无分，但也决不会屈服于玫瑰。难道听到夜莺歌唱的人就不能再养金丝雀了吗？

每样东西都有自己的价值。糖果的确很甜，但它们永远不会取代面包。香槟酒很好喝，那又怎么样？我们国家不生产香槟酒，我们要为它付出昂贵的代价。再比方说，宝石、钻石闪闪发光，价值不菲，但是怎么办？用它们建不了房子，也不是每个人都能拥有它。如果你的邻居很有钱，每天吃十道不同的菜，而你却买不起，难道你会因此不再吃普通的面包了吗？

啊，语言啊语言！如果没有语言，人类会是什么样子？语言和信仰使人民紧紧地团结在一起。改变你的语言，放弃你的信仰，那会怎样？到时你会告诉我，你是属于哪个民族吗？无论选择的食物有多甜，婴儿都不喜欢，母亲的乳汁对他来说比糖和蜂蜜更甜。但如果我们想卖掉自己的乳汁，也不会有人来买。

如果我们把眼睛拿出来给别人，能换一只新的眼睛吗？在摇篮里，当我们被安抚的时候，我们听到的是母语，难道我们不应该更加牢记它吗？如果你买了很多新的东西，难道你需要扔掉旧的东西吗？

即使是最野蛮的部落也不会用自己粗鲁的语言来交换整个世界。毕竟，你已经听过很多次音乐会了。说实话，它比你的民间萨兹和巴亚提① 更符合你的内心吗？有些人会说十到十五种语言，但他们比所有人更崇敬自己的母语。在与本国人民交谈时，用外语表达自己的想法或在他们的讲话中插入外国话，这让他们自己都感到羞耻。试试看，把你最喜欢的哈什② 里放上鱼、白糖、糖

---

① 高加索人民古老的民间歌曲类型。

② 一种由动物的头、腿和内脏制成的炖菜。

果、葡萄干、干果、鱼子酱，看看结果是什么味道！

你在话里插入俄语单词，说：我去"散步"，我"无聊"，我"生气"，我提交了"请愿书"，我有很多"课程"，我的头"晕"，他是一个"不诚实"的人，他是一个"强盗"，你是个"告密者"，我们去"游泳"，我"开完会"往回走，他们"输了"，路上"还是舒服的"，很多"麻烦会发生"，等等。我的同胞们，你想想，听者会怎么说！

知识渊博、开明的人，他们会尽可能纯粹地用任何一种语言阐述观点。如果你只说你的母语，有什么不好的？或者你认为那样就没有智慧了，或者你与生俱来的聪明才智会被洪水淹没？还是你想取悦政府？但是，监护政府会希望一个人割掉自己的舌头，远离自己的人民吗？那么，为什么要建造这么多学校，为什么要支付教师的费用，给他们头衔，千方百计地奖励他们？如果法国人、德国人、英国人喜欢并赞美你的语言，那么你自己不应该更加喜爱和颂扬自己的语言吗？

我不生你的气，我的同胞，这是我们的命运。到目前为止，仍然是非常艰难的时期，人只想着如何能完整地活下来，让头还长在肩膀上。谁还会在这关心语言呢？这就是为什么在我们的新语言中，有一半的单词是突厥语或波斯语。但这并不难纠正，可以一点一点地把语言清理干净，人们只需要学习并开始逐渐地理解自己的母语。

但突厥语是这样的情况：突厥人自己不会用突厥语写字，只会说话，他们比我们更粗鲁，更落后。但与此同时，我们的人民却非常喜欢他们的语言，以至于歌曲、童话故事、谚语，我们的一切都是突厥语，而不是我们的语言。这只是因为形成了一种习惯。我们称突厥人为异教徒，却喜欢他们的语言，这不是很奇怪吗！奶妈的乳汁比母亲的乳汁好吗，这简直闻所未闻吧？在这种混合的语言中，我们仍然在那里混合了各种"不完整的东西"，结果是什么？你该如何弄明白福音、书籍和祈祷仪式呢？

我呼吁你们，我亲爱的亚美尼亚青年，你们是我心爱的阳光，哪怕你学习十种语言，也要坚定你的母语，坚定你的信仰。

那一种语言算什么？难道一种语言真的很难学吗？难道你不想写书，使你的名字在人民心中保留下去，让其他国家的人翻译你的书，使你的名字永垂不朽吗？无论我们对法语或德语有多了解，我们仍然无法用这些语言写出这样一部作品，使它在法国人或德国人中名列前茅：他们有自己的智慧，自己的心，而我们有另一颗心。另外，他们的作家多得数不胜数。

俄语是我们国家的语言，我们必须将其置于所有其他语言之上，其次使用我们自己的母语。

难道你不想写诗，表达你的思想和你的愿望，让外国人知道我们中间也有杰出的作家，让他们更欣赏我们的语言吗？

愿上帝保佑那些把孩子送到我这儿的家长，他们的首要目标是让他们的孩子精通亚美尼亚语。即使在坟墓里，我也不会忘记他们这句神圣的话。

在我回到埃里温之前，我有几个月的空闲时间，所以我没有赶路，还有那么长时间呢！

那时，冬天已经过去，夏天已经到来。在这么热的天气里上路可太遭罪了，但我该走了。如果有人愿意的话，就让他和我一起走吧。

4

午后的炎热消退了。山峦峡谷又抬起头来，微微喘口气。太阳从马西斯[①]身后静静地注视着埃里温要塞，渐渐地一切归于宁静。

浓浓的暮色笼罩着田野和峡谷，空气变得沉重起来。鸟儿不愿扇动翅膀，抱窝的母鸡也不愿把头从巢里钻出来。一切活动都停止了，一切声音都消失了，周围的一切都安静了下来。

浇地的人也躺在了垄沟旁。犁夫也在田里睡着了。园丁在树下闲逛，享受着闲暇的时光。

在村庄里看不到一个人影，连一只活物都看不见。不，不，只在山丘上或半山腰，在路上或田野里，若隐若现地出现了一个骑士的身影。他坐在马背上左右摇摆，打着盹，向后仰，又挺直身子，抬起头来，摆动着马镫和缰绳，用脚踢马，用鞭子抽，让它加快脚步，早点送他回家。

另一个骑士来了。他把手放在耳后，用一种忧郁而细微的声音，唱起了悲伤的巴亚提，放下了马脖子上的缰绳，骑着马，低

---

① 阿拉拉特州的一个城市，位于拉兹丹河左岸，在埃里温以南 14 公里。

声哼唱。他想尽快回家，在树荫下找个地方休息一下他疲惫不堪的身体，或者在天黑之前到达他家门口看看他的家人，让自己的心轻松一些。犁夫们也解开了牛的束缚，把它们从烦人的枷锁中解救出来，而自己去了阴凉的地方，把犁留在这里，把牛留在那里，躺在溪岸上，陷入了甜蜜的梦乡。

在背阴的一小片草地上，这一群牛，那一群羊，牙齿磨得咯咯直响，鼻子呼哧呼哧地喘息着，嘴里嚼着刚吃下的东西。

牧羊人把头靠在一块石头上，也蹲下一点，打算等炎热一退，趁着傍晚的凉意，起身把牛群赶到一个牧草肥沃的好地方，在那里一直待到天亮。

机敏的牧羊犬，有的在山脊上，有的在山顶上，有的在牧羊人的脚边，把头放在两只爪子之间，皱着脸，安静地趴着，要是小偷或狼，或者其他野兽胆敢靠近，它随时准备扑过去，把它们撕成碎片，保护主人的羊群。

到处都看不见青草和青翠的灌木丛，连一朵花都没有，没有什么能够让人能闻一下，可以赏心悦目，以此来忘记他的长途跋涉，为他因炎热而疲惫的身体增加点活力。那些高山、峡谷、山谷和田野都干涸了，旱死了，荒凉了。只有个别干枯的树干和多刺的灌木尖儿不知从什么地方就冒出个头儿，无精打采、垂头丧气的，仿佛陷入了迷茫和忧郁之中。

还能看见一些黑乌鸦和死气沉沉的猎人，还有一些胆小的寒鸦：它们成群结队地聚集在一起，栖在悬崖边上，或在堡垒塔顶上，或在路中间，它们盘旋，互相啄食，拍着翅膀，试图在不经意间从彼此嘴中抢走猎物，把它们分给自己的幼鸟或把它们带走。

蛇、蝎子、蜥蜴、甲虫、蝗虫和蚊子等各种生物开始热闹起来了。从灌木丛底下，从悬崖顶上，从草丛里面，悄悄地出来了。有的摇着尾巴和头，跳一下又安静了下来，有的爬到岩石上，发出咝咝声。它们在鸣叫，唧唧叫，吱吱叫，呱呱叫，它们都活跃起来了，享受着生活。还有一些动物从洞穴里探出头来，眨着眼睛晒太阳，静静地听着，惊呆了，着迷了，环顾四周，等待着这一切的喧嚣消退，等待着它们可以再次出去呼吸，享受幸福，获得一天的食物，回到它们的洞穴里睡觉，休息。

倒霉的猫头鹰是另一种状态！它坐在岩石的缝隙里，或者坐在石头的边缘，皱着眉头，垂下鼻子，浑身沉重，凝视着脚下，悲叹着它痛苦的命运。

鸡的宿敌——老鹰，张开翅膀，磨尖爪子，把利爪松开又抓紧，磨光鹰喙或弹拨胸前的羽毛，翱翔在空中。它把头俯到胸下，用它敏锐的眼睛向四周转了一圈又一圈，准备在一眨眼的工夫像落石一样俯冲下来，击中一只羽毛还没长成的小鸡崽的头。这些小鸡崽静静地抱团挤在妈妈的羽翼之下，一会儿挠挠妈妈的头，一会儿揪揪妈妈的翅膀，一会儿啄啄妈妈的食物，一会儿灵敏地听妈妈咯咯嗒、咯咯嗒地叫着，有时老鹰直接抓住可怜无助的母鸡后背，尖叫声使老鹰欢欣鼓舞，它腾空而起，把鸡撕碎，拔光鸡毛，然后把它吃到肚子里。

它仿佛就是凶残的暴徒、海克子孙和国家的毁灭者！

大自然如此安静，如此沉寂，任何地方都听不到沙沙的声音。时不时地有微风从远处吹来，滑过树叶，细簌作响，温柔地抚摸着人的脸颊和嘴唇，拂面而过，消失在荆棘丛生的灌木丛、草丛、岩石和峡谷中。

在平原上稀疏可见的村庄、田野、沟壑，昏暗而寂静，仿佛沉浸在烟雾中，又像一片片乌云或者像一片片烧焦的地方，四处都变黑了，只能用眼睛模糊地辨认出来。

从西边看，阿拉克斯河像一条箭形的蛇或一条银色的腰带，从峡谷中露出它锋利、容光焕发的前额和头，带着一种安静的、几乎听不见的咿咿声在平原上滚动，用手掌轻轻地拍打着马西斯的脚，抚摸着它，但突然，阿拉克斯河斜视着马西斯，发出沸腾的声音，转过头来，继续前进，把赞古和加尼汇入进来，嬉戏，玩耍，闪闪发光，与亲爱的姐妹们一起奔腾而去，嘴对嘴，胸对胸，背靠背，她们互相爱抚，直到疲倦了，闭上眼睛，在沙鲁尔平坦的怀抱里，破碎而疲倦地睡着了。

环视这片悲凉的平原，你会突然发现，乌云密布的天空似乎想践踏这山川峡谷，压在阿拉格亚兹的山头上，趴在马西斯和所有其他山脉上面，要把它们推倒在地，因为它们竟敢把自己的山峰抬高得如此之高，让云彩在天空中毫无立足之地，与蔚蓝的母亲争吵，纷纷坠落，在山头上堆成云团，相互压在一起，挤得不可开交，推搡着，赶走其他一切，以取代它们的位置。

在那时有一个像细蛇一样的黑色幽灵，静静地伸着头，直着身子，目光忧郁地左顾右盼，在高高的清真寺塔顶上转了个身，仿佛半睡半醒。他轻轻地举起手，放在耳边，把头仰到后面，像个肺痨病人一样，开始拉长嗓音呼唤着，仿佛从峡谷深处传出来的声音——阿拉——阿拉——鲁！（献给万能的真主）。

这个声音传来，仿佛雷声炸响。最后的呼唤声变成万千碎片，震动大地，惊动山川峡谷，掠过悬崖，穿过洞穴，一点一点地伸展开来，变得越来越稀薄，中断了，静止了。

就在这时，虔诚的穆斯林蜂拥而至，有的来自店铺，有的来自花园，有的来自峡谷；有一些人还没有摆脱清晨的睡意，还有一些人，他们的眼睛因饥饿而凹陷，一声不吭，布满皱纹的脸上没有一点血色，眉头紧锁，把头垂得很低。

有个人手里拿着一个铜脸盆，他的长袍被提起来整齐地塞到腰后，眉毛上面戴着一顶中间长而弯曲的黑色帕提亚皮帽，一缕黑色的卷发捻在耳朵后面，脑袋用铁推子剃过了，汗水和污垢混在脖子上黑黢黢的，又硬又粗糙、染成黑色的胡须被精心梳理过，又细又长。另一个人穿着一件不知是黑色还是深绿色的披风，披在肩上，又宽又长，没有领子，也没有纽扣，他紧紧抓着披风的下摆；还有一个人穿着印花布长袍，有两排扣子，从大腿到脚面都有开衩，袖子和胸口紧绷在身上，用无数个扣子把衣服扣得紧紧的；里面穿着一件衬衫，从马甲下面伸出一块，就像铁锹或花公牛额头上的白点，领口还紧贴着他的喉咙；有人用带图案的羊毛巾或白色亚麻布将自己紧紧地箍成一个卷，就像一个土堆，像一根木辕，像一个水桶，在他身后斜塞着不知是一把带骨柄的弯曲匕首还是卷成管子的厚纸；他穿着肥得像麻袋一样的散腿裤子，这裤子是用结实的红色丝绸和普通的深蓝色布料制成的，裤脚下边包着白色的锁边，裤腿随着外衣的下摆一起拍打在小腿上，在石地上拖拉着，扫起了灰尘和泥土，裤腿在两腿之间翻卷着，风一吹，便会乱成一团，缠绕在腿上；有人穿着像蛤蟆嘴一样的尖头大口羊皮鞋，在他们高高的、尖尖的、铁制的高跟鞋下发出嘎吱、啪嗒的声音；穿着斑驳的、短短厚厚的羊毛袜子，露出黑黝黝的小腿，鞋底的铁爪顽皮地拍打着脚后跟，好像为了好玩，拾起灰尘和沙子，把它们吃下去，再倒出去，又把一粒粒的东西塞进嘴里。总之，它们像吃甜点一样吃着，刺穿他们的鞋，扎进他们的脚。

有人头上缠着一顶像马鞍那么大的白色帆布头巾，有人把红色的绣花圆帽拉到耳朵上，有人把脱了毛的生羊皮披在后背上，有人把狼皮大衣披在肩上，有人披着山羊皮斗篷，已经被磨得又破又旧，有些地方被刮破了，挂着凌乱的毛毡和羊毛，上面有数不过来的破洞，用棉线和羊毛线修补过，就像一个有窟窿的袋子套在脖子上，用一根普通的绳子紧紧地扎在喉咙上；穿着高筒水牛鞋，戴着旧头巾；脸上和胡须上沾满了千年的泥土和粪便。既像塔拉克山又像卡拉帕帕齐，脖子上系着麻绳，头上戴着一顶巨大的帽子，穿着像麻袋一样的罩袍。所有人都涌上街头，人头攒动，都在行走。

只不过，孩子，你不要笑，人家会说：这不好，可耻。万一某个爱发牢骚的过路人觉得很生气：或许他就开始跺脚了，从马鞍上跳下来，恐怕会有一场屠杀要了你的命。

我履行了我的职责，你想笑就笑吧，你想跳舞就跳吧！哎，真的不是开玩笑，一下子看到这么多奇观，在这种情况下闭上眼睛，什么也不说，或者悄悄地、默默地从旁边走过去。总之，随便吧。

正如我们所看到的：所有这些人都虔诚地去做礼拜，而这并不符合基督徒的心意——毛拉、阿訇、霍吉、商人、红头军、塔拉卡玛（亚美尼亚舞蹈）、卡拉帕帕齐、姆斯克鲁、牧羊人、库尔德人、波斯人、贝基人，从山上来的大汗，从峡谷来的大汗，他们霸占了我们的房子、田地、村庄和牧场，在我们的集市上做买卖，他们把我们的所有东西都丢那不管——田野里的犁、山上的牧草、牧场上的牲畜、播种、犁地、浇水，什么都不管。这里仿佛经过了一场激烈的战斗，人们把一切都留在原地，相互搀扶着，纷纷被押送到埃里温。

一个人在骆驼上微微晃动着，另一个坐在驴背上大喊"淅，淅"！还有一个人在马背上威风凛凛地摇晃着，喊道"驾，驾"！第四个坐在水牛上，时不时地喊道"吁……"一个人抓着公牛的尾巴，一直大喊"驾，驾"！另一个人戳了一下骡子侧面的肋条骨，吆喝着"你，机灵点"！人们坐在各式各样的马车里，有的敞篷，有的带篷，用千奇百怪的方式赶着自己的牲口。那人骑着一匹轻快的马，全副武装，身穿盔甲，肩上扛着一把枪，时不时吹一下口哨，马镫发出叮叮当当的响声。他在驱赶面前的一群羊；有人在肩上扛着一只小羊羔，有人脖子上挂着一个狼皮袋，有时还把袋子钩在枪口上；有人还穿着外翻的熊皮。看，孩子，有意思吧，这场面可极为珍贵。有人把水牛皮套在自己身上，有人把山羊皮套在自己身上，有人后面跟着一只小狗紧赶慢赶地跑着，有人把一只机灵敏捷的狗和马拴在一起跑，还有人把牧羊犬拴在马车的轮子上。这些可怜的小动物们跑得飞快，精疲力竭，把整个舌头都伸出来了，连眼珠子都要掉出来了。有个人的马车里装着酪乳、摇篮和各种空的家什，还有个人用绳子或干脆用破布把自己的小狗拴在背上，但是，他们许多人穿的那一整身衣服都不值两个阿巴斯，而且还被烟熏得又脏又黑。有人把一块几千年的变成红褐色的发霉的小米面包放在马车里或者揣在怀里，还有的人在编织袋或大篮子里放着各种家禽、鸟、抱窝鸡、杂毛小母鸡、小鸡崽。

是的，谁要是看到这样的奇观还无动于衷，还不笑，那我就佩服他！

可爱温顺的哺乳动物和家禽出于礼尚往来，开始与主人算账了。对它们主人的围裙、口袋、包、桌布、杯子、碗、胡子、脸毫不客气地踩踏雕琢一番。它们利用主人睡觉的时间干的这事，大多数主人暑热难耐，在自己的马车里睡得很香，都做上了美梦。

他们就是这样行事的，有的手里拿着鞭子，有的拿着棍子，有的肩上扛着镰刀，有的从帐篷里拿着一根长杆子，有的把锥子和细绳扎在帽子上，或是把圣人毛拉赠送的护身符缝在那里；有的带着拴牛绳，有的拿着打狗棍，有的拿着马笼头，有的背着马鞍或驴鞍。

他们经常在路上毁坏可怜的亚美尼亚人的谷地和草垛，有时带走一匹马或者把花园毁坏，把园子里的通道或者篱笆上面全部捣毁，累得气喘吁吁，疲惫不堪，边走路，边打盹，跌跌撞撞，哼着巴亚提，喊着歌曲，甚至尖叫起来，连动物们都受到了惊吓，鸡叫声、嗥叫声、咩叫声、嘶吼声，此起彼伏。

最后我们到了水边，站在岸边。驴嘶吼着，狗嗥叫着。万世荣耀啊，阿门！总而言之，一个关于毛拉·纳西鲁丁①的寓言会派上用场的！我们的朝圣者也倒在地上，洗脚洗手，以便干净地进入埃里温：那天是他们的马格拉姆节②。

"真主，比斯米拉……伊兹·拉赫曼、伊兹·拉希姆……沙赛·瓦赛……哈桑、侯赛因、阿加姆……瓦伊……埃！阿里……沙赛·瓦赛！……"

"够了，够了，"可不可以告诉我，"我们为什么要做礼拜呢？"

谁说我们要做礼拜？我只想展示一下我们的波斯邻居是如何开始祈祷的。

现在我们去埃里温参加马格拉姆节，好吗？从埃里温传来了喧闹声，那里有表演。但我们必须秘密地进入这座城市，否则他们会夺走我们的一切。

在那个时候，他们无论在哪里抓到个亚美尼亚人，都会把他的手脚绑起来，给他穿上昂贵的衣服，把他拴在马上，给他武器，盔甲。就这样一直等到悲痛的哀歌渐渐消失，哈桑－侯赛因宣读遗嘱的仪式完毕，但马上你就倒霉了，厄运降临到你的头

---

① 我们常说的阿凡提。

② 一个伊斯兰教宗教节日，与哈里发·侯赛因的殉难有关，大约是阿舒拉节。

上。他们脱掉你的衣服，痛击你的腿和头，最后把你赶出去，扔到一边。但谁能说什么，这是他们的权力！

"斯瓦格努里汗或扎法尔汗是我的靠山，我的主人，我的首领……"一个埃里温的亚美尼亚人会这样跟你说，"我们去他们的家，从那里欣赏表演……"

你能怎么办呢？上帝和自身的勇气才应该是人的靠山，但他们是在棍子下长大的，如果他们不这样说，他们就会身处险境。

这次我们还是听从我们埃里温人的话吧，让我们去看看表演吧，不然就错过时间了。

眼睛不用闭上，但你的心和嘴就闭紧吧，以免笑出声来，那样的话，你的头就会被砍掉，你的肠子也会被割掉。街道上、小巷里、广场上、集市里、庭院里、屋顶上，人山人海，人头攒动。

那他们是不是很开心？不，他们崩溃了，曾经的快乐一去不复返，他们在自残！

有人在捶打自己的胸部，有人敲打着脑袋，有人在大喊大叫，还有人在撕扯自己的头发和胡须，悲痛万分。有的哭，有的把腿和头撞到石头上，大喊"哇"，撕心裂肺地尖叫，像瞎子一样，把头往墙上撞。

但为什么，为什么要这么做？难道最后审判的日子到了？难道有人毁了他们的房子？……

你再忍一会吧，我的傻孩子，你怎么胡说八道呢，还是你吃饱了撑的？快闭嘴吧，只要我们进了清真寺就会知道一切的，我们的埃里温人是不会离开我们的，不要害怕。

啊，亲爱的，这是什么呀？你看呀，我是跟你说话还是不跟你说话？你的脖子上是有块磨石吗？那家伙完全疯了。真是难得一见的表演！等等，等等，让我们先看看，然后了解一下怎么回事。谁在迫害我们？我们不要冲动，再忍耐一下。

一个留着浓密胡须的胖胖的土耳其人，穿着山羊皮大衣，也许是熊皮大衣，现在不是说这个的时候，他满脸油污，手指用指甲花染色了，穿着脏衣服，我的上帝呀，他的脖子一年都没见过水，他双手紧紧握住长杆，把它的末端顶在了胸膛上，上面有阿里的五指[①]，他号啕大哭，悲痛万分，在讲述着什么事，说话的同时与随他一起的人群拍打着自己的头，向先知祈祷，大喊："沙哈赛－瓦哈赛"，此时他大口吃起灰尘和沙子，高高地提起衣服的前襟，他完全失去了理智，毫无思考能力。

所有人想一直走到麦加[②]。

然而，我们虔诚的朝圣者，他是多么使人振奋，多么忠诚。他把脚放在石头上，然后仰起头，挺胸，向后弯，伸展，转身，然后再向前冲。此时所有人都在赞美阿里的力量和奇迹，旁观者可能会认为他的脖子上被一根绳子套住了，然后被拉着。

但谁不知道，这是罪孽又恶毒的撒旦在虔诚的朝圣路上撒下了灰尘和雾霾呢？

哎！好吧，小伙子，现在走开吧，我们的朝圣者已经达到了

---

① 作为基督身体上五个伤口的标志。

② 伊斯兰教的圣地。

目的——蒙蔽撒旦！你看，赫伯①的眼睛没有被雪覆盖，你看，你看到了吗？他在墙下擦血，在包扎头。是的，兄弟，别拿墙开玩笑！试试看，如果可以的话，用你的头撞在墙上，看看你是流血了还是耳朵变大了！

你听，这是谁从坑里传出羊一样的喊叫声，呼救的声音，请求人群散开，到一边去？难道房子塌了吗？发生什么事了？还是确实是房子塌了？房子没长舌头，但又不是没有天窗。如果盲目走下去，离失败还会远吗？本该如此！

但房子对我们来说是什么？塌了，还会再建。这不是房子的问题，而是一个朝圣者在坑里痛哭自己艰难的日子。

人群终于散去了。信仰是神圣的，祈祷是有力的，谁要是不相信，那就是有罪的。看，我们祈祷的人又站起来了，笨重得像个麻袋一样，把腿和头都整理好，抖了抖，哼哧着，咳嗽着，勉强支撑着，痛苦地呻吟着，啪啪地拍着耳朵，肩膀抽动着，收拾好自己的零七八碎和所有的兹罗提②，嘴边都是吐沫。呢子披风在这儿，头巾在那儿，它们都沾满了泥巴。啪啪地敲打着脏鞋，然后跳了起来，又亲吻了他那根折断的杆子，搓了搓它，就这样又上路了。

愿你的房子不被毁！他们是怎样无情的人！我们最好离开这里，我去打个招呼吧。毕竟，当小牛陷入泥泞时，他们会抓住

① 希腊神话中的青春女神，她是希腊万神殿中一个相对默默无闻的成员。
② 波兰货币。

它的尾巴拉它，将其从泥中拉出来。我们的穆斯林同胞站在周围赞美真主，就说，他们的守护者取得了那样的荣耀，在这个世界上受苦受难并获得了圆满。上帝保佑！没关系，只是别打扰他们。

即使在一个有坚定信仰的人头顶上敲碎一块石头，他也会认为这是在打手鼓和吹喇叭。

如果其他人都按照自己的方式绞尽脑汁地思考，你的钱会少吗？你关心一下自己的脑袋吧。灾祸会降临到那些肥头大耳又没脑子的人身上。

哦，苍蝇今天都疯了，完全是疯了，真是怪事儿？连狗都挡路。那是什么？尸体，遗骸，我亲爱的！杂货店里，集市上到处都是喧闹声，尖叫声。到处都散发着烤肉串、煮羊肉、手抓饭和烤饼的香味。

看在上帝的分上，看在这些白胡子老人的分上，他们也不感到羞愧，因为他们抛开自己的家不管，在这广场上受到了款待：一个人扎了一块烤肉把它裹在烤饼里；另一个人听从胃的指挥，用大勺开吃；这个人往嘴里塞了一块未煮熟的肉，用尽全力咀嚼着，衣服上、胡须上到处都沾满了肥油。要知道，肚子在下面直叫唤，发出咕噜咕噜的声音，而另一边的喉咙在呜咽，时而打开，时而关闭。老头子显然还没见过世面，他还在努力，还在使劲把一块肉往下塞，上帝保佑，一路顺风吧！如果他塞下去了，我知道，这一群人里头会发出驴一样的嚎叫！这不，驴叫了，又停了。

他们在庆祝自己的马格拉姆节，按自己的习俗开斋。我们还是走吧，我们下次再看这个景象吧。赶自己的马吧！哦，尊敬的长者，愿真主保佑！……算了吧！他忙着填饱自己的肚子呢，再说，你有什么事吗？他不会瞅你一眼的！我们走吧！

清真寺是进不去的，因为那里的人都在互相折磨。你需要从远处观察，混在人群中，从最近的房子的屋顶或某个毛拉的房间里观望。你必须有一颗健康的心才能忍受这种景象，你必须有健康的眼睛才能看着这景象而不哭。

人们聚集在清真寺的院子里，人多得不得了。所有这些人，就像其他人一样，都如此虔诚地抽泣着，敲打着自己的胸膛，仿佛这一天就是侯赛因殉道的日子。阿訇坐在高高的椅子上，生动地讲述着阿里、穆罕默德、阿里的儿子哈桑、侯赛因的故事，他哭得要命，引得周围那些石头都要哭起来了。在阿訇旁边有几个年轻的披头散发的女孩，在她们的脸上和胸前尽是乱发，她们挪到一旁和母亲一起流泪。

几个小伙子也用怜悯的声音哀悼他们不幸死去的父亲，几个赤膊的骑士向他们扑来，好像想杀了他们：他们扮演着为了执行哈里发的命令而匆忙赶路的雅兹迪人。他们骑马来到这里，假装要杀死或俘虏侯赛因的家人。每个人都在咆哮，每个人都如此生动地扮演着他们的角色，以至于观众会不由自主地认为侯赛因今天去世了。

让我们举几个例子，以便让读者了解我们的邻居如何庆祝他们的哀悼仪式。

哀悼马格拉姆

第一个悲伤的使者

目光黯淡，哑口无言，
腿被打断，我无力拖行。
啊，自从坏人到来以后，
悲伤和不幸从未停止！

你为什么坐在那里不流泪，也不说话？
你的天空布满阴霾，连星星都闭上了眼睛。
醒醒吧！
敌人准备好进攻了，
你用翅膀飞过去，飞过去吧！

雅兹迪人以哈里发之名待在大马士革。
但他们不尊重我们神圣的伊玛目。
无数的军队在我们周围守护，
一个恶毒的强盗向我们开火。

哦，勇敢的阿拉伯人！恶棍的手——
扼住了你的咽喉。

我们的军队在鹰派侯赛因的魔爪下

被驱赶到了阿勒颇。

第二个悲伤的使者

呜呼！请剖开我的胸膛！快点！

法特玛，我会为你献出我的生命！

啊，哈桑，侯赛因，我极其痛苦——啊！

啊，哈桑，侯赛因——啊，啊！啊！亲爱的！

夫人，啊，啊！要是你失去双眼，啊！

我立刻为你而死！啊！

拿走我们的头吧——啊！

天要塌下来了——啊！

哎，伊玛目被带走了！

救救我！……真主！……亲爱的！

让我变成瞎子吧！……啊！……

让我去死吧　　啊！

啊！我的天塌了！

地裂开了！——啊！

啊！救命啊！来呀！唉，救救我们！

我们的灯灭了！

母亲和女儿们

母亲

唉！是什么消息？

唉！是什么话语？

把火拿来，把我的炉灶点燃。

干掉带来那个消息的人！

年轻新娘的婚房倒塌了。

我的世界，我的生命中，我的头上——皆是灰烬！

啊，这黑暗的日子啊！

无力忍受下去了！

我该怎么办？

该在怎样的波浪中沉没？

该敲谁的门，该听谁的指挥？

造物主转过脸去了。

啊，我的命啊！为什么腿没有被我折断！

我的希望破灭了，我的世界也暗淡了，

在这苦难的大地上，是谁在诅咒我？

哇，我会为你的祈祷付出一切，伊玛目！

为了阿里的权力我会献出自己的生命！

我会为你的正义形象而死，亲爱的！

我会俯首亲吻你的脚面，

我会收留孤儿，我亲爱的主人！

啊，哈桑，侯赛因——我的首领，我的靠山！

我将如何回报他们，我亲爱的？——啊！

你对我们的首领做了什么，亲爱的！

你使我们的心化为灰烬，啊，亲爱的猎鹰！

我真希望我能听到你的声音，啊！

能亲眼见到你的脸，啊！我会在你脚下融化我的灵魂！

我只需嗅到你的气息，便死而无憾！

哦，伊玛目之子，你有光明的翅膀！

和平之王，真主爱你，手在地上，手在天上，

你用宝剑驱赶恐惧！

啊亲爱的，你已经战胜了整个世界，

你已经征服了在黑暗中的国家和人民！

群山只要听见你的声音，便会颤抖着低下头颅。

海洋和大地，只要听见你的声音，便会立刻顺从你。

乌云在你的注视下颤抖着，

展开翅膀飞走，雷声在乌云中隆隆作响。

你一跺脚——大地的深处，

因恐惧而陷入昏迷——山摇地动。

啊，太阳赐予你头颅，

月亮赐予你头发。

皇天后土接纳了你——

我们孤苦伶仃，无依无靠。

这世界会向谁屈服？

在谁的屋檐下能获得和平？

这个世界疲惫不堪，无依无靠，

毕竟你还握着它的手。

圣屋^①和麦加捶胸顿足。

眼泪——如大海般倾泻，

把大地覆在头颅上，燃烧，

一遍遍重复着你的名字，瑟瑟发抖。

我要带着你的孤儿

一起去投河自尽！

我要跟世界说再见了！

我们被抛弃了。

我们的心是冰。

在悲伤的世界里，等待我的是什么？

我没有别的君主，

你是我的太阳、月亮、皇冠和光！

一切都崩溃了！

我只能像夜莺一样待着，

为我苦命的首领哭泣。

---

① 是麦加清真寺庭院中立方体结构的穆斯林圣地。根据《古兰经》的规定，这是朝觐期间朝圣者聚集的主要场所之一。

我要是死了，谁会收留你的孩子呢？

我要是死了，你的孤儿们该怎么办？

谁会给他们牛奶，谁会把他们养大？

如果我切下双乳，我还能给他们什么？

我的眼睛哭瞎了，

泪水穿透了我的五脏六腑。

啊，只要看一眼你的脸，

我的胸口就如同刀绞！

让山峦峡谷崩塌吧，

把我埋葬，把我吞噬，

最好别为我悲伤——

解脱吧，灵魂，

打开吧，地狱！

我的女儿们，

你们的父亲没有了。

谁会拥抱你们，温暖你们的心？

啊，谁会爱你们，谁会保护你们？

你没有了父亲的爱抚和关心！

啊，在哪里还有注视你们的眼睛？

在哪里还有爱抚你们的双手？

在哪里还有宠爱娇惯你们的双唇，

用它的吻能够安慰你们？

你的海洋干涸到了底——啊！父亲走了，什么也没说。

把他的孩子留在痛苦中——啊！

他到底在哪？我在哪能找到他？

心伤痕累累，燃着怒火。

啊，孩子们，你们没有主人。

我们的房子被毁了，王国也瓦解了，

啊，谁现在还会向你们问好呢？

我的侯赛因，我会为你献出我的生命！

你把我的心烧焦了。

亲爱的，谁来帮助我们呢？

啊，我真希望你能带我们一起去。

女儿们

啊，我亲爱的爸爸妈妈——啊！

爸爸呢？他什么时候回来？——啊！

哦，他在哪？母亲，亲爱的！——啊！

不要哭，不要哭！哦，你是我们的世界，——啊！

把我们抓起来吧！把我们扔进水里吧——啊！

啊，夜晚将来到，白天也会明亮起来。

但谁会在晚上给我们开门呢？

现在谁还会欢迎我们？

哦，我亲爱的父亲，哦，我的父亲大人！

啊，你看一眼我们的母亲吧，啊！

哈里发，我们的父亲不会再来这了，

也永远说不出深情的话了。

他生我们的气，他从我们视线中消失了，

既看不到家园，也看不到我们。

他去哪儿了——他没有说。

啊，我们怎么能激怒他？

他会戳瞎我们，使我们看不见这个世界，

啊，他会下令屠杀我们，喂草原上的鹰和乌鸦！

他会烧死我们，或者惩罚我们！

啊，把我们交给刽子手！

父亲被人带走了，我想随他而去！

真的不回来了吗？你不再爱这些孤儿了吗？

父亲不理解我们的悲伤吗？

我们在这里哭泣——他不流泪！

我们快死了——他不会来！

我们被抓捕——他不会救！

儿子们和女儿们（一起）

我们做了什么？你为什么生气？

我们谁让父亲伤心了？我们去追他吧！去吧！

在他脚下爬行，祈祷，

吻他的裤脚，舔他的脚，

让我们抱着膝盖，跪倒在地上

如果他不回来，我们都会死的。

啊，别赶我们走，哪怕砍了我们的脖子，

哪怕让我们的心灵破碎，哪怕杀了我们！

我们是你的祭品，我们是你脚上的灰烬，

宽恕我们吧，父亲！我们的死期还没到。

难道他根本没有心？他不会怜悯吗？

我们的尖叫和呻吟对他来说什么都不是？

带我们和你一起走吧。

母亲去世了——而你却不流泪。

莫非他不会心软，

不会再把我们从地上扶起来，用手拥抱我们，

擦干我们的眼泪，亲吻我们，

蹲下来，

给孩子们糖果和点心？

"我的孩子，快乐在你眼中，

不要哭。我和你一起悲伤，

父亲是你的仆人。

我会给你生命！

生命会再次赋予你灵魂——我的心肝儿——

不要哭泣！

我要把我的灵魂给你。

他们为难我，也为难你们！”

我们没有父亲了，没有了——啊！

父亲的问候停止了——啊！

我们呼唤他，他却听不到。

我们快死了——他不挂念——啊！

我们饿了——他不难过——啊！

我们叫他——他也不来——啊！

追着他跑也无济于事——啊！

啊，谁还会成为我们的父亲？——啊！

啊，谁能保住我们的家园？——啊！

谁会在这样的苦难中帮助我们？——啊！

他不慌不忙，我们叫他是徒劳的！——啊！

我们会被抓走——该怎么办？——啊！

不——亲爱的父亲很善良。

他出来了就会回家的。

哦，不，我们的父亲不坏，

他对孩子全心全意，

他爱我们胜过爱自己的眼睛。

他爱自己的孩子，

不会抛弃他们，他不是恶棍。

亲爱的，别哭！

我们悲伤着你的悲伤！

哦，别毁了我们的日子！

领我们走，埋葬我们吧！

亲爱的，看看我们，我们该去哪里？

我们孤身一人！

谁会对我们说：别哭！

让我们化为灰烬吧，

为我们的亲人而死——啊！

那样我们就看不到你泪流满面，

听不到你口中的悲伤！

你把我们沉入海浪里吧！

你为什么手中不拿剑？

你自己把孩子们埋了吧，

快把我们放进土地中！

然后站在我们身边，

为我们流下一滴眼泪！

亲爱的——

他们来了——啊！

会把我们带走并杀死——啊！

"带我走吧，把我带走吧，亲爱的妈妈，亲爱的爸爸，亲爱的姐姐，亲人们！……

真主，真主！……啊！……啊……在天堂……

快点，快点……救命！……哎呀，天啊！天，天哪……"

"闭嘴！交出你的命吧，伊玛目的孩子！你怎么敢把脸转过去？你怎么敢又哭又叫？……"

5

哀悼仪式还没有结束，突然大家把目光转向一个方向，大家开始窃窃私语，互相交换眼神。

在乌奇塔帕拉尔①的山顶，出现了几个看起来不像波斯人的骑手，倒像旅行者的骑手。看起来他们打算袭击埃里温，抢劫并席卷那里的所有财物。

他们骑着马，他们尖尖的帽梢儿忽隐忽现。每个骑手头上缠着一条大毛巾一样的东西，毛巾的一端好像是被有意松开了，随风飘动着。

骑手们看起来高大威猛，马奔跑的速度很快，他们的衣衫被风吹得撩起，裹住了马身，向不同的方向卷来卷去。不过可以很

---

① 即"三座山"，埃里温—埃奇米阿津高速公路右侧的几座山丘。

清楚地看到，这些人身上没有带枪、军刀和长矛。

他们把马放飞鱼贯而行，随心所欲地在山间驰骋，一会儿向山里奔去，一会儿又飞驰下山。观看的人都被震惊了，他们怎么敢从那么陡峭的高处全速飞奔下来，当人无法步行穿越这些山峰时，这些人就会让人觉得很酷。过了一会儿，他们消失了，策马进入达尔马峡谷①，进入花园。

大家都想知道这些非凡的旅行者到底是什么人。我猜想，在我告诉你们之前，你们也不会知道吧！

我们国家的子民眼力都很好，从远处就能根据骑手的动作辨认出来，但这次大家的眼睛好像都被蒙住了，也许是因为他们那天哭得太久了。

没过半小时，骑手们从乔尔卡纳②方向出来了，这时就可以清楚地分辨出他们的尖顶帽子。很明显，这些大胆的乌奇塔帕拉尔骑手不是别人，正是从我们神圣的王座上走下来的主教和僧侣们，在这种庄严的日子里，他们必然要来带着好多的礼物来安抚讨好埃里温的萨达尔和可汗们，并祝贺节日快乐，以此表现出愿意为他们效劳，为了自身的利益，主教和僧侣们用慈祥的目光注视着我们的人民、我们的国家。

当然，他们自己也收到了礼物，没有空手而归，但这之后他们的情况可是要糟糕十倍，他们会被纠缠得筋疲力尽。常常会有

---

① 埃里温知名的花园，从现在的"燕堡"丘的南坡一直延伸到沙胡米扬区。
② 旧埃里温的穆斯林墓地，位于赫拉兹丹的左岸。

这种情况发生：各号人，大概三百人，会跟着他们一起来到埃奇米阿津，住上一两个星期，他们在这里大吃大喝，然后带着从僧侣那里榨取到的所有东西回去了。

麻烦的是，当萨达尔或哈桑汗本人到来时，整个寺院的僧侣都得手持十字架、神幡，敲钟，唱着颂歌出来迎接他们。

我们这些出色的神职人员，骑着良马，跟在他们身后的随行人员中有仆役、教会低级文员和配有枪支的卫兵，其中一个人高举手中的权杖，另一个人骑在前面开路，腾出地方，有的人目光一刻也不敢离开他的领导，只要对方一眨眼示意，就能立马去执行他的命令。

来自孔德区和谢卡尔①的神父们，也带着教职人员，拿着十字架和神幡，出来迎接他们。他们站在要塞附近等候了一天以表达对来者诚挚的欢迎，结果被路过的这些异教徒吓得嘴唇发干。

每个人都向他们说了一句话：一个人把手指叠在一起做了个十字状，胡说八道了一些废话后，又骂了几句难听的话；另一个人也在那嘟囔着，百般地嘲弄这些神父；第三个人歪着脸喊道：神父在做什么！

无论是商人还是阿訇，从旁边经过，可千万不要直视前方，皱着眉，苦着脸，唾沫飞溅，不友好地看着他们，好像只要有机会，就能立刻吸干他们的血，把他们活活吃掉一样。

现在，埃里温的许多教堂里，圣徒的眼睛被挖掉，嘴巴被割

---

① 老埃里温的主要街区，与现在的市中心重合。

掉，甚至半边脸完全被撕掉。许多教堂的穹顶被毁，门和祭坛摇摇欲坠；在许多教堂里，羊粪堆积得足有波斯牛轧糖那么厚，盖住了祭坛，堵住了门。

每一个来到教堂深鞠躬或进入教堂的人，只要一想到连对没有生命的圣像和石头都能做出这种事儿，那么有生命的基督徒会有什么样的惨状呢？他的灵魂在燃烧，备受折磨。

如果一个处于无望境地的人自己都不去同情这个没有主人的国家，同情那些无助的人民，谁会去同情呢！？

看到主教后，可怜的神父们全身颤抖着从角落里爬出来，穿上法衣，下级职员也穿上圣衣，举起神幡，摘下帽子，低头鞠躬，所有人咏颂着《沙拉宽》[①]庄严而有序地向埃里温主教居住的阿纳帕特修道院[②]行进。

众所周知，在各地的亚美尼亚人中，都有这样的风俗，要以敬重之心去迎接牧首的特使或主教。经常有这样的事儿发生，人们为了实现自己朝思暮想的愿望，跑到城外迎接大主教，亲吻他脚下的土地、亲吻他的手，接受他的祝福，这样的行为又使得本来就疲惫不堪的外来主教不得不滞留在城外很长时间。不过，谢天谢地，这种令人反感的风俗正在逐渐被废除，外来的客人也不会再受到折磨了。

我们的主教们深深地叹了口气，看了看清真寺，默默地向阿

---

① 亚美尼亚最古老的宗教诗集的名称。
② 埃里温市的修道院，现在是苏尔萨尔基斯教堂及其周边地区。

纳帕特出发了。村里的长老和城里一些显赫人物聚集在这里，纷纷贴近主教们的手，摘下帽子，带领客人进入寝宫。而小人物则与神父和卫兵留在院子里，腋下夹着费隆[①]，交谈着，等待主人发号施令。

主教们一进门就脱了鞋，换了衣服，把斗篷往后一甩，坐在地毯上，靠在坐垫上。重要的贵宾沿着墙壁依次盘腿坐在他们的两边。无论是僧侣们、教会低级文员，还是仆役们，都紧盯着自己的主人，手臂交叉贴在胸前，默默地站在主人面前，给贵宾倒酒、端上小吃。他们都凝望着这些再次到来的人。如果客人稍微动一下，这些仆人们也会跟着晃动；如果客人们转身，他们也会转身。总之，以此表示对这些贵宾的尊敬之情，同样也会引起主教们的恐慌，有人会认为，好像这些人的灵魂掌握在他们手中。

"祝贺你的到来，圣父，欢迎你！上帝不会让我们失去你！在任何时候，我们的目光都会投向你所来的方向。愿上帝将他的光芒洒在我们神圣的宝座上，让它永世牢固！"一位有名望的人开始说道，他鞠了一躬，然后，整理一下自己的座位后，再次开口说道：

"我是你的奴隶，我们属灵的工人近来怎么样？身体健康吗？感觉怎么样？精力充沛吗？他的手脚还都灵活吧？愿主立他在宝座上，愿他圣洁的祷告不落空！只要他活着，主就不会不给我们食物。除了仅有的圣洁的宝座和属灵的主人，我们在这个世界上一无所有。我们日夜为一件事情祷告，那就是希望主能让这圣洁

---

① 神父的礼仪法衣。

的宝座一直平安、繁荣，并让我们的大主教万寿无疆。我们所有的一切都是属于您的，只要您幸福安康，我们可以出卖自己的孩子，只为您能向我们投以慈爱的目光！"

"上帝的祝福与您同在，愿上帝保佑您的信仰，愿上帝保佑亚美尼亚人民安康和繁荣！"主教回答说，"你们是启蒙者的羔羊，我们必须吃你们的油，挤你们的奶，剪你们的毛，给自己做衣服，即便是我们躺在坟墓里，已没有了用来攻击和掠夺的刀，失去了强行抢夺的权力。我们闭着眼睛伸手接受您给予的一切，我们能做的就是祝福您。您也清楚，我们既不能做贸易，也不能务农、纺织或种果园。这就是修士的悲惨命运。在这个世界上谁需要他？他没有家庭，不出现在社会上，我们这是过的什么样的日子？我们存在于人类的圈子之外！你赐予我们，上帝也会赐予您，我们用我们有罪的嘴夜以继日地呼唤上帝给予您幸福的生活，让您得到千倍的回报，让您和您的孩子、您的家庭繁荣，繁衍并变得强大。"

"圣父，你说得很好，我愿意为你献上我的头颅，我愿意成为你脚下的一粒灰尘，但你要做什么呢？你在这做着好事，却把刀子插进骨头，你瞧，拔不出来吧！"坐在另一边的一个人突然插话道，并整理了一下头上的毛皮高筒帽。

"我们自己很清楚，十字架和福音书是我们的财富，亚美尼亚人站在高于十二个基督教国家和其他七十二个部落的地方，没有哪个民族拥有亚美尼亚人这样的崇拜和颂歌，亚美尼亚人的世界和信念，但这些不信基督的人弄错了我们的信仰，让我们失去了力量。如果他们看到我们的牛，就会抢夺走，如果遇到一个姑娘，就会掳走，好像直接把我们放在了火上，活活烧死，如果你敢说一句话，你就有麻烦了。他们会狠狠地打你的头，把你打得眼珠冒出。如果他们毁了你的房子，你一个不字也不敢说。他们就像野兽一样，把我们吃掉了，没有退路。无论站起来的是谁，都会把脚抬起踩踏我们。就算你投河自尽，想来个一了百了。这就是生活吗？我们像孤儿一样，俯首帖耳。可这一切何时是个头儿啊？"

你有没有在书中读到过？那上面是怎么说的，这个世界会坚持多久？加百列的号角① 吹响的时刻还没有到来吗？难道世界变得像镜子一样平稳的时刻还没有到来吗？即使一根小针也可以通过一整天的缝纫看到足迹，小人物和先知伊利亚也会到来。要是人们个子有一拃高，要是我们的埃奇米阿津和耶路撒冷会屹立不倒，要是我们的人民强大了，要是这些无情的异教徒死去了、消失了，要是我们能像天使在梦中向我们神圣的启蒙者宣告的那样，沐浴在大地和天堂的光辉之中，那该多好。我们也从别人那里听说的，并非凭空想象。

一直以来，我们听到全能主上帝是如何折磨了我们神圣的启蒙者，对他进行了十四次折磨，在霍尔维拉普② 的监狱里关了十四年，我敬仰他的强大（说这话时，他画了十字），这一切都是因为我们，为了让我们的人民遭受折磨，痛苦不堪，为了让我们的

---

① 即最后审判的日子将要到来，由天使长加百列宣布。

② 一座古老的亚美尼亚修道院，也被称作深坑修道院，位于亚美尼亚国界附近。

人民不再被这光所诱惑，为了让他们坦然出现在上帝面前，接受天堂的恩赐。哦，如果这一天能快点到来，让我们看到光，那该多好啊！我们要这人间国度做什么？我们的星星应该在天空中闪耀，让所有的部落都应该看到它并羡慕我们；让他们看到我们头上的冠冕，而他们却没有；他们应该感到羞愧，悔恨自己曾迷恋于尘世的荣耀。

我们的神父也读书，这是真的，只是他们自己编造了很多内容。谁会相信神父的话呢？

我们有神圣的宝座，我们没有必要向他们乞求什么。主教大人，我请求你回答我，因为你的脚都比我们的头知道得多。我们就像缺乏理智的家畜，早上起来，洗脸，画十字，说几句突然间想到的话，然后开始劳作。而您手里捧着书，还有一把通向知识大门的钥匙。你的一根发丝所掌握的知识与整个世界一样多。

他们说，直到世界末日到来，我们的人民没有自己的王国，没有王位，我们要忍受折磨，我们辛苦劳作，而他们是快乐生活。这是真是假，只有上帝知道；回答他的是面前的这些文字和书本。

他们说，一个傻瓜打碎了一个罐子，一百个聪明人也无法将罐子粘起来复原。说出的话也是如此：说出来的话被传来传去，不可能再把它吞回去了！什么是真的什么是假的，怎么能分辨清楚呢？我们的祖先传给了我们，我们也会继续传给我们的子孙。

而我们的血是热的，我们的心是强大的，我们有足够的勇气和敌人清算。的确，他们不吃斋，一年四季都吃肥肉和黄油，而我们常常几个星期甚至几个月只吃面包，以青草和蔬菜为生，但我们期待着神圣的香料和启蒙之光，这是一种伟大的力量！愿我们的神圣的侍者和我们的全能救主神圣的格加尔德修道院^①来保护我们吧！

在发生事件或在战斗中，我们的亚美尼亚兄弟用一根木棍子就能砸碎十个异教徒的头；用一根手指就能把他们撂倒，让他们失去知觉，愿上帝保佑亚美尼亚圣地和整个亚美尼亚部落！但如果没有下令让我们拿起剑，我们能怎么办呢？为了不让亚美尼亚的受洗者拿起剑，基督亲自夺走了彼得的剑。祷告、教会、晚餐、禁食、施舍，这就是基督徒的剑。

然而，说起来容易，做起来却很难。让他们又是教会，又是日祷的，敢说个"不"字，让他的舌头烂掉；但剑和枪的力量也是神圣的，我说的是真的，哪怕是要割断我的喉咙！如果你没有剑，他们就会砍掉你的头颅，把你的妻子和孩子掳走，他们不会让你好过，夺走你的财产，你自己也会被掳走成为俘虏。这就是人世间，你能怎么办？你必须有一只强壮的手臂来握住十字架。把自己的一切交给祷告，交给利剑。上帝赋予鸟类以及动物各种本领，让它们有爪子、犄角或锋利的牙齿，让它们能抓、打、咬，保护自己。

主啊，宽恕我吧！我的内心有团火在燃烧，我要说话。有太

---

① 中世纪亚美尼亚修道院是迄今整体建筑和装饰艺术保存最好、最完整的代表。

多像我一样的人，叹息着，哀悼着他们痛苦的命运，纷纷走向他们的坟墓，我也像他们一样不停地叹息着；说老实话，如果我只顾自己，就让我瞎了眼！

请原谅我，我是你圣洁右手的奴隶。我知道你也会感到惊惶不安，所以我才这样说。否则，我会给自己找一个僻静的角落躲进去，等我永远闭上眼睛的时候，找一把黄土撒在我头上。

"好吧，嗯，佩特罗斯①，请你讲话，"主教回答说："但是你能做什么呢？我们为基督服务，而不是为世界服务。我们是上天之子，而非人间之子。基督，我们敬爱的主（此时，所有人都在胸前画十字），天地的创造者，如果他想让自己神圣的旨意轻易实现，如果他不想让自己忍受折磨，被钉在十字架上，那他就不会来到这个虚妄的世界，为了救赎我们接受一个肉身形象。只要他一下令，一切便会应验。"

但不，亚当的罪孽沉重地压在我们身上，直到罪孽被赎回，地狱被摧毁，否则我们将无法得救。我们是神圣福音的门徒，是圣水洗礼过的孩子，这样的想法是邪恶的撒旦在你们身上激发出来的，不是没有原因的，他日日夜夜不无目的地跟在我们的影子后面。主亲自走下圣座来到我们身边，降卑自己，变成我们的血肉之身，为了我们而被钉在十字架上，受死，并被埋葬，好让你们以他为榜样来仿效。凡想承惠天国荣耀和基督天堂的奖赏，直到他被钉在十字架上，忍受折磨、苦难，接受死亡，否则是不配

---

① 亚美尼亚男人名字。

瞻仰上帝的圣容。福音书中说："凡不背着自己十字架跟从我的，凡放不下父母、妻子、儿女跟从我的，就不能做我的门徒[①]。民族之间、国家之间相互争斗，他们会因为我的缘故压迫你们、报复你们、迫害你们，但你们要欢喜，因为天堂对你的奖赏将是巨大的，没有我在天堂的父，你的一根头发都不会掉落。在你们以前的先知也是这样受逼迫的"，等等。

亲爱的，你看，这就是福音所说和所写的，我们必须履行。使徒、先知和蒙难者都这样做了，他们流了血，正如我们每天听到和读到的那样。现在他们端坐在上帝的右边，得到了奖励，获得了荣光并享受天堂的快乐。那么，我们应该为了一小时而放弃永生吗？哪个疯子会做这种事？

世俗的荣耀是什么？不过是一朵花！今天还盛开着，明天就枯萎了。是我们这些有罪的、卑鄙的人要反对上帝的旨意吗？

这种邪恶、可怕的想法不应该出现在脑海中，更不应该表达出来。上帝吩咐的，就应该如此。圣徒保罗不就说过嘛："要顺从君王，因为他们的权力是神赋予的。"

就是这样，不这样想的人意味着不相信上帝，他的命运就是地狱之火。我们的责任是讲述，你们的责任是倾听。如果你不听，那就只怪自己了。

---

① 以上内容不是直接摘自福音书，而是模仿编写的：见《马太福音》（10; 37–38）："爱父母过于爱我的，不配为我；爱儿女胜过爱我的，不配配得上我。凡不背起他的十字架跟从我的，就不配为我。"另见《马可福音》（8:35；10:29–31）、《路加福音》（9:23–26）等。

如果你们知道了我们信仰的敌人在对我们做着什么，你们就会忘记世间的一切。每一个贝克①，每一个可汗，当他来到神圣的宝座前，把我们放在火上，就像在铁钎子上煎烤我们。无论我们如何喂养他们，给他们喝多少水，都无法填饱他们的肚子；无论怎样恭敬地对待他们，给他们多少礼物，都无法让他们的目光变得慈悲。有时他们在我们这里待上几个星期。我们给了他们想要的所有东西，但他们还是不满意。而当萨达尔或哈桑汗来的时候，就像天空在我们头顶上被打开了一样，乱作一团，没有人能够辨认出任何东西，太多的"狼"一下子拥进来。毕竟，他们每个人都会带着四五百人来，毫不拘束地直接钻进屋里，你拦得住吗？大汗、贝克以及仆人、马夫、厨师、猎鹰者②和水烟师，还有两倍于人的骡子、骆驼和马匹，还有他们所有的家具什物，所有这些都堆积在寺院里，都交给你去安排吧！

从等待他们到来的那天起，我们这儿的一切都乱了套，无论是进餐还是教堂仪式。整整一天站在教堂附近，或是在修道院门外的马路中间，在酷暑中、雨中或尘土中等待他们的到来。出来迎接他们的至少要有三四位主教。所有的僧侣都光着头，举着十字架、幡旗、蜡烛和香炉，穿着法衣，远远地走出来，唱着赞歌迎接客人，跑在马前面，浑身是汗，护送贵客进入寺院。我们经常在寺院门前铺上最好的布、锦缎和丝绸，使这些异教徒的到来

① 突厥语，即统治者。
② 负责大公、皇室狩猎的人。

变成好事，不会对我们造成伤害，要知道，他们可能会杀死所有人。这些布料费拉什穿着很合身，这些就是我们不得已去取悦他们的方法！他们来了，会把整个寺院填满：主教的房间、修道房、卡扎拉帕特①……简直无处可待。

我们好歹是用礼物和金钱把萨达尔和可汗给哄高兴了：天主教主教和东正教主教们都在日夜围着他们忙碌着。但他们对这些可怜的忠厚老实的僧侣和仆人做了什么？但愿这种事可别发生在我的敌人身上！用棍子和军刀威胁他们，就这么整天骂他们，打他们，要求做各种各样的事情！不是说马匹安置的地方不对了，就是喂的饲料不对，给他们送上马匹最喜爱吃的，他们却说不合格。我们的马和牛都被他们赶了出去。我们做的面包，我们煮的食物，我们宰杀的肉，甚至我们触碰过的所有东西，都被他们认为是肮脏的。他们爬进谷仓、地窖，把门移走，想要的东西一定亲手抢走，不知有多少人涌进来到处践踏、折断、砸碎、损坏物品。他们把粮食搬出来拿走，根据自己的口味制作食物，还会再来纠缠。

跳舞的男孩、吉卜赛女人、卡曼恰琴②和萨兹琴，一整夜都在那儿，有的跳舞，有的算命，有的尖声唱歌，有的在那绞尽脑汁，为了取悦这些异教徒。而我们，上帝保佑，不得不整夜站在他们面前，有时跪在地上，双手交叉放在胸前，让他们满意。经

---

① 埃奇米阿津修道院的酒店，建于 18 世纪中叶。
② 伊朗萨法维王朝时期，卡曼恰琴是在庆典、宗教场合使用的重要乐器。一种琴颈较长的琵琶类弦弓乐器。

常有这样的事情发生，他们甚至还会把僧侣砍得遍体鳞伤。是的，直到他们被逐出修道院，处境很难。

如果他们对我们做这样的事情，还能说你什么呢？我们必须要忍耐，生活就是忍受。或许上帝的慈悲之门会为我们打开，或者我们牺牲，死去，能有幸看到上帝的圣洁面孔，无论如何，都会找到出路。基督徒不能用剑来解决问题。他的剑是耐心和信仰。

村里的傻驴阿加西都干了些什么？因为个姑娘拔出了剑，结果可怜的卡纳克人交了多少罚金，老人、他的父亲和村里的长老们已经被关了五年，在牢里苦苦煎熬，天知道他们的下场会是什么。萨克王子为他们求情，天主教主教也为他们求情，但都无济于事。而他却像个疯子一样在山里到处游荡，不停地攻击，切断道路，他就是这样度过痛苦的日子。他会在哪块石头前低头，在哪里会被狗啊、狼啊追上，谁知道呢？

低头保持沉默不是更好吗？你们是我亲爱的人，我们需要尽可能地维护自己，如果他们说"是"，你就说"是"；他们说"不是"，你就说"不是"；他们说"坐下"，你就坐下；如果他们说"站起来"，你就站起来，然后一切就都明白了。

据说俄国人已经到达阿帕兰① 了。谁知道呢，也许我们可以把希望寄托在他们身上，主的道路是难以理解的。愿上帝将他们的剑磨得锋利！最好他们一踏上我们的土地就能把我们带走，让我们

---

① 阿帕兰是亚美尼亚阿帕兰盆地一座城市，位于埃里温西北 59 公里。

为此而牺牲。但不必着急。齐齐阿诺夫和古多维奇[1]没有占领埃里温，或许是上帝不想再考验我们了。我们已经有了足够的耐心，我们再等等，看看结局如何。但我还是要说：一个基督徒无论如何都不应该拿起剑柄，就算是一块石头压在他的王冠上。他们会通宵敲钟，我们去教堂祈祷吧，我们还能畅谈。孩子，把你的尖顶帽子给我，换上巴斯马克鞋。通宵祈祷后还有很多时间，夜很漫长，我们无事可做；我们还要谈多久，你才能有困意。

上帝，请赐一个快乐的旅程，圣父，愿你的语言圣化。应该这样训导人民。世俗的生活有什么好快乐的？应该进入荒漠，进入荒野，让天上的主高兴，让大地慢慢地崩塌，让撒旦轰然垮台，让天使尽快地把我们带到荣耀的尽头。人民是什么？世界是什么？一切就是一个谎言。每个人都应该亲自为自己找到灵魂之路。尽可能提前做好准备，不要被落下！

执事[2]立即递上无袖上衣，修士从地上拿起鞋子，放在主教面前。显贵的客人摇着头，把大衣往肩上拉了拉，马马虎虎地整理了一下头上的帽子，让出道路，主教出去了。他们也跟着走出去，一个接一个地穿上了放在门口的袍子。执事拿起上衣，修士拿着权杖，在门口把它们交给了主教。而可怜的神父们，肩披无袖上衣，在门外站了很久，冻透了浑身直打战，看来，在可怕的审判日，他们就是浑身是汗也不觉痛苦。

---

① 乌克兰裔俄国陆军元帅。

② 朗读圣经的人员。

主教一出来，他们就在两边各站一排，穿上无袖上衣，庄严地引领主教进入教堂，跟在后面陪同的有执事、修士、高贵的市民和卫兵。

走进教堂之后，执事把鞋摆在主教面前，穿上无袖上衣，主教一进教堂，径直走到圣坛前，其中一个神父手里拿着一张折叠的小毯子，他画了几次十字，深鞠躬，把小毯子铺在地上，然后起身。主教默默地诵念了几句，向圣坛鞠了一躬，把手放在圣坛上，然后庄严地向左边的唱诗班走去，坐在椅子上；做祈祷仪式开始前的祝福，读了"我们天上的父"，然后礼拜开始了。

6

但是日祷还没到一半，突然就出现了可怕的叫喊声，山峦峡谷似乎都在震动。突厥人，波斯士兵，还有波斯人挤满了教堂。做弥撒的人连话都说不出来了。此刻他们已经不分长幼尊卑了。那些腿脚灵活身上有劲的人都飞奔出去，不知去向。而那些做不到的人，就只能待在原地，就像被挖出来的化石一样站在那里，僵住了。四下里，到处都是被砍下的头颅，被敲碎的牙齿。无耻的波斯人没有放过上帝的圣殿和子民，用枪托问候了他们。波斯人用枪托把所有人都压在墙上，扑向教堂的功德箱，还有各种用具、十字架、福音书，教堂里的东西全都被打碎了，抛得到处都是；当他们看到圣袍、香炉，还有一切类似银器的东西时，都把它们撕烂、折断、抓起来扔在地上摔碎。

有些人站到门口，站在门槛上，抓着逃走的人，抢他们的东西。看见他们穿着新衣服，就给扒下来自己带走。而他们对妇女做了些什么？上帝保佑！金首饰、戒指、项链和胸针、绣花的丝绸礼服、锦缎大衣和紫貂皮大衣，都被他们扒了下来，拿走了，还对这些可怜的人拳打脚踢。

老主教试图管一管这混乱的场面，帮助那些可怜的教区居民，但他立刻被人绑起来带走了。神父们赶来了，但他们也被枪托压到墙角。教堂里的所有人都被面前挥舞着的马刀赶了出去，像被驱赶的羊群一样，被赶到了外面。哭声和哀号响彻天空，但对这个残酷的民族来说，发生的这一切使他们感到很满意，你的萨兹琴和你的卡曼查琴于他们毫无意义！

当从教堂里出来的那一刻开始，就再也见不到光明了！

玛格拉姆和哈桑－侯赛因的声音已经消失不见了。山川峡谷仿佛在逃跑，在哭泣，好像它们真的长了腿和眼睛一样。

在佐拉格和康德的街道上，人多得连针都插不进来。波斯人、卡拉帕帕赫人、库尔德人、萨尔巴兹人涌进来了，大地都变黑了。在那里，商店被捣毁，房子被抢劫，被放火烧掉，主人被刀枪威胁着，两手空空离开家园，带着可怜的妻子和孩子流浪，那是他们出生的地方。

有些东西来得及埋起来或者藏在袋子里，比如面包或面粉，人们只剩下了这点东西。

街上的儿童、年轻妇女和女孩的哭泣声让石头听了都会感动得流泪。许多人坐在马旁边萎靡不振，有些人因害怕和恐惧而猝死，有些人趴在地上被人拖着，或者被抓着头发拖着走，她们被绑在马背上。愿那一天一去不复返！埃里温刚刚发生了什么！

家里的那些父亲们、男人们都在田野里或者在花园里，或者因为别的事情不在家，他们不知道自己的家和整个世界遭受了怎样的灾难。诺拉格平原、桥边的道路和科泽尔纳山坡上都布满了骑士。不是一个人，而是成千上万的人蜂拥出城，急着去通知其他人村里发生不幸的悲痛消息。

那个时候，连鸟都别想从头顶飞过去。那些人在向人射击、用刀砍人、敲诈着村民！人根本出不去。

那些有钱又年轻的人，驮着衣服和地毯，以及各种家当和财物，被赶到堡垒里去了。

那些又老又穷，需要一块普通面包的人，在被殴打和致残后，被赶出家门，并被迫立即离开自己的住所和农场，与其他村民一起搬走：那是一个被围困的状态，俄国人正在赶来。

那些至少有大马车、马和牛，或者哪怕有驴的人都是幸福的。他们可以带一些地毯、毛毯、被褥、餐具和一些米面，以免在舟车劳顿中饿死。

然而，在城里，大多数人既没有驮畜，也没有人力，更别提马车了。

无耻的敌人来得很快，人们连必要的东西都没有时间带走。鱼、黄油、奶酪、面包、葡萄酒……所有家里为将来准备的一切食物都被砸碎、扔掉、烧掉或扔进水里；房屋被纵火焚烧，总之，一切都被摧毁，只是为了让人们尽快离开城市，搬到另一个地方。

教堂、房屋、磨坊的门都敞开着。谁能去拿点什么，顺点什么，或者抢点什么东西呢，事情就是这样的，连狗都认不出自己主人了，上帝。

在如此灾难的状态下，终于上路了，这实在太难了，搬迁太难了，似乎从虎口里拔牙或者击碎一块石头都比这容易些。

可怜的母亲们！有多少这样的母亲！怀孕的，气喘吁吁的，胸前抱着一个婴儿，背上背着另一个，手牵着第三个，不停地跪倒在地上，她们似乎更乐意献出自己的生命，只是为了摆脱她们的苦难。她们不知道是该哭一哭自己，还是该去安抚那些因饥渴和炎热而完全虚弱的可怜孩子们；孩子们的腿被刀砍伤，血肉模糊，许多赤脚行走；他们搂着母亲的膝盖，抱着母亲的脖子，要面包和水。

那些父亲们，背上背着孩子，肩上扛着地毯或褡裢，来回奔波，哭泣着，但只要有人坐下片刻，想喘口气，就会有一把刀柄或枪口戳进他的眼睛，他必须跳起来，跑起来，跟上。

有人家里还有垂死的父亲，有人家里还有未婚妻或妻子，有人家里还有躺在床上的父母或摇篮里的婴儿。

不管谁看到了这一切，胸中都会燃起熊熊怒火，但对于手上和刀剑上沾满鲜血的残暴的波斯红头军来说，父亲、病人、老人、孩子、母亲和女儿算得了什么？

有的人被石头打死，有的人被马刀砍死，有的人被拖着腿扔进水里，还有一些人被一刀毙命，省着耽误杀其他人，离开这些尸体，继续前进。

狗是低级动物，在看到这种残酷、可怕的景象时，甚至比有理智的人更痛苦和难过。

啊，谁能描绘这个场面，谁能传达这不幸民族的哀号、悲痛、抽泣和泪水呢？人的心都要碎了！但天没有塌下来压死他们，地也没有裂开，没有裂开自己的心，去吞噬他们，让他们立刻毙命。

那时的农民是什么感受？上帝保佑！许多人的牛羊在田野里、草原上、山上流浪，根本无人看管。有些人只来得及套上马车，在上面装一些零了八碎的破烂家什和衣物，让孩子们坐里头，哭着，流着苦涩的泪水就上路了。

房子、院子、花园、家具，一切都听天由命了。子孙抛弃了他们的父业！

然而，这些农民，祝福他们，他们把城里人的孩子、妻子和家当都放到自己的马车上，照顾他们的病人；在最坏的情况下他们仍然有驮畜、食物和牛，那些都从哪里来的呢？他们尽最大努力帮助了城里人。

还有一些父母怀里抱着已经被饿死了两三天的婴孩儿，在这条道路上艰难地行走，他们想把孩子埋在地下以防被野兽吃掉，这样他们就可以在回来的路上挖出孩子的遗骸带走，好在葬礼上安葬。但是，当体力消耗殆尽，极度痛苦的父母完全失去了理智时，他们将尸体扔进了水里或放在石头底下，他们痛不欲生，在死去的孩子面前悲痛欲绝。第二天，他们哭着，拖着还剩下的那半条命，继续前进。

恰巧一个孕妇就在路上分娩了一个死婴，难道这不是她千辛万苦用九个月时间在肚子里养大的孩子吗？

如果孩子是活着出生的，母亲就会把他裹在襁褓里，只想和他同生共死，不会把他自己留下。但是，唉！无信仰的红头军的马刀要么将她俩一起在原地立即放倒，要么这些残忍的人就将裹着尿布的婴儿从母亲手中抢走，当着她的面杀死或将他扔进水中，或将他砸到石头上。

许多行动不便的老头子和老太婆已经无法移动双腿，几乎没有呼吸了，他们在石头下面找个地方坐下来，让野兽来把他们撕成碎片，然后再把他们吃掉。他们光着头，抽泣着，祝福他们的孩子，希望他们一路顺风，过上幸福的生活，而他们自己却失去了知觉，有人冲到波斯人的脚下，恳求不要再把他们赶走了，但他们还没有来得及说完这句话，就被马刀打倒了。以后既听不见儿子的声音，也看不到孙子的脸，他们永远闭上了眼睛。

很多人看到自己的亲人已经虚弱得没有力气动弹了，连他们自己也半死不活的，于是，他们集中了残存的力量，继续坚持，挑起重担：儿子背着母亲，未婚夫背着未婚妻，丈夫背着妻子，兄弟背着姐妹，女婿背着岳父或岳母，就这样走着，就算自己死了也不能抛弃他们。但是不知为什么，他们突然觉得后背变得轻松了，因为他们背上亲人的鲜血顺着他们的脖子流了下来，大地从他们的脚下消失了，头晕目眩，眼睛里的光亮黯淡了，记忆和意识也黯淡了。许多人很幸运：马刀没有掠过他们，将他们和他们所爱的人一起带走了。

唉！他们的确摆脱了所有的折磨，但现在谁来照顾他们的孩子呢？谁来庇护他们，谁能给他们一口水、一片面包，拯救他们免于饥饿和死亡？

赤裸的双脚被石头划破，太阳炙烤着大地，烤得光秃秃的脑袋吱吱冒油。

波斯人把孩子从母亲的怀抱中拽出来，立即将他们砍成碎片，以使母亲能走得更快些。

上天啊，睁开眼睛看看吧，你静静地看着！大地啊，闭上你的嘴，听着吧！

当把这样一个无辜的婴儿交给别人时，那一刻就等于是抛弃了他，认为他连一把土都不配拥有。

要是谁的车轴断了，马饿了，驮畜又渴又热，虚弱地摔倒了，那么他可就倒霉了！要么主人和牲畜一起被杀死，要么把马车和睡在里面的孩子们一起留在路上。波斯人用马刀打着主人往前走，使他精神恍惚，来不及反应。许多人就这样被驱赶着往前走，生命对每个人都是宝贵的，但许多人把头靠在马车上，恳求波斯人把他的脑袋砍下来，他们一心求死，想摆脱一切，不要把他们不幸的孩子留在荒野上。

啊，还能说什么呢？我的心在流血，我的手在颤抖，我的眼前发黑。那些没有看到或听到过这种事情的人是幸福的，将来也不会看到或听到。但是我们不幸的人民看到了一千次，听到了一千次，并且忍受了。

在我们国家，没有一块石头，没有一片灌木丛不是被亚美尼亚人的鲜血染红的。你也和他们一起离开了，我亲爱的兄弟莫西，我的小羔羊，我的好兄弟！啊，我多么渴望再见到你那幼稚的面容，我再也见不到了。在我们母亲的怀里，只有三岁的你饿死了，愿你的记忆还能重生！我不知道你的坟墓在哪里，但我还会在天上看到你吗，我还能把你放在我的脖子上吗，我亲爱的，天真的孩子？

啊，亲爱的亚美尼亚人啊！当你听到了这样的事，就付出一切，让你的人民慢慢过上好日子吧。在那里，他们挨家挨户地乞求施舍，为了去赎回在这些艰难的日子里被卖到巴亚泽特或卡尔斯当俘虏的人，为了养活剩下的人。

当儿女在你面前欢喜嬉闹时，你要看着他们感谢上帝。啊，要理解那敲你门的人的忧愁，不要转身离他而去。他们背井离乡，失去孩子和妻子，忍受饥饿和干渴，现在就指望着你呢。不要说他们懒惰，逃避工作，他们每个人都万箭穿心！

在那些日子，他们吃草、树皮、树枝，以及吃倒下的牲畜尸体，因为那时禁止砍伐。如果他们在路上遇到一片荒地，或者遇到一个破旧的小村庄，他们就会认为自己来到了天堂，因为在那里至少能找到一些小麦或大麦，他们就在火上烤，在手心里搓着吃。一点盐都没有。

就这样，我们可怜又不幸的人民被驱赶到了新的地方。红头军得知即将对俄国人发动战争，他们希望，如果俄国人占领该国，至少不要失去这些人民，可以将他们带到德黑兰，把他们变成奴隶，要么皈依伊斯兰教，要么将他们从地球上抹去。

啊，我的灵魂在消沉。我为什么要回忆悲伤的往事？为什么再次提起？

这持续了两个星期。埃里温的人口几乎被减半，人们被殴打和屠杀，城市遭毁坏，一部分人被库尔德人俘虏，一部分人被卡拉帕帕克人俘虏，进入卡尔斯的地界，另一半人越过马西斯，到达巴亚泽特，但去找谁，去谁家，连上帝自己也不知道。

埃奇米阿津的兄弟也走散了。第一批主教，以法莲主教、巴塞主教、约安尼斯主教，以及现在的天主教徒等人，他们带着修道院的贵重物品来到了堡垒。

又过了五六天，突厥卫兵最终驱散了僧侣。书库、谷仓，部分清空，部分上锁。在两百名僧侣中留下守卫寺庙和供桌的人都不到五个，还是那些年事已高的修士和僧侣，他们宁愿在服务了这么多年的地方孤独地低头，也不愿在世界各地游荡，死在路上的某个地方。

在这些可怜的人中，有些人甚至决定从遥远的地方回来，但走的是多么艰难的道路！随时都可能人头落地。他们把家人留给外人或更有能力的人照顾，自己回去照看他们的花园和田地，同时也照看邻居家的，浇水，保护它们，以免它们枯萎。那些可怜的人白天躲在荆棘里，在灌木丛里，或者在岩石之间，在黑暗笼罩着大地的夜晚，没有人走动了，所有的噪声都停止了，他们在致命的恐惧中冒出冷汗，从他们的藏身之处爬出来，给花园和田地浇水，他们在这里精疲力竭，痛苦不堪，呻吟着，而他们不幸的家人却在异国他乡！

许多人以为已经平静了，就出来了。他们会立刻遭到强盗的袭击，抓住他们的喉咙，砍下他们的头，夺去了他们的生命。正如人们所说，头和洋葱没什么区别。

山沟里挤满了强盗、小偷、暴徒。连鸟都不会从这里飞过去的！空气中弥漫着尸体的气味，带羽毛的捕食者从各个角落飞来，聚集在一起，把它们的嗉囊填满。河水不时飘来一具尸体，风中不时飘着人腐烂的味道。没有一块石头上不沾着血迹。上天想知道，看看一个人能做多少恶事，想着如何根据他的恶行来惩罚他。

7

那是……1825 年 6 月。

嗜血的哈桑汗，萨达尔的弟弟，杀死了成千上万的无辜生命，摧毁了成千上万的房屋，毁坏了城市和村庄，已经践踏了卡尔斯^①和巴亚泽特^②五六次，使埃尔祖鲁姆^③的塞拉斯基^④屈服，

---

① 土耳其东部城市，卡尔斯伊尔的行政中心，963—1065 年是亚美尼亚卡尔斯王国的首都。
② 亚美尼亚城市。
③ 位于土耳其安纳托利亚高原的东部，土耳其最大省份埃尔祖鲁姆省的省会。
④ 土耳其军队司令。

使整个世界感到恐惧，现在准备向彼得堡进军，占领并摧毁它，并在途中抓一些梯弗里斯的美女，分给残暴的士兵们享乐。

他命令纳吉汗带着他的卡拉帕帕希人①和穆斯克鲁封锁哈萨克峡谷的出口，派库尔德人的首领奥库兹②到卡尔斯的边界帕夏雷克③，他带着他的萨尔巴兹④和军队前往阿帕兰，寻找机会经过潘巴克入侵俄国边界。所有的堡垒都准备好了，在埃里温和萨尔达拉帕特留了一些守城的部队和弹药，带着余下的人员和物资继续出发了。

任何当时进入埃里温的人都会认为，一定是刚刚发生了一场洪水，摧毁了这个世界。阿帕兰变成了一个真正的屠宰场。每天都有人在山区或草原上被抓到，并被带到哈桑汗面前。谁带来了俘虏，谁就成了他的右手⑤，礼物被源源不断地送到卡尔斯。

哈桑汗没有一天不杀人的。他一醒来，做完晨祷，第一件事就是下令把到处抓来的不幸的、惊慌失措的俘虏带上来，要么挖掉他们的眼睛，割掉他们的鼻子和嘴唇，要么命令砍掉他们的手和脚，要么命令俘虏把截断的手插进装有沸油的大锅里去止血，有时甚至下令让他们自己把自己砍成碎块。

———————

① 突厥人，阿塞拜疆人的一个部落或人种群体之一，居住在土耳其东北部和伊朗西北部，以及格鲁吉亚和阿塞拜疆。

② 库尔德游牧民族的领袖。

③ 由帕夏统治的土耳其地区。

④ 哈萨克语，波斯和革命前的中亚的普通正规军。

⑤ 圣经中上帝的右手代表着"正直与公正"，上帝的左手代表着"迂回与狡黠"。

诺盖汗[1]和奥库兹也不甘落后，他们都是好样的！同样在创造着奇迹。

哈萨克人和波尔查鲁人[2]全部上去了。当地的穆斯林从自己的村民中抓人，把他们交给克孜勒尔巴什人；或是引路、提供信息，或是把敌人领进城，或是自己抢劫亚美尼亚人的房屋和财产。

经常发生这样的情况，他们大白天出现在一个老早以来就生活在一起的邻居面前，作为邻居年复一年地常来常往，和睦相处，他们还经常一起吃面包，但此时却去抢劫邻居的房子和财产，并告诉他说："我们拿走总比被敌人拿走好。我们是你的朋友，我们用你的东西，总比让敌人来了都被抢走好吧！……"

已经实施了那么多的暴行，但狡诈的波斯人还不断暗地里偷偷摸摸搞事情，我们这边什么都不知道。这种无法无天的事情已经发生了不止一次。多年来，每次征讨卡尔斯或巴亚泽时，都会重复这样的事情。

萨达尔每年都带领军队出动到阿帕兰，在那里待上整整三个月，给帕姆巴克斯的村长送去礼物，邀请他来做客，并发了无数次誓，说对于俄国人来说没有比他更好的朋友了。出于这个原因，帕姆巴克斯的统治者、亲王和军事指挥官萨瓦尔扎米尔扎上校[3]没起任何疑心。而我们的邻居，哈萨克人和波尔查鲁人，仍

---

① 诺盖汗国的首领，拔都的侄孙。

② 现代格鲁吉亚南部的一个区域。

③ 潘巴克边境线部队指挥官。他在卡拉克利斯（今天的基洛瓦坎）拥有自己的地盘。

然保持着偷家畜或是把人抓走当俘虏的好习惯。现在他们就在杀人、抢劫和屠杀，这是他们一直以来的事业。因此，常听他们保证说，让人们迁出埃里温没有什么好惊讶的，他们没有恶意，主要是因为萨达尔想去埃尔祖鲁姆，要提前采取上千次的防御措施，已经不是什么新鲜事儿了。总之，突厥的阿加拉尔人就这样悄无声息地进入了萨瓦尔扎米尔扎的心，任由他们随意摆布。

亚美尼亚人常常收到埃里温朋友的来信，了解到所有发生的事并对此暗示过，但是他们会在阿拉克斯①嘲笑他，拍着他的脸，说他是亚美尼亚的懦夫！阿加拉尔人把村长的门团团围住，坐在门槛上，甚至不让这个亚美尼亚人说一句话。

但是，帕姆巴克斯的亚美尼亚人对波斯人的阴谋诡计是十分了解的，他们也清楚地记得曾经历过的苦难日子，已经在各地做好了准备。

在帕尔尼和久姆里②，在有堡垒的地方，他们都重修了城墙，并在城墙后面埋伏起来。在既没有堡垒也没有山洞的赫尔卡拉克利斯，村民们把马车和犁堆在一起，形成了一个完整的防御工事。他们把所有的财物从家里搬走藏了起来，让附近村庄的村民也加入进来。男人们早就开始收集村里的马刀和步枪，把妇女儿童，还有家畜、重要的财物都带到了防御工事里，日夜守卫，武器不离手。

---

① 即如今的亚美尼亚第三大城市瓦纳佐尔。
② 亚美尼亚的第二大城市。

他们成群结队地到野外去。几乎所有的道路都被封锁了。经常在夜里，他们违背了基督的话：如果在路上遇到异教徒，在对方来不及眨眼睛的工夫，人头已落地。

在游牧时代，非基督徒始终小心防备，在他们想使用暴力的地方，他们的血倾注在他们的心中，因为生活在山区和草原，没有聆听神父和教会声音的帕姆巴克、多里亚、卡拉巴赫、穆什、巴亚泽特的亚美尼亚人，他们至今依然保持着乡下人那种质朴的粗鲁和大无畏的勇敢精神，这些是我们不可战胜的祖先与众不同之处。他们不害怕福音书里的言辞和修士的威胁：如果杀人就会被投进永恒的火海，谁举起一根手指，他们就把整只手放在他的嘴里；谁从院子里拖出一只鸡，他的头就会被从肩膀上扯下来。

因此，波斯人在穿越那些峡谷时，与其说是害怕那些令人生畏的岩石和湍急的河流，不如说是害怕岩石间的任何缝隙，因为勇敢的洛里人的一颗子弹或是沉重的军刀会像砍洋葱头一样砍他们的脑袋，要了他们的命，而敌人的尸体是为了献祭给故乡的峡谷。

只要一听到德塞村①的奥瓦基姆－梅格拉比安－图曼扬②的名字就足以让石头颤抖。他在深山峡谷中长大，历经了野兽和强盗的鲜血，骨骼变得坚硬，两个男人也抱不住他，五个人扭不动他的一只胳膊，他从不头疼。他吃的是蜂蜜和黄油，穿的是粗毛线衣，他一生都行走在花丛中、绿色的草坪间。他在摇篮里第一

---

① 洛里州的村庄名称。

② 历史人物（约1770—1840年），是伟大的亚美尼亚诗人霍夫的曾祖父。自19世纪初以来，经常帮助俄国保卫洛里－博尔查鲁和打击叛乱敌军。

次睁开眼睛是在山涧边，在森林里。有什么能与之抗衡的呢？

他是一个巨人，而非一个普通的男人！他的身高足有5.6俄尺，背有1.9俄尺那么宽，他的胸像岩石一样坚硬，他的手臂如桩子般粗壮，他的腿如橡树的枝干，他的脖子像树的根茎。脸上长满毛发，额头下面两撇黑黑的粗眉有二寸长，横在他鹰一样的眼睛和鼻子上方，就像雷雨云一样笼罩着夜晚的星空。他的鼻子和嘴唇上长满了厚厚的毛发，就像杂草丛生或是灌木丛生的大石块。

他们兄弟八人，一个比一个高大威猛。他们每个人都有五六个儿子；儿子们都结婚了，而且孙子也都长大了，在他们眼前玩耍，和他们一起上山。

他们家有六十多口人：儿媳妇、女婿、孙子、曾孙。大家每天清早出门，夜幕降临时才回来睡觉，而他们的族长梅格拉布①已有上百岁了，却还像个孩子，他凶巴巴地捻着胡子，梳理他的络腮胡须，折一折他的羊皮高帽，和大家一起跳舞，一起弹奏乐器，经常从别人手中抢过萨兹，拨动琴弦，像二十岁的人一样唱歌，他跳上马背，身上挂满武器，在寒冷的夜里，在山间峡谷，站在帐篷下，把一家人召集在他身边，听他讲各种各样的故事，讲他的英雄事迹，讲洛里人的勇气，讲古代的事，讲列兹金人，讲突厥人，提醒家人们，即使是睡觉时也要把刀和枪放在枕头下，即使躺在坟墓那一天也要身边有刀，或者把刀和他的裹尸白布一起埋在地下，这样，即使是无知的石头也会知道它下面埋葬的是什么人。

---

① 1811—1826年间德塞村的村长，勇敢无畏，活了将近120岁。

有一天，这个奥瓦基姆在河里游泳。突然看到大概十五个列兹金人从森林里走出来。他慢慢地从水里爬出来，装作干脆没把他们当回事儿的样子，在那自顾自地穿衣服。列兹金人通常不杀人，他们更喜欢把人活捉后卖掉。当他们刚一靠近时，我们的这位巨人开始向他们大喊让他们停下，并说道，如果十五个人一起攻击他把他抓住了，这算不上壮举，如果他们有一颗勇敢的心，就让他们站在一边，而他一个人站在另一边，如果他们胜利了，那么就把他带走。

为了不失面子，列兹金人同意了。瞬间，雄狮般的奥瓦基姆已经开枪打倒其中一个。在如此紧张的时刻，他没有继续指望子弹，而是拔出刀，直接冲向敌人。列兹金人回过头来，他已经杀了十四个人，有的被子弹射杀，有的用军刀砍成碎块。

最后一个，也就是第十五个，像个奴隶一样，低头跪在这个勇士面前。奥瓦基姆拉起这个人的手，扶起身来，对他说："我让你活命，不杀你。回到你的国家，把这一切告诉你们勇敢的人民，让他们知道，他们不是唯一会用刀砍东西的人，在洛里、在德塞村有成千上万像我一样的人，而且只要他们愿意，他们会彻底摧毁你们的国家，把它夷为平地。但是只有亚美尼亚人信奉基督教并认为这是一种罪过，我们的法律不允许这样做。"

奥瓦基姆，多利安峡谷之神，高山雄鹰，森林之狮，从岩石后面高声喊叫，或者突然出现在田野里，一百个敌人便吓得魂飞魄散，眼前发黑。

当他的目光透过被日晒雨淋后的黝黑的眉毛突然落在某人身

上，那人感觉如遭雷击，山峦崩塌，大地转动，他仿佛变成了块石头一动不动地站在奥瓦基姆面前。

这位巨人常带着和他一样勇敢的人，像龙一样日夜盘旋在多利安峡谷和山顶，击落天空中的飞鸟，循着马儿的足迹驰骋于峡谷间，追赶鸟兽，有时他带着十名骑手，会碰上百名骑兵，能把对方全部消灭，所以他骑马穿过突厥游牧区时，没有人敢看他。

他成长为这样的人，他的同伴们也是如此。不算老人和孩子，每家都有五六个男子。山上的青草地、鲜花、峡谷间流淌的溪水、山洞，这些是他们的身体、灵魂、生命。

他们不是在温室里长大，也没有在酒鬼的家里长大，没有受过学校和教堂的熏陶，他们的内心没有恐惧和软弱。他们经常在山林或田野间入睡，无论是下雨还是冰雹，他们都不会抬起头，以免破坏梦境。

他们的酒窖，他们的火炉安置在房子的中间，从一大早起，火炉里的两三堆木柴就会噼噼啪啪地在火炉里燃烧，家庭男主人们只穿件衬衫，敞着门，不戴帽子，围坐在火堆旁，烤圆面包或烤肉，边吃边讲着在峡谷中发生的各种故事，而他们的儿子搂着父亲的脖子，弟弟则搂着妹妹，已经像无辜的小羊一样躺在父亲身边，甜甜地睡着了。

当危险时刻降临时，他们把家产和家人掩藏在连鸟都不敢靠近的岩石里。在足有1200多米的高处，他们常常在陡峭的悬崖上自如地走来走去，光是看到就会让人觉得眼前一黑，他们从一块岩石跳到另一块岩石上，任何从远处看他们的人都会吓得目瞪口呆，站立不住，跌坐到地上。

他们把牛群、羊群赶进森林，而自己则扛着枪在山间和峡谷里四处寻找猎物。

啊，他们生活在多么纷乱的地方！他们怎么能不这样做，他们怎么能不这样勇敢呢？

事实上，他们不去学校就是不想听那些不切实际的枯燥的故事，不想听亚美尼亚人曾经也有属于自己的国家的说辞，学生要么不相信，要么听着老师这种死气沉沉的故事睡着了。

这里的每一块石头对他们来说都是一本书，每个悬崖都是一个故事，每座古堡、每一座被摧毁的小礼拜堂或教堂都是有生命力的老师，这里漫山遍野都是老师！每一座坟墓，每一座纪念碑，对他们来说都是活生生的见证者和记录者。洛里坚不可摧的堡垒、城墙、教堂、萨那欣和哈格帕特修道院①的房间对他们来说就是一所学校。

诚然，他们不识字，但他们心中铭刻着这些最神圣的土地，这片土地上伟大的沙欣沙阿、阿肖特·巴格拉图尼②、斯姆巴特③、扎哈利 斯巴萨拉尔④、长臂阿尔占金家族⑤的祖先、奥德兹尼的

---

① 萨那欣修道院和哈格帕特修道院是亚美尼亚著名的修道院，萨那欣修道院966年建成，哈格帕特修道院976年建成，两座修道院都发挥了亚美尼亚教会中心修道院的功能，都被列入世界物质遗产名录。

② 指的是阿肖特三世。

③ 指的是斯姆巴特二世。

④ 12—13世纪亚美尼亚著名军事指挥家、国事活动家。

⑤ 扎哈利－斯巴萨拉尔的后代。

哲学家约翰①、约翰·叶日卡齐②，他们像雄鹰一样快速地翱翔，像狮子一样咆哮，像炽天使和智慧天使基路伯，手握利剑，在这片土地上取得了一次又一次的胜利，打败了奥马尔③、匈奴人、成吉思汗、塔梅尔兰，因而在天堂里赢得了永生的夜来香，一顶永不褪色的花冠。现在，那些活着的人跪在他们的坟墓上方，脸触摸着他们圣洁的遗骸，脚站在他们的脸上，把我们的眼泪和他们的眼泪混合在一起，我们城堡的种子从土壤中生长出来，我们的死者躺在他们的坟墓里。

那些沉浸在梦境中的人看到了他们的坟墓。

从梦中醒来，一直做着同一个梦。

以他们的名义宣誓。

一路走来一路祈祷，

他们的名字，他们的回忆让争吵和解。

萨那欣，哈格帕特，我们的圣地!

万千古迹，

布满山谷和山坡，

他们是活的语言，他们在诉说，

他们对路人说:

"哀悼那些悲惨的时光吧，

---

① 亚美尼亚作家和哲学家，717—728 年是天主教徒，留下了一系列哲学和教条主义的著作，他编写了亚美尼亚书籍《教规集》。

② 13 世纪杰出的亚美尼亚哲学家、语法学家、宇宙学家和诗人。

③ 穆罕默德的继任者，阿拉伯国家的创始人。

痛哭吧，伸出你的双手！

去死吧，束手无策的亚美尼亚人！

你要去哪里，没有眼泪，独自一人吗？

就在这里死去！让你的骨头沉睡在

这片圣地的怀抱里，

至少让你的肉体残骸

在君王们的遗骸旁安息。

没有赐予你看到祖国辉煌的慧眼。

愿他们的圣灰洒在你的脸上，

他们喜爱的灌木会在你身上绽放。"

祖先啊，你们的力量雷霆万古，

愿我的骨灰撒在你圣洁的脸上。

当我呼吸时，火焰从我口中喷出。

我闭上眼睛，我张开嘴，

我胸中的仇恨如乌云一般，

我的日子漆黑一片。

我心中的答案有何用处？

假如我的眼睛看不见，

也就无以慰藉。

唉，我没有出生

在你的羽翼下，

我失去了您的气息。

假如沙欣沙阿或伟大的斯姆巴特

对我说："我的儿子，我的兄弟啊，

在这片土地上我抚养你长大，

在这片土地上我养育你成人，

请献出生命和灵魂，

不要把家园献给敌人！

不要让自己成为故乡山林的陌生人，

不要成为异国人的奴仆，

不要成为异国人的奴隶！"

虔诚的亚美尼亚人，请遮住你的脸，

这片多灾多难的土地。

天空乌云密布，雷声隆隆，

群山和峡谷中充满了哭泣和呻吟！

你为什么双手交叉站在那里，

慌慌张张，不死不活？

摆脱吧，躲藏起来，全速奔跑，

既然无法阻止这样的洪流！

善良的太阳啊，

你升起并俯视我们，

你没有闭上美丽的眼睛，

你怎么能平静地看着我们，

见证暴行和痛苦，

你怎么能将光芒赋予残酷的人，

不幸的亚美尼亚人的尸体，

被烧焦的房子，

目睹了如此之多的恶行，

你怎么还能平静地做着自己的事情？

老天啊，你对人间的疾苦充耳不闻！

雷电在哪里？

你看到邪恶之剑却选择沉默不语，

你已经崩溃了，以结束邪恶！

大地啊，为了填饱贪得无厌的肚子，

你要喝下无辜者的血，

你要吞噬儿童的身体，

你无视父母痛苦的呻吟。

你眼睛一闭，嘴像一扇门。

唉，你这贪得无厌的可恶畜生！

我不想听到人们的呻吟，

用火来惩罚恶子，

用爱来温暖善子，

毁掉那些毁了你的人，

把守护你的人变得强大，

千千万万的灵魂置于剑下，

像母亲一样守护这些无辜的羔羊。

陌生人，你又要去哪里？

面前的是一片血海！

陌生人，请停下你的脚步，

你可怜的人民倒在血泊中！

看，有一个男孩和一个女孩

一只手放在母亲的胸前。

粘有发丝的大地，混着泪水的鲜血，

一切混杂在一起，如镰刀下的花朵。

街道、马路两边到处是死人，像堤坝一样横卧着，

石头和泥土被鲜血浇灌。

他们在呼唤你，住手吧！

你去过赫尔卡拉克利斯吗，

看看刽子手待过的这片土地，

拿起手帕，擦去泪水，放声大哭吧！

跪下，为他们痛哭吧，

抬头看天，为他们哭诉吧，

为无法保护自己的人民祈祷，

他们即将成为敌人的奴隶之时，

上帝却把脸扭开不看他们。

8

"小伙子们，你们要时刻保持警惕，准备好武器，把妇女和孩子带到我们这里！"赫尔卡拉克利斯的第一位元老萨尔齐斯－阿

迦①说:"感谢上帝,我的房子里装满了面包,我的牛正在产奶。我所拥有的一切都是你们的。"你们的牛也尽量带到村子附近。鼓起勇气来,只要我的力量还没有耗尽,只要我还可以呼吸,我的生命属于你们。我们曾与库尔德人和奥斯曼人正面交锋,这些怯懦的波斯人,他们有什么能力?他们能抵抗得了我们吗?即使他们飞到天上,然后从那里连射而下,也碰不到我们一根头发。我们的身子骨在卡尔斯的群山中已经锻炼得很结实了,波斯人拿什么来对抗我们?

即使不给我们火药和枪支:我们的勇气既是弹药也是护甲。要确保马车被牢牢地固定住。现在让一部分人去村子的另一边,另一部分人来这一边。如果可能的话,让老人和孩子混着站在一起,让敌人认为我们人多,那么他们就不敢靠近了。而我和我的人将堵住道路,谁先钻进去,我就用子弹打爆他的头,我把子弹上膛可不是没有道理的。

的确,我们已经等了好多天了,可他们一直没有出现。但今天夜晚圣人萨尔基斯②会显灵,我敬仰他神圣的力量,他让我们要做好准备。为圣人萨尔基斯祈祷吧,东方即刻会露出曙光。

他们让我们的人民流了很多血;现在轮到我们来让他们流血

---

① 阿迦不是一个特定的人,而是一个文学形象。像这样称呼英雄是阿博维扬时代俄国和欧洲文学中的常用技巧。这也是在东方一些国家一种对高级职位的称呼,部落贵族的头衔,可译为老爷、先生、大人等。在译文中会将它翻译成适当的词。

② 亚美尼亚烈士,早期基督教殉难者,罗马军队的指挥官,被亚美尼亚人民称为"圣人"。

了。难道我们不是亚美尼亚人吗？荣耀归于创造亚美尼亚人民的人，他的每个儿子都是一座山。

好了，不要浪费时间了！我们还会继续生活在这片土地上，我们与家人将会重返欢乐；我们将在埋葬我们死者的土地上再次流血！我们将再次生活在我们的土地上，我们将与我们的家人一起欢庆；在这片埋葬我们死去同胞们的土地上我们将再次流血牺牲。我们不是瓦尔丹的子孙吗？我们的血管里不是流淌着特尔达特①的血吗？我们呼吸的不是提格兰②的气息吗？

哪怕是山在我们这里会融化，但我们亚美尼亚人一直站在这里屹立不倒，我们受到尊重，我们的信仰在各地都得到了颂扬。亲爱的人啊，让我们现在就去建立这样的功勋，让全世界都知道这个功勋。

嘿，站起来吧，亲爱的斯姆巴特、阿肖特、提格兰！让我看看你们今天表现出来的剽悍吧，不要让自己受人尊重的名声蒙羞！拥有这样名字的人，在遇到面前横亘一座山时会翻越过去，会跨越海洋，但这些不中用的波斯人，他们是弱者，没有灵魂，没有信仰，没有法律……他们有什么？如果一个人的额头上尚未粘上这世界的尘埃，他能有什么力量？如果我们的手臂精疲力尽了，那么上帝的天使和神圣的启蒙者的庇护会帮助我们。这就是我们信仰的力量。

---

① 亚美尼亚的国王。

② 大亚美尼亚国王，希腊化时代的主要指挥官和征服者，统治时间为95—55 年。

亲爱的神父，起来给大家举行圣餐仪式吧，仪式中充满着伟大的力量：如果我们死了，灵魂会得救；如果我们活着，身体会健康。真的没有时间忏悔，上帝知道我们的心是虔诚的。

如果我注定要死，请安葬我，为我举行葬礼，并请爱护我的儿子，他是个棒小伙。我有五个儿子和三个兄弟，六七个侄子，还有孙子和儿媳妇，他最小，也是我最喜欢、最疼爱的孩子……

唉！如果你知道他是什么血统就好了！我这是在说什么呢？你已经知道了。他身体里流淌着我们勇敢的瓦尔丹－马米科尼扬的血。他的父亲和母亲去世时他还是个小孩，我收留了他，将他收为义子，他对我来说比我自己的儿子还要亲。如果我说"跳进水里"，他就会跳；如果我说"跳进火里"，他也毫不退缩。你看他宽阔的额头、魁梧的身材、高大的个头、鹰一般的眼睛、俊美的脸庞，你听过他说的甜言蜜语吗？当他进入上帝的殿堂，如天使一样。他每次出现在我们中间时，仿佛太阳升起。啊，每当看到他或听到他的声音，就好像圣瓦尔丹本人站在我面前一样。

亲爱的神父啊，请保佑他，把你的手放在他的头上。谁知道会发生什么：血腥的黎明会亮起，坏念头一直强烈地控制着我，但我们的信念会战胜一切……

我亲爱的瓦尔丹，只要我还活着，请到我身边来吧，让我亲吻你，来吧，我心爱的太阳！当我死去入土之时，请用你正义之手为我合上眼睛，亲自为我的棺木填土。作为我的长子留在家中吧，代替我的位置，料理一切。只要你的脚踏入我家门槛，我的房子便会开花，石头会结出果实。来吧，我的小鸽子，我的第二个瓦尔丹，我亲爱的瓦尔丹！有一天我在坟墓里，你来了，走上我的坟丘，仿佛天使在我的上方展开了翅膀。来吧，来吧，我亲爱的，我拥抱着你，欣赏你发光的面孔，和你聊天，而现在可能这一切都将消失，我的身体已没有呼吸，我再也不能说话，一动不动地躺在你面前。你会哭泣，但我已经听不到了；你会哭着诉说，但我听不到也看不到了。

瓦尔丹之神啊！瓦加河人民之神啊！神圣的启蒙者啊！如果我这个白发苍苍的老人不能再看到光明的日子，就让我死在他的脚下吧！如果我这双苍老的眼睛再也看不到太阳的光芒，上帝啊，我在你面前已经灰飞烟灭，就让他亲手为我撒上一把土吧！

亲爱的瓦尔丹，我亲爱的瓦尔丹，不要哭泣：你的眼泪灼伤着我的心。不要哭泣，我怜惜你天使般的眼睛，你圣洁的曾祖父对我们的祝福，擦干你的眼泪吧。但如果我祝福你，是否意味着我死亡的时刻即将来临？但有哪天我没有祝福过你，哪天没有赞美过你，哪天没有为你祈祷一个永恒幸福的生活呢？我仰望天空，把脸温情地贴在你的脸上。来吧，我的孩子，来吧，我的心肝，我家里的顶梁柱，我生命的依靠。我的祝福就是父亲的祝福。父亲的声音，主很快就会听到。来吧，让我为你祝福，那一时刻到了，照顾好自己，现在去找你的母亲吧。求得我其他孩子的谅解，上帝不会剥夺这只手的力量，这只手直到今天连别人的头发都没有碰过。你虔诚地为我祷告。愿上帝把健康赐给这些勇敢的人：有了这样的人，我们能让雄鹰从天上降落下来！

亲爱的神父，请做一个救赎的祷告，读一读福音书，我们将在这神圣的天空下祈祷，也许我们的声音会更快地传到上帝那里。孩子们，请跪下来，深鞠躬。你们的每一次呼吸，就像亚伯的献祭①，现在要飞到天上。拔出你的军刀，神父会保佑你。

屋顶上，院子里，田野里，星空下的每一块空地上，到处都是跪着的人。婴儿的喊叫声，孩子们的哭声，父母的哀叹声，祈祷声，所有这些交织在一起，直冲向天空。父亲为儿子祝福，母亲把孩子交到陌生人的手中。黑暗和阴霾逐渐消散，黎明的曙光慢慢出现。大地擦去他们的泪水，天堂听到了他们的祈祷。他们喜悦地站起身来，额头紧贴着神父的手、十字架和福音书，并亲吻着。他们手拉手，相互鼓励，深情地望着天堂。无论是生是死，等待他们的是死亡还是生命，他们是一个整体，同生共死，共同战斗，流血牺牲，一起走进坟墓，一起戴上天堂的冠冕！

不再有任何的恐惧和悲哀。面孔如晴日般灿烂，血在心中燃烧，灵魂冲破躯体，仿佛在说："不要浪费时间了，你神圣的忌日已铭刻于天堂。群山和峡谷与你们交战，企图消灭你们。但你们的勇气和天国的力量会让你的英名永世长存。你们的爱和信仰以及对祖国的忠诚是如此的强大，可以创造出这样的奇迹：一个人单枪匹马可以消灭上千人，两个人能打败上万人。"

他们相互呼应，相互鼓励，继续前进。

与此同时，无辜的瓦尔丹低下头，低垂着眼睛，或是看向父亲，擦去眼泪，叹了口气，心头一紧；他一会儿看着周围的人，

---

① 即圣经中的亚伯被该隐谋杀。

将呻吟压抑在胸中，一会儿向天祈祷，眼泪洒落一地。他一只手放在刀上，另一只手放在父亲的肩上，搂着他的脖子，哭泣着，悲伤着，他含着眼泪对父亲说：

"我亲爱的父亲！难能可贵的恩人！是你给了我生命！是你给了我灵魂的希望！家能拦住我吗？我的血脉是你给予的，我的身体是你赐予的，我怎么能无动于衷、心安理得呢？哪怕我身陷囹圄，哪怕我被戴上镣铐，哪怕死亡就在我面前，哪怕剑插在我胸中，我依然会向你飞奔而去，把我的灵魂交给你，死在你脚下，化为灰烬。咳，我怎能不陪在你身边？让我成为第一个为你牺牲生命的人，我把灵魂交付于你，愿你的脚站在我的坟墓上，愿你保佑我的灵魂。哦，我的父亲啊，我的父亲！我愿为你的生命而死。没有你，我永远也看不到曙光。如果我死了，请埋葬我，如果我活着，请爱护我。带上我吧，别折磨我了！请看我手中的军刀，如果不让你亲眼看到，在你的屋前上百个敌人被撂倒，如果我没有亲手像宰杀母鸡那样让敢向你开枪的人死在你脚下，我就把刀插入自己的心脏；如果这把刀不能径直地或是从马胯下砍断一百个挥舞军刀的敌人的脖子，那么我出生在这个世界上有何用，食物对我有何用？

"不，父亲，我亲爱的父亲，带我一起去吧，我也要去战斗！让全世界都知道，勇敢的瓦尔丹部落和我们所有不朽的、光荣的人民都准备好了，为了这份对祖国的爱、为了信仰，时刻准备着牺牲生命。

"洪水来了！当心啊，亲爱的瓦尔丹！它已经开始了……永别了，我亲爱的……

"无论是洪水，还是军刀、枪炮，无论是闪电，还是海浪，都不能吓倒我，不能让我离开你！看，第一个站出来走在前面的敌人，将成为我的牺牲品！如果你不想让我因为马具而战斗，我就到空地上，独自站在那里，像闪电一样猛扑向他们，将他们歼灭，献出自己的生命！哦，敏捷的助手，萨尔基斯将军！我恳求你，把我的手臂变得更加强壮吧！"

年轻的海克人①瓦尔吉克说着说着，扣动了扳机，瞬间，敌人的头颅被打穿，耷拉在马脖子上，一片光芒闪耀起来。

天空想聚集乌云，不想看到被围困者的苦难命运，但太阳的光芒和自由的风把他们赶到山的那一边，清晰地目睹勇敢的亚美尼亚人的胜利，敌人的失败和耻辱。

哈桑汗像一头愤怒的野兽，骑着马从山后冲了出来。舒拉加里平原被黑暗笼罩，漆黑一片。阿拉克斯河消失在烟雾中。仿佛天空突然坠落下来，用雷电击碎了群山和峡谷，这就是那天守军阵地的惨状。村子一头的牛群被带走了。另一头的房屋已经被敌人放火焚烧，敌人正在向村子突进。

他们被四面包围了：上面是天空，下面是光秃秃的大地，如一滴春雨落入暴风雨中，又如一只无辜的羔羊被上百只的野兽围攻。但勇敢的亚美尼亚人心连心，聚集在瓦尔丹周围，彼此间呼喊着：

---

① 亚美尼亚原居民。

"让我们今天一起死去吧，啊！让我们得到圣瓦尔丹的荣耀吧！朋友们，不要害怕！要勇敢！团结起来，彼此支持：让一把剑把我们所有人击倒，同一片土地覆盖我们，让我们战斗到生命的最后一刻，逃跑是耻辱的！"

炽热的太阳在阿拉加兹村①上空升起。凝视着这片土地，仿佛要穿透大地、击碎石头，看清楚我们人民的英勇豪迈。它向云层喷吐火焰，使云层不敢遮挡它的面孔，默默地站在地上。山峦和峡谷敞开了胸怀，露出头颅，俯首听命。

阿拉加兹村已笼罩在茫茫黑暗中，无法分辨眼前的任何东西。噼里啪啦的枪声，敌人的喊叫声，马的嘶鸣声，牛的吼叫声，从地面升起的灰尘和雾气，这一切笼罩着舒拉加里平原。

圣十字的信徒和阿里的五指祈祷②从未像那天那样被争夺过。波斯不死军团发起一百次进攻，每次冲锋都有上百人战死在战场上。他们踩着自己人的尸体往回跑，喘口气，又冲了上去，但尝过这一小队勇士射来的子弹后，又狼狈地回来了。

纳吉汗、奥库兹老爷、斯万古利汗都不能发挥自己的本事。哈萨克人、库尔德人、波斯士兵都尽其所能地表现了他们的勇气，但无论是合拢包围还是分散攻击，都无法击败少数农民。无论敌人靠近哪里，噼啪的枪声立刻从房屋的门缝中或者从摞在一起的大马车后面响起，把波斯人打得四散逃窜，而且还踩死了自

---

① 亚美尼亚北部的村庄。

② 天主教徒祈祷时用整个手掌在胸前自上向下、自左向右画十字。

己人。

牛羊都不见了。火光遍野，火焰和浓烟直冲云霄。

走投无路的哈桑汗决定派萨克老爷友好地劝说村民们向他鞠躬，放弃俄国人，俯首听命于他，并保证到时不会碰他们的一根汗毛。

萨克老爷，这位埃里温居民的救星，每天从死亡线上拯救数百人，保护他们，从野兽手中夺回家乡人，每天都在减轻成百上千贫苦的亚美尼亚人的悲痛，把他们从异教徒手中拯救出来。如今他是带着怎样的心情去劝说亚美尼亚人，让他们抛弃上帝，臣服于撒旦！但这个命令很严酷。如果萨克不执行命令，军队中的上千名波斯士兵以及在军中服务的亚美尼亚骑手会被立即杀掉。这位可敬的男人终于来了，他用头巾按住眼睛，但还是无法抑制地泪流满面，不是因为人们屈服于可汗而流泪，而是在想有什么办法可以让他们避免落入野兽之手。

亚美尼亚军队一出现，萨克老爷就站在了军队的最前面。但他刚开口说出第一句话，不是劝说他们，只是给他们建议和安慰，已经有一百支枪对准了他："走吧，投降波斯的亚美尼亚人，能阻止我们开枪的是你身上带有的和平气息，否则你的血早就染红了我们的土地，像你这样的灵魂早就被我们毁灭了！去吧，在启蒙者面前点燃神香和蜡烛吧，我们完好无损地把你放走。我们没有吃过波斯人的面包，也没有在他们手下成长，不必给他们当仆人。我们手中军刀的威力你是知道的，靠边站吧，这与你有什么关系？让我们的敌人站在我们面前，与我们面对面；如果他们有足够的勇气，就让他们靠近我们，反正他们也习惯了偷偷摸摸地破坏村庄，偷窃牲畜！如果有勇气，让他现身吧！我们连一千人都没有，而你的军队有两万多人！只要我们还有一口气，我们就不会把自己的土地、妻子和孩子交给你们。回去吧！"

听到这样的回复后，哈桑汗气得虎躯一震。他立即命令部队，敌人的刀枪对他们来说不算什么，在当天，要么全部战死，要么洗刷耻辱，要么彻底摧毁阿拉克斯，要么留在它的废墟下。他自己也想拔出刀，跃上战马，身先士卒，打响第一枪，攻破用马车搭建的工事，亲自砍掉第一个俘虏的头颅，但一面是奥库兹老爷，另一面是纳吉汗，他们无数次地恳求，找出理由劝说他放过自己不够虔诚的生命，不要让自己的荣誉蒙羞，建议他坐在帐篷里，从山上观看他忠实的奴仆会创造什么奇迹。如果他们阵亡了，他再走出来，亲自为他们报仇雪恨。

哈桑汗同意了。他铁青的脸色稍稍缓和下来。他捋了捋稀疏的胡须，鬣狗般的眼睛滴溜溜地转，咬着没牙的下颚，皱着眉头，吸着水烟袋，鼻子和嘴里充满了烟雾，然后他张开地狱般的嘴。他命令让军队中所有的亚美尼亚骑兵和波斯士兵走在前面，而他们跟在后面，这样就能把所有人都杀死。敌人的火药会减少，如果他们觉得对不起自己的同胞而不去进攻的话，那就从后面结果他们的性命，而且也是为了让赫尔卡拉克利斯人看到这些有共同信仰的人后失去信心，停止射击，就可以突然发起进攻，推散马车，藏在马车后面的人要么被刀砍死，要么被活活烧死。

哈桑汗和一些骑兵爬上山，拿起望远镜，坐在一块石头上，用手给了一个信号。

奥库兹老爷带着他的库尔德人，纳吉汗带着他的哈萨克人，一左一右，斯万古利汗带着他的波斯士兵，贾法尔汗[①]——在他家长大的萨达尔人是他的心腹，和自己的队伍像赶羊一样追着亚美尼亚人，殴打和鞭笞他们。

进攻开始了。

血气方刚的小伙子瓦尔丹在五个小时的战斗中打死打伤了四十多个敌人，他像鹰一样从一个屋顶冲到另一个屋顶，一会儿把火药递给一个人，一会儿又去鼓励安慰另一个人，他惊恐地跑到他父亲面前，对父亲说敌人都干了什么，边说着边撕扯着头发。给父亲看和他一起冲锋的队伍，他扑到父亲脖子上，亲吻父亲的脸颊，倒在他的脚下：既然早晚都要死，那最好今天就死，应该烧掉自己的房子和马车，烧掉自己的家人，然后扑向敌人，当军刀折断，当火药耗尽，应该英勇地赴死，不要向我们的人民举起刀，不要开枪向他们射击。

"每个人都是自己的主人！"铁石心肠的老人大喊着回答，双眼喷射着怒火，"为什么他们如此地卑微，将剑刺入自己的胸膛？如果一个人不保卫他的家园，他的国家，如果他懂得故乡土地的意义，他最好是早点死去，不要这样活着，至少大地会得到平静。他们只有立刻站起来，解放自己，帮助我们，才能成为我们民族的孩子，成为受洗的亚美尼亚人。不要纠缠我，你还太年

---

① 18 世纪统治伊朗南部和中部的赞德王朝的首领，1785—1789 年在位。

轻，无法给我建议，世界还没有向你开放"。

"父亲啊，父亲！他们有什么错？别那么残忍，亲爱的父亲！可怜一下我们的人民吧。最好让我们去死，让他们活着吧。我们的家人和我们在一起，而他们天各一方。别管它了，父亲！"

"我说了，别再纠缠！他们已经来了。小伙子们，别再张望了！"

"老爷，我们是你的亲人啊！老爷啊，发发慈悲吧！我们每个人家里都有十口、二十口人留守。我们被人用刀追着赶着，不是心甘情愿去的。老爷啊，你是我们的光明，你看，我们被强行赶进了火里。让我们进入工事吧，我们将和你一起战斗，把我们的家人托付给上帝照顾，只要别让我们死在亚美尼亚人的枪口下就好！亲爱的，砍死我们吧，把我们扔进水里，淹死我们，你想对我们做什么都行，就是不要再折磨我们了，因为我们是你的同胞，我们在同一个洗礼池里受洗，我们崇拜同一个十字架，深深的痛苦在我们头顶上方。做我们的救世主吧！我们有刀枪，但有成千上万的军刀和成千上万的野兽从四面八方包围着我们。我们该怎么办呢？我们该投进什么水里？"

乌云颤抖着，它们从山间轰隆隆地升起，天空转过身去，太阳也闭上了眼睛。亚美尼亚的勇士们想流血牺牲！他们想保护一千人，为此五千名年轻人付出生命死于剑下，却有上万个老人和孩子失去了父亲、兄弟。他们想建设一个村庄，却毁灭了整个世界。如果他们战死沙场，他们的后人会说他们是被敌人屠杀的。但如果他们举起了剑，他们就会被上千个家庭咒骂，说亚美尼亚人杀了自己人，自己人被处死了。他们想以自己的勇气获得荣誉，但他们只会给自己带来永远的羞耻和耻辱。

尽管萨尔基斯将军希望自己的内心变得强大，不失去信心，但身体里的血液沸腾起来，泪水夺眶而出，他的激情被熄灭，颤抖和恐怖吞噬了他的内心。他向前方望去，他的人民的孩子在那里哭泣；他向后看去，那里的村庄在悲痛中煎熬，孩子们在尖叫，妇女们正在死去。

他们来了，他们来了，我们的灾难来了！

但是，无论是孩子们的哭声，妇女们的哭诉，还是生死的问题，都不能影响到任何人了。

一位戴着不朽冠冕的天使站在勇士们面前，告诉他们：

"你们千百万人都遭受了同样的命运。如果你想拯救你的人民，那就为他们而牺牲吧，只要世界还在，你的名字就会被缅怀，因为你把人民放在至高无上的位置上，高于你的生命，高于你的孩子。你们为什么犹豫不决？放火烧毁你们的房屋，烧死你们的家人，向前冲吧！"

烧毁房屋，烧毁家人，前进吧，小伙子们！永别了，我的孩子们！雷雨大作，雷声轰鸣，苍天啊！大地、出野、峡谷、山脉，哭泣吧！来做我们的见证人吧！向那些要经过此处的人说：他们为自己的人民献出了生命，他们被俘，注定了牺牲。洪水不会把我们冲走，地狱不会把大地裂开也无法将我们吞没；就算整个波斯人都冲过来，我们也会毫发无损。哈桑汗啊，你的每一块身体都将被上千个魔鬼啃噬。将长矛刺入自己的胸膛吧！儿子们，孩子们，亲人们，兄弟们不要再悲痛了。让我们的房子成为我们的坟墓，愿我们的鲜血在下葬前洗净我们的身体，大地是我们的裹尸布，我们自己的声音就是一首安魂赞美诗。圣人瓦尔丹，勇敢的殉道者啊，请为我们准备一顶天堂的冠冕吧！

烈火熊熊燃烧的草垛，不幸的女人和孩子的哀号和叫喊声，燃烧的稻草冒的烟，燃烧的谷仓冒的烟，升腾而起，像乌云一样笼罩着，天色渐渐暗淡。大火从四面八方吞噬了村庄，家家回荡着哭声。

父亲没有时间亲吻他的儿子，母亲没有时间照看自己的孩子。爱在新娘的心中凝固，新郎的舌头已干涸。姐姐急忙抚摸弟弟，弟弟拥抱着妹妹。母亲和不幸的儿媳妇把婴儿紧紧抱在胸前，而马刀就是老人和年轻人的武器。

有些人关上门，准备快点被火烧死，有些人闭上眼睛，不想看到这些痛苦煎熬。

村里的小伙子们冲进了田里，家人直接冲进火里。他们悲伤的眼里已不再有泪水，他们把所有的希望只能寄托在天堂身上。

把房屋推倒，把马车拆毁，他们就出发去攻打敌人了。年轻而强大的瓦尔丹，勇敢的阿肖特、穆谢格－阿特鲁尼，这些勇士们相互呼唤，一人追捕纳吉汗，另一个紧追奥库兹老爷，第三个去抓贾法尔汗。他们中的两个人像天使振翅飞了起来。而瓦尔丹已经追上了奥库兹，奥库兹非常强壮，可以将一头狮子打得瘫倒在地，但在一瞬间，瓦尔丹就将他劈为两半，分别钩住挂在马的两侧。

忽然间，仿佛一片乌云从山上降落，天空裂开了，大地裂开了。

这是阿加西骑着马从卡尔斯山像鸟儿一样飞奔而来，他俯身紧紧贴住马耳，还有二十个骑手和他一起飞奔，他们身穿库尔德人服饰，迅速冲下山去。

野兽哈桑汗起初以为他们是库尔德人，但当他们靠近时，随着他们在岩石间跑来跑去，那些随从、可汗、贝克人，就像是无力的小鸟，头一歪也应声落地。

水和火都落在了强盗们的头上，他们的马开始踩踏主人了。

俄国人的鼓声从整个久姆里平原响起。那是以队长为首的一整支部队。勇敢的士兵们像雄鹰一样俯冲下来，包围了敌人。一边是大炮齐射，另一边是军刀猛劈，有的在前面，有的在后面，将无助的敌军砍倒在地，敌人被击溃，又被扔向大炮，一片血海。

亚美尼亚人振奋精神，踏着敌人的尸体，奔向自己的家园。父亲、母亲、儿子们互相紧紧地依偎在一起。新娘和新郎的眼睛充满着泪水，他们的灵魂在天堂里走了一圈又重回到人间，他们找到彼此，拥抱在一起，喜悦之情难以抑制，双手握在一起，他们自己也不知道，这是在天堂还是在人间，是梦境还是现实。他们无数次地跪倒在地，不断叩头，拥抱大地，亲吻大地，向上帝深鞠躬祈祷感恩。山峦和峡谷为他们欢呼，燃烧的干草堆的火焰快乐地照亮了他们。

孩子们和父母们彼此拥抱在一起，带着家里剩下的东西，在大炮的掩护下，聚集在士兵身边，以确保安全，直到敌人消失在视线中。

但就在这时，我们勇敢的阿加西，无数双眼睛都想看到他，却悄无声息地消失得无影无踪了！

9

太阳还没有升到半空就已经无情地炙烤着群山和峡谷。北面有一片乌云，在天空中滑过，奔跑着，仿佛试图要遮住天空。阿拉格亚兹的山头上刮起了一股猛风，将石头和泥土卷起，一直吹到达赫尔卡拉克利斯，以一个刽子手的身份出现了。

这一次，嗜血的哈桑汗失去了自己的头颅，与其说是由于他的勇敢，不如说是归功于他的那匹好马。他像一头被激怒的野兽一样冲了出去，喘着粗气。他回头一看，他看到了什么？上帝保佑，可千万不要啊，大军已经散落在群山和峡谷中。许多马的缰绳被打掉了，马鞍在马肚子下被压弯了。有一匹马就那么一直拖着大头冲下的主人，主人的尸体不停地碰撞在石头上，头和脸都被撞烂了；他的脚卡在马镫里，腿向上吊着。还有一些人的肚子被撕开，内脏从血流如注的肚子里翻出来，受惊的马，马蹄刚一触碰尸体，就嘶鸣着向一边窜去。

很多奴仆和努克①死于阿加西的刀下。

在这儿之前阿加西已召集了几十个勇敢的库尔德斯坦亚美尼亚人，并开始在卡尔斯山区活动。看到野禽时，他像鹰一样俯冲

---

① 蒙古封建制度形成期间为封建贵族服务的战士。

下来，瞬间将其撕成碎块。波斯军队在马斯塔拉平原[1]和科沙万克的数百个地区与他遭遇，经常是五百人对他发起攻击，但在损失了五十人左右之后，他们便不得不撤退了。

纳吉汗这个巨人通常是连眼睛都不眨一下就能打倒百号人，有一天在苏达吉扬[2]，阿加西将纳吉汗置于窘迫的境地，大汗和他的手下不得不从高高的悬崖上冲下来，在波斯人的土地上寻求庇护。否则，将为所有被他杀死的亚美尼亚人负责。但让我们把阿加西的事迹留待下次再谈，先回到我们的事情上来。

当哈桑汗抬头看到阿加西俯身紧贴马耳正在飞奔追赶他时，他的手脚立刻吓得不听使唤了。他想跳下马来，顺着岩石向下跑进入阿尔帕恰伊峡谷，他想把剑插进自己的胸膛，这样就没有人能说哈桑汗被杀了，他想用头撞击岩石，要好过把它交给一个普通的臣民，一个亚美尼亚人，他在这些地方屠杀并俘虏了成千上万人，他把这些人的房子和财产付之一炬。

然而，勇者之心是无比坚定的，如同在生死攸关的最后一刻即将到来。他距离即将到来的死亡还有四分之一的路程。他已经想摘卜马儿，卸卜盔甲，卜马埋伏在石头后面，想放一枪震慑故人，或者当场撂倒敌人，但是已经太晚了！时间已经过去了。

勇士阿加西把刀抵在他的胸前，说道：

---

① 位于亚美尼亚阿拉加索特省。

② 一个现在被遗忘的地名，位于赫拉兹丹河东岸的老阿赫塔和卡尔万萨拉村（现为阿塔贝基扬村）之间的所谓沙漠地区，经常遭受洪水侵袭，沿着这个地区有一条老路，可以从埃里温通往塞凡湖盆地和阿帕兰。

"放下你的刀和枪，或者说我现在立马把你砍成碎块。但现在不是让你死的时候，你这只亚美尼亚狗！我不会杀像你这样毫无价值的蛆虫，不要弄脏我的剑。不，我，一个男人，在岩石下或草原上杀死你，然后任鸟儿啄食你的尸体，让岩石和大地吸入你肮脏的血液，还不是时候。也许人们还会听说，或者认为你是在战斗中英勇阵亡的，他们不会发现你丑恶的尸体，不会向你死去的地方吐口水，不！应该让每个经过的人向你扔石头，对着你的坟墓痛骂，在那里你无耻的尸骨注定要化为灰烬。在攻下埃里温之前，我会像狗一样拖着你，带你翻山越岭。杀死一只苍蝇也算英勇吗？亚美尼亚的面包和猪肉你会吃很久，你会亲眼见识亚美尼亚人的慷慨和仁慈，你会明白什么是艰难的命运，什么是破坏和屠杀，你会明白基督徒的律法是多么神圣，选择吧：是向十字架鞠躬，接受我们的信仰，以此来拯救自己的灵魂。

"或者，如果你更愿意带着这双沾满鲜血的手和你魔鬼般的灵魂下地狱，我就把你交给那些亚美尼亚人，他们的儿子被你屠杀，他们的家园被你摧毁，他们的眼睛被你弄瞎，所以他们会把你的肉割成一块一块，让狗去喝你的血，提着你的头从一个村庄走到另一个村庄，从一个国家走到另一个国家，把你杀掉献给上帝。你那颗不虔诚的心是如此贪恋祭品和人血，也许只有这样才能安抚我可怜的人民的心。

"数以千计的人头被你砍掉，卡尔斯和巴亚泽特被你毁掉，能让你这颗疯狂的头颅就这么埋在石头之下吗？不，不，狗娘养的哈桑，亚美尼亚人的心胸是宽广的。我们必须在你身上扬一堆土①，用石头压住你，把你的名字和你干的事都刻在上面，让我们的孩子知道你的'英勇'，像你这样的狗不会被抓住，但你们会被俘虏，受到殴打和折磨。

"这就是那些石头，它们被你踩踏过，你沿着这些石块带走成千上万名俘虏，然后又把他们杀死。现在这些石头抓住了你的脚，它们想吞噬你，向你复仇。但我不会允许的，我不会如此便宜地卖掉你的血。这么珍贵的战利品，我能这么快用完吗？你会在很长一段时间内看到我，你会加快想起你干的那些事，你会为成为亚美尼亚人的奴隶而感到羞耻，而我则会为我能帮你延长生命而感到高兴。

"改变信仰再次接受洗礼吧，请看东方。你强迫我们可怜的亚美尼亚人向你的卡巴清真寺方向朝拜，并且割断了他们的脖子，这种事你干的还少吗？但现在你要了解我们的东方了，太阳升起的地方，给我们的田地带来生命，而卡巴吹来的是酷热的风，使大地干涸，晒枯田地。

"跪下，哈桑汗！我不是神父，但河就在附近，我会打水给你洗礼，你将不是哈桑，而是欧根。你没有按我们的方式持斋过，你习惯于一年四季吃肉。哦，我们的圣餐被你践踏了多少次了！如果上帝让你吃了它，你这张黑脸就会变白，你就不会像狼而是像温顺的羔羊，你这张可恶的嘴就会变成上帝的殿堂。除非你信仰

---

① 亚美尼亚人的习俗:将敌人或入侵者埋在高处，以供观看并警告子孙后代。

我们的基督，在我们的圣徒面前深鞠躬成千上万次，除非为你的脸实行了涂油仪式，除非你亲吻我们神父的手，否则我不会放你走，哪怕上帝亲自从天上呼喊也不行；不，我将把你切成碎块，把你可悲的灵魂送到地狱。

"跪下，立刻跪下，看到这把军刀了吧？我要把你的头像割洋葱一样割掉，跪下！"

这些话能让石头炸裂，更不要说是哈桑汗——世界的统治者，国家的毁灭者！但他始终耐心地忍受着，一声不吭。要是库尔德人或奥斯曼人说了这些话，他也就不会感到如此痛心。但他怎么能忍受来自亚美尼亚人的羞辱呢？直到现在，他都视亚美尼亚人为草芥，为粪土。而突然间一个亚美尼亚人践踏了他的信仰！他血灌瞳仁，他死去的灵魂似乎复苏了。他咬牙切齿，眼露凶光，他跳起来，像个疯子一样，拔出匕首，向阿加西扑过去：

"你这只亚美尼亚狗！你还没资格把脚踩在哈桑汗身上，用你们腐朽的信仰来侮辱他。让你的坟墓崩裂吧，哈桑汗！你大难临头了！你听到了什么？让风把你头上的帽子吹走吧！你应该变成聋子，什么也听不到！你有机会看到了什么？成千上万的人被你开膛破肚，你却在一个亚美尼亚人面前夹起了尾巴。我这是怎么了？我想征服所有的国家，而我还要听这样一番话。我为什么没把你们所有的亚美尼亚人消灭殆尽，让你们无信仰的灵魂在地球上不复存在呢！"

他发狂地举起匕首刺向阿加西，如果不是马向后退去，阿加西也没低头的话，刀刃肯定刺中他的心脏。

与其说阿加西是期待什么，不如说是想从哈桑身上期待点什么："汗，看来狼嘴里散发出来的肉味已经很久了！你这个嗜血的畜生！你不能像这样随便乱扔匕首，你不能像贼一样扑上来。我不想弄脏自己的手。让野兽去惩罚野兽吧！可汗，你瞧，如果我的马够机智！你就会知道你脑袋上面悬着一把什么样的刀！"

骑士说完，就抽打起马来。愤怒的马嘴里吐着白沫，扑腾着站了起来，抬起前蹄，一跃而起。哈桑汗吓得目瞪口呆，但他还算幸运：他钻进了飞奔而来的马肚子下面，毫发未损。

当阿加西拉紧缰绳并调转马头的时候，哈桑汗鼓起勇气。他拔出手枪，在马刚一退后时立即开枪。马打了个响鼻，血从它的两个鼻孔里涌出。扑通一声，它的前腿突然倒地，阿加西的脚被马镫夹住了，从他的眼睛里火星四进，眼前一黑，血在他心脏里凝固了。

当阿加西把脚从马镫里挣脱出来的时候，当他伸手去拿军刀并从马下钻出来的时候，哈桑汗像一头狮子一样，已经向他发起了攻击。沉重的军刀一闪而过。群山和峡谷已准备好嚎啕痛哭了。

但狮子般的阿加西晃了晃头，浑身的血液再次沸腾起来。他把一条腿放在马镫里，把左手放在刀下，以此来抵御敌人，他用右手抱住哈桑汗的头。

他的手里抓着的不是额发也不是胡须，而是敌人的下巴骨。阿加西把手指伸进对方嘴里，用大拇指按住他的喉咙，扼住他的下巴，牙床上仅剩的几颗牙齿，发出破裂声，互相碰撞，碎掉了。

阿加西像扭鸡头一样拧着他的头，紧紧地拧着他的脖子，使其血管破裂，埃里温之神的头已经在阿加西的脚下了，而肚子在另一条腿下。阿加西站在他身上，就像圣乔治站在龙的身上一样，我们的骑士拿出了一直随身带着的绷带，用右手和牙齿包扎了伤口，又开始了有关信仰的说教："吻我的脚吧，你不配亲吻亚美尼亚人的手！你这个残害亚美尼亚人的野兽，你贪婪地吸食着他们的血，吃饱了吧，冷酷无情的畜生！"他包扎伤口的时候，就任由鲜血流进汗的眼睛和嘴里，他继续说道："除非你接受亚美尼亚的信仰，在自己的脸上画十字，你摆脱不了我，你想都别想，我今天就是你的启蒙者。"

但是，唉，如果我们的阿加西不是这样执着于信仰就好了，既然龙已经落到他的手里了，那就该立即把它干掉。撒旦一直在：还没等你伸手拿到十字架，他已经把事儿做完了。

我们这位勇士包扎好了伤口，晃动着手臂，让鲜血重新流淌到该去的地方，他正准备捆住敌人邪恶的手，带他走向真正的信仰，突然他抬起头来，上帝保佑，他看到了什么？他的同伴们从四面八方冲向他。

亲爱的阿加西啊，快去解救吧！我们一直在找你，已经筋疲力尽了。你跑到哪里去了？哈桑汗召集了一支新的队伍，正在来攻击我们的路上。博尔查利[①]的土耳其人再次占领了阿拉克斯，他们迷惑了队长，让他深信波斯人马上就要攻下久姆里要塞，他带着所有的大炮和武器掉头跑了，把可怜的人民扔在草原上，他

---

① 博尔查利位于格鲁吉亚第比利斯。

们像群羊一样待在那里，茫然不知所向，既不前进也不后退。有马的人，跨上马，头也不回地跑向久姆里了，哪还顾得上朋友和亲人！而留在那里的人啊，像羔羊一样挤在一起，咩咩地哀叫着。上帝保佑，可千万别发生不好的事情啊。山峦和峡谷都在哭泣和哀号……

"你们说的什么鬼话！你们在说什么呢？哈桑汗，哈桑汗，世界上难不成有十个哈桑汗吗？他就在这里，正在我的脚下死去。你们是在做梦吗？还是你们喝醉了？哈桑汗，哈桑汗，他就在这里，在我手里就是一只小鸡仔，你们在给我讲祖母的童话故事吗？为你们的帕帕卡帽子①感到羞耻，你们看这里！"

谁能真正相信：这样一个巨人，突然就倒在一只羔羊的脚下！当看到他那张丑陋的嘴脸时，他们血灌瞳仁，愤怒地拔出刀，想把他大卸八块，但我们的勇士——基督的崇拜者又开始说道：

"如果你们爱我，就请把刀放回刀鞘里。在野外宰杀一只山羊不代表勇敢。让我们先让他接受真正的信仰，然后我们每个人想做什么就做什么。"

"打死他，砸碎他的头，让上帝毁灭他的灵魂！他的每一次呼吸都是毒药。这条毒蛇早捻死早好。还能让他活着吗？不，他的日子必须消失，必须用石头猛砸他的头，砸他的头，我们要让他偿还欠下的血债！他是毁灭我们的人，还能让他的生命再延长片

---

① 在许多高加索文化中，头上戴帽子或头饰的男人先天就被赋予了勇气、智慧和自尊等品质。如果一个人头上的帽子被打掉，就会被认为是一种侮辱。

刻吗？还能让他继续呼吸吗？杀了他，我们再对你说，否则我们连你也会杀了……"

"那就杀了我吧，但别碰他。至少让几个人亲眼看到他的死亡，能松口气。"

他们还在交谈的时候，突然出现了一列骑兵。阿加西看到他的同伴们瞬间就扑向这个该死的非基督徒，马上就要把他压成粉末了，就上前拉开他们，阿加西还是经验不足，让别人没有理由地流血，他一次也没做过。他把大汗拖到悬崖顶，把他像手脚都被捆住的公羊一样，放倒在自己面前，站在他的上方。他命令他的战友们把马匹赶进峡谷，站在出口处准备好枪支，他自己则站在离俘虏大概一米远的地方，胸靠在岩石上，就这样静静地站着，直到骑兵们向他靠近到射击的距离。

"你们的头在我脚下，喂，异教徒们！你们的额头等着我的子弹。有二十个像我一样的勇士站在我后面。直到我们每个人都会杀了你们当中的二十人，只要我们还有火药，哪怕你们是火焰，你们也无法靠近我们。你的灵魂和头目在我手中已有五个小时了。那个撼动群山的哈桑汗就躺在我的脚下。你们看看他吧，为自己痛苦的命运哭泣吧！"

"大汗，请下令解放阿拉克斯，那么你的生命将重获自由，否则我将像杀最后一只鸡一样杀了你，我想你是非常清楚我手臂的力量的。派人给你的军队下命令，让他们回去，否则小心点，我会把你扔下悬崖，你会被摔得粉碎。大汗，毕竟我们是在同一片土地上长大的。如果你想战斗，就和真正的敌人战斗。你对这些可怜的亚美尼亚人都做了什么？表现出这样的英勇，我叫你一声大汗。如果你有伟大的灵魂，那就表现出来吧！"

生命对每个人来说都是宝贵的。哈桑汗一个劲儿地祈求，找时间逃脱。即使他们屠杀了成千上万的土耳其人和波斯人，又有什么关系呢？这都不重要，他只考虑自己，于是，立即命令让几个骑兵带着部队先离开，直到他回去。

但当这些人还在半路上的时候，阿加西就昏过去了。这位年轻的勇士不知道还必须要往伤口上撒药。受伤的地方松散地包扎着，血从他的袖子下渗出，凝结在身上。烈日和饥饿使他疲惫不堪；他流血的时候正好是敌人撤退的时候，他又开始说服哈桑汗去接受真正的信仰了。

渐渐地，他的眼前变得昏暗，头晕目眩。他想抬起头，站起来告诉他的同伴们发生了什么，但突然间他身体一软，倒了下去，闭上眼睛，什么也说不出来，只能发出微弱的叹息声。

群山和峡谷都在大声呼喊，岩石也在晃动，阿加西的名字一响起，不知所措的战友们边责骂着自己，边冲到他身边，呼喊声此起彼伏。喊叫声传到了走在半路上的骑兵耳朵里。

他们一听到哭声和叫声，就好像太阳因他们而重新升起一样。瞬间，恢复了活力，他们又折返回来。这会儿能弄清楚什么呢？

当敌人骑到可以射击的距离时，猎枪从一百个地方射出子弹。阿加西微微睁开眼睛，叹了口气，用手示意着让同伴们赶紧跑进峡谷。同伴们明白之后，扛起贵重的物品，冲进了峡谷。

与此同时，手脚刚被松了绑的哈桑汗，这个嗜杀成性的人立马拔出刀。

还没等敌军到达峡谷入口，阿加西和他的同伴们就已经埋伏在阿尼城的堡垒塔里了。这座城市里矗立着数百座教堂，数千座房屋、宫殿和各种房子，周围的群山恐惧而羞愧，根据民间传说，这里曾有过相当多的财富和各种奢侈品，一个普通的牧羊人在复活节时，他的妻子找不到当地的教堂，为此建造了一座巨大的教堂！

因为一个无情的修士①，上帝熄灭了亚美尼亚人民最后的生命之光，摧毁了国王的宝座，并将人民置于刀剑与火海之中。

这就是迷信的简单原因啊！我们把国王献给了僧侣做出了牺牲，所以我们就走到了目前的困境里。

而这些充满了辉煌的遗址，这些教堂现在还矗立着，永远是接纳我们哭泣和哀叹的地方。但就是这些塔楼的内部、圣徒的祈祷以及我们在天上找到的我们国王的灵魂，加吉克②保护了阿加西。

五个同伴抬着阿加西走地下秘道，最终把他抬到了河岸，与此同时，另外五个人秘密地从一边进去，五个人从另一边进去，这样，从峡谷和山上发出各种喊叫的声音，还有五个人从堡垒的射击口里射杀了二十多个敌人。

他们非常清楚，即使是现在，无论是土耳其人、库尔德人还是亚美尼亚人，没有人敢穿过阿尼城。每个人都认为那里充满了邪恶

---

① 指的是奥万尼斯·叶尔岑卡齐。

② 此处应该缺少了阿肖特·巴格拉图尼和斯姆巴特的名字。

的灵魂，这个地方永远受到上帝的诅咒。他们就是利用的这一点。他们把那里的每一个洞、每一条缝隙都研究得明明白白，连魔鬼都找不到他们。

他们了解波斯人的迷信，当枪声从峡谷、塔楼、山脉响起时，亚美尼亚人的叫喊声响起来了，回声响彻峡谷、洞穴深处、教堂和小礼拜堂，哈桑汗歪歪着脖子，他想象着上千个死人、天使、魔鬼站起来，正向他走来。他已说不出一句话。像个疯子一样一直用手打手势，他疾驰而去，身后是他的部队。

骑了三四俄里路后，队伍里有人振奋起来，他们想知道这是些什么样的魔鬼，他们是从哪里冲出来，消失在哪里了，是否要跟着他们。

这时，出于上帝的慈悲之心，有一个牧羊人坐在其中的一个教堂里，浑身发抖，吓得不能自持，看到一切都平静下来后，开始赶着羊出城，急忙地钻进峡谷，免得落入敌人的魔爪。

他们一看到魔鬼的模样——山羊头①，就认为撒旦的队伍来到人间了，于是他们撒腿飞快地跑开了，周边的灰尘遮住了他们的眼睛。马儿奔跑时的每一个跳跃都让他们感觉自己的脑袋要掉下来了。

他们睁开眼睛，地狱深处的大门打开了！上帝保佑，不要发生这样的事儿，甚至是对我们的敌人，猖獗的军队正在进入阿拉克斯，离阿尼只有三个小时的路程了。

---

① 波斯的魔鬼是一个类似山羊的形象。

他们从没有在任何一个卡巴"天房"①前，像现在这样带着信仰下跪。他们做了乃马孜②，刚好到了进餐时间，清洗了手，梳理了胡须，并擦拭了军刀。他们感谢阿里，向卡巴"天房"的方向鞠躬，他们站起来向自己的神献祭，安排宴会，让天国的大门尽快在他们面前打开。

整个宇宙、地平线、山峰、水流开始从高处跌落下来。浓密、阴暗的黑云升腾飘到太阳前，起初变成了紫色，像血色的海洋，不一会儿，越积越厚，融为一体，颜色发生了变化，越来越黑，那天从远处看到这些的人都以为世界在某个地方崩塌了。白天变成了黑夜。鸡和其他家禽、鸟类、动物早已逃之夭夭，躲进岩石的缝隙里，躲进茂密的森林里，躲进洞穴的深处，在那里瑟瑟发抖，微弱地呼吸着。

风把火焰从阿拉克斯燃烧的庄稼地和干草堆里吹出来，吹到了森林。平原、田野、空地、小树林、沙棘、灌木、荆棘、稻草、干叶子、树木，就像夏夜里笼罩在火海里的草原，把群山变成了星星，把峡谷变成了天空，就像天气晴朗时的每一个夜晚在我们头顶上方燃烧的样子。

猛烈的风，赶着前方的火焰，猛烈地呼啸着，击打着，人们都感觉舒拉格尔平原已变成了一片火海，一波又一波的火焰燃烧后的灰烬散落在平原上。

---

① 一座立方体的建筑物，位于伊斯兰教圣城麦加的禁寺内。
② 伊斯兰教的基本功课。指穆斯林为增强自己的宗教意识，体现和坚定内心信仰而必须履行的一套宗教仪式和制度。

荒凉的峡谷和深邃的洞穴张开大嘴将风吞下，又以强大的力量将其吹回，向山岩猛烈袭来，树木和石头捂住耳朵，挣脱，逃跑。它们颤抖战栗的声音一面直冲云霄，搅动着云层，另一面则压碎了大地的头颅、脊梁和骨骼，穿透了深渊，在无数地方轰隆作响，撞击着，最后迷失了，沉默了，麻木了。

每一道锯齿状的闪电，像一把把火红的剑，划破天空，撕裂云层，落到阿拉吉亚兹村、马西斯和德瓦尔的头上，仿佛希望大地上这些雄伟的山峰能将自己的眼睛翻过来，蒙蔽双眼，让他们互相残杀，活活地摔进深渊，消失得无影无踪。

云彩犹如一条七头巨龙，盘踞在天空中，不断地张开闭合嘴巴，仿佛要把整个天空吞下，嚼碎，碾成无数碎片后，把它们撒在那些失去良心、不知羞耻、不敬畏上帝的人的头上。事实上，他们既不崇尚河流，也不崇尚大地，更不会关注自己可怜的灵魂深处发出的真正声音，他们日日夜夜地哭诉着，无论是睡梦中，还是现实中，叫喊着："请像高处的太阳，低处的大地一样吧，像上帝一样行善吧，珍惜你的亲人，建立上帝的世界，不要毁掉他亲手创造的，这样你也能在设施完善的地方生活，而不是到处废墟，一切夷为平地。"

天空、大地、山脉和峡谷堵住耳朵，闭上眼睛，哭泣，悲伤，捶胸顿足，撕扯，抓挠自己的脸。云层想把阿拉克斯举到天堂，而深渊却想把它吞噬，不放它出来。岩石和大地在崩塌，互相残杀。而长着上帝模样的人做了什么？为什么他睁大眼睛，竖起耳朵，卷起袖子？

闪电用它的剑击打着他，而他用剑砍着可恶的阿拉克斯人的脖子。乌云把冰雹砸向他的胸膛，他却用子弹射杀那些无助的亚美尼亚儿童、无辜的婴儿和年轻妻子。大地想用沙子和石头堵住他，而他却把我们民族这些可怜的年轻人淹没在血海中，将他们置于死地。群山想压在波斯人的头上，将他们葬于自己的下面，而他们火烧我们无助的人民，点燃他们的房屋，烧毁他们的财产，用刀把他们砍成碎块。

唉，我的心都碎了！如何用语言来描述这幅可怕的画面，让听众或读者知道他可怜的兄弟姐妹们在那一刻遭受了什么，经历了什么，他们看到了什么，他们曾面对的是谁，他们曾落在谁的手中，在什么样的国家，在谁的土地上？

啊，亲爱的阿加西啊！你的脖子可不要折断！唉，那个时候你在哪里啊？你们这些亚美尼亚的国王，在阿尼愉快地休息！你们的子民已落入强盗之手，而你们却连头都不抬一下，不去救助他们，你们的那些子民，一小时前还以勇气震惊了世界，以英勇震撼了大地，像你们一样，勇敢地捍卫着自己的国家、你们的土地、你们的祖国。而你们这些无情的人却将他们弃于这样的困境中置之不理，让他们面对敌人，面对敌人拔出的剑！

10

但我感到痛苦！我去哪了？我的忧伤和这颗炽热的心把我带

到哪里去了？说这些话的不是我的舌头，而是我的灵魂。我的同胞的鲜血在我眼前流淌。我的祖国在我面前摇摇欲坠。滚烫的泪水和我所爱的兄弟们的苦痛灼烧着我的心。我如何能保持沉默？我的血从鼻孔里流出来，眼睛发出闪电般的光芒。

我愿意牺牲我的生命！我亲爱的同胞的鲜血和骸骨在舒拉格尔斯卡亚的土地上枯萎了，从来都没有人见过，也没有人知道他们，因为我也应该在那里死去。那么我就不必知道任何事情，也不必看到，也不必哭泣，也不必流着热泪祈祷！①

每一个热爱上帝的亚美尼亚人，在阅读了赫尔卡拉克利斯的历史并了解到那里居民的不幸之后，都应该记住他们的灵魂，而他自己也应该珍惜自己，永远不要把自己的灵魂和身体交给敌人。哦，不，一定不要交出去！哪怕冲进水里淹死，在火中烧死，也不要被波斯人抓住，哦，不，不要被抓住！与自己的同胞一起，哪怕头被砍下，也不要当俘虏，哦，不，绝不当俘虏！

啊，我所说的这些话，要么在人间广为流传，要么与我一起埋葬在坟墓，在土里啮噬我的尸骨，折磨我，使我的天堂变成地狱，使我的坟墓变成熊熊火焰。

---

① 当时，我刚离开学校，从梯弗里斯到亚希亚特，去找天主教徒以法莲，接受他的命令，之后我必须去追赶我的父母和他们一起迁移，去威尼斯。一切都准备好了。顺便说一句，一位带着儿子从土耳其来的神父也打算开车回去。我想和他们一起去，但裁缝没来得及给我做衣服。土耳其人离开了，而我却留下了，我是多么地伤心啊！两天后，就在我进入卡拉克利斯的时候，赫尔卡拉克利斯的俘虏到达了那里。可怜的神父和他的儿子在那里被杀了。（作者注）

孩子们，我愿意为你们献出我的生命！我将向你们诉说我的悲伤，我为你们写作，我的亲人。当我躺在坟墓里的时候，请你来找我。如果对祖国和对人民的爱给你带来了损失，那你就诅咒我，如果给你带来了益处，那你就祝福我。

当你安静地依偎在父母怀里的时候，你倾听着你同族人的哭声和哀号，倾听着他们父母的悲伤，请记住我对你说的这些话。

当你听到赫尔卡拉克利斯无辜孩子的声音时，上帝保佑，你与他们没有出生在同一片天空下，你的眼睛没有看到这种不幸，你在父母身边长大，吃着他们的奶，你没有尝过他们的血；你们睡在父母怀里，不会被刺死；在父母的怀里玩耍，也不至于摔倒在死人堆里，那些血淋淋的身体被切成碎片，被切成一块一块的，你们不会哭着去吸他们的血。你们出生时，母亲还活着，然后享受她们的温柔，而不会被活生生地塞进她们的肚子里，把头插进她们血淋淋的心脏里。你躺在床上拥抱他们，欢欣鼓舞，而不是躺在地上，躺在石头上，与父母一起躺在血泊里。

哎，别难过了，也别怪我向你展示了地狱的景象。不，如果我的心在地狱中燃烧，我就不会如此痛苦，如此不堪一击，备受折磨。当回忆起在赫尔卡拉克利斯发生的事件时，我的心受到了莫大的伤害。别生我的气，也别以为我说的是梦话，我甚至连千分之一都没能说出来，我的手越来越无力，眼前一片漆黑。

我那词穷的语言算什么？问问在场的人吧，他们说得会比我好上一千倍，说着，听着，玩着，笑着，最后把被砍碎的尸体交给父母，或者干脆把父母的头一起砍掉。

够了，够了！让我们不要再说下去了，换一个话题吧！

但我该怎么办？就像今天一样，一切都浮现在我眼前。

我看到了：尊敬的萨哈克[①]拿手帕贴近眼睛，恳求哈桑汗，试图软化他的心。在这里，亚美尼亚孩子被交给亚美尼亚波斯士兵，以便他们能够自己逮到他们并将其砍倒。

正如我今天看到的那样：十个波斯人活生生地剥去他们兄弟姐妹的皮，剥去瓦尔丹父母的皮，用石头和锤子压碎他们的手脚，踢他们的脸，而瓦尔丹，是个了不起的年轻人，是天上派来的天使，被绑在他们身边；他想挪动一下他的腿，但被绳子捆着，他想伸出他的手，但被另一条绳子牢牢绑着，他想自己冲向锋利的军刀，但却一动不能动。他的心都快碎了，一个字都说不出来。

就在这个时候，年纪相仿的姑娘们和小伙子们都被集中到一起，捆住他们的手脚，蒙住他们的嘴，引领他们放弃自己的信仰。

可怜的年轻人想回头看看，哪怕再看一次从被砍碎的父母身体里流出的神圣的血液，实现他所珍视的愿望——哪怕带走他们的一滴血，哪怕在他的怀里或口袋里放一把土作为纪念，哪怕吻他们一次，最后一次对他们道歉，哪怕跪下接受他们临终祝福。但是，唉，唉，无数把光亮的剑悬在他的头上！

现在侵略者把他们一起带走了。他们被蒙着眼睛，蒙着耳朵，谁都听不见。他们的嘴也被堵着，谁都说不出一句话。他们只知道跟着马走，不知道去哪里——地狱还是天堂。我亲爱的，

---

① 指梅利克·萨哈克·阿加马利安茨。

他们被带到地狱去了——使他们皈依伊斯兰教，放弃自己的信仰。

但我们还会回来的，算了！

无数个老弱妇孺，无数个少男少女，襁褓里的婴儿，他们被砍碎，相互堆在一起，这里早就无声无息了，他们都进入了天堂般的梦境。

渐渐地，恶臭升腾起来了，一阵干风从南方吹来，云层再次聚集在山顶上空。上帝没有听到他们的呼救。太阳向西跑，红头军去了阿帕兰，赫尔卡拉克利斯人的灵魂去了哪里？当然是去天堂！正义的人什么时候会下地狱？

火烧尽了，乌云散了，群山休憩了。一百名十至十五岁的男孩和女孩被带到哈桑汗的营地。军队敲锣打鼓、载歌载舞地回来了。

现在刽子手们正在磨刀，正在磨尖他们的舌头，准备牺牲基督的孩子。

唉，唉，我亲爱的亚美尼亚人民！这不是你应得的命运吗？

黄昏就要到了，唉！狼、熊、野兽会从山上来，到你住过的地方来盛宴。

现在谁还能听到母亲的声音、父亲的祈祷、孩子们的嬉戏和欢笑、礼拜和钟声呢？这里只有尸体！

野兽不会带走这里的一切。它们夜里会来这里吃饭。

我们走吧，走吧！我瑟瑟发抖。谁又敢靠近呢？

孩子们会怎么样呢？

在哈桑汗的营地，他们会哭泣，没有人会对他们说一句深情的话。他们会因忧郁而筋疲力尽，没有人会同情他们。如果他们像小鸡一样在可汗或波斯人的手中尖叫的话，他们要么因恐惧而被吓死，要么用刀刺进自己的心脏自杀，要么忍受不了痛苦而皈依伊斯兰教。

谁听到这种事情不会受到惊吓？

让我们看看这些无辜的羔羊都去哪儿了……

无论我们是幸运还是不幸，黑暗笼罩着大地。没人会看到我们，也没人会抓到我们。

在夜色中可以看到一个模糊的轮廓，圆顶突出，墙壁被摧毁，显然，它们经历了多次闪电和地震，门窗被击碎了，圣器和祭坛成为一堆废墟，一切都令人悲哀，这是阿帕兰教堂①。成千上万的强盗把无辜的亚美尼亚儿童集中在这里，捆着他们的双手，蒙着他们的嘴和眼睛，在这里不是做祈祷和礼拜，而是牺牲他们来发泄自己的兽性。

曾几何时，亚美尼亚的国王、王子和贵族们呼吸着阿帕兰的各种花香，享受着当地无与伦比的泉水，过着远离炎热的夏日时光。他们清新凉爽的心灵被神圣的爱点燃，在每天的清晨和傍晚，他们伴随着鸟语花香，向天空发出真诚的祈祷和请求。

此时此刻，从瓦加尔沙克、提格兰、特拉达特的宫殿所在的倒塌的山丘下流出大量的水，足以供四个磨坊使用。在阿拉格亚兹的深处，在地下，它为自己铺平了道路，冲破地表，口

---

① 指著名的卡萨克大教堂，建于公元4世纪的一座寺庙，现位于阿帕兰区的中心。

吐白沫，目露凶光，疯狂地向外冲去，想看看那些为它加冕的人的脸，使他们的内心能够获得力量，在睡前和醒来的那一刻，从他们的脸上偷走天堂的露水，再用这露水洒在他们的脸上……但是，唉！看到那里的一切都被摧毁了，建在上面的宫殿已经倒塌，教堂变成了废墟，血迹斑斑、长满苔藓的地基和祭坛的碎石躺在瓦砾中，她再次张开嘴，吞下了一滴眼泪，把眼泪咽到心里，她旋转着，绕着山头旋转，穿过花草，然后她默默地压制着自己内心深处的声音，她闭上眼睛，沿着大地，沿着岩石，再次进入大地，她的一半变成了一条小溪，跑到埃里温平原，至少可以冷却她被烧成灰烬内心，向埃奇米阿津、瓦加尔沙帕特、阿马维尔、阿拉克河、马西斯河讲述阿帕兰的悲伤和不幸，并融入着黑色的苦涩泪水；另一半是如此的安静和从容，就像一条巨大的河流从阿拉拉山的心和眼里流出，看到阿拉拉平原上的废墟与毁灭的痕迹，为他们哀悼，痛哭流涕，把它悲伤的脸藏在没有灵魂的芦苇里，在敌人面前弯腰，风吹过来，就停下，吸收从其他山脉流出的水，积蓄成潭，消失在芦苇和黑莓中，流过霍尔维拉普①和阿尔塔沙特山谷，拉上悲伤的阿拉卡河，还有藏古河和加尼河一起，它们其中一条从塞凡的眼里流出，另一条从圣格加尔德的心脏②流出。之后这三兄弟，蒙着脸，尖叫着、呻吟着、冷却着自

---

① 亚美尼亚语里是深深的地牢之意，位于亚美尼亚阿拉拉特平原的一座修道院，靠近土耳其国境。

② 这里指的是中世纪亚美尼亚的一个大型宗教中心，由普罗比扬王子在 11 至 12 世纪建造。

己的心灵，擦拭着挪亚、纳希切万、马兰德的坟墓^①、纳雷卡吉修道院^②和休尼田野的泪水，它们继续奔跑，沿途还带走了库拉河，把它的眼泪和它们的眼泪混合在一起，然后注入里海的心脏，与他的咸水融为一体，在那里掀翻波斯人的船只，让俄国人的船只乘风破浪，让俄国人民在途中不绝望，不疲倦，让他们与我们国家持续进行有益的交流，以使我们的祖国可以在他们鹰一般的翅膀庇护下成长，忘记他们的悲伤，再次实现他们昔日的辉煌。

让我们躲在教堂里，在石头里，在灌木丛里，在泉水边，这样就不会有人抓住我们了。夜幕已经降临。敌人就在附近，突厥人即使在白天也不会来到这里，因为他们是基督的敌人。

让我们听听狼的嚎叫，波斯人的呐喊，亚美尼亚人的哭声和哀号，这些无辜的、痛苦的、受折磨的儿童的哭声。现在他们的眼睛和嘴巴将被打开了，他们将看到波斯人丑陋的嘴脸。现在他们必须忘记他们父母的脸，他们温馨的祖宅。

这些人被这血淋淋的爪子折磨着，那些人把这当作娱乐！这些人萎靡不振，那些人欢欣鼓舞！这些人捶胸顿足，拍打自己的脸和头，痛不欲生，那些人抚摸着自己的胡须和卷发，尽情地狂欢。这些人号召自己的父亲、母亲、兄弟、姐妹，一死了之，以求宁静，那些人在为伊玛目侯赛因祈祷，打算拥其入怀，或者把

① "马兰德"的字面意思是"母亲在那里"，现在指伊格里高利朗地区。马兰德的墓地，根据传说，挪亚的妻子诺姆扎尔被埋葬在那里。

② 坐落在凡湖旁，曾经是亚美尼亚著名的修道院，是格里高利·纳雷卡吉生活和工作过的地方。

刀磨快，使一些人永远闭嘴。

哦，不，不！捂上你的耳朵，亲爱的。我的身体在颤抖，我的头已经着火了。

星星已经升起，在那里发呆。月亮同情地看着阿帕兰，变得沉重、悲伤和安静，又向西滑落，合上耳朵，以免听到那些可怜的哭声。

大地穿上黑色的丧服，闭上眼睛，以免看到这种悲伤的景象。

只有那些冷酷无情的山对着邪恶的天使风张开嘴巴，敞开心扉，互相传递信息，听到笑声——自己也笑：他们用笑声回应笑声，用呻吟回应呻吟，用喊叫回应喊叫，用哭泣回应哭泣，在一分钟内他们混合了一千种不同的声音，可他们自己却一个也听不懂。

亲爱的妈妈，亲爱的妈妈呀，亲爱的哥哥……哦，我们的上帝……我的灵魂……哦，哦，可悲，哦，阴云密布，我们的太阳感到悲痛，我们可怜的脑袋感到悲痛！哦，要是您亲手把我们扔进水里就好了！要是我们根本没有被生到这个世界该多好！为什么我们没有在您的怀里被他们杀死，为什么我们没有被剁成碎片？我们这是在哪儿？我们被带到哪里去了？大地不会裂开，它不会吞噬我们！

老天瞎了眼，它看不到我们！……哦，我们失去了谁的怀抱，我们又落入了谁的手中！……主啊，你为什么这样惩罚我们？我们对你做了什么？你为什么要挖出我们的眼睛？我们伤害过谁什么吗？你为什么要用石头砸我们？使我们的父亲母亲、兄弟姐妹成为祭品，难道你不能把我们带走吗？……

黑暗降临，笼罩着大地……亲爱的妈妈、山脉和峡谷都被黑暗覆盖着，再也看不见了……我们，就像失去母亲的鸡雏一样，散落在草原和沙漠中……

我们的眼睛无法合上，我们的心惴惴不安。我们叹了口气，火要从我们的肠子里冒出来了。

我应该去找谁？谁会看到我们的悲伤？……谁能养活我们？谁来擦去我们的眼泪？……我应该去找谁？谁会拥抱我们，安慰我们，把我们的悲伤放在心上？……石头没有耳朵，它们听不到我们的声音……山没有心，它们不会可怜我们……天空很远，想带走我们，但却够不到……大地没有剑，它无法压垮我们，剁碎我们……该向谁讲述这悲伤，啊，向谁说？……

你们为什么要生我们，哺育我们，把我们养大？你们很快就解脱了，你们上了天堂，而我们这些孤儿被留在了这悲惨的世界，备感折磨和悲伤，充满对你们的思念，痛苦不堪，这悲伤被我们埋藏在心里，燃烧成灰烬！

我们的双手被绑着，头上光秃秃的，在户外，在阿帕兰的旷野里，我们呼唤你们，我们期盼你们，我们回忆你们，我们为你们而哭泣，我们亲爱的父母！如果你们的灵魂在天堂，让它飞来，萦绕在我们身旁，哪怕一个小时也好。如果你们的灵魂还在地球上，那就让它出现在我们面前，满足我们的愿望，然后……哦，我们的灵魂和你们的灵魂就在一起了，让我们一起飞吧，让我们团结起来，不管下地狱还是上天堂，我们一起经历。无论你们身在何处，我们都将与你们同在……哦，那该有多好！

啊！那样我们的心就不会破碎，我们的身体就不会燃烧，我们的口中就不会喷火，我们也不会受折磨，我们的舌头会不知疲倦地说话，眼睛能看见而不会被爆掉，呼吸顺畅而不会停止，血液沸腾而不会干涸，耳朵能听到而不会失聪，腿能移动而不断裂，不会断成一段一段的！我们过着多么美好的一天！

亲爱的妈妈，亲爱的弟弟，亲爱的爸爸，哎，哎……为了那一天你们摇晃着摇篮里的我们，为了这一天你们把我们从刀光剑影中解救出来，治愈我们的病痛，抚摸我们，擦干我们的眼泪，把我们抱在膝盖上，把我们搂在胸前，流下汗水，夜不能寐，去山沟里养活我们；你们的生命之光黯淡了，却让我们繁花似锦；你们自己枯萎了，却让我们变得绿油油；你们的生命枯竭了；你们为了让我们长得更加强壮，安排我们在家里睡觉，而自己却在田野里，在草原上，在阳光下，在雨中受苦；你们得了白内障，这样我们就会长大，来帮助你们。我们的帮助就是你们所珍视的愿望吗？

当你们向上帝祈祷，无论是在黎明还是在黄昏，无论是在白天还是在黑夜，祈祷的都是让我们免受伤害，不要摔在石头上，不要刺破手指，不要经受日晒与风霜，你们祈求孩子能一直在自己的注视下，在自己的羽翼下保护我们免受疾病和不幸，让我们成长为好孩子，成为基督十字架的奴隶、福音的仆人、教会的根基、人民的骄傲、和平的建设者。

啊，上帝的耳朵在哪里呀？为什么上帝没有听到你们正义的呼声，你们祈求的那上千的愿望一个都不实现，就这样把我们扔在石头上？他不想带走我们的灵魂，以使我们摆脱这一切，不想让我们的灵魂从这个无法无天的世界消失。

当你们领圣餐时，也让我们去教堂领圣餐，并往我们手里递一根蜡烛。在复活节、圣诞节或礼拜天，你们把我们抱在怀里吃午饭，或者牵着我们的手；在石板前，在福音前，在祭坛前，在讲坛前，在十字架前，在圣像前，在圣徒脚下，在读书时，在拿礼物时，在神父面前，你们让我们跪下；你们把我们领到十字架前，让我们贴在十字架上敬拜，自己也紧紧地挨着它；我们祈祷圣恩并让我们永远平安，如果我们陷入火灾或水患中，它会保护我们，并使我们更加强大。难道这一切都是为了我们今天在这样的火中燃烧并忍受痛苦，而你甚至都不会听到我们的声音吗？让我们精疲力竭，让我们死去，而你却不为我们哭泣？强盗用马刀砍我们而你却不挽救？

造物主啊，赐予我们生命的主，你是怎样造我们，就怎样杀我们；你怎样赐给我们生命，就怎样剥夺我们的生命。我们曾经就是你的灰烬，请你再把我们化为灰烬吧。你给了我们生命的气息，把它收回去吧。

我们靠什么支撑我们的名誉和生命？地球和世界对我们来说算什么？没有母亲陪着我们哭泣，没有父亲来安慰我们的悲伤，没有姐妹来一起分享这个悲伤；当我们撕心裂肺的时候，我们的兄弟也不会听到我们的声音。

我们的造物主，我们的主和天父啊，你带走了我们的父亲和母亲，为什么你不把我们带走呢？你带走了我的兄弟姐妹，你为什么不杀了我们？我们不要再求你的爱和照顾，也不要再求你救我们的命。愿你的火天使杀了我们，愿你的火基路伯焚烧我们，使我们化为灰烬。别把我们带进天堂，让我们下地狱吧。别把我们交给天使，让撒旦来吧。我们只想去见我们的父母！最好让魔鬼把我们吞掉，只要父母的爱与我们同在，只要能看见他们，把灵魂给他们，带走他们的灵魂，只要永远也不要再看到这个苦日子了……啊……不想再看到……

这里有多少名人，大汗、贝克、阿加、费拉什、毛拉、阿訇，他们为什么站在这里，为什么都聚在一起？

难道你不想看看他们吗，想看吗？那里的亚美尼亚波斯士兵闭上眼睛，紧闭嘴唇，但他们用他们的帽子示意我们离开，不要靠近。如果你靠近的话，那又有什么用呢？你只会更加难过，更加痛苦。我建议你还是回去吧。

瓦尔丹，这个皇室青年，满脸白皙，像天使一样地站着。他不稀罕哈桑汗的礼物、黄金、珍珠、漂亮的毯子、马和武器，不听毛拉的指示，不听亚美尼亚人的祈祷，不惧敌人的威胁。对他来说，马刀、剑、火、准备刺穿他身体的炽热的铁钎、放在他两腿之间的砖头、不时地爬上来从他身上撕下一块肉的钳子，还有在他头顶上随时威胁着他的热锅，这一切都不算什么。他像山一样挺起胸膛，既不害怕，也不为荣誉所诱惑，他忘记了自己的痛苦，他向同志们呼喊，鼓励他们：

"是它，就是那个该死的马刀，我亲爱的族人们，它今天当着我们的面把我们父母的心撕碎了！这双不虔敬的手，今天把我们孩子的身体撕成碎片，让我们的兄弟和还在哺乳期的姐妹们备受折磨。他就是那个冷酷无情的人，直到现在他还在喝我们可怜人民的血。我们为什么站在他们中间，看着他们卑鄙的脸呢？亲爱的孩子们，我们是谁的孩子，难道怕马刀吗？我们生来就会在火面前胆怯吗？难道我们的父母和兄弟昨天如此勇敢地死去，以至于全世界都感到惊讶，并将继续感到惊讶，直到他们第二次到来吗？

"看看这晴朗的天空，亲爱的，那里有我们所爱的人，有我们亲爱的朋友和亲人，他们在等我们。想想：如果你头疼，谁会对你说一句安慰的话？如果你生病了，你会睡在谁的怀里？如果你哭了，谁会为你擦干眼泪？如果你死了，谁来埋葬你？

"我们必须把我们神圣的语言换成他们肮脏的语言，放弃我们神圣的礼仪和所有的教会服务，去聆听阿赞；忘掉我们神圣的世界，把十字架和福音从我们的脑海中抹掉，去跟随阿里，跟随古兰经。

"看看他们撒旦般邪恶肮脏的脸！难道地狱还会比他们更糟吗？难道没有从他们的眼睛里喷射出火吗？这对我们和我们的生命来说都是灾难！这样我们会奴颜婢膝，成为那些杀害我们父母，摧毁我们教堂和国家的人的仆人吗？啊，如果我们被这虚无的荣耀所吸引，害怕这些无耻的刑讯，背离我们神圣的信仰，那当我们死的时候，我们还有什么脸出现在父母面前，我们该如何见他们？尽管我们在这个世界上失去了他们，难道我们不想在天上与他们联系吗，不想看看他们的脸，获得他们的爱吗？"

不，不，我们一起去死，一起走向死亡，我们将取得父母的荣耀和光环！天空向我们敞开心扉，天使向我们展开翅膀。殉道者、圣母、圣人和苦行者在呼唤我们，用温顺的声音召唤我们。我们去找他们，为他们的爱而死，献出我们的身体，让我们的灵魂绽放！我们要去找你们，亲爱的父母，我们希望看到你们并永远尊敬你们。我们怎能忘记你们的养育之恩和你们神圣的教诲呢？

来吧，天上闪闪发光的天使，替我们向上帝祈祷吧。山、大地和世界，请你们原谅，树木、峡谷和森林，请你们原谅！我们不配见到你们圣洁的脸，我们用罪恶的脚触摸了你们的乳房。多少次，我们享受着你们的味道，在你们的荫庇下休息，你们的果子、花草，都是我们用不洁的手摘下的。我们践踏了你们神圣的脸和胸部。我们不知道你们如此珍贵。在泉水之上，在小溪边，在亲人之间，在父母的怀抱里，我们幸福地度过了那些日子。

在我们入眠时，在我们睡醒后，星星给我们甜美的微笑，月亮和太阳照耀着我们。鸟儿在歌唱，花儿在绽放。但是，唉，我们的手和脸都睡沉了，都没有看见你的美丽。对你的圣地——我们甜蜜的祖国，我们没有鞠躬，没有尊敬你；我们没有把生命献给可爱的祖国，没有把爱献给祖国，没有牺牲自己，所以我们被敌人囚禁了。如果他们想留我们一条命，我们还要这条命来干什么呢？请把我们的灵魂带走吧，啊，盘旋在我们上空的善良天使！……

请你们原谅我们吧，田野和大地啊，让别人来享受你们的爱吧。瓦尔丹的眼睛再也看不见你们了，这些孩子的脚再也不会踏上你们自由自在的土地，再也不会呼吸你们散发的香气，再也不会偎依在你们的怀抱里。父亲的脚不会到我们的坟墓前，母亲的眼泪也不会在我们自己家流淌。我们灵魂的记忆中不再有歌声，不再有贫穷，不再有神香，也不再有圣杯，再也不会有了。没有兄弟姐妹来看望我们，没有路人经过我们的坟墓……我们父母的尸体还在家乡，而我们的骸骨在这异乡的田野里，他们永远不会再见面，也不会被埋在同一个坟墓里。他们将成为野兽的猎物，而我们将成为狼和鸟的猎物。没有人在我们的坟前说："上帝保佑，愿你的灵魂安息，愿你的灵魂显形。"

也许，当你再次灵魂闪烁，当春天来临，草原开花的时候，你也会在我们的头顶上开花，绿色的枝丫从我们的骸骨中生长出来，披上美丽的外衣，在周围洒满露珠，唤醒我们，你的微风给我们带来喜人的凉爽，你的清泉掺着我们的血液，还带着我们的气息，和你甜美的芬芳一起升到天堂去。

啊，如果一个旅行者经过这个地方，在那里停下来睡着了，也许，呼吸着芳香，用清流解渴，也许他会真正地理解，回忆这一切，并且说："要知道这是我们的田地，今天，邪恶敌人的仆人想带我们来这里杀戮，让我们以十字架的名义死去，剥夺我们的生命，将我们切成碎片！"

啊，如果生在一个幸福的国度那将是一件多么美好的事情，这样就能把自己的灵魂与同胞和亲人融为一体！

啊，强大的十字架，你创造了怎样的奇迹！我们的人民、亚美尼亚国家遭受了如此多的苦难、如此多的痛苦、如此多的毁灭和悲伤，这还要持续多久？

十字架，你为什么不保护崇拜你的人啊？十字架啊，你为什么杀了把你捧在手心里的人，而把你的力量赐给了那些亵渎你的人呢？你为什么不刺穿敌人的心呢？

耶和华神啊，如果我们在你面前有罪，如果我们不遵守你的诫命，作了孽，你杀了我们就好！你为什么抛弃我们，把我们可怜的父母置于死地？我们的房子被烧了，为什么不把我们也烧了呢？不，你让我们遭受如此多的痛苦和折磨，让我们在野兽横行的旷野中，没有父亲的保护，没有母亲的帮助，我们把我们的尸体交给鸟儿，把我们的血献给大地，在这里死去。

对不起，我们可怜的亚美尼亚人！别哭，别喊，别为我们悲伤。擦干你的眼泪，看看他们对我们做了什么，现在你们的哭泣和哀号无济于事！

剑在我们的头上，死亡在我们面前，火在烧着我们，铁钎穿透了身体，灵魂被耗尽，我们的一半被烧熟了，另一半被烤煳了，我们的腿被烧焦了，我们的呼吸都是热浪，一只胳膊被切断了，另一只被撕裂了。我们的头上是口大锅，脚下是砖头，心里是热血，眼里是泪水。天不会塌下来，天使也不会看见这一切，刽子手也不可能有怜悯之心，大地也不会被撕裂开来。

我们不哭，你们为什么要哭？我们不绝望，你们为什么要绝望？把眼泪留给你自己阴霾的日子再哭吧。为自己哭泣，找到自己的出路。今天我们将和我们的父母团聚，去看看他们的面容，我们将离开这个痛苦的世界，我们将去天堂，永远快乐。

但如果你就这样站着，亲眼看着你的亲人受苦，那么你和妻子儿女就有难了。你们若什么事都不做，沉溺于悲伤，捶胸顿足，把土盖到儿子头上，将他埋葬，那你就去给掏你心、要你命的人当奴隶去吧。你永远不会解脱，你将永远受苦，你将在生你的这片土地上遭受磨难甚至失去生命，在你自己的国家遭受巨大的折磨。

如果你们大家都没有鼓足勇气，没有商量好用剑和马刀，用火和热锅，用铁钎和炭火，随时准备对付敌人，如果你们不能下定决心烧他砍他，那样你们也不会解放你的人民和你的国家，你们将继续保持这种无知和痛苦的状态。

我很抱歉。请带走我们热烈的爱和对你们孩子亲人般的问候，请告诉他们我们那些悲惨的日子，让他们保持头脑清醒，使他们不会再回到那样的日子里生活，再也不要感受那样的悲伤。让他们献出自己的生命，保护这个国家吧。对不起，我很抱歉。

啊……啊……啊……亲爱的爸爸、亲爱的妈妈……仁慈的上帝……请宽恕……请宽恕……请宽恕……我们快要死了……我们正在燃烧……我们在煎熬……请宽恕……啊……在这里，一切都结束了……我们去了……哦，苦行僧瓦尔丹！圣洁的父母，你们的孩子来了，越来越近。你们的孩子献出了生命，接受了死亡，他们没有抛弃你们，他们没有背离你们的信仰，他们没有从你们的圣十字架上退缩，他们抵抗了刀剑、火焰和折磨。

"把他的手脚砍掉，折断，压碎！

烧掉他的头，折磨他的肚子，撕掉他的指甲，卸下他的双臂，把他裸露的背放在火上，

把他的残臂浸在油里！

如果他快速挣扎，他就会消失。

他的头慢慢脱落，皮肤慢慢剥落，

他的眼睛烧化了！

让他看着自己的脚在燃烧！

当他的手指被撕裂时，他会颤抖！

他也许会因折磨和伤痛而变得虚弱，他会离开十字架，接受古兰经！"

哈桑汗给刽子手上了一课，

圣婴注定要遭受折磨。

但正义的人把自己的血献给神，

向天堂升起祭祀的香。

光芒冲破了云层的黑暗，

一道天光笼罩着他们的身体，

一个声音迸发出来，可怕而坚定：

"哈桑，无神论者，魔鬼和野兽，

悔改吧，现在就回答我，

你不会被深渊吞噬，大地将把你抛弃，

地狱不会让你进来，

让你活着受尽折磨，

直到足以抵偿圣血才能死去。

如果你被雷电劈成焦灰，

记住，你注定要被我折磨。

你会踉踉跄跄，最终跌倒，

你会躺在荆棘上，就像进到棺材里一样。

而亲人们会感到和平与安宁。

直到最后一天，直到美好的黎明，

无辜的儿童终能拥有纯净的灵魂！

当我去阿帕兰时，亲爱的，我随时都会记住你。

啊，孩子们，故土的记忆，

你们早已褪色！

我，伏在地上，跪着，

泪如雨下，心痛苦地收缩，

我脱帽鞠躬，

我要亲吻尘埃，不再起身。

圣徒们，我念着你们，

摘下花朵，到天堂的宝座上，

到好的法官那，到圣徒的祭坛上，

流着泪水去恳求，

为了圣国的可怜人们，

他们为上帝牺牲了自己，

不论被毁灭还是被囚禁，

在制裁之下他们流了足够的血，

没有帮助，没有家，到处流浪。"

第三章

1

亚美尼亚国家曾多次遭受压迫和蹂躏，但这一次一切都被超越了。山川峡谷成为盗贼的栖息地。波斯人突然从四面八方出现，他们的势力之大已经无法抵挡。但这些压迫也赋予了亚美尼亚人一种精神。他们的人民被百般践踏，但他们也没有掉队，同样让敌人付出血的代价。

整个波斯都在暴动，起义席卷整个高加索地区。

希拉克略国王的儿子亚历山大①在占领格鲁吉亚后逃亡。他寻求波斯宫廷的帮助，并不停地以头撞石，想让自己的国家回到自己手中，为了实现内心深处的愿望，他翻越过这里的每座山。

列兹金人、车臣人、切尔克斯人、哈萨克斯坦的穆斯林、博尔查鲁人、沙姆沙丁人以及里海的所有地区，都开心得搓手，染指甲，他们的羽翼已经长出来了，他们都想攻击俄国人，夺取俄

---

① 格鲁吉亚国王希拉克略二世的儿子亚历山大（1780—1852）。格鲁吉亚与俄国合并后，他逃到波斯人和土耳其人那里。他为阻止俄国对格鲁吉亚和亚美尼亚的影响做了很多努力。

国的土地。

他们用火、剑和屠杀威胁亚美尼亚人民。他们把毒药倒在我们人民的头上。他们或是承诺将荣誉和崇高赋予亚美尼亚人民，试图用欺骗的手段来拉拢他们，要么用各种方式来惩罚他们，让亚美尼亚人感到害怕，转而远离俄国人。

波斯国王和萨达尔下了一道又一道的菲尔曼①，但亚美尼亚人心灵深处始终秉持着正义感以及对俄国人真诚的爱，即便是头顶悬着刀剑，即便是把怀抱的孩子、看着长大的孩子交出去，眼睁睁地看着他们被砍死，被活活烧死。

亚美尼亚人在波斯战争中的事迹为上帝所知，最仁慈的皇帝也多次表示感谢，用证书、十字架和勋章来奖励他们的行动。

让那些愚蠢的、不信上帝的人试图去诬蔑亚美尼亚人民吧，给他们下绊使坏，如果人们不了解，那么石头都可以作证。

总有一天，某个公平公正的人会写下格鲁吉亚的历史，那么亚美尼亚人做了什么，他们对国家的忠诚，他们流了多少血，就会一目了然。

众所周知，哈桑汗从四边，阿巴斯·米尔扎②从东边突然强盗般地冲进我们的国家，当时我们不知道任何消息。

---

① 源自波斯语，意思是"法令"或"命令"，伊斯兰国家的君主颁布了皇家授权或法令。

② 波斯王位继承人，俄波和土耳其 – 波斯战争中的总司令，阿特帕塔坎总督（1783—1833）。被选为英国和法国外交官和军事专家的参赞，领导了一场对抗俄国的决定性战役，利用威胁、贿赂、挑起当地穆斯林部落的叛乱等方式将俄国赶出南高加索边境。

在俄国人集结军队的时候，如果不是亚美尼亚人到处设置障碍阻拦，波斯人可能会践踏整个格鲁吉亚。

仅仅是涅尔塞斯[1]和格里戈尔[2]或是马达托夫[3]和别布托夫主教们的所作所为就足以让世界知道我们的人民在那个时候具有怎样的精神。

第一位，手拿十字架，传道，召集军队，说服亚美尼亚人出征，为自己的人民流血牺牲。

---

[1] 亚美尼亚精神领袖、政治活动家，1814—1828 年间任亚美尼亚人在格鲁吉亚教区负责人以及 1828—1843 年间亚美尼亚人在比萨拉比亚的教区负责人；亚美尼亚人的天主教主教（1843—1857）。从 19 世纪初开始，他积极投入将亚美尼亚并入俄国的活动中，怀揣着在北方邻国的坚实臂膀下恢复亚美尼亚国家地位的梦想。他呼吁亚美尼亚人以一切可能的方式协助俄国军队，对亚美尼亚东部地区的解放有着无可争议的功绩。从 1827 年春天起，他参加了一系列的军事行动。随后，他是亚美尼亚人从阿特帕塔坎重新迁回亚美尼亚的主要组织者。涅尔塞斯多年来的信件和倡议可以编成几卷本。

[2] 出生于沙姆沙丁地区的阿胡姆村。尽管有教会头衔，但从 1804 年开始，他召集了亚美尼亚勇士，作为一名战士，他参加了俄国的南高加索战役，由于作战勇敢，被授予圣乔治、弗拉基米尔和圣安娜勋章。生前流传着许多关于他的传说。在 1826—1828 年的俄波战争期间，他与敌人作战，为被俘的亚美尼亚人和其他俄国臣民回归祖国作出了贡献。

[3] 俄国军队军事指挥官，出生于阿尔扎赫瓦兰京区的阿维塔拉诺茨村。自幼就前往俄国参军。俄土战争（1808 年）和卫国战争（1812—1813 年）让他成为具有英勇顽强、有强烈求胜意志的人。自 1816 年起，他担任卡拉巴赫地区的长官。在沙姆霍尔（1826 年 9 月 3 日）和甘扎克（1826 年 9 月 13 日）战役中，马达托夫表现出了卓越的军事才能，他率领一支小部队击败了装备精良的波斯军队，并将他们击退到了阿拉克斯。从而巩固了俄国在南高加索地区的地位，并确保了俄波战争的最后胜利。

第二位，在叶尔莫洛夫①的请求下，脱下主教长袍，穿上切尔克斯风格的衣服，全身挂满武器，拿起盾牌。当他在梯弗里斯、哈萨克或博尔查尔行进时，他被人们当作救世主来迎接。

当沙姆沙丁地区的长官带着上百号人刚刚走到马图什金桥，惊恐地调转方向往回走，无法继续前进时，这位主教勇士只带了两个人就歼灭了成千上万的嗜杀成性的暴徒和强盗，突破哈萨克和博尔查拉，回到了故乡沙姆沙丁，回到家，并在家里接待了从占贾②带军撤退途经沙姆沙丁的西蒙尼奇伯爵③，并让他在家里住了很长时间。同时，根据叶尔莫洛夫的命令，被授予管理该地区，直到梯弗里斯的援助抵达。

有一次波斯人袭击了一个七十多户人家的村庄，摧毁了它并带走了居民，他带着三十个人像狮子一样冲向五千人，解救了人民的孩子，夺回俘虏让他们回家。

恰好叶尔莫洛夫刚刚赶到。在一个斋戒日，他不知何故向主教请求不要在战时实行禁食，主教像个勇士一样回答道：波斯人就在眼前了，我们为什么要吃牛肉？

---

① 著名的俄国军事指挥官和外交官，1816—1827 年期间任格鲁吉亚首席行政长官和独立高加索军团指挥官。

② 阿塞拜疆第二大城市，历史文化丰富，是该国西部的工业中心。

③ 1816 年加入俄国军队，主要在南高加索服役。1826 年任中校兼格鲁吉亚掷弹兵团团长。1832—1838 年任俄国驻伊朗全权公使。

就在这时，亚历山大·瓦利①和佐赫拉布汗②入侵沙姆沙丁，几乎把当地翻了个底儿朝上。勇敢的主教带着挑选出来的亚美尼亚人切断了他们的后路，粉碎了他们的军队，并把五个波斯人带到叶尔莫洛夫面前，献给他。叶尔莫洛夫亲吻了他的额头，并反复问他要向君主请求什么奖励。这位不朽的主教只要求一件事：把沙姆沙丁、哈萨克和博尔查鲁亚美尼亚人从异教徒手中解放出来，因为他们饱经了太多的压迫。

他的请求得到了重视，他本人也被授予了皇家奖励和养老金。

令人惊奇的是，当他的兄弟加鲁斯特③被哈桑汗俘虏后，他们想把他斩首时，纳吉汗为他说情，把他释放了。在这个条件下，萨达尔释放了他，并承诺只要他能博得亚美尼亚人的好感并挽回他们的心，让他们为波斯人服务，就会让他管辖沙姆沙丁、哈萨克和博尔查鲁地区。这个命令的意思是，如果他在四天期限内没有带来想要的答复，就会把他的头打得粉碎。尽管加鲁斯特知道可以用他的头来偿还，但还是出现在马达托夫面前，把萨达尔的文件交给他。哈桑汗承诺，谁能提来他的人头，就奖励一千个金币，谁能把他活着带来，就给两千金币。于是沙姆沙丁的山区和峡谷白天黑夜到处是钻来窜去的小偷和强盗，他们想抓住他，得到约定的奖赏，只是许多人自己被利用了也成了他的奖赏！

---

① 可能指亚历山大沙皇。

② 波斯军队的炮手指挥官。他在哈萨克－沙姆沙丁和奥沙坎战役（1827年8月17日）中与俄国人作战。

③ 马努恰梁主教的兄弟，在俄波战争中协助俄国军队。

这个家族如此高贵，如此英勇，无论谁看到格里戈尔主教，都会愿意当着所有人的面把自己的灵魂交予他，因为他有这样一颗了不起的心，悦耳的语言，令人喜爱的性格。他像个孩子一样，能一直坐很久，讲述他生活中发生的各种事儿。

讲什么能讲这么久呢？那就是只要高加索山脉还在，人们会永远记起并谈论马达托夫的事迹。

纳尔塞斯主教与帕斯克维奇伯爵[①]一起进入亚美尼亚时，难道不是通过他的布道和劝说说服了大多数亚美尼亚人成为俄国的臣民吗？在波斯和奥斯曼帝国的土地上，有多少城镇和村庄被遗弃，已空无一人；而在亚美尼亚和格鲁吉亚居住着多少亚美尼亚人啊！

怎么能不讲一讲我们伟大而高贵的巴尔塞克、马努克和穆克尔金[②]老爷呢？不讲一讲卡尔斯地区举世闻名的蒂格兰尼扬家族[③]呢？

他们都像父亲一样，花费和挥霍着自己的财富，来支持穷苦

[①] 陆军元帅，高加索独立军团指挥官和格鲁吉亚统治者（1827—1830）。1828年任埃里温伯爵，1832年任波兰王国总督，深得国王的信任，并指挥俄波和俄土（1826—1829）战争获得了最终的胜利。曾经有人创作过歌颂他的歌曲。

[②] 巴尔塞克、马努克和穆克尔金是巴亚泽特的富人，在俄土战争期间，特别是在1829年7月的战斗中，他们因保卫巴亚泽特要塞免受土耳其人的侵害而闻名。1830年夏天，在塞凡湖畔定居。之后，巴尔塞克又领导了新巴亚泽特地区农民的抗议活动，反对沙皇的税收政策。

[③] 家族的创始人阿沃·姆克蒂切维奇·蒂格兰尼扬放弃了卡尔斯的所有家产，在久姆里定居下来。1835年5月29日，阿博维扬与巴·甘男爵曾住在他家里，蒂格兰尼扬向他们讲述了他一生中的经历。

的人民，并把人民带到了俄国。现在仍然值得铭记他们的名字，因为巴哈泽特和卡尔斯的人民都在接受洗礼，他们为人民谋福利所做的善事不胜枚举。

2

在我们的军队占领巴亚泽特几天后，凡城帕夏突然率领一支庞大的军队从四面八方包围了城市，亚美尼亚巴亚泽特人很不高兴，他们咬紧牙关，表现出非常大的勇气，以至于他们中的许多人在到达埃里温之前就获得了军衔和十字勋章！现在这些可怜人，在梯弗里斯像苍蝇一样干活或者洗澡的时候，一旦提起那个时候的事，他们就从破烂衣服中取出曾经获得的十字勋章，自豪地展示自己流血的证明。

历史一直对亚美尼亚人视而不见，它只为大国服务。也许它会再次从亚美尼亚人身边经过，但是一个热爱祖国的亚美尼亚人，他怎能不崇拜像来自阿尔萨普的英雄马努克的那种前所未有的魄力和勇气呢？就在巴亚泽特被占领之前，他和四十名勇敢的亚美尼亚人，像狮子一样，看着马西斯山，回忆他的民族曾经的伟大，在这些山脉和峡谷间穿行，保卫帕夏和所有巴亚泽特地区，驱逐和追捕库尔德人。

在自己的国家他统治了十多年。有那么多次，他派六十名小伙子去追捕两三百名库尔德人，将他们击溃了再回来。当波斯战争爆发时，他像一只鹰一样，向马西斯的这边移动，尽可能地击败和摧毁了哈桑汗的部队，因此可汗不得不通知帕夏，让他想办法消灭马努克，或者准备发起战争，因为可汗除了与他作战，别无选择。

勇敢但命运多舛的英雄马努克在听闻这个消息时，刚好在城里买火药。于是视他如眼珠的帕夏把他叫到自己跟前，流着悲伤的泪水恳求他一定要离开，躲藏起来。勇敢的马努克依仗自己的勇气，对他的话不屑一顾。他走到一家商店，刚要说话，突然一群波斯人，十多个人，开始袭击他。他杀死了六个人，但很快，他自己就像一个受难者一样牺牲了。现在，每当想起他的死时，巴亚泽特人都会勃然大怒。

愿你的坟墓和骨灰无比神圣，无敌的勇士！啊，当你的灵魂降临到我们人民的身上时，让我们像你一样保护我们的人民，像你一样为他们而死！

我们怎能对卡拉巴赫人民、埃里温人民、洛里人民的事迹缄口不言呢？他们用波斯人的血洗涤了石头和泥土，自己也流了血。即便当时那些历史上伟大的梅利克已经不复存在了，但他们的精神仍然活在各个角落。多数波斯军队都被他们歼灭了。

啊，怎么能忘记舒拉维特人的英雄索西和梅利克·奥甘詹呢？① 怎能忘记他们英勇的表现、美丽的面庞、甜美的言辞、无与

---

① 他们是历史人物卡兰塔良人索西·阿迦和梅利克·萨尔基相·奥甘詹。1826 年 8 月 14 日晚，他们在援助被波斯和库尔德强盗俘虏的德国殖民地叶卡捷琳嫩费尔德的居民时牺牲了。

伦比的英雄气概呢？

　　他们像火龙一样冲向卡什维特山和博尔尼斯山，挡住敌人的去路，阻止敌人通过。这时他们得到消息说，德国殖民地已经被交还回去了①。于是他们带领四十个好汉和县长一起正好赶上了库尔德将领奥库兹已经摧毁了殖民地，带领着三千名士兵杀死了一半的俘虏，并带领另一半俘虏继续前进。这一小撮勇敢的人，血灌瞳仁，冲向这群人。那又怎样，库尔德人和卡拉帕帕奇人把俘虏交给其他几个人，自己又折返回来了。这时，县长带着亚美尼亚军队逃走了，这使他幸免于难。只有勇敢的索西和他的同伴梅利克·奥甘詹坐在石头后面说：

　　"胆小、懦弱，真是男人的耻辱。让我们勇敢地死去！让我们的子孙们知道，我们有一颗爱国的心，我们捍卫了我们国家的荣誉，我们为爱而死。如果在这种时候还不流血牺牲，那我们身体里流淌的血还有什么用？战死在沙场上，这才是一个真正的男人！"

　　这时，一些熟悉的突厥人喊道：

　　"索西老爷，我们不是经常吃你的面包和盐吗？难道我们还能对你举起马刀吗？我们会把你带走，让你安然无恙。算了，别寻死觅活的。我们可怜你，你也可怜自己吧！"

_____

① 位于马沙维尔河左岸的博尔基亚卢，正式名称为叶卡捷琳嫩菲尔德，当地人称——大拉特万。它是由从符腾堡（1819年）移民来的德国人建立的。袭击他们的不是奥库兹老爷，而是卡拉帕帕克人和库尔德人的领导人侯赛因和他的儿子盖拉曼。后者是在战斗中不幸中了奥贝利安王子护卫警察的子弹而丧生的，而不是奥库兹老爷的儿子。阿博维扬混淆了这些人物（详见奥·图曼扬作品集，第Ⅵ卷，第291—293页）。

但是英雄索西怀疑他们在引诱他，其实会把他抓去当俘虏，他不相信他们的话，他的第一枪就先把奥库兹老爷的儿子撂倒在了马脖子上。当被激怒的侵略者到他们跟前时，这些勇敢的英雄又射杀了十五个敌人，当火药耗尽时，他们亮出马刀，像狮子一样冲向这群野兽。在他们死之前，他们用马刀又砍死了十来个人，然后自己也去见上帝了。

安息吧，英勇的烈士们！勇士们，你们新鲜的血液点燃了我的心。有哪个亚美尼亚人在听到了你们名字之后，不会在你光明的墓碑前为你们祈祷呢，不会把你们铭记在心呢？

不要认为你们宝贵的鲜血白白流淌了。你们崇高的血液使上帝产生了怜悯之心，你们用鲜血解放了我们的国家，现在你们的墓志铭上写道：

"亚美尼亚人，像我们一样死去吧，你们会名垂青史！"

类似的例子有成千上万个。我们接着讲我们的故事。

监护政府看到国家被敌人践踏，命令潘巴克和舒拉盖尔[1]的居民为了逃命迁居到了洛里。上帝保佑，那些失去了兄弟、父亲、儿子和母亲的人们都发生了多么不幸的事！

萨瓦尔扎米尔扎王子曾经居住过的卡拉克利斯变成了一座灾难之城，变成了一个盗贼的巢穴。不信上帝的波斯人和突厥人在光天化日之下，从峡谷和山上出现在我们面前，不断地开枪射

---

[1] 亚美尼亚村庄潘巴克和舒拉盖尔（现在的什拉卡平原）的搬迁是在1826年7月下旬根据俄国指挥部的命令进行的。他们先来到了卡拉克利斯，然后在8月2日至12日与当地居民一起搬到贾拉洛格利（现在的斯捷潘纳万）。

击，像野兽一样猛扑过来，抢走牲畜，俘虏百姓，或者把他们带走，或者砍掉他们的头。

无论是白天还是黑夜，我们都无法入眠。只要听到从森林里传出马蹄声或枪声，一切都陷入了慌乱和恐惧中。这个时候父亲连儿子都无暇顾及了：闭上眼睛，低垂着脖子，只等着强盗来杀死他。

一批士兵和几名哥萨克前去阻挡，回来时伤痕累累，他们的头发竖起来了。

有一次，纳吉汗就这样来了，烧毁了基什拉克村，向卡拉克利斯进发。所有的军队，包括在卡拉克利斯的军队，都带着大炮进入战场，挡住了进城的路。人们抛弃了房屋和家产，带着孩子，在大炮的保护下躲了起来。

勇敢的俄国人救了我们。

我们早已领受圣餐，等待着黑暗时刻的到来。人们不想迁居，因为他们刚刚摆脱了刀光剑影，害怕面临饥饿的威胁。谁都不想离开自己甜蜜的家园。

我不会忘记那个悲伤的日子，当时命令必须迁移。谁能忍心亲手点燃父母曾经居住过的房子，那是父母生他养他的地方，是父母与世长辞的地方？谁会亲手去毁掉一个自己辛苦浇灌、辛劳耕种的花园呢？

一切都被烧毁了：工具、珠宝、家产。当他们看到被首领亲手点燃的俄国教堂升起的烟雾时，他们开始哭泣和哀号，亲吻他们的亲人和爱人的坟墓，告别他们的水土。然后，在士兵和大炮的保护下，他们开始向德瓦尔山的另一侧移动。

当纳吉汗带着他的军队进入卡拉克利斯时，我们还在途中，每个人都能从山坡上看到自己家的房子正在燃烧，沉重地叹着气，闭上眼睛，不想再看这悲伤的一幕。队伍的一端已经到达贾拉勒奥格利，另一端仍在山的这一边。异教徒就像捕食的狼一样围着我们转，从山峦峡谷里向我们射击。愿那一天永不再来！我们都经历了什么？

哭声和哀号响彻天空，使所有听到和看到的人的心化为灰烬。人们成群结队地挤进山沟里，一个接一个。没有房子，没有避难所，没有粮食，没有住的地方。那些在洛里有朋友或熟人的人，他们就住在人家那里。那些比较富有的人，他们以某种方式自顾自地活着。要是遇到善良的人，就在乡下为他们找到一处温暖的棚子，就让他们待在那里，而那些无依无靠的人就在山里、峡谷里、山洞里，或岩石之间为自己搭一处小窝，钻进去，背靠着一块光秃秃的石头。

多里耶峡谷从头到尾都挤满了人。他们躺在一起。有人在地上挖了一个坑作为藏身之处，另一些人把木头捆在一起，弯着腰坐在木头下面。但是，从哪里可以弄到粮食呢，穿什么呢，靠什么生活呢？一斤粮食要七八卢布，即使如此也很难买到。山上连可食用的青菜都没有了，也没有什么可食用的草药了：都摘了，都吃了。当一个家庭至少有十口人时，靠钓鱼或打猎能养活整个家吗？一头牛死了，就把那头牛砍来吃掉了。

很多父亲，许多兄弟受不了家里人特别是幼小孩儿的抱怨。

他们以十人、二十人为一组聚集在一起，冒着生命危险，偷偷溜进潘巴克，只想弄点粮食带回家，但是，唉！有些人被俘，有些人把命都丢在了敌人手中，他们的家也因此被毁了。

冬天来了。人和牲畜都因饥饿和寒冷而生病。上帝保佑，这些不幸的人此时的处境糟透了。对你来说石头就是坟墓，大地就是坟墓，它下面躺着花样年龄的人，他们三四天都没有吃东西，虚弱而死。如果哪里散发出面包的味道，就已经有上千个乞丐站在门口弯腰乞讨了。不给吧，还可怜他们，给他们吧，那自己的孩子就会挨饿。我们很想吃饭，哪怕能吃一顿饱饭就足够了！如果有人有珠宝、财物、银器、珍珠，就把它们卖掉一部分，抵押一部分。许多人把儿子带到了舒拉韦尔或波尔查拉，给人当奴隶。

我们住的房子主人是个裁缝。当他出去几周挣了钱回来时，给我们带来了面包，我们觉得他是一个从天而降的天使。

成千上万的人死于饥饿，但大多数人仍然到达了格鲁吉亚的土地，从而挽救了他们的生命。

这样的生活亚美尼亚人过了一千年，过着可怜巴巴的生活，把自己弄到如此地步：只要敌人一行动，自己脑袋就碎了，房子和财产就全都被毁了。

一个人得是多么不敬神，多么无情，才能毫无怜悯地弄死一个亚美尼亚人！

但够了，让我们去找我们亲爱的阿加西，看看他住在哪里，接下来会发生什么。

在这个艰难的乱世，在这动荡的年代，我们的勇士阿加西在高山悬崖上游荡了整整五年。这些年来，他失去了五个同伴中的三个。他带着剩下的两个，一个叫卡罗，一个叫穆萨，又带着另外十几个库尔德人和两个亚美尼亚人，在山间和峡谷里四处游荡。今天在阿尼，明天在科沙万卡，他会在这些地方进行突袭。

他就是这样活着的，一心只想报仇，最糟糕的情况也是再干掉一千多个人，这样就算死了，他的心里也不会有任何痛苦了。

他更多的时候住在阿尼，正是在那里，他袭击并俘虏了他最大的敌人——哈桑汗。但那时他的年轻和基督教的一些情感因素使他轻信了敌人，受到了蛊惑，把已经抓到手的猎物给放走了。

我们的读者可能清楚地记得，当阿加西在卡纳克尔砍萨达尔·费拉奇时，他自己也被自己的所作所为惊呆了，不知道该怎么处理可爱的塔古依。

他的同伴没有浪费时间。他们知道，现在唯一的结局就是死亡，那时已经顾不上父母了。他们把阿加西绑到马上，跑到阿帕兰山脉，要从那里逃到潘巴克，或者卡尔斯，或者阿哈尔齐赫，那样才能保住自己的性命。

过了两个小时之后卡纳克发生了什么？上帝保佑！哭声和呻吟声在村子里此起彼伏。波斯人摧毁了房屋，用棍棒无情地殴打人们，寻找逃跑的人。他们的父亲、母亲、妻子、孩子被人用马刀围起来，并把他们囚禁起来，这些是在一个小时之内完成的。然后，他们把绳子套在一个人的脖子上，再用这根绳子把另一个人的双手绑在身后，像赶一群羊一样，把他们直接驱赶到了萨达尔宫的院子里。

儿子是否还能抱着父亲的脖子，对他说出最后的歉意，女儿是否还能冲到母亲的胸前，对她倾诉自己的心事，儿媳是否还能突然来临，女婿是否还能拥抱她的双膝。强盗在用刀砍人，用枪托打人。一块石头落在了胳膊上，强盗在向他们扔石头；一根棍子落了下来，强盗在用棍子打他们的头。

许多人被绑在家里的柱子上，强盗痛打他们的腿，痛打他们的头，他们的尖叫声直抵天际，直抵大地深处。

全村的人都跑了。光着头、光着脚、遍体鳞伤，有的手臂骨折，有的浑身是血。他们撕裂自己的脸颊，敲打自己的头，捶自己的胸口，有的人想直接跳到水里，有的人躲在高高的山崖上。

长辈们的手相互绑着，他们被踢了那么多次，也被枪托打了那么多次，以至于他们的身体上没有一处完整的地方。

就这样他们去了埃里温，就这样他们到达了要塞。

妇女们被石头和棍棒赶走了，而男人们却被带进去了。贪得无厌的埃里温要塞又磨了磨牙，准备把这些新来的客人放进自己的肚子里消化。

堡垒里男人的声音和堡垒外女人的声音长时间交织在一起，他们彼此悲伤了很长一段时间，直到风终于淹没了所有的声音。

世界平静下来了。刽子手们愤怒了。

就在这个时候，刚刚发生的这件事传到了萨卡老爷那。这位亚美尼亚人的救世主，他的祖父和曾祖父从监狱、死亡和刀剑底下拯救了这么多人和家庭。马一备好，萨克·梅利克^①就跳上马，带着仆人和家奴冲向要塞。他来得正好，此时，妇女和男人的家眷正在挖石头，打算自尽，就连石头都不像费拉什人那样无耻！

他骑着马撞到其中一人身上，用鞭子抽了他的头，他转了十来次，向后倒了下去。

"我现在就掏出你的内脏，你这狗娘养的，"他说。"你竟敢对女人下手！"马上把这些狗绑起来！我现在要把他们的骨灰撒到风里去，让他们的子孙受诅咒！

话音未落，仆人们不失时机地扑向费拉什，许多人已经被卡住了喉咙，准备把他们的手脚绑起来，这时斯万库利汗从要塞里出来了。当地的突厥人中可能再没有人像这位善良的可汗那样偏爱亚美尼亚人了。

突厥人和亚美尼亚人，一看到他从要塞里出来，就当场愣住了。

这时候谁还能捆上那些可怜的囚犯妻子的手脚呢？

人群尖叫着，所有人都跑到他的马下：

"可汗，求求你了！我们就是你脚下的尘埃，粘在了你的衣服边上。上帝在天上，你在地上。带我们去投河吧，原地杀死我们吧，拔出你的剑，让你的马踢死我们吧，你想对我们做什么都行，但你要帮助我们！"

心地善良的可汗拉着马的缰绳，用铁鞭子把这些卫兵赶走，下令把他们打倒在地，在他们的嘴里塞满泥土，用金属锻造的靴

---

① 梅利克是东方贵族的一个头衔。

子踩他们的头，打掉他们的牙齿，然后把其他人赶进要塞。他把手帕贴在眼睛上，用手拉着萨克·梅利克的腰说：

"啊，让这些该死的卡扎尔人①的道路上长满荆棘吧，免得他们进入我们的土地。整个国家都被他们给毁了。上帝不会杀了他们！这些可怜的人民都落到了何种境地！能因为一个女孩而毁掉这么多家庭吗？上帝怎能容忍得了！上帝总有一天会把我们的剑刺入我们自己的心脏。连石头都受不了这样的灾难，更不用说人了。走吧，老爷，走吧。如果我们晚了半个小时，他们就会杀了这些不幸的囚犯。他们要么被挖出眼睛，要么被砍掉头。阿加西是好样的！如果他现在在这里，我会亲吻他的眼睛。勇敢的青年就应该是这样的。但如果我们落入这些异教徒手中，我们该怎么办？走吧，我们不能浪费时间……"

这位令人难忘的土耳其人如是说，他随时准备为亚美尼亚人挺身而出。

他吩咐仆人把妇女们和塔古依带到他家，等他回来，于是他和萨克·梅利克一起进了要塞。卫兵看到他们，当场愣住了。

当地的埃里温的突厥人与亚美尼亚人一起长大，对待彼此如同兄弟，后来逐渐开始分裂，他们咒骂萨达尔和哈桑汗，向波斯人吐口水并对他们咬牙切齿。当他们离开时说：

"上帝啊！你什么时候会可怜我们？我们什么时候才能摆脱那

---

① 1795 年至 1925 年在位的伊朗王朝。卡扎尔人统治的国家在现代史学中有时被称为卡扎尔伊朗。

些该死的波斯人？"

作为当地人，他们一天都不想为波斯人服务，而且多次与亚美尼亚人联合起来，将他们赶了出去。但他们再次返回并以武力占领了这个国家。

"萨达尔是我们生命的希望，"斯万库利汗和萨克·梅利克说，就在可怜的亚美尼亚人被蒙住双眼，被扭着胳膊跪在地上，头即将被人砍掉的时候，他俩一起来到了吉万汗面前。

刽子手磨好马刀，已经站在了俘虏的身边。

"萨达尔，把我们的头也砍下来吧，"他们用手蒙上自己的眼睛并说道，"我们的房子、财产、家庭、亲戚、兄弟都归你支配。抓住我们的手，把我们扔进水里，带走我们的灵魂吧，但这些无辜的人并不应该被处死。面前的山不敢抬头，大海见你就麻木。你的脚一颤，大地都会长了翅膀飞起来。全世界都向你的刀剑屈服，你的名字响彻天空。无论你走到哪里，都有鲜花盛开，无论你注视哪里，都有太阳升起！萨达尔，你怎么能像两三个无耻的仆人说的那样，因为一个女孩，而毁了这么多家庭呢？你的仁慈和慷慨在哪里，难道不是全世界都看见过并惊叹于它吗？从你正直的嘴里发出杀死他们的命令，这是合乎情理的吗？你的宫殿是仁慈之门，你为什么要把它变成刑场？可怜可怜他们吧，他们是老人，是可怜的孤儿。他们做了什么，因为一个小伙子，一个小崽子，一个淘气包，你要杀死他们？

"天空本身属于你，而不仅仅是大地。全世界都崇拜你。一个女孩算什么，她能让你毁了你的人民？你想要一个姑娘，有几千个在那等着呢。不管你喜欢哪一个，都是你的。你要我们的命，我们就会给你。

"那个姑娘算什么，她值得一提吗？你不是每天都在真诚地说，亚美尼亚人是你的得力助手，他们使你的国家变得富有，他们使你的国库倍增，他们使你的剑变得锋利，使你的脸变得清晰吗？你冲我们发火吧，饶恕他们吧。狮子咬碎羔羊的头，这难道是伟大而又光荣的事吗？毕竟，他们是你的宠物，他们为你的生命祈祷，为什么要枉杀了他们呢？我们要抓的是有罪的人，而他们犯了什么罪呢？谁的手上沾满了血，就应该把谁的眼睛挖出来，而这些人做了什么呢？萨达尔，天地之主，萨达尔，如果你不割断我们的脖子，我们也会把马刀刺进自己的心脏。如果你珍视我们的血，就把他们的生命送给我们。我们是你的看家狗，别杀死我们……"

于是他们跪在地上恳求，拿起自己的马刀，躺在萨达尔面前，亲吻他脚下的地板和衣服的边缘，用脸在上面摩擦，把头磕在地面上，等待着事情的解决。

萨达尔开口了：

"可汗、梅利克，你们俩现在就在束缚我，"他开始说。"我现在该怎么办？你们为什么不晚一点来？不管我有多生气，一见到你们，我的马刀就会掉下来。然而，这场大火要把我们的国家烧到什么时候？亚美尼亚人民不怕马刀、步枪和大炮。你把他们扔在火里，他们还是信奉自己的神，你把他们挂在树上，从他们身上撕下肉，塞进他们的嘴里，他们都敬拜他们的十字架，纪念他们的基督！在十字架上面有什么，他们对块木头的期望是什么？你把儿子拖到火里，父亲和他一起冲进火海，你抓住父亲，儿子也爬着去死。根据我们的法律，他们有权娶一个妻子，只要他们喜欢。他们耕种土地，辛勤劳作，穿着羊毛，甚至还需要粮食，而我们却把汗国、贵族、领土、荣誉、财富和崇高的东西给了他们。他们为什么不回心转意，为什么不赞成我们的教义，不接受我们的信仰，不崇拜我们的上帝呢？

"如果他们都被消灭了，国家就会毁灭，因为他们使国家富足，他们给国家贡献粮食。在日晒雨淋下，他们被地租和赋税榨干了，像木片一样，但只要你敢碰他们的头发，他们就会变成狮子，他们想活剥谁就活剥谁。

"我们无论杀他们多少人，无论怎样俘虏他们，甚至摧毁他们的国家，他们都不会清醒过来。如果你承诺给他们一个沙赫王国，那他们可以用脑袋去换，你能怎么办呢？当然，如果一个人每天只能吃草和蔬菜而没有手抓饭和肉，连续几个月吃斋，吃干面包，他的思想从何而来？是什么魔鬼进入了他们的心，把他们引入歧途？

"我们的先知穆罕默德说：'挖出你仇敌的眼睛。'而基督却命令他们爱自己的仇敌，取出你自己的眼睛给他们，当他迫害你时，你祝福他。这难道符合理性吗？连母鸡都不会把自己的小鸡崽给别人，因为它们不会亲手送自己的孩子去死！

"如果他们决定接受我们的信仰，他们就会知道我们的国王会给他们带来多大的荣耀。看看贾法尔汗，他以前是谁？我俘虏他时，他还是卡拉巴赫农夫的儿子，而现在是世界上最优秀的人。还有霍斯罗夫汗①和马努查尔汗②以前都是谁的儿子？现在他们占有整个伊朗，他们现在就是你的沙赫也是沙赫的继承人。整个沙赫都在他们手中：他们让你坐下，你就得坐下，让你站起来，你就得站起来。有数百个像我这样的人，萨达尔、可汗和沙赫的王子们都得听命于他们。

"一个普通的亚美尼亚人将前往伊斯坦布尔，在那里，你看，他会成为维齐尔③或帕夏。他到了德黑兰，他就是你的维齐尔和可汗。一个人还想要什么？而他们就像石头一样，不认可这些。

"我们的手都懒得打他们了，我们的马刀都向他们屈服了，而他们就像一根黄瓜秧子；你把它切掉一头，它还会从另一头发芽，再长出一头。

"所有的人都想活着，想享受，而他们却把自己的生命置于死地，把自己的生命毁于一旦。他们会在信仰中死去，他们会下地狱，落入撒旦的手中。

"吃一块奶酪，咒骂一句，不承认自己的罪过，那又怎样？为什么他们认为如果他们不遵守这些规定，就会落入魔鬼的手中？

---

① 霍斯罗夫汗（1875—1858）是梯弗里斯教会神父贝德希·塞缪尔·凯特马齐茨的儿子。1804 年被俘，被带到伊朗，皈依伊斯兰教。1815 年（或 16 年），他被任命为吉兰总督，并逐渐在波斯宫廷中获得了很大的影响力。

② 马努查尔汗是梯弗里斯著名的叶尼科洛皮扬家族的代表。1804 年，在埃里温战役中被俘，被带到波斯，皈依伊斯兰教。他担任政府高级职位，成为仅次于国王的第二人。死于 1847 年。

③ 维齐尔是穆斯林东部各州和国家最高级别的部长或官员的头衔。

"然而，当你濒死之时，当你去往另一个世界，那里哪有什么地狱，什么仇恨？在你面前有成千上万的少男少女手舞足蹈，让你高兴。玫瑰雨露洒在你的脸上，金灿灿的河水在你的脚下流淌。你还要什么样的荣耀？但这些蠢人藐视这一切，他们失去了灵魂和信仰，在这个世界上受到折磨，无话可说。开启天堂的钥匙就掌握在我们先知的手中。

"他们不惧怕宝剑，也不被荣耀所吸引。

"如何再容忍下去？可以忍受一两天……整个伊朗已经打倒他们一百次了，他们会爬起来，养精蓄锐，在适合的时候他们会活活吃掉一个人。谁能忍受他们的行为呢？

"这就是现状。有个狗东西杀了我的仆人。你想让我怎么做？把他的心从胸膛里扯出来剁碎吗？他是蛇崽子。如果你不杀他的母亲，难道这个崽子会落到你的手里吗？

"可汗、梅利克，我再说一遍，他们的所作所为是无法忍受的。但是你来找我，我该怎么办呢？难道我能让你回来吗？你知道，如果你想要我的心，我都会掏出来给你。我把他们的生命交给你……给他们戴上枷锁，铐上脚镣，让他们留在堡垒里，直到罪犯自己出现。父母的血是甘的，祖国大地的水是甜的。让他们写信给自己的儿子们，开导他们，让他们回来，这不会很糟糕。我真希望我能……再次见到那个放荡不羁的阿加西，再次欣赏他苗条的身材，然后，折磨他……也许那会让我的心平静下来。让他和其他人都知道，萨达尔的命令不能被丢在地上。我们应该把它当作神殿，这样就没有人敢做这种事了。否则亚美尼亚人就会变成狼把我们都咬死。那在这个国家就没法活了。

"我告诉你们，嘿，你们这些白胡子老头！我以《古兰经》起誓，如果你的儿子们长了翅膀，飞到天上，我也会让他们下来。哪怕他们去了地下，去了海底，我也会把他拉出来，然后再把他们撕成碎片。如果他们不以为然，我会下令把所有亚美尼亚人都绑在炮口上，把他们炸飞。如果他们脑子里还有点理智，就让他们可怜可怜你们，回来吧。我的千军万马在翻山越岭地追赶他们。哈萨克人和卡拉帕帕齐人准备喝他们的血。如果他们落入我手中，就只能剩下耳朵了。我会下令把他们绑在马尾巴上，在旷野里飞驰。最好让他们可怜可怜你们，自己回来。如果我用武力把他们带回来，那无论你们还是他们，谁都救不了。我以克尔白和《古兰经》，还有沙赫的头发誓：我说话算话，你们是知道的。

"你们走吧。他们今天来，你们今天就自由了，他们明天来，你们明天自由。你们的生命和你们全体人民的生命现在都靠他们了。如果他们回来，我的心可能会平静下来，愤怒会消散，我不会杀他们。山峦峡谷在我面前都颤抖，他们还会反对我吗？去吧，好好想想，关心一下自己的脑袋吧。"

说着这些话，斯万库利汗和萨克·梅利克站起来，亲吻了一下萨达尔的椅子腿和衣服边，向后边退边鞠躬，走了出去。

监狱打开了，我们可怜的长老们进去了。他们身后的门关上了，他们的眼罩被取下了。

与此同时，塔古侬的脚和头在地上经过数次挣扎，她的脸被划伤了，这样她就再也不能被带给萨达尔。斯万库利汗把她带到自己家里照顾和帮助她。

3

但是，我们可怜的阿加西怎么了？可千万不要啊！他的手脚都被绑住了，地狱在他的胸口，撒旦的邪恶天使在他的头上盘旋！带着他越过赞卡河。勇敢的同伴们驮着他飞奔，山脉和峡谷张开了嘴，好像要吞下他们。他晕倒了几次，差点从马背上摔下来，但他的同伴们来到他身边，往他脸上喷水，揉搓着他的耳朵，使他恢复意识。而后，他的心再次沉了下去，又差点从马头处摔下来。

有时，他会突然呼喊道："女王！我的母亲！我的父亲！娜兹鲁！"岩石和大地也突然发起热来。

暮色刚刚降临，他们就进入被毁的阿帕兰教堂。白天很短，他们离开村庄时，已近日落时分。马儿喘着粗气，眼睛充血，鼻孔和嘴唇都在冒火发烧。伴随着每一次呼吸，它们的肚子和肠子都会贴在一起，它们已经跑得精疲力尽了。

瓦托开始遛马，卡洛守卫，观察群山和峡谷。穆萨背起阿加西，把他带到教堂的废墟里，把阿加西的头放在膝盖上，把手放在阿加西的脸上，仰望天空，听听星星在说什么。其他人则分头为他们的马匹寻找饲料去了。但在这种时候，在光秃秃的大草原上能找到什么呢？这里或那里只有一些干枯的草茎。天空变得阴暗起来，看样子是在转动着轮子。平静的月亮一会儿从云层下露出脸，一会儿又藏了起来。

而墓地都没有荒漠这样令人恐惧。每一条山体缝隙中，每一块岩石下面都传来可怕的声响。这里有豺狼、熊，那里有凶猛的北风，在大白天吹得人睁不开眼睛，张不开嘴，令人窒息，仿佛打开了地狱之门，震撼着群山和峡谷。每一块岩石，每一片灌木对他们来说都像是一个魔鬼。无论是马蹄嘚嘚响，还是嘶鼻作声，他们都会觉得是岩石和峡谷在断裂，咔嚓作响。阿加西屏住呼吸静静地躺着，他不时地发出哎呀的声音，双腿抽搐，摇着头，这时他的同伴感觉，大地在他们脚下开裂，随时要将他们吞没。他那条忠实的狗把头依偎在他的腿上，吓得呆呆蹲在原地不动。人们把马牵来，把阿加西绑在马头旁边，这样马的呼吸可能会对他有一定的帮助。

"阿加西，你是我们的亲人，你怎么了？我们宁愿被刺瞎眼睛，也不愿看到你这个样子，你到底怎么了？"

年轻的穆萨边说，边敲打着自己的头。他把脸贴在阿加西的脸颊上，把手放在他的胸口，当摸到他的脉搏，看到他发高烧的样子，慌了起来。

其余的年轻人喂马喝水，抚摸马背，给马重新套上鞍子，戴上嚼子。然后，给枪支上膛，扣动扳机，往火管里倒入新的火药，抓住马嚼子旁边的缰绳，进入废墟，围在阿加西身边。泪水从他们的眼中泉涌而出。他们为自己的父亲和母亲，为自己的苦难命运感到悲痛，还有他们心爱的朋友此时正奄奄一息地躺在那里……他们捡起石头、拔起灌木，去砸自己的头。一个一个倒在阿加西身旁。有人把手贴近他的嘴唇，有人把头伏在他的胸前。

"上帝啊！荣耀归于你！就在今天早上，所有人还都在嫉妒我们。我们做了什么，你要给我们这样的惩罚？让痛苦降临到我们这些不幸的人头上？我亲爱的父母啊，你们还活着吗？还是已经倒在了刀下？还是被大炮击倒？抑或是被关进了地牢？你是为我们哀悼，还是为你苦难的命运哭泣？上帝啊！我的上帝啊！我们对任何人连一句冒犯的话都没说过，为什么要我们付出如此的代价？我们都没有斜眼看过谁，为什么你对我们如此生气？四面八方被血海笼罩。我们的手无论伸向哪里，都会落入烈焰之中。

"我们的国王们曾经在这里大摆宴席，在这里度过炎热的季节，而我们现在却在这里被燃烧，熊熊燃烧。他们曾站在这座教堂里祈祷，而我们在这里只有一个念头，那就是结束生命吧！唉，那些时光啊，荣耀啊，它们在哪里？让你们坟墓上方的这片土地有神圣吧！我们的国王和大公们啊，你们想到过吗，有一天你们的坟墓上方会洒满子民的鲜血？

"是谁在用邪恶的语言如此诅咒我们，让白天变得昏暗，让星辰陨落？哦，神圣的萨尔基斯，快来帮帮我们吧！神圣的战士圣乔治啊，你什么时候能赶来帮助我们啊？我们在地狱里燃烧，你为什么不救我们？

"亲爱的阿加西啊，阿加西！我们没有为你的幸福去牺牲，你是我们的兄弟，我们的灵魂，我们眼中之光！你的鲜血流淌在人民的心上，你在国家的上空燃起熊熊烈火，阿加西啊，你是和平的眼睛！你连一只苍蝇都没有白白冤枉过，你的嘴没有白白放过一个人，你没有说过一句坏话。我们兄弟啊，你是上帝温顺的羔羊，为什么上帝把你和我们带到如此的境地？我们该去哪里？该在哪块岩石上哭诉我们的痛苦？该奔向哪条河流？是该被淹没，还是逃离？我们最亲爱的人，你哪怕对我们说点什么也好啊！你为什么要这样煎熬我们？睁开你美丽的眼睛吧，不要这样折磨我们。如果你不在我们身边，这个世界对我们有什么意义？我们愿意为你献上自己的头颅，我们愿意在你前面洒下我们的热血。我们是一起吸吮乳汁长大的，我们一起享受过幸福和美好的日子，难道在困难时刻我们会弃你不管吗？起来吧，你想亲手杀死我们中的任何一人都可以。谁要放弃，你就砍谁的脖子，我们的亲人啊……你倒是说话啊！你为什么不说话？"

说这些话的时候，突然传来一阵马蹄声。天空和大地在他们眼中渐渐消失，他们认为这不是雷声霹雳就是山崩地裂。他们抓起武器，迅速地穿上盔甲，代替圣餐，每个人都往嘴里塞了一撮土，跪在石头前，忏悔他们的罪过，深深地鞠了几次躬，画十字祈祷，紧紧地贴近教堂的石头，然后站起身来，揉了揉眼睛，摸了摸马背。而此时马匹则竖起耳朵，敏锐地戒备着，向传来马蹄声的方向眯起眼睛。

他们把狗牵到一边，用手指和手做动作让它明白要保持沉默，而他们自己则枕戈以待，给马戴上嚼子，开始透过缝隙倾听，辨别来者是谁。他们的血管随时要爆裂，脚下的大地在燃烧。该死的暴风雪从北方呼啸而来，盖住了声音，使得他们很难听清外面正在发生什么，小伙子们几乎沮丧得要崩溃了。

他们一动不动地站在那里，大概半个小时，没有一点声音。他们观望了很久。又是一片寂静。他们正准备回到自己的位置上，放下枪，这时其中一个人说：

"伙计们，咱们是在劫难逃了。勇气就是不把自己的头颅交给敌人。你们自己很清楚：我们一个亚美尼亚人抵得上十个异教徒。他们派出很多人都来追杀我们，他们在寻找我们。让他们来吧，这些该死的人！要么我们把他们都杀了，要么他们把我们杀了。我们背靠背站着，我们不会向这些恶棍屈服！"

卡罗刚说出这些话，他自己就跳了起来，跳起快一米高，拔出了刀，正要冲出去暴露，但战友们一把抓住了他，把手放在嘴唇上，让他安静地坐好，别出声音。的确，马蹄声和打响鼻的声音越来越近，好像就在他们耳边响起。但他们很清楚，夜里声音传播的速度要快些，他们不想让敌人发现他们后提前做准备。

他们逐渐地弄明白那些骑马者的谈话：寒冷的夜晚，石头也能传递消息。

"他们干得不错！"一个声音说道，"干得好！不过这该死的暴风雪掩盖了他们的踪迹，现在还是夜里，我们什么也看不见……但他们能往哪藏呢？即使他们藏到天上去了，我们也会把他们从那里弄下来。行，咱们继续走吧，他们在这荒漠里也没有什么可留恋的……"

"明天有人是笑还是哭。我还能做什么来向萨达尔证明我的机灵呢？不，必须活捉他们。把他们带到萨达尔面前，作为礼物送给他……"另一个说道。

"不，老兄，我们得到的东西，都要对半分。如果我们能设法活捉阿加西，我们把他的手脚绑起来，放到马前面赶着他跑一会儿，或者把他绑在侧面，这样我们把他带回去，他应该得到这份荣幸，他是个勇敢的人。至于其他的人，即使我们把他们杀了，也不要紧……"

"什么勇敢的男人！……那这把军刀是干什么用的？他的勇气是在上帝的帮助下得到的，走着瞧，一旦让我抓到他，只要他一现身，我会让他看看他到底有多大勇气！"

"闭嘴吧你，穆哈默德，我们知道你这家伙是什么人。狮子都不能打败他。他曾经追赶上像你和我这样的二三十人，并杀死了他们。先把事做好，然后再吹牛。要去打猎，还让狗狂吠，这不是徒劳吗？"

听到这些话，我们的小伙子们的心都跳到了嗓子眼。

"军刀备好，枪上膛！"另一个异教徒说："该死的撒旦，他们可能就在这些岩石后面潜伏着呢。他们听到了会突然出现，咱们手指头都来不及动一下。这里是阿帕兰……在这种地方阿加西这头狮子可以独自对付二十个骑兵，然后就消失得无影无踪了！"

"得了吧，不要赞美这个无赖、这个不忠实的亚美尼亚人了，难不成他会把我们生吞了吗？重要的是那个亚美尼亚人，他是从哪里获得的力量？我希望在我死之前能看到他。到时让你们见识一下，他在我面前变成多么弱小的鸡雏……"

他刚说完，就有人从另一边喊了起来：

"嘿，你们！咱们都离教堂远一点，那样会更好。据说，曾经有一个可汗想摧毁它，但当他靠近时，身着红色、绿色服装的骑兵从教堂里冲出来，而且人数众多，他们占领了山脉和峡谷，击溃了汗王的军队，迫使他们逃跑，然后他们又回到了原地并消失了。

"据说在这座教堂里埋有那位无敌的圣徒莫尼诺的遗骨，你们自己也知道：与这个疯狂的圣徒争斗是徒劳的，结果就是脖子扭曲，脸朝后转。我自己就亲眼见过无数次了。无论是亚美尼亚人、穆斯林人还是基督徒都是他的奴隶。"

"你的话语中充满了亚美尼亚人的精神。马沙吉，你应该为自己那长长的胡须感到羞愧，你为什么要留着它，并且用花膏染色？难道你头上戴的不是男人的帽子吗？听着，亚美尼亚人具有传奇色彩，他的圣人也是如此。闭上嘴，为你头上的那顶帽子感到羞愧吧！否则，今晚我就用它来烤肉吃，我现在就把马拴住，让它在你的帽子里拉屎，你别逼我不是人！我宁愿不戴这顶帽子了。我亲手毁掉了多少座教堂。用这根手指抠出了多少圣人的眼睛，而你却要给我讲故事！愿卡巴的诅咒降临到你身上，你为什么在这样的心态下做礼拜？走吧，骑马跑吧，我会和你分享烤肉，我会给你一半，吃吧！"

他话音刚落，就听到一声呼喊："圣人萨基斯，救命啊！"枪声随即响起。

"亲爱的伙计们，不要插手！他们有头，我们有刀，他们那边还有什么机会？"巨人卡洛喊道："看，三个人头落地了，他们的圣人被诅咒了！"

"我已经用刀结果两个了，别害怕！"另一边的瓦托喊道。

"我也杀了两个，还有一个人头在我脚下呢。"瓦尼说道。

"伙计们，快跑！上马！让他们消失！他们在乡下习惯了砍鸡头，四处游荡，喝亚美尼亚人的血，让他们的家庭毁灭吧！伙计们，向前冲！感谢圣人萨基斯，我们胜利在望！"

他们说着，像龙一样冲向盗匪。无论他们追上谁，就地砍倒。

悬崖和山脉照亮了他们的双眼，他们的手臂充满了力量。就像伟大的亚美尼亚将领们复活了一样，鼓励着他们。就这样，他们追击敌人，将他们粉碎。

但是，不幸的是，显然他们的眼睛被鲜血遮住。他们逃走了，没有考虑到阿加西会发生什么。他呼唤同伴，但没有人回应，他呻吟着，没有人听见，没有人回应！

突然枪声响起，他的灵魂似乎回到了原位。他跳起来，跳上马，疯狂地奔跑起来，不知道往哪里去。他用刀砍了一个人的头，把头劈成两半的同时，刀也断了。正当他试图收回刀，想抽出匕首时，却被飞来的绳子缠住了脖子。他驱赶着马向前，但徒劳无功！最后，马向前跑去，他被绳子拉下马来。阿加西摔倒在地，四个大汉扑向他。

他们早就想杀死他的狗，以免它乱叫。但那条狗，哦，多么忠诚的动物！那条狗看到自己已经对主人没有用了，就跑去追赶逃走的人了。

他们绑住了阿加西的手，往他嘴里塞满了棉花，用围巾紧紧地绑住他的嘴。第二天，他的身体将无法逃过大炮的轰击！这就是他的结局！

追击逃亡者的勇士们走了多远，只有上帝知道。但当他们一群人回来时，突然在路上看到了阿加西的狗，他们的头发都竖了起来。

"哦，不好了，伙计们！"他们大声喊道："我们做了什么？我们自残挖眼睛赎罪吧！快走，快走！如果他们把阿加西带走了，那我们还活着干什么！"

但阿加西在哪里啊？在哪块石头后面，在哪个荒漠里，在哪个峡谷里？

有的人冲进山里，有的人冲向峡谷，但石头没有舌头，无法说话，马也不够聪明，无法找到主人，狗也早从视线中消失。该往哪里走，该奔向何方？哦，如果大地在他们脚下裂开，他们愿意跳进去，只要能找到他！他们在月光下辗转翻腾了很久，但一无所获。他们又聚集在一起思考。现在不是哭泣和悲叹的时候。

他们毫不怀疑，阿加西可能是被突如其来的声音惊醒，而且陷入困境。这条狗离开他不是没有原因的，本能地一路嗅着追赶着他们，希望他们能回来解救他。

他们也毫不怀疑，抓住阿加西的匪徒不会再往前走了，肯定是躲藏在某个地方等待，等警报平息后再带着战利品出发。只是他们很困惑不知道该怎么做。

"伙计们，我们必须留在这里。你们看到了，他的狗也不见了，但它是个聪明的动物。无论发生什么，它都能凭借气味找到。如果有人能在今晚帮助我们，那只能是它，我们在这里已经无能为力了。"

他们在困惑中坐了一段时间，思考着，突然，这只聪明的狗出现在他们面前，伸出舌头，喘着粗气。它跑开了，他们也跟着它疾驰起来。他们骑了相当一段距离，突然，狗停了下来，并抬起了一条腿。无论他们怎么催促它离开那个地方，都没有效果，它一动不动地在那里。他们理解了这个机警动物的意思，下了马，把马交给其中的一个人，然后由卡洛带头悄悄地继续前进。

他们走到一座小山丘前，狗又停了下来，开始嗅探。他们拿起枪。上帝的仁慈引领他们沿着山丘投下的阴影行动。他们匍匐在地上爬过岩石，到达了一个峡谷，他们下到峡谷里。那里是空的，没有水。显然，这里是被雨冲刷出来的。山丘的影子在他们头顶上方五步远的地方。

他们沿着峡谷走了一段时间，小心翼翼地弯下腰，走出来时突然撞见了盗匪。当时正好月亮照亮了这些异教徒，小伙子们看到阿加西就在他们中间。他们的心安定下来了。

他们休息了一会儿，每个人都瞄准了一个敌人。一瞬间，枪声大作，强盗们倒地不起。当他们像被宰的鸡一样挣扎时，其他伙伴也赶到了。

哦，谁能传达他们在那一刻的喜悦和泪水？他们仿佛从天堂收回了自己的灵魂。语言已经无法表达他们的心情。

他们没有浪费时间，拿回了他们失去的财宝，从敌人身上卸下的武器、盔甲和衣服，装备在突厥人的马背上，然后继续前进了。

难怪每当阿加西看到自己的狗时，都准备舍命救它。

在那个夜晚，他们大概杀死了十五个人。

到达教堂时，他们拿出几个硬币，放在祭坛上，跪下来，赞美上帝，然后又继续出发了。

4

黎明时分，天色渐亮，我们的旅行者踏上了俄国土地，直奔帕尔尼村。

阿加西不想在人前出现，他渴望自由，渴望回到山上，在命运安排之处安息。他自己也不再追求美好的生活。但冬日的天气寒风凛冽，可怜的马儿饥肠辘辘，这一切都很难克服。

"在这样的时刻，以这样的状态，这还是你吗，亲爱的阿加西？"多年来与他一起分享饮食的尼老爹 ① 喊道。

他高兴地敞开大门，吩咐把马牵进来，拉着客人的手，把他

_____

① 这不是一个具体的人物形象，而是一个文学形象。这样称呼英雄是阿博维扬时代的俄国和欧洲文学中的常见手法。事实上，在 1821—1824 年间，帕尔尼村的村长是一位名叫科斯坦德的人。

们领进马厩。马厩里一片泥泞，积着相当厚的粪便。到处是水牛、马匹、黄牛、母牛、绵羊，望不到头。他命令铺上地毯，点燃小炉子。他的儿媳妇们进来了，端庄质朴，遮盖着半张脸，她们脱下鞋子，端来水，给他们洗头洗脚，客人们分成两排坐下。尼老爷自己坐得比所有人都低。

大约有八九个活泼的小伙子进来了，有的小个头，有的个头大些，还没有洗澡。有的腰里别着匕首，有的嘴里叼着一块未啃完的面包，有的光着头，有的露着大肚子，有的穿着一件衬衣，要么就是没穿裤子，他们站成一个圆圈，竖着耳朵盯着客人看。即使父亲一会儿打这个一下，一会儿打那个一下，他们始终没有离开。

我们年轻人的口袋里还装着一些谢肉节糖果：坚果串、桃干、梨、苹果、蜜枣、干果，他们拿出来，送给孩子们。孩子们瞪大了眼睛，他们从来没有见过这么美妙的东西。

"我们的坚果和红枣子已经很美味了，但这个更美味！"他们互相说着，高兴地享用着这些甜食。

"我们只有酸奶和黄油、奶油和蜂蜜，我们吃得太多了，嘴和肚子里都是它们的气味。要是我们的土地上也有像你们这样的好东西就好了。我们的鸡和牛又能给出什么乐子呢？"他们说着，高兴地跑出去给邻居家的孩子看这些从未见过的美味。

转眼间，整个村子都挤满了孩子。每个人都怂恿着别人上前去索要水果。只要有客人的手一动，就有说不完的笑话。他们不停地取悦客人。

主人好几次想问一些事情，但这些年轻人每次都把手指放在嘴唇上，沉默不语。很明显，是有什么秘密的。

几个小时过去了。整个村庄的人都围着他们。进来的人戴着帽子，披着斗篷，嘴里叼着或手里拿着烟斗，口袋里装着烟丝，腰里别着匕首，穿着细羊毛织物，裤脚塞进靴子筒，腿上挂着一沓厚厚的三卢布纸币。每个男人都像座山。年纪大小无关紧要。鞠躬是不被接受的习俗。进来的人只是说一句"早上好"或是"主啊，宽恕我吧"，就坐下了。

而二三十岁左右的年轻人，排成一排，有的站在柱子旁边，有的靠着墙，窃窃私语着，时而看着客人们，时而看着他们的武器和盔甲；如果有客人想要什么，所有人都急急忙忙行动起来，相互间直撞头，只为了满足他们主人的愿望。

家里的孩子们也来了，有人打扫马厩，有人梳理马匹，有人拿来干草和稻草，有人牵着牲畜去饮水，有人给点烟斗，每个人都很乐意做些事情来取悦长辈和客人。

在此期间，客人们卸下武器和盔甲，挂在墙上，蜷缩着腿坐着交谈。连询问马匹的情况都觉得有些难为情：他们很清楚，他们的马匹会得到比他们自己更好的照顾。

天一亮，很多人就从田里归来，明亮的雪花刺得他们睁不开眼睛，很长一段时间他们都无法分辨出这些陌生人是谁。而且马厩里也没有光亮，只有一盏小灯。但无论他们是谁，只要他们是来做好事的，他们就会被当作宝贝，抱在怀里，供在头上，供养在家里，受到极大的尊重。

外面天色变亮时，他们开始能看清楚了，他们认出了这些来访者，并醒悟过来：

"你好，你好，我们的阿加西！你好啊！……"他们从四面八方喊道。

村民和客人们互相扑向对方，开始亲吻。

"原来你们就是这样的人，只是冬天的暴风雪和夏天的酷暑才能把你吹到我们这里来！哦，你们这些人啊！而我们呢，一直在注视着。我们这么多双眼睛盯着路看了那么久，结果却漏掉了。鸟飞过，我们就向它挥动帽子示意，它知道关于你们的情况吗？我们的山不是狼，不会吃掉你们。为什么你们不偶尔转个弯回个头，到我们这里来呢？的确，我们没有花园和葡萄园，不能用葡萄酒或甜食款待你们，但我们有各种各样的油和蜂蜜，也是很诱人的，你们可以得到满足。感谢上帝，我们家里有充足的食物，马厩里也堆满了草料。如果你们只要带着面包上路，也不是什么问题，这取决于一个人的内心。如果你现在吃了甜美的手抓饭，明天你的胃还会要求同样的东西。面包和盐打开心灵之门。不需要对主人说谢谢。

"你们去过城市，走遍群山和峡谷，只有我们对你们来说就像眼中刺。或许我们应该绑住你们的腿，狠狠地打你们一顿，夺走你们的一切，让你们空手上路。这样我们就不会去找你们，也不会吃你们的面包了。哦，你们这些愚蠢的人，难道你们不清楚吗，如果我们在山里抓住了你们，就算你们努力一千年，设法摆脱，只要我们愿意是绝不会放走你们的。

"那么，你们为什么还坐在酒桶旁，在火炉下面伸出双腿，和妻子并肩坐着？不是应该去看望朋友，了解他们的近况，确保他们还活着，说句友好的话，这样他们就不会在没有见到你们的情况下离开这个世界。你的心像石头一样，像石头一样，显然你们不是母亲所生。一次见面，成为朋友，两次见面，成为兄弟。但愿你们的房子不被摧毁，难道在你们成为一个穆斯林之前，你们不承认你们父辈的十字架了吗？

"这是一个基督教国家，在这里我们是你们的部落，你们的血脉。你们愿意在这片恶劣的土地上生活，让自己的日子暗淡无光吗？就这么无所事事地坐着有什么乐趣呢？哪怕一年中你们能把脸转过来一次看看我们这边也好啊。冬天我们无事可做，不要害怕，我们不会吃掉你们的。如果你没有马，我们会给你们马，如果你们没有牛，我们会给你们牛。谁会阻止你们呢？如果你们愿意，可以揪住我们孩子的耳朵，把他们带走并卖掉，如果有人对你们说一句话，上帝会惩罚他。

"如果是这样的话，长官，让我们来好好惩罚他们吧。顺便说一句，现在正值谢肉节。这一个星期我们是不会让他们出去的，这就是我们的报复方式，我们会让他们吃饱喝足，撑得他们找不到回家的路。这是应得的报应，如果他们一年只来一次，那么必须一次性付清一整年的债务，睡觉、起床、吃饭、喝酒、庆祝。

"难道我们获取面包只是为了自己吗？只是为了保全自己的家吗？这样的面包是不圣洁的。如果不把面包分成一千份，去喂养一千只鸟和虫子，你自己都无法下咽，无法消化。我们在太阳下，在雨中，在山上，在草原上疲于奔命，难道没有人对我们说声'早安'，没有人打开我们的门，没有人愿意为我们的亲人亡灵安息而祈祷吗？如果一天当中十个贫穷的旅行者不能进来吃上一顿饱饭，这还算家吗，还算什么炉灶？这样的家可能富有吗？这样的田地能开花结果吗？

"不，长官，今天我们都是你的客人，明天在我家做客，后天在他家做客。让我们好好享受盛宴，然后在大斋期的时候，把他们送走。但如果他们不能保持善良，我们就把他们的腿绑起来，把他们像囚犯一样关到复活节，关到耶稣升天。你们说呢，嗯？"

"你的话是蒙福的，你按照福音书讲话。"四面八方传来这样的话："谁会反对呢？这也正是我们内心所希望的。"

"来吧，伙计们，赶快把那位游吟诗人带来，"村长高兴地说道，并把帽子拉到右耳边上。"杀一头大公牛，准备炖肉，还有羊。把肉软的部分，胸口肉、里脊肉都拿过来，我们用烤肉架烤着吃。让吹祖尔纳管的乐师过来，还有神父。酒馆里有酒，口袋里有钱，我们的人民万岁！在我家里，有一排排装满了黄油、奶油、蜂蜜和奶酪的罐子，还有满满的谷仓和地窖。而沙皇不会这样快活地度过时间的！我们喝酒，吃饭，举办宴会，我们赞美上帝，纪念我们的死者，执行宾客，要让他们知道，高山上的人胸膛里也有一颗热情的心，而不是一块石头。

"愿上帝坚定俄国沙皇的宝座，他的权力让我们得到了我们想要的一切；如果我想要一个蛇蛋，会能找到。"

这些谈话和聊天阿加西都没有听到。他累了。先是寒气刺骨，之后又是房间里的热气让他感到不适。所有这些都使他疲惫不堪，他头靠着墙，坐着睡着了。

坐在他周围的人一直盯着他，无论说什么，他的脸上都没有一丝笑容。他的右手放在膝盖上，左手因为疲劳而耷拉在一边。许多人认为他是因为一路的劳累和寒冷而昏迷。没有必要给他盖上被子，房间里很热，像浴室一样。

客人们没有注意到，同样来自这个村庄的几个土耳其人也混在人群中进入了房子。他们中的许多人听得懂亚美尼亚语。他们坐在不同的地方，贪婪地盯着来宾的刀和枪支，咬牙切齿，显然，因为没有在草原上遇到这些人并抢劫走所有的财宝感到惋惜。

阿加西浑身是汗。蒸气像云一样遮住他的眼睛和眉毛。他的脸色每小时都在变化。他时而自言自语，然后抬起手臂，伸展肌肉，然后又陷入梦中。

最让大家惊讶的是，只有六个客人，但他们带来的武器和盔甲足够二十人使用。他们围在一起困惑地交谈着，突然阿加西大喊道：

"收回你的剑，地狱的守卫，把你的脖子伸直！亲爱的父亲，他们这是要把你带到哪里去？"

他说完，原地跳起来，向刀冲过去。

村民们互相推搡着，涌到了大街上，有人画十字，有人喃喃自语道：上帝啊，请饶恕吧！

稍微平静下来后，他们开始仔细倾听门内的声音。当确定他安静下来后，他们又小心翼翼地再次进来，胆怯地坐下来。

但现在谁能堵住他们的嘴巴呢？大家都想知道到底发生了什么。

阿加西的伙伴们不得不无奈地讲述起来。当谈到战斗开始时，一切都还好，他们已经听过很多类似的事情，但当他们说到砍倒敌人，以及他们是如何逃脱的时候，一百张嘴同时喊道：

"干得好，阿加西！好样的！有血性，一个勇敢的有血性的亚美尼亚人就应该是这样的。现在不正好是谢肉节嘛！那么伙计们，还等什么呢？准备食物，铺好桌布，先祖亚伯拉罕的天使^①已经来到我们身边。我愿意为这样一个勇敢的小伙子付出我的一切。干得好，小伙子们！就应该这样报复敌人。你们看，小伙子们，"他对自己的儿子们说，"一个勇敢的小伙子就应该是这样的，而你们都待在家里吃面包。干得好，小伙子们，救了你们的兄长！那条狗也在这里吗？"

成年男子和小伙子们都从四面八方扑向阿加西，亲吻他的手、额头，但村长不让他们吵醒阿加西。其他人被紧紧地抵在胸前，好像准备把他们活生生吞下去。

"你们母亲的奶水是蒙福的，生你们的土地是蒙福的！这就是一个真正的英雄应该有的样子。否则，如果你缩短舌头，低下头，就会有人坐到你的脖子上，挤出你的脑浆，挖出你的眼睛，

---

① 指带来喜讯的人。源自圣经的一个传说，当亚伯拉罕按照上帝的旨意，准备牺牲他唯一的儿子时，一位天使突然出现并说道："亚伯拉罕，不要碰这个孩子，现在我确定了你是一个敬畏上帝的人，为了表达对上帝的顺服，甚至不惜牺牲自己的爱子。"

把你的内脏全都掏出来……"从四面八方传来这样的声音。

萨兹和祖尔纳弹奏的声音响起，这时阿加西才睁开了眼睛，惊讶地四处张望，仿佛刚刚降生一样。他本想再次闭上眼睛，但人们向他扑过来，差点踩踏到他。他们亲吻他的脸，亲吻他的衣服。就这样，他被围在中间，他们尽情饮酒作乐，一直闹到晚上，直到晚祷开始。

村里很快就传开了这个消息，每个人都跑来看望阿加西，实现他们的心愿。就像去朝圣一样。

村长派人去卡拉克里斯向亲王报告发生的事。收到了命令，让阿加西本人过几天前去见亲王。

5

潘巴克的土耳其人感到悲伤，而亚美尼亚人却欢欣鼓舞，从地上站起来开心到可以飞起来！

谢肉节过去了，大斋期开始了。当阿加西带着二三十骑兵进入卡拉克利斯时，全体卡拉克利斯人都出来迎接他，都想看看他。成千上万人在赞美他，大家高呼着："好样的！"

萨瓦尔扎米尔扎亲王非常信任他，亲热地对待他，还承诺会在萨达尔那里替他说几句好话，他和萨达尔是很要好的朋友。他下令提供他们一切必需品，并且仔细看管，以免有人伤害他们。难道潘巴克的亚美尼亚人已经死了吗？谁能伤害到他们呢？

整个冬天，这三十名骑兵整日整夜连续地从一个村庄到另一个村庄，有时人们一连几个星期款待他们，最后他们被累得筋疲力尽。

勇敢的洛里人一听说他们在附近，就无法安心了，一定要把他们召唤过来款待他们。阿加西在那里逗留了大约一个月。

这些可爱的人民，他们的坦率，他们的真挚爱意，这些地方的清新空气和水，以及最终亲王给予的希望，让阿加西重获了生命，他的心情好了起来。

他又开始说话、交谈、倾听了，但悲伤仍然阴影般地笼罩着他的脸庞，目光暗淡，犹如一团乌云。他常常叹息，于是石头和土地也跟着哭泣。当他微笑时，他的嘴唇像一朵凋谢的玫瑰，只有在露水滋润下才会重获生机，但一旦凋谢，就会枯萎下去。

人们经常看到他坐在石头上或靠在岩石上，目光注视着峡谷、河流，他用手托着头，有时他侧身躺在溪流旁边消遣，玩弄着灌木丛、草地、花朵、流水，然后就哭了。

有时候，他突然大喊"娜兹鲁"或者叫父母的名字时，山峦和峡谷都会回应他，悲伤地哭泣。由于他自己悲伤沮丧，他觉得人们没有心，因为他们可以开心、快乐，所以山峦和峡谷成了他悲伤的朋友。他多么思念父亲和母亲，多么渴望与姐妹和兄弟们心灵相通，内心充满着无限的痛苦！

他向埃里温的方向望去，但那个方向连一丝烟雾也看不见，看不到一座熟悉的山峰，任何事物都无法让他的心情变得稍微轻松一些。

就在这个时候，不知为什么他突然决定召集伙伴们去狩猎。他们经过加姆扎奇曼①和奇布胡卢②，到达加尼亚拉格③，这时他的眼前出现了马西斯。阿加西挥了挥手让伙伴们退到一边，自己坐在灌木丛下，把头放在石头上，满眼泪水和忧伤，唱起了这样一首歌：

穿越山谷，穿越干旱的土地，
我漫步着，坐着，凝望着河流，
手放在胸前，头靠在岩石上，
我想用眼泪淹没心中的忧愁。

乌云聚集，环绕着我，
我欣赏着你，我甜蜜的马西斯，
泪水热烈地灼烧着我，
我凝视着你，像石头一样坚定。

亲爱的家人，我离你们很远。
我凝望月亮，我爱着你们。
我能见到你们吗，这一时刻何时到来？
我何时能用爱抚平悲伤？

---

① 亚美尼亚的一个村庄，即现在的古加尔克地区。
② 亚美尼亚塞凡湖地区，佐瓦久的旧名称。
③ 字面意思是"腹部有裂缝"。外国人这样称呼亚美尼亚的阿拉山。

亲人们啊，我何时能拥抱你们，

何时能将脸紧贴在珍贵的面庞上，

何时能与你们促膝而谈？

为了你们，我的父母啊，我愿意迎接死亡！

我凝视着道路，

鸟儿是否在高空盘旋，

信使啊，你是不是带来了消息？

我会说话，然后再次陷入忧愁。

你们还活着吗？是否因忧伤而疲惫不堪？

你们是否在哭泣，因为你们的儿子杳无音信？

或者你们已经沉睡在大地的怀抱，

而我还在受苦，独自呼喊？

我是否配得上你们的柔情，

我是否配得上你们圣洁的祝福？

老父亲，可怜的母亲，

世界是否会来帮助我？

神圣的乳汁啊！

光明之手啊，甜蜜的话语！

何时我能享受宁静，
与你们并肩躺在坟墓里？

幸福的日子！在亲人的怀抱中，
睁开双眼，依偎在你们的胸膛，
在你们的手中，脸贴在枕头上，
甜蜜地玩耍，入睡！

幸福的日子！花园里的小树，
还有我的摇篮，你们在我身边：
我亲吻你们神圣的脸庞，
在亲切的歌声中甜美地睡去。

影子在哪里？绿草茵茵的河岸在哪里？
草地、鲜花、山谷、水洼在哪里？
让我尽情玩耍，让我心爱的父母，
快乐无比。

我会哭泣，因为你们也眼含泪水，
我会大笑，因为你们立刻呼唤着我：
"阿加西，亲爱的，快过来，
我的宝贝，我的生命之光！"

啊，这些话语就是生生之火，
它们彻底燃烧着我的内心。
为什么我没有在那些光明的日子里
在家人的庇护下离世？

我现在渴望一把土，
是在波涛中沉没，还是从悬崖上跌落？
但是，唉，没有你们，你们还在远方，
我能入土为安吗？

无与伦比的娜兹鲁，我的朋友娜兹鲁，
只要想起你，世界就不再美好。
我美丽的娜兹鲁啊，我的朋友娜兹鲁，
请接受来自丈夫的最后问候。

在峡谷的深处，在山岳之间，
你的阿加西因悲伤而耗尽。
失去了你，他怀着对你的爱，
像一只鸽子落在干燥的灌木上。

我亲吻土地，渴望着，痛苦着，
悲伤将早早把我折磨死。
来吧，拥有冰冷翅膀的死亡之神，

索取我的灵魂并带走它吧。

我要尽快离开这个痛苦的世界！
当我坐在河边失去意识，
翻着白眼，说不出话，颤抖着。
我的尸骨将成为野兽的盛宴。

我想坠入河水泛起的泡沫中，
带着深深的叹息死去，
让波浪将我埋葬，
给我穿上冷水做成的殓衣。

我站在裸露的悬崖上，
看到故乡的袅袅炊烟，
但你甜美的容颜却永世不见了，

我的娜兹鲁，我柔情的朋友娜丝鲁，
我陷入了致命的睡梦之中，
我好像落入了深渊，
仿佛被无底洞吞没。

娜兹鲁啊，娜兹鲁，我无法呼吸，
眼前昏暗，头脑发热。

只要吸入你的气息，即使是进入地狱，
我也会平静并欣然接受死亡。

亲爱的，我等待着你，
我时常在墓地四处徘徊。
但是我还需要寻找什么坟墓呢？
我的坟墓就是我的冰冷躯体。

按照你的承诺，把我埋葬，
你要亲自来，带着孩子们，
让我在最后一刻见到他们，
只要我还能说话，我会说：
"再见了，孩子们，死亡来临，
我最热爱的亲人，父亲要离开你们了。
你们要记住父亲的灵魂，
再见，亲爱的孩子们，我要死了。
再也没有父亲了，你们要爱护母亲，
为我举行追悼仪式吧！"

6

众所周知，当人的心被鲜血浇灌时，剑、药物、睡眠对他们来说都不如话语和言辞有益，尤其是伤感的巴亚特曲调①。因此，他的同伴们站在一旁，只远远地观察着他，以防他遇到任何的不幸，因为山峦和峡谷都在企图让他死亡。

他们听了很长时间，终于，他沉默下来睡着了。然后，他们走到他跟前，把他带回卡拉克利斯。

一天，当他心情低落地坐在院子里的石头上，一个陌生人走向他，站在他面前，凝视着他。阿加西本来想起身离开，不想让人见证他的悲伤，突然那个陌生人张开双臂，扑向他，拥抱他，激动地刚刚勉强说出"亲爱的阿加西"，声音就戛然而止，舌头发麻，那人便失去意识昏倒在年轻人的胸前。

终于，阿加西从最初的震惊中苏醒过来，睁开眼睛，哦，天啊！在这一刻谁能阻止他的眼泪，平息他的心灵？

"亲爱的叔叔！阿韦槑克叔叔！是你吗？"他喊道，然后失去了意识。

在场的同伴们从四面八方冲上前，将他们俩都抱起，把两个晕倒的人带回家，用水和鼻烟让他们苏醒过来。

他们刚刚睁开眼睛，看见彼此，又扑向对方的怀抱，相互称

---

① 流行的民间歌曲。

呼着彼此的名字，又晕倒，再次苏醒。站在旁边的每个人的眼泪如泉水一般涌出。

没有别的办法，只能召唤神父。神父来了，读福音书，给他们戴上十字架，将圣骨碎片放在他们的头上，他们才最终清醒过来。

这个突然出现的陌生人，亲爱的读者，的确不是别人正是阿加西的叔叔，他父亲的兄弟。他匆忙去寻找他失踪的侄子，决心必须找到他，见到他，一定要完成自己的心愿后才能进入坟墓。还能做出其他选择吗？

当他们的心稍微平静下来，并重新控制自己时，阿韦提克从帽子里拿出一些纸，递给阿加西，自己找了个借口离开了家，因为他害怕看到侄子的眼泪，那样他自己也会被燃烧成灰烬。他带来了两封信。一封是阿加西母亲写的，另一封是他妻子写的。

没有看到过这些信件，而且永远也不会看到的人是何等的幸福啊！

难道只有阿加西能够承受得住吗？但这对他来说又有什么成本呢？多少次，当他读信的时候，全身无力，呆若木鸡，把信贴在脸上闭上眼睛。然后大家又给他淋水，让他恢复了知觉。

母亲写道：

"阿加西，亲爱的阿加西，我飘荡在你的头上！阿加西！为什么我不能变成火焰，将自己焚烧？为什么我的舌头不发干，我的目光不忧郁？为什么我不能化作尘埃，让风把我带走，散落在你的脚下，飘落在山间、岩石上，让你经过时踩在我身上，让你坐在我身上，挖出我的眼睛，把头依偎在我身上睡去？阿加西啊，你的母亲愿意为你而死，为你而死，我的国王，我的主人！

"你种的那些树已变成了荆棘①，它们折磨着我。你养育的花变成了火焰，它们灼烧着我，将我烧成灰烬。你曾经走过的地方，像矛一样刺进我的眼睛，撕扯着我的心。

"我应该消失在何方，才能不让任何人听到我的声音？我该躲到哪里，才能不让我看到你曾注视的一切，不让我记起你说过的话，让我变成一块石头，不再记得你，让我的心变得冰冷，不再感受对你的爱？

"我的生命啊，你消失吧；变昏暗吧，我的白天！这样我就不会再听到人们告诉我的事情，我也是个母亲，我也生了儿子，我也得到人们的祝贺，我也该享受儿子的陪伴。多希望当我闭上眼睛的那一天，我的儿子也会给我填一把土，也会抱住我的棺木，将我冰冷的躯体交还给大地，站在我的上方，为我哭泣，也会对我说那些亲切而神圣的话语'天堂属于你，我的母亲，哦，我的母亲，如果我们的目光能再次相遇，我们会深深地亲吻，让主带走我的灵魂吧'！

"我的灵魂已深藏，你无法得到它，无法把它交给上帝。我已无法控制我的内心，你无法把它扔入火中去焚烧。我的手够不到天堂，我的声音无法传到你的耳朵。

"无论是否有鸟儿从我头上飞过，我都呼唤着你的名字，无

---

① 阿加西母亲信中的这些内容与阿博维扬在多尔帕特学习期间收到的父母来信相呼应。他们还谈到了他的母亲塔库伊如何流着泪水浇灌儿子种下的树。

论我是否呼吸，对你的思念在折磨着我，焚烧着我的内心。无论我是否闭上眼睛，我的心就像被撕裂，我缄默不语，思绪万千。我走进房子，四壁于我而言仿佛是地狱。我走出去，山峦和峡谷哀悼我的悲惨命运。我仰望天空，那里寂静无声。我俯视大地，没有消息。我躺在枕头上，令我窒息。无论在梦中还是现实中，你都显现在我眼前，你一直站在我的面前，依稀可见。我的眼泪就像海洋，亲爱的阿加西。声声叹息让我的呼吸中断，让我的灵魂疲惫不堪。我头上已没有发丝，无法在风中飘舞。我的面庞已伤痕累累。家里和院子里连块儿能让我撞击胸膛的石头都找不到了。我不停地用手拍打着头，我已经累了，哭泣让我眼前一片昏暗，但是，唉……唉！我的灵魂非我赋予，无法对它说'出来'。即使将我活埋在坟墓中，我会把灵魂交还给谁？我还会听到谁的声音，看到谁的面庞，我会将头低垂在谁的脚下，用僵硬的双手拥抱谁，用已经干枯的舌头对谁说话呢？亲爱的阿加西，即使我死去，我的灵魂仍将在你头顶飘荡；亲爱的儿子，我要活着，无论是现在还是将来我会为你的幸福献出生命。无论我的灵魂是否会在天堂，我的身体将在你的脚下；只要我还在这里呼吸，你将永远是母亲心中的渴望，无论我是否化作泥土，我将给你带来丰硕的果实；无论我是否会变成溪水，都会浇灌你的田野和花朵；我将在天堂变成一只夜莺，落在你的树枝上，带你进入甜蜜的梦乡；我将生活在这片土地上，我将献出自己的生命，只为让你开花、茁壮成长，我心爱的孩子！

"亲爱的阿加西，你是我的鸽子，我的光，你在母亲的呵护下成长，你是父亲眼中的光，我的孩子，你被整个世界赞美，被上帝宠爱，被人民喜爱，你是我的生命，亲爱的阿加西！

"你栽种的是荆棘，却长出了玫瑰；你触摸石头，石头有了生机。你心系成千上万的贫困者；你只有一口气也要让这些贫困者呼吸。你的名字只用一个，却在整个世界广为传颂。你有两只手，一只用于施舍，另一只用来擦拭人们的泪水。你是对谁说了伤人的话，使他如此地诅咒我？你是关上了谁家的门，使他给我带来了这样的灾难？你是看到伸出手求助的人却从他身边走过，而没有去帮助吗？为什么让你的母亲招致悲伤的预言？

"你喝的是谁的乳汁，为什么它变成了苦汁？你是在哪位母亲的怀抱中长大的？为什么她没有日夜为你祝福？你在哪个母亲的膝上睡觉？为什么她看着你被汗水浸湿的额头时，不曾一千次地抬头望向天空，不曾在你的脸上洒下泪水，不曾用那有罪的嘴说出：主啊，你是伟大的创造者！你送出去了，你要保佑啊。求你拿走我的命，来延长他的寿命，请让我的眼睛失明，来保护他免受灾祸。如果刀剑要伤害他，就让它先插入我的心脏。如果要用火灼烧他，就让它先把我焚烧。让我的眼睛流泪，个要让他的眼睛生病。上帝啊，天国的国王啊，只求他能健康成长，能实现自己的愿望！

"我将没有面包可吃，我将去乞讨，要将他养活。我会卖掉我的头颅，但绝不让他寻求陌生人的帮助。只要我死后，他能给我的脸上撒把土，合上我的眼睛，为我在墓地举行葬礼，让他成为我家中的灯光和支柱，让人们记得我，让家里的炊烟不断，永不消散！

"亲爱的阿加西，我的烟雾已经停止升腾，停止了；我的房屋倒塌了，对我记忆已经抹去，我的一切崩塌了，我的星星黯淡了，我的太阳早已西沉，我的一片天塌陷了。对我来说，没有早晨的曙光，没有东方的照耀，对我而言，白昼如同黑夜，而黑夜是漆黑一片的地狱深渊。

"我早已站在自己的坟墓前，挖掘了坟坑，一千次地进入其中，又离开，但是，唉！如果我没有看到你，大地会接纳我吗？如果我没有看到你，我的眼睛会闭上吗？如果我们的嘴还没有彼此贴近，我们的舌头还没有触碰到，我们的四目还未相对，我们的胸膛还没有紧紧靠近，我在坟墓里能获得安生吗？我年少的阿加西，我亲爱的阿加西！

"我的天使会如何抉择着靠近我？为我清洗身体的手不会烂掉吗？在我坟墓上方诵颂祷词的嘴不会麻木吗？我棺木前的祭坛能留在原地吗？他们会为了追念我的亡灵，用杯子喝完水后，将杯子扔进火里吗？那神香会变成火焰吗？他们会为我摇炉散香吗？

"如果儿子不能成为母亲的骄傲，那么怎么可能安葬母亲？如果儿子不能为母亲流泪，那么怎么可能将她埋葬？如果儿子不能为母亲的坟墓祝圣，那么怎么可能给坟墓盖上石板？

"阿加西，亲爱的阿加西，你是我眼中的光芒，阿加西！啊，多么希望能看到你，哪怕是影子也行，这样我就可以献出自己的灵魂；只要是能听到你的声音，这样我就可以永远闭上眼睛；只要能将双唇贴紧你的手臂，这样我就可以咽气了。

"曾经的那些日子是多么美好啊！你的小脑袋靠在我身上，小手放在我胸前。我走到哪里，都把你系在我的后背上。去农田时，我把你放在我肩头，一只手在嘴里，另一只手扶着你。割干草时，把你放在摇篮里，晃动着摇篮给你唱歌。采摘果实时，又把你系在我的背上。我从嘴里取出面包喂给你吃。我从树上揪下果实，让你开心。每天夜里起来无数次，为你盖好被子，逗你玩，擦掉你的泪水，抚摸亲吻你的小脸，为你祷告，或者把你抱到身边就这样相拥着和你一起睡去。

"你的父亲在监狱里，脚上戴着镣铐。娜兹鲁半死不活的，也在与死亡搏斗。只有我一个人勉强过活，只是为了能有一次机会还能感受到你的呼吸，还能把头紧贴在你神圣的胸膛上，对你说一句'原谅我吧！'就可以闭上眼睛，再也看不到你的泪水，再也听不到你的哭泣。

"啊，阿加西，我失散的儿子，我的生命之光啊！难道你永远不会想起你可怜的母亲吗？你从来不问问你的不幸父亲怎么样了吗？还有你年少的妹妹娜兹鲁！她渴望着你，呼唤着你。她一睁开眼睛，对你的爱燃烧着她，让她耗尽精力；她呼吸时，会想起你。天使正站在她面前，她的一只脚已经踏进地下，她的头下已悬挂好十字架，白色殓衣已铺好，香炉和蜡烛已准备就绪。她的眼睛凹陷，嘴唇紧闭；舌头也不动，不能说出你的名字。她已没有眼泪来安抚心灵；也不再有力量折磨我。

"当你的脚踏在石头上，当你的眼皮沉重睡意笼罩时，你是否会想到我们正慢慢地走向死亡？你在那里洗头，到这里晒干吧。哪

301

怕只来一小时，出现吧，来安葬你的母亲，让你的母亲不复存在。让她化为石头！把娜兹鲁带走，让她活着至少能安慰你。去吧，我心爱的孩子，享受生活吧。请把我埋葬，但不要丢下娜兹鲁，不要抛弃她。她除了你没有别人，她信任你。快点来见她，赶在她停止呼吸之前，带她离开，这样我就不用再看见她的痛苦了。

"一旦我见到你，我会把灵魂交给你们两个，然后入土为安。我会对你们说'原谅我吧'，我会说'走吧！把我埋了，然后逃走吧，离开这个悲伤的国家，离开这里，为可怜的母亲祈祷安息'。"

在阅读这封信时，他心跳停止了上百次，然后又恢复知觉；重新开始阅读，鼓励自己。最后，他折起信件，塞进怀里，然后陷入了深深的沉思之中。

当阿加西睁开眼睛时，夜晚的凉意已经降临到大地。他再次把手伸进怀里，想拿出母亲的信件再读一遍，但他的手里拿出来的却是他心爱的妻子，娜兹鲁的信。他悲痛万分，如万箭穿心。他心烦意乱，惘然不能自持，开始读起来。

以下是娜兹鲁信中的内容：

"如果我把心取出，放进这封信里，你打开信，会看到我的心已被万剑刺中，你能明白吗，你的娜兹鲁，你可怜的娜兹鲁，正在经历着什么吗？阿加西，你是我的主人，我生命的主宰。

"什么山峰挡住了你的路，什么河流切断了你的路，有谁的手牵制住你，把你拉回去，我的荣耀和骄傲啊，为什么你就这样把我抛弃在烈火中？我身处地狱，而你却在天堂。剑砍向我，而你在清洗着双手。你把我交给了魔鬼，而自己在天使中间享受幸福，甚至连看都不看我一眼，也不来把我安葬。

"亲爱的阿加西啊，阿加西！难道你的心已经变成石头了吗，难道你的眼睛已不再去看花草丛中的绚丽了吗，你的目光不再望向天空，看不到黑云在你面前，看不到烈火从上方喷射到你身上吗？难道你不知道吗，你这个无情的人，麻木的人，这是从我的口中喷出的火焰、烈火、烟雾和乌云，是我的心把它们像云团一样喷出，遮住、笼罩住天空的星星，覆盖、烧焦大地上的山谷。

"我已经上百次地临近坟墓的边缘，然后又回来了。我已经上百次在夕阳下让自己的灵魂出发，但是，唉！都是徒劳无功。在黎明时分，我以为自己已经死去；我不想呼吸，觉得自己躺在死人中间；我不想抬起头，但听到了你母亲的声音，你可怜的母亲的哭声，我又睁开眼睛，头丝在她脚下，祈求她杀了我，或者至少不要从死神手中抢走我，不要把我活活烧死，化成灰烬。

"当我再次看到她的眼睛中的生命之火熄灭了，身体干枯了，变成了碎片，当我看到她全身心地为你担忧，为你悲伤，为你，我心爱的人，那么我会想到，如果我死了，世界上没有人养活她，如果我死了，那么她只能选择被活埋或者投水自尽。

"我还想到，从我这里能吹出一丝清凉，吹向她那颗燃烧的心；她在我身边吸气的时候，能闻到你的气味，品味你的味道，她对你的思念能得到些许的满足。如果没有我，她要么会饿死，要么被迫在岩石间流浪，甚至连最后的一抔泥土、一块儿圣洁的地方都会被剥夺掉。

"我该怎么办？应该跳进哪条河流？我的灵魂不属于我，我无法将它取出交给母亲，让她活着，让她能看到你，拉起你那虔诚的手，来到我的墓前，在我身边说道：

'阿加西啊，这里安息着你的娜兹鲁，她把自己献给了这片土地。'母亲在我身边沉默无语，我无法知道她的悲伤。而我自己也变成了碎片，这尘世让我厌烦，我不能坐在她身旁，不能帮她擦汗，给她递上凉水。我在自己的床上，整个人被火焰吞噬，她也在自己的枕头上焦灼着。我抬起头，想向上帝献上我的灵魂，我看到天使也在母亲的头上飞舞。我呻吟着，希望我的声音能传到你听得到的地方，但它只能传到她的耳朵里，灼烧着她，折磨着她。

"唉，这个可怜的女人被折磨了五个月，痛苦了五个月。没有药物，没有其他的医治方法可以治愈她，无论是神父、守夜、祷告还是圣餐都无法帮到她。

"在那个早晨，唉，那一刻消逝了，再也不会回来！我睁开眼睛，想起身，不知是要给她盖上被子，还是想把她挪到另一个地方，感觉好像房子轰然倒塌下来！我看到她的一双眼睛朝向天空，脸朝向东方，双手和胸膛敞开，仿佛在自己最后时刻期盼着天使能稍微停留一会，因为她盼望着，也许这会儿你会打开门，她会再次见到你，平息自己的痛苦，然后就可以将灵魂交给上帝了！

"亲爱的阿加西啊，请俯身依偎在她的坟墓上吧！这个坟墓是以你的鲜血为代价的。你眼中的光芒被埋葬在其中。用你的脸颊触碰大地吧，让她渴望已久的心愿穿过大地得以实现，让她通过大地得知你的到来，让她在坟墓里得到平静。

"唉，母亲忍受了多少痛苦啊，哪怕能让我听到她的声音呢，哪怕她能对我说句话呢，这样悲伤就不会如此压抑我的心灵，不再折磨我，焚烧我。

"当她叹息时，她炽热的呼吸触碰到我的脸。当她哭泣时，泪水如溪流般流淌，这些只有我一个人看到。她甚至不睁开眼睛，不抬头，为了不让我们面对面，目光对视；她无法让我内心平静，她忍不住地抽泣，我真想把自己的眼睛给她，让我来替她哭吧，别让眼泪流到地上；让我把心交给她，而她把全部的悲伤都给我吧，今天就让我把心完整地交给你，作为保证，只要你看见它，就会想起我——你那可怜无助的娜兹鲁，因爱你、思念你而走向坟墓的人；让你记住她，即使你遇到天使，也不会为其所迷惑，不会让别人躺在你亲爱的娜兹鲁曾用过的枕头上，那里是你亲爱的娜兹鲁咽气的地方；不会让另一个人靠近你的胸膛，因为它是属于娜兹鲁的；不会对另外一个人说出温柔的话语，因为这些话已变成火焰，灼烧了你的娜兹鲁。

"不，亲爱的阿加西，如果我是你的母亲，我会让你完成我的愿望：每一次当你看到娜兹鲁的坟墓，每一次你醒来仰望天空，或者走进花园，给花浇水、采摘果头的时候，敞开你的胸膛，铭记她的名字，为她哭泣！这里的每一棵树都见证过她的眼泪，每一块石头都触摸过她的胸膛，每一朵花、每一丛灌木都抚摸过她的头，看到她哭泣就与她一同哭泣，用自己的果实来抚慰她的心灵。如今它们凋零、枯萎，只是为了不再看到她的痛苦、不再听到她的声音。

"如果我是哺育你长大的母亲，我会对你说：只要你还有呼吸，只要你还能行走，来吧，阿加西，来吧，站在这片神圣的土地上，将我也埋葬起来，愿上帝与你同在！

"如果我是你的母亲，只要我活着，宁愿把剑刺入自己的心脏，宁愿剜出自己的眼睛，也不会再接纳另一个儿媳进入家门，不会成为另一个儿媳的母亲。我不想，不想再次被人祝贺。因为娜兹鲁是我眼中的光，是我快乐的源泉，现在却消失了，灭亡了。

"如果有人踩着她曾经踏过的土地，我是无法忍受的。即使这世界在她离去后变成钻石，又有谁会去看它，谁会垂涎它？

"在她临终时，我会对她说：去吧，饱受痛苦的孩子。只要我还活着，阿加西就不会把你的红色头巾系在别人身上，也不会用指甲花给别人的手染色，我早就把指甲花扔掉了。你们曾经同床共枕，你们应该在同一片土地上安息。

"带上我一起进入坟墓吧，让我在坟墓中看到你们的爱情，让我在天上感受到这份爱情，让我为你们祝福，你们还是我的孩子，但是欠上帝的债我已经还给他了。

"现在我是你的娜兹鲁，我站在坟墓边缘，呼唤着你，亲爱的阿加西。我张开怀抱，思念着你，你是我心爱的人。我亲手握了一抔泥土，准备撒在自己的脸上，我的亲人；我亲手缝制了一件白色殓衣，给我穿上，娜兹鲁乐意为你而死！我买了神香和蜡烛，举行圣礼的钱我亲手交给了教堂，你是我永远不能忘怀的人。礼拜、日祷、神父、圣杯，这一切与我无关了，我亲爱的鸽子。

"我千百次向我的天使鞠躬，请求他离开，我想再次听到你的声音，让我这双毫无生气的眼睛再次看到你，我想再次紧握你圣洁的手，把它放在我冰冷的胸膛上，我想再次把阴郁的脸颊贴在你亲切的面颊上，把已经被燃烧为灰烬的灵魂——痛苦万分的灵魂，连同自己的呼吸一起交给你，我亲爱的阿加西。

"难道你的心已经如此麻木、冷漠了吗，你已不再爱我了吗？唉，我该怎么办？我该说些什么？经过国土时我的内心已充满悲伤，我的声音不够大，你离得太远了。谁能帮助我们解脱痛苦呢？"

不幸的女人再也无法克制自己的情绪，婆婆赶来时，她已经一动不动地躺在那里，仿佛僵硬了一样。婆婆颤抖着握住她的手，带她回家，并请求她的夫弟在离开之前把这首娜兹鲁自己创作并每天眼含泪水哼唱的歌谣记录下来并带给热爱上帝的人——阿加西：

娜兹鲁的哭诉

春天来临。草地上绿草茵茵。
山岭、河谷，树木开始绽放。
夜莺饱食玫瑰之爱——
只有我，因对你的爱而备受折磨，
唉，备受折磨！

我看到石头，感觉你在我面前，
我踏着青草地，满心都是你。

你甘甜的味道在泉水里流淌。

田间野花为我忧伤，

唉，为我忧伤！

眼中的光芒因哭泣而熄灭，

叹息和呻吟使我筋疲力尽。

向谁倾诉我无处不在的痛苦呢？

对别人倾诉，只会带来烦恼，

唉，带来烦恼！

我不想抬头仰望天空，

呼唤月亮或者太阳来解救。

它们的心灵何在，能理解我的痛苦吗？

你是我的太阳，请回到我身边，

啊，请回到我身边！

你的心是否也同样痛苦？

你是否还记得我的名字？

还是只有石头听到我的声音，

但却无法安慰我？

唉，无法安慰！

只要能再一次看到你的脸，

拥抱你，一起坐一会儿。

就可以交还我的灵魂——

在你的脚下死去也是甜美的，

唉，死去！

徒劳地寻找你，我的天堂，

不要用悲伤摧残你的娜兹鲁，

赶快去她那里吧，让她不再忧伤，

把她埋葬，把她的灵魂带走！

啊，带走她的灵魂！

7

哦，我虔诚的读者啊，即便一块石头也会因这些言语而破裂，更不用说一个人，而且是阿加西，他的心已经磨成了碎末。人的灵魂是深沉的，但血管是脆弱的，你越是拉紧它，它就越脆弱，甚至会突然断裂。在好的日子里，人会忘记自我。烦恼只会折磨灵魂，但它们不会很快将其消耗殆尽。

看到阿加西在痛苦中挣扎，受折磨，勇敢的亚美尼亚帕姆巴克小伙子们商议着，秘密前往找到他的妻子和母亲，把她们带到他身边，但明智的人劝阻了他们，因为阿加西可怜的父亲因此在监狱里会被剁成碎块。他们曾多次注意到阿加西有所计划，显然是想前去援助父亲和母亲，他们密切关注着他并劝阻他回头。

他在痛苦中度过了这个冬天。春天终于来临了，所有人，土耳其人和亚美尼亚人，都去了游牧区。阿加西也跟着他们离开了。

他们在山间的小溪旁支起帐篷，享受着花草丛生的草地，在这个不朽的天堂中放牧家畜。

早晨，当我们从梦中醒来的时候，云和雾气混杂在一起从无数山顶上升入天空，大家的衣服和脸都被露水和雨滴打湿了。

女人们留在奶牛和水牛旁边，给它们挤奶，制作黄油和奶酪，而男人们在山上放牧，或者把羊毛和黄油运到市场上卖掉再买一些家里需要的东西。

女人们还有其他事情要做。白天她们纺纱，织地毯、无绒地毯和披肩，快乐而单纯地度过时间。

当然，年轻姑娘们没有理由像在家里那样腼腆地把脸遮盖住。大家在一起像一个大家庭，不管你走进哪个游牧家庭，大家都是面带像玫瑰一样的红晕，到处都是一双双让人着迷的眼睛！在这样的空气和水的环境中，呼吸着花朵和植物的芬芳，如何能有不一样的表情，不一样的灵魂呢？

众所周知，年轻小伙子们经常和各种盗贼和强盗外出狩猎，有时待上一个星期甚至更久，他们带回打死或捕捉到的野兽，于是每个帐篷都会有举办宴会，热闹气氛不亚于婚礼。如果遇到宾客恰好在此！常常连续几个星期、几个月不让他们离开。

溪水潺潺流淌，水声哗哗，树叶飒飒作响，鸟儿啁啾，牧羊人的笛声，羊羔和绵羊的咩咩叫声，牛群哞哞，仿佛在对每个人说：如果你想要天堂，那就留在这里吧，像他们一样生活，带着纯真的心灵、纯净的思想。

不得不说，环境的改变对我们的阿加西产生了影响，甚至是石头也会变软，火焰也会熄灭，更不用说他的心了。但在阿加西头顶上还是有着邪恶的灵魂，可怜的他却对此一无所知。

当他从山上下到游牧地时，常常被成千上万双眼睛盯着。特别是当人们得知了他的故事后，他们都想看看他，无法控制对他的喜爱。他把鲜花送给别人，每一个接受的人都会眼含泪水，用心去接受而不是手，将那朵花放入灵魂的最深处，吮吸它的芬芳。

无论是谁只要有一块美味的食物，都会为阿加西保留着。有人给他奶油，有人给他煎蛋，有人给他烤羊肉，有人给他鹿肉。许多人邀请他去做客，为了让他满意，宰杀羔羊甚至是整只公羊。

听到他悲伤的巴亚特曲调，看到他哀怨的哭泣和眼泪，无论是老人还是年轻人都愿意为他献出生命。

当女孩们几个人一起在山坡上散步时，她们采摘花朵，把它们戴在胸口和头上，这时他的心都碎了，因为姑娘们的身边没有他的娜兹鲁。

而对于年轻的穆萨来说，他没有为他悲伤的娜兹鲁，也没有在牢狱中受折磨的父亲[①]，他只有一个年轻的母亲，准备在不久的将来再给他一个妹妹或弟弟。

---

① 这些话与小说的最后相矛盾，小说最后说穆萨有一个父亲，和阿加西的父亲一起被囚禁（见第三章14）。据说阿博维扬写作时一气呵成，之后没有再修改。

他身材高大，嘴唇上方已经长出小胡子了。当他浓黑的鬓发拂动他稚嫩的脸庞时，感觉好像是天使在挥动着翅膀。

他已经十六岁了，但从来没有斜眼看过任何人的脸。

不过，有时候当他看到盖布或白色面纱时，他也会迷失自己，内心燃起火焰，眼睛湿润，想要冲向群山和峡谷，隐匿、消失，但几天过后一切都会过去。眼睛不看了，心也会平静下来。

有时他觉得他被某种力量向上拉。

风吹过，树木摇曳，水声潺潺，仿佛有个无形的声音对他说：

"睡吧，穆萨，我会为你合上眼睛，在梦中与你交谈，当你醒来时，我会消失。现在还不是你找未婚妻的时候。既然你的命运已经注定，那就一定会有。"

当他醒来时，他觉得，天使们就要飞离他身旁。他还不知道这就是爱，已经悄悄地开始在他的心中安家了。

有一天，他在树下睡着了，在梦中看到有人给他送来一杯酒，一个天使般的形象，用羽翼掩盖着脸庞，轻声说道：

"亲爱的穆萨，要么你喝下这杯酒，要么杀了我。我的生命掌握在你手中。我没有父母，被囚禁在一个不忠诚的人手中。我们的游牧地在卡尔斯山上。如果你还有一颗爱心，如果你爱上帝，那就来解救我吧。如果你不救我，你的生活中也不会有快乐。亲爱的穆萨，我要走了，你知道的。你快来吧，过去的二十天里，他们折磨我让我接受穆罕默德的信仰。但我不会接受，我在等待着你。在梦中，有人告诉我，你就是我的救星。"

当他睁开眼睛时，他觉得周围的一切：树木、草地、花朵，都散发出永恒的芬芳。阳光投下一束光在他的脸上，然后悄悄地消失在山后。他想说些什么，但呼吸微弱无法发出声音，他想站起来，但双腿双手却无力。当他听到长笛和芦笛吹奏的声音时，他再次闭上了眼睛。

啊，如果在那一刻青春没有如此控制住他，那么爱也不会如此强烈地让他陶醉！

黑暗笼罩大地。漆黑不见五指，即使用手指指向对方的眼睛，都看不见。

乌云抬起头离开山顶。雾气氤氲着山脉和峡谷。仿佛成千上万条龙张着大口，要将它们吞噬。

当闪电到处闪烁时，山民立刻意识到将会发生什么。他们把牛群和羊群赶进栏里，自己拿起枪，放出猎犬，他们清楚这样的夜晚是小偷、强盗和野兽最活跃的时候。

当浓烟从大炮中喷出时，所有人立马撒腿就跑，大家都闭着眼睛，逃命要紧啊！妇女和孩子被赶进帐篷里。熄灭了蜡烛和火源，为了让眼睛能分辨周围事物。每个人拿了一块面包，把它们藏在了腰带里，没吃，他们在等待这一切结束，世界重新明亮起来。

雨夹带着冰雹下起来了，天空和大地都燃起了熊熊烈火。闪电猛烈地击打着山顶，像是它们随时准备要沉入地底一样。浓烟滚滚张着大嘴，大地几乎要被炸成万千碎片而死去。没有火光，什么都看不见，暴风雨降临时什么也听不到。

阿加西竭尽全力地大声呼唤着穆萨，大水要把他的母亲带走！他在哪里？他能听见吗？发生了什么事让他如此突然地冲出去并逃走了呢？

阿加西的伙伴们冲进山里，朝不同的方向奔跑，冒着生命危险，穿过枪林弹雨，但当他们得知他不仅离开了，而且还没带枪时，他们的恐惧和惊慌犹如雷击。阿加西如石像般呆住了。

暴风雨过去了，闪电也停止了，但周围依然漆黑一片。在哪里能找到他呢？

直到天亮，时间过去了很久，就像人们说的那样，蛇都生仔了。

当他们看到年少的穆萨浸泡在血泊中，周围的草和灌木都被拔出来了，谁能描绘他们所经历的事情呢？

一只巨大的鬣狗蹲在他胸口上，它嘴里还衔着穆萨的左手。看到这一幕，他们差点没把剑刺入自己的胸膛。

当他们尖叫和惊叹时，年少的英雄睁开了眼睛，看到他的伙伴们，摇了摇头，微笑着说道：

"好样的！及时赶到了。来，帮我把手拉出来：刀刺得太深，我没有办法自己拔出来，我已经没有力气了。"

伙伴们眼中流露出的喜悦，没有人见过的。他们立刻扑上前去，把鬣狗扔到一边，但当穆萨的手被拔出来时，发现已经有一半被咬碎了。

整整一个小时阿加西都没有离开朋友的胸膛，就像死而复生一样。

山民们见识到这位年轻勇士的气魄，非常地惊奇，这件事一直传颂了整整一个星期……

然而，梦境不断地萦绕着穆萨，宁静从他的心中消失。太阳虽然升起了，但对他来说，白昼已经消失。

白昼消逝了，他又开始痛苦起来。

山脉和峡谷对他来说变成了地狱。无论白天还是黑夜，无论是吃饭，还是喝水，无论是白天的光明，还是夜晚的梦境，所有的一切都融为一个美妙的形象，唤起他的回忆。

树叶是否沙沙作响，河水是否潺潺流淌，风是否吹动，带来凉爽的气息，他都没有注意到，除了他所爱之人的天使般的容貌，他什么也看不到。

阿加西勇士，甚至在他生命的最后一刻，也不允许任何一个伙伴有丝毫动摇。他早就察觉到穆萨内心的不安，早就意识到他内心不再坚定，注意力已不集中，不再去思考，早就发现少年的心烦意乱，但又不知道原因何在。他只知道直到那一时刻来临之前，他如同眼珠一样珍惜着这位朋友。但是现在，为什么如此痛苦，如此让他煎熬，他无法理解。

他看到年轻的穆萨一听到女孩子的声音或看到女孩子，就会失去理智，陷入疯狂之中，但他以为只是那种初恋的火焰在他心中燃烧，燃烧并唤起每个年轻人的内心激情，当他们开始明白自己到了这个年龄时，体内的血便开始沸腾，山脉和峡谷变成了他们的诗琴和克曼查①，冲昏了他们的头脑，或者变成了刀剑，戳进他们的心脏。

---

① 一种长颈鲁特琴类型的弦乐器。常见于阿塞拜疆、亚美尼亚、希腊、格鲁吉亚、塔吉克斯坦、伊朗等国家。是东方专业传统音乐合奏团的必备乐器。

他多少次扑到朋友的怀中，哭着恳求他讲述自己的痛苦，但除了眼泪，他什么也没有看到，除了哭声，什么也没有听到。

有多少次，穆萨的话已到了嘴边，打算向朋友倾诉自己的悲伤，但他的舌头干涩，发不出声音，脸涨得通红，他不知道回答什么，只是颤抖着指着山脉和树木。

伙伴们也不知道该怎么办。只要他稍微有一会儿的空闲，就会忘记食物和水，离开了不知去了什么地方，消失不见了，走遍周围所有的山脉和峡谷，才能找到他在那打盹。

有一次，他们就像现在这样寻找着穆萨，突然从岩石后面传来一个声音，每个人都会为之一颤。风将声音带到峡谷中，回声在岩石间飘荡。

巴亚特小曲

啊，你就是我的天使，
你诞生在人世间，还是从天而降？
唉，你把我的整个生命，都带走了，
来吧，圣洁的女孩，带走我的灵魂吧！
啊，带走我的灵魂吧！

我死去了，你都不会知道我躺在哪里，
你也不会看到我将剑插入心脏。
一个无情的钩子折磨着我的胸膛，

我去哪里能远离眼泪和痛苦？

啊，远离痛苦！

我的夜晚像死亡一样。我愁苦无眠。

我的生命黑暗如黑夜一样。

假如我不能死在你的脚下，

啊，又为什么给予我生命？

死在你的脚下！

我想把思念向乌云讲述，

但是它会慢慢散开，无法转达给你。

我能否将眼泪托付给山峰，

但眼泪又会涌入心中。

啊，再次涌入！

我会来到你面前，跪在你脚下，

在你的胸膛里找到自己的心灵，

但我在哪里找到你的美丽呢？

我能实现我的诺言吗？

啊，我的诺言！

如果我的朋友不能帮助我，

如果他们背弃我，

我会穿过山岭，亲爱的，

去帮助你，不再忧愁！

啊，不再忧愁！

哪怕能再见到一次你圣洁的容颜，

你会亲手将杯子递给我。

我会从山上下来，呼吸你的芬芳，

我会为你献上我的头颅。

啊，我的头颅！

令人同情的年轻人这样说着，低下头靠在石头上。

太阳已经开始落山了。

阿加西悄悄地跟在朋友身后，从灌木丛后偷听他，由衷地同情他，不想打扰他的睡梦，他坐在附近的石头上，凝视着他亲爱的朋友的脸，回忆起生活中的痛苦，思考着自己的青春。他自言自语道：

"啊，年轻人，年轻人，我非常了解，也看到了，什么样的刀刺破了你的心脏，什么样的火在燃烧你的内心。但是我该怎么办呢？为什么你不对我敞开心扉，让我了解到你的痛苦？这样我就可以为了你的幸福而献出我的余生。

"啊，我的亲人，我明白，爱情之翼轻触了你的脸颊，爱神之箭射中了你，但为什么你不说明自己的想法，好让我能着手去做这件事。就算是挖地三尺也要找到你的爱人，能够实现你们的愿望，然后死在你们的脚边？

"母亲和妻子对我发火，山脉和峡谷要将我吞噬，甚至连个可以让我叩首敬拜的石头都没有，哦爱情啊，大自然啊，你再次表现出你们的强大。

"哦，爱情啊，人们应该逃到哪里才能摆脱你，不遭受因你而产生的痛苦呢？

"起初你激发我们的热情，让我们的内心备受鼓舞，之后你又将它烧成灰烬。起初你像玫瑰花一样带着芬芳走进我们的内心，之后又变成了刺，变成了锋利的剑来伤害我们。"

阿加西一直思考着，突然他听到有人说："是的，我亲爱的里普西麦，为了你圣洁的女人，明天我将来到你这来，你会在卡尔斯山见到我……"

阿加西的内心备受煎熬，他只需要这样一个答案。他等了很长时间，一直等到他宠爱的穆萨满足地睡了一觉，当穆萨醒来时，阿加西一跃而起，扑向他，紧紧地抱住他，把他紧紧地搂在胸前，号啕大哭着说道：

"我眼中的光芒啊！如果在你的心中有这样一个心爱的姑娘，你为什么要瞒着我呢？难道你以为我是一块石头吗？不，你肯定认为我已经被折磨到极点了，我的内心已经没有任何生的愿望了，无法对你的不幸表示同情，不能为你付出我的呼吸和生命。但是我认为有些事情在上帝面前你都会隐瞒，但你不会隐瞒我。这就是你对我的爱和忠诚的心！你以为，阿加西的灵魂已经消亡了，不会可怜你，不会掉一滴眼泪了吗？诚然，我的父亲和母亲已经行将就木了，我甚至不知道我的妻子是死是活，但在我无法帮助他们之前，难道我能让你们中的任何人眼睛出问题，或是掉一根发丝吗？

"在我没死之前，在我没有被撕成碎片之前，我岂能容忍一只鸟在你们任何人的头顶飞过？站起来，擦干你的泪水，直接告诉我，这个里普西麦到底是谁，她是怎样折磨你的灵魂的，是什么天使出现在你面前，这样折磨你，而你却一句话也不对我们说？就算群山峡谷把她与我们隔开，我仍然会飞过去，找到她，把她带回来，只为你，我亲爱的穆萨，不再痛苦。你说她在卡尔斯，但卡尔斯离这里只有几步之遥，难道因为这个而伤脑筋吗？站起来，你还是个孩子，你的生活阅历太少，你对人们的了解也不多。站起来，现在不是害羞和垂头丧气的时候。"

穆萨的眼睛发亮，脸颊发红，因羞愧他不知所措，是扑倒在他这位慷慨的朋友脚下，还是去亲吻朋友的手。他的眼泪夺眶而出，心脏剧烈地跳动，毫无疑问，穆萨想要说出一切，但他的舌头不听使唤，他嘴唇紧闭，不敢大声呼喊："阿加西先生，要么杀了我，立即杀了我，要么实现我的愿望，带我到朝思暮想的爱人那去。如果我身边没有里普西麦，生命和光明对我来说还有什么意义？如果我无法感受到她的呼吸，那我就把心从胸腔里扯出来，停止它的跳动。如果我们不能看到彼此，那我就刺瞎自己的眼睛把它们扔掉。你是我的主人，你是我的上帝。我紧紧抓住你的衣襟，把我的手割断吧，割断我的头颅吧，如果不让我渴望已久的愿望实现，那就把我活活烧死吧，把我烧成灰烬！"

他们手牵着手回来了。阿加西将他宠爱的人的头紧紧贴在自己的胸膛上，确切地说是拖着而不是领着他回来的。

　　其他的伙伴们痛苦得一整晚都没有睡，他们高兴地迎了上去，他们觉得太阳再次升起。他们奔跑着聚集在一起，把两个人团团围住，一起进了帐篷。山民们也开心地愿意付出一切。

　　若有所思的阿加西阴沉着脸，他一进入帐篷，就暗暗示意小伙子们准备好马匹、武器和盔甲，因为夜晚即将出发。他不想向任何人透露出发的原因，担心有人会拦住他，不让他离开。

　　那天晚上，他将周围所有的山民召集在一起，与他们交谈，以免他们有任何的疑虑。他千方百计地感谢他们，但是要确保他们不知道他的意图，万一他离开了，他们不会说："这个人真糟糕，连句感谢话都没有，受到那么热情的款待，把一切践踏完就跑掉了！"

　　山民们多次请求，眼含泪水恳求他留下来，他们说他们会去请求大公，任命他为他们的领袖、中校，他们会全心全意地臣服于他：让全世界知道亚美尼亚人民拥有一颗敬重之心，他们敬重英雄就像敬重上帝一样。

　　那天晚上，他们所有的人，无论老人还是年轻人，聚集在他周围，只是不断重复，确认他是不是真的要离开他们，因为只要他一离开这个世界对他们来说将被摧毁，他们无法再看到太阳，他们也不会再感受一天快乐的生活。

　　听着他的讲述，如此清晰地想象着发生在他身上的一切，他们想投入水中了，他们的生活因此而变得阴暗。他们回应着阿加西说出的每一句话！已无法用语言来表达，只有用心去理解。

他看到老实的山区人只想着一件事，那就是整夜听他讲述，坐在他身旁不肯离去，有些人其至把头放在他的膝盖上，凝视他的眼睛，全神贯注。女孩们和少妇们也站在门口叹息。

阿加西悄悄地示意小伙子们准备马匹，因为早上他要去打猎，他命令他们在帐篷里集合，稍作休息，备好一切。

他自己也低下头，假装困倦，于是人们散开了，大家都祝他晚安，回到了自己的帐篷。

当东方泛白，云朵扬起头升到山峰之上时，小伙子们骑上马，穿上盔甲，带上武器，聚集在门口等候。

阿加西的马晃着头，蹄子敲击着地面。它吃了那么多鲜花水草，饱饮山泉水，被养得膘肥体壮，肚子都鼓起来了。

当山民们还没起床挤牛奶、羊奶时，客人们已经和他们告别，转身上马飞驰。有多少眼睛羡慕地望着他们离去！有多少心灵对自己说：能有这样的儿子，这样的女婿，是多么幸福啊！

一上山，阿加西展眼望向他常常游荡的山脉和峡谷，熟悉的鲜花和溪流，还有那些纯朴的山民的游牧帐篷，他们如此地敬仰他，他的心被打动了，眼泪涌上眼眶，他柔声轻轻地唱起了一首巴亚特曲调：

再见了，群山、峡谷，
再见了，流淌在花朵和草地间的溪流！
亲爱的亚美尼亚姑娘们，毫无疑问，

我必须离开你们，唉！

也许，阿加西会离开你们，
他无法在你们的庇护下入眠，
他无法闻到你们的芬芳，
听不到你们的声音，他将因忧愁而死去。

会有一位客人配得上你们的，
当他在你们身边时，内心压抑着痛苦，
当他远离你们时，在生命的最后时刻
还会记起你们的殷勤好客。

啊，要是腿能折断，不曾来过此地，
永远不再见到你们美丽的面孔就好了！
要是每个人都像你们一样保持纯洁，
享受用诚实付出得来的果实就好了！

我的心中有个伤口，想说的话语喷涌而出，
请你们保护它，玫瑰丛枝！
为那些有着温柔双手的姑娘们，
在你们的庇护下徜徉、休憩。

我美丽的山脉、溪流、泉水啊！

还有那青草地上盛开的蓝色花朵！
姑娘们会将你们摘下，装饰头巾，
别在胸前，编织花环。

彼此会说：别忘了我，
放一朵花在胸前在记忆中留存！
请将我的忧伤转告它们，
难道不是我用如注的泪水将你们灌溉吗？

请转达我的祝福，
趁我还活着。告诉她们，
我永远不会忘记她们，
我会全身心地爱她们。

我将她们的爱与美好珍藏于心，
我将带着这些进入坟墓。
上帝啊，请给予她们祝福，
再见了，群山！是时候离去了！

8

眼前突然出现一片旷野，平坦而开阔，被群山环绕，天逐渐暗了下来。旅行者继续向前走，云雾散尽了，一切都变得更清晰了，在他面前展现出了一座住着成千上万人的大城市。他被这鬼天气折磨得筋疲力尽，早就想停下找一个好人家住下来，休息一下，恢复体力再继续他的旅程。首先映入眼帘的是巨大的堡垒，又看到雄伟壮观教堂的圆顶，令人叹为观止，最后看到高高的清真寺、宫殿的顶端和高贵的大厅，但这一切都是假的！

聪明的人会说，在你面前是一个强大的国家首都，金银财宝应该随随便便地和各种垃圾堆放在一起，每天都有上百辆大篷车进出。

你会不由自主地认为，白天的灰尘和雾气遮住了你的眼睛，而夜晚的黑暗又使你迷惑，这就是为什么你看不到活物，看不到人，看不到牛，只有捕食的乌鸦在你眼前闪现黑影。

没有人可以问，因为你身边没有人，你也没有读过书，所以你自己也不知道。你站在那里想，这是怎么回事，是奇迹还是魔术？当你突然抬起头来时，啊，我亲爱的亚美尼亚人，你会瑟瑟发抖，连手都发软了。就在这个时候，你感觉有一条龙或强盗来到这里吞噬了所有的居民，或者把他们杀死，或者把他们俘虏，然后自己就消失了。我想闭上眼睛离开这里。

啊，不，不！别走……

一千多年来，这里没有炊烟升起，但你要留下来，不要害怕。没有生命的石头和寺庙不会吃人。睁开你的眼睛，让心坚强，深陷于悲伤之中吧。

这些由光滑的石板堆砌而成的寺庙，以及这些巨大的堡垒和这些石头会告诉你，在你面前的是骄傲的阿尼，是你国家强大的首都。它曾经富有而辉煌，它是如此的繁荣，如此的自豪，甚至连牧羊人都在这里建造了教堂①，牧人会穿着用精致的银子来装饰的靴子进行炫耀，连乞丐也要吃手抓饭、甜品和糖，而不要面包，他们只要金银不要铜钱。

在那之前，阿尼人把上帝抛在脑后，即使在教堂里，当大主教个头矮小时，他们就把一个高高的讲台放在他面前，而当大主教个子高大时，他们就把一个矮讲台放在他面前，这样他们就可以伸展身子，或者弯腰，或者跪下，或者根本不看书，人们还拿此事开玩笑，说他们在神殿里自娱自乐！

但圣约翰·耶津卡齐不喜欢开玩笑，有一次他张开了他那张神圣的嘴巴，于是大地就裂开了，天地颠倒了。人们流离失所，每个人都逃跑了，有的去了克里米亚，有的去了波兰。

只剩下冷冰冰的石头。在上千座教堂中，只有五座幸免于难。被他诅咒的寺庙、宫殿、宝藏、财富都从地球上消失了，亚美尼亚人民过去的荣耀也随之消失了。直到现在，有时仍然可以听到来自地下的声音。

如今小偷和强盗在这里建立了他们的巢穴。上帝让他们成功，他们不会失败！

在上帝对亚美尼亚人民的怜悯消失之前，他消灭了那么多无

---

① 作者暗示了亚美尼亚的一颗建筑明珠——一座牧羊人教堂，至今仍保存在阿尼市的城墙外。

辜的生灵，每时每刻都有数百万人失去生命，用一个修士的话来说，他摧毁了亚美尼亚国家，夺走了它过去的荣耀，并让它的人民在这世界上四处流浪。

哭吧，旅行者！上帝的审判是多么公正！当你看到苦行僧时，给他洗脚，让他喝水：是苦行僧用他们的诅咒摧毁了那个城市！即使是现在，教堂也尊重它的毁灭者。

你连他叫什么都不知道，就不要求助于他神圣的祈祷和庇护，让他就不要诅咒你，以及让他保护并抚养你的孩子。把他的节日好好地印在脑海中！"阿尼"这个名字对你来说是什么？这座城市已经被毁灭，消失了，而圣人将永远是你的帮助者和庇护者。

你站在悬崖边，把手放在胸前，你的脑海里一团乱麻，连舌头也不好使了。谁见过，有人需要那么多女演员？"不，这是个梦，我在做梦，这一切都是幻觉……"你自言自语，然后便失去了知觉。毕竟，这些神堂和寺庙都是新的？为什么里面没有声音？为什么他们不说话？

啊，敌人的剑杀死了他们。

我忠实的人民啊，现在你相信了吧，在你的土地上，有这么多城市，不是被火烧毁，就是被剑摧毁，只给你剩下光秃秃的石头，让你看到它们便流下眼泪；让你在悲痛中振作起来，成为一个勇敢的亚美尼亚人；让你在俄国强大而勇敢的羽翼下得以喘息，保卫你的国家，流血牺牲，保卫你的人民，为自己赢得荣誉。

当我们的旅行者在半夜到达时，这里就像墓地一样安静。

在这种时候，在这样一个荒凉空旷的地方，决定停下来休息是需要很大勇气的。

也许我们疲惫的旅行者不会来这里，但月光、寺庙的圆顶和要塞的塔楼以及无知欺骗了他们，把他们扔进了这个可怕的地狱。他们甚至都没有听说过"阿尼"这个城市的名字，他们哪里知道这里还有它的废墟？

当他们从远处看到建筑物突出的尖顶时，他们就已经不在俄国的土地上了，而是又来到了侵略者的地盘。

的确，没有听到公鸡打鸣的声音，但从山上传来了牧羊犬的叫声，他们看都没看就飞奔过去，但当他们迈进这寂静而悲伤的城墙时，上帝保佑！他们以为自己进了什么地穴或墓地，觉得每一次马蹄的敲击，甚至是自己的呼吸，都会使山川和峡谷勃然大怒。

可能每个人都能体会到，当你在黑暗中经过一个普通的墓地或一座耸立在废墟中的教堂时，心都会沉下去，身体也会颤抖，无数个念头折磨着你的心灵；石头看起来都像是魔鬼和强盗，好像要吃人一样，这甚至会使人昏过去。

这种情况出现的原因是，当看到房子或其他建筑物时，人们习惯性地相信那里是有人居住的，但后来，他没有听到任何声音，便不由自主地开始想，那里肯定住着邪恶的灵魂。否则，干枯的死尸和倒塌的墙壁中能有什么力量呢？它们能把我们怎么样？

在这样一个国家，每块石头下面都有数百个被砍掉的人头，每条峡谷里都有数千人被夺走生命，那谁还敢走进这样的教堂或塔楼？

"兄弟们！邪恶撒旦的剑就在我们头上挥舞！"勇敢的阿加西

用坚定的声音喊道。"在这样一个地方，我们需要展示出勇气。准备好武器和盔甲，让马休息，如果上帝保佑，到明天早上我们的头还在的话，那就让我们看看，它把我们领到了什么鬼地方①。胆怯没有用。给你的马喝水，把它带到墙根儿，我悄悄地去把狗找回来，看看我们是否安全了，或许我们还需要流血奋战，要么用马刀保护我们自己的头，要么去砍别人的头。"

他的伙伴们强烈请求他不要这样做，但他不听，他把枪举过肩膀，检查了一下手枪，叫来了圣萨尔基斯和他一起走了。

只有疯子才会顶着自己的脑袋去送死，但阿加西对他的这颗脑袋早已置之度外。

那条忠实的狗跟着一起走，一步都不离开他。它一闻到什么气味，一听到沙沙声，就停下来，站在原地，听一会儿，再继续往前走。

他们刚离开一会儿，一道光就从一个教堂的门口射进了阿加西的眼睛，教堂里在着火。阿加西两眼通红。他当时根本就没有去想，在这样的地方，除了强盗和侵略者之外哪有什么其他人，于是他直接朝火光走去。

上帝保佑，让他的眼睛看见这些！大约十名库尔德人坐在教堂中央围着篝火烤肉串。他们直接拿着铁钎子吃，一边笑着，一边像敏感的猎狗一样，时而盯着门，时而看向四周角落。

一个强盗，就算他是一只野兽，往往也都害怕自己的影子。

---

① 字面意思是有去无回的地方，迷宫。

他们还没来得及揉揉眼睛仔细看看门口的影子，阿加西就已经静静地走了进来，他面色如铁，没有打招呼，走到火炉前，伸手拿起一串烤肉。

他面无表情，动作无所畏惧，在如此不寻常的时间出现了如此不寻常的人，让库尔德人毫不怀疑地认为他来自另一个世界。他们瞠目结舌地呆立在那里，放下了手中的肉串。

事实上，他们怎么能想到，在这个时候一个活生生的人怎敢进入这个强盗的巢穴，即使在白天，有一百人也不敢经过，一千年来，人们都不敢进去，谁都不敢住在这些现成的房子里。

阿加西也感觉在他们面前的不是人类。他皱着眉头，闷闷不乐地瞪着眼睛。他一句库尔德语都不会说，但这救了他。如果他会说话，他们立马就会知道他是人，而不是魔鬼，然后把他撕成碎片。

他吃了一半肉串，把另一半扔进了火里。然后他欣赏了教堂精美的布局和美丽的装饰，摇了摇头。

库尔德人就像木头一样，一动不动地坐在自己的位置上。当阿加西用忧郁的目光看他们时，他们吓得缩成一团。

他就这样捉弄着他们，直到终于听到伙伴的脚步声。这时狗也高兴地跑进来，开始亲吻主人的脚。

强盗们一看到那条狗，恍然大悟，所有人都跳了起来，个个奔去拿自己的马刀，想要砍死他。但是第一个拿起马刀的人的头立刻被砍成两半，两把手枪又各打死一人。

阿加西抓起匕首，大呼道：

"我亲爱的兄弟们！上帝与我们同在！封锁出口，我们杀了他们，今天晚上我们就让他们全都去见上帝！……"

亚美尼亚人的话音一响起，突然仿佛墙壁自己开始说起话来：

"饶了我们吧！你们故乡的土地会有福泽降临。求你们帮帮我们，放了我们吧，我们全家愿为你们做牛做马！"

当这十五名库尔德斯坦的亚美尼亚人从两侧抬起头来，夺取了库尔德人留下的马刀和长矛时，强盗们的星星陨落了。八人被杀，两人受伤，他们被捆在马桩上。

太勇猛了！以人类的勇气还从来没有完成过这样的壮举。

库尔德人从卡尔斯村里把少男少女、年轻姑娘、小孩和婴儿赶到这里来，用无数根绳子把他们捆绑在一起，打算把他们交给萨达尔，或者把他们带到阿哈尔齐赫卖掉①。

人们什么时候会不跪拜、不崇拜那些给他们生命的人？

但是英雄阿加西亲自扑到他们面前，松绑他们的手，爱抚着孩子，安慰着母亲，鼓励他们赞美上帝，向圣萨尔基斯点燃神香和蜡烛，说这是神的恩典，而不是阿加西自己的功劳。

从来没有一个夜晚能看到如此耀眼的光明，生活从来没有那么快乐过，被解放的人和解放者，他们彼此凝视着，都以为自己在天堂，而不在人世间。

他们休息了一会儿，就开始整理这些强盗的财物，衣服、盔

---

① 18—19世纪，阿哈尔齐赫（帕夏雷克的中心）是一个收集点，从格鲁吉亚和亚美尼亚抓来的女孩和男孩被驱赶到那里，商人再将他们带到卡林、特拉皮森德、德黑兰或君士坦丁堡（今伊斯坦布尔），并在奴隶市场上出售。

甲、马具、斗篷。这是上帝的恩赐！每个人身上都有上百种各式各样金银首饰，就更不用说钱了，这是上千条生命被毁的代价！

阿加西无暇去看这些东西。他派人把马牵到里面，担心地问库尔德斯坦亚美尼亚人，在这里过夜是否安全。

"兄弟，我们可以为了保全你的生命而牺牲我们自己，但是，我们确实不知道，这些狗娘养的还会不会出现在这里。小心点还是好的。连狗都不会从他们的魔爪下脱身，更何况人了。但现在，上帝保佑！如果有一千只这样的野兽站在我们面前，我们也要向他们表现出凶狠的一面。只要把马刀拿给我们，我们就知道该怎么做，不会给你丢人的。

"我们每个人都是你的施洗约翰！他们十个人已经像鸡一样被绑起来了，动弹不得。你就别焦虑了，安安静静地躺着，我们的脸就是你脚下的土地。但愿把他们斩草除根！在这里他们的人比狗和狼还多。如果你问我们，那我们的建议就是：最好让一半人睡觉，一半人放哨。因为在这儿的峡谷里到处都是强盗。"

他们正这样推理，突然听到马蹄声。勇敢的阿加西立刻想到，这些很可能还是强盗，那些人的同伙。他立刻把妇女和儿童拉到一边，然后把手放在他们的嘴唇上，以防他们发出声音，他把两个活着的库尔德人的手脚绑紧，嘴也塞紧些，让一个强壮的库尔德斯坦人带着一把光亮的马刀专门看着他俩，把其他人放在火堆周围，以免引起怀疑，而他和他的勇士们占据了教堂门口的位置，他们拔出刀，沿着墙壁两边站着，把路留给敌人。

二十几个骑马的人，啦啦地唱着歌，来到了教堂门口，下马把裹着尿布的婴儿交给几个仆人抱着，省得他们喊叫。

亚美尼亚儿童和妇女的哭声和呻吟声再次响彻教堂，墙壁似乎也在呻吟。但是那些不幸的人不知道，那天晚上上帝给他们派来了一个多么仁慈的天使。

那一群人闯了进去，传来呜嗷喊叫的声音，他们甚至都没有意识到，这是有人在砍他们的头，他们以为是魔鬼还是圣徒来了。

他们来不及拿起刀，来不及拿起长矛和盾牌。

库尔德斯坦亚美尼亚人紧跟着波斯人。往他们的嘴巴里塞炙热的扦子或烧焦的木头，用石头或棍子打他们的头和胸，让他慢慢死去，让他受尽折磨。

这时，阿加西制止了这种愤怒的行为，他命令把死人扔掉，把还活着的受了伤的人手脚一并捆上，拖到一边。

"兄弟，是他们毁了我们的家，让他们的家也被毁掉！他们杀死了我们的孩子，那就让，让我们把他们送给撒旦处置，这样他们父亲的脑袋就会被魔鬼夺走。"

让读者想象一下，对于不幸的俘虏来说，这是一个多么美好的夜晚。就在刚刚，他们每走一步眼前都是死亡，他们也在等待着自己的死亡。而现在，他们怀着怎样的心情在祈祷，他们四目相对，颂扬着上帝！

在激烈厮杀时，阿加西像旋风一样从教堂飞奔出去，在门口站着两名库尔德人，他杀死了其中一人，而另一人逃走了，于是，他亲手解开了可怜的亚美尼亚儿童眼睛上的蒙布和双手的捆绳，把他们驮在肩膀上进入教堂。

可怜的亚美尼亚人走到了死亡的门槛上，然后又返回来了。他们一定很惊讶！当他们睁开眼睛看到解放者时，他们准备用眼泪给他洗脚，但谦虚的年轻人只要求他们感谢上帝和圣萨基斯。然而，他注意到库尔德斯坦人更加了解施洗者圣约翰，他说：

"请用你自己的方式去缅怀施洗者圣约翰吧！圣徒们不会互相争吵，也没有嫉妒。每个人都有足够的力量，每个人都能保护别人。"

阿加西心里觉得这一夜不会再发生什么不幸的事了，他建议大家跪下祈祷。幸运的是，俘虏中有神父和执事。大家开始进行晨祷，这一千多年来，阿尼这座城市都不曾见过教堂的礼拜，也没有听到过祈祷的声音。那天晚上阿尼会认为，他们著名的国王和亲眷们已经从自己的坟墓里站起来了，为他的土地祝福，为他的山河骄傲，这样亚美尼亚人民就不会认为他们的城市受到了上帝的诅咒，任何人都不能在这里生活。

天未塌，地未陷。库尔德斯坦人自己也想知道这是一个多么荒谬的寓言故事，它是怎样如此顽固地铭刻在他们心中的。

天亮了。阿加西睁开眼皮，打量了一下四周，不知道该不该相信自己的眼睛。教堂、城墙、堡垒、尖塔是那么新，那么宏伟！但却无人居住……

阿加西是个文盲，他不知道这是一座什么样的城市。他叫来神父。当他了解了这座城市的历史时，他的心难以平复：

"我感到十分痛心！我们的人民曾经拥有这样的城市，有过这样的伟大，但现在失去了一切，被强盗俘虏了，"年轻的英雄含着眼泪说。"不，神父，上帝亲自把我们带到这里来，上帝赐予我们的刀和我们的手以力量，否则我们就不会在一夜之间做这么多事情。上帝有足够的力量随时来帮忙。我们不要欺骗自己，我们没什么可让上帝发怒的，我们消灭强盗，释放上帝的创造物。让我们留在这片神圣的土地上，从盗贼和强盗手中解放我们神圣国王的坟墓和我们神圣的教堂。现在我们有一百多人。我们所做得到的一切都是您的功劳。让我们留在这里，要么把我们的鲜血洒在我们圣王的土地上，要么一点一点地重建他们的城市。有房屋，有土地，有丰富的水源，有大片的良田，不只建一座教堂，而要建五座教堂，这该是多么美好！我会从石头下面获得食物，养活你。

"但是石头能对我们的库尔德斯坦亚美尼亚人说什么。诚然，在战斗中，他们每个人都是勇士，但既然把书上写的强加在他的头上，那别的也就不说了。即使他死了，他也会按自己的方式做事，就是那样固执。"

"这怎么可能？谁会留在这片被诅咒的土地上？难道切蒂米尼人在撒谎吗？如果你愿意，就把我们的头砍下来，把我们的灵魂抽出来，只要在这片荒野上，老实说，没有人可以活下去，也没有人可以轻松留下来。哪怕你说一千年，哪怕你用头去撞石头。不管你说什么，我们都不能留下来。我们不会放弃我们自己的土地。"

"你不要离开，上帝与你同在。显然，这就是我们的命运误入歧途。人要是自己把脑袋放在刀下面，谁还愿意来帮助他呢？因此我们的家园才会毁坏。去吧，上帝保佑你们一路顺风，愿他能启发你们的心灵，使你们知道什么是对你们有利的，什么是对你们不利的。我和我的人不会离开这里的。如果你们中的任何一个愿意到我这来，他就会成为我的兄弟，成为我眼中的光。如果我有一块面包，我就会给他一半。和平与否对我来说无所谓。"

阿加西说完便吩咐，让他们把所有的战利品都平分。他自己却什么都没碰，他命令自己的战友只拿走刀和盔甲。他给所有人穿上了库尔德人的衣服，以便不会被人轻易认出来，还给每人一匹马。

有二十个年轻壮士看到这一幕，便恳求让阿加西接纳他们。他带上这些人，领了圣餐，含泪送其他人走了一段路，与他们告别后，就与自己的战友回去了。

大家吃了东西，然后绕过了城墙和教堂。阿加西命人清理南部石岗上的塔楼。他派了两三个人到舒拉迦尔去买面包；这个年轻人仿佛心里有一团火在烧着他的五脏六腑，他自己沿着城市所有的道路和沟壑行走，查遍了所有的角落和窄巷，发现了地形的优势和劣势，此时他已疲惫不堪，筋疲力尽；他又往上走，走出护城河，独自坐到塔边上。他望着阿尔帕恰伊，看着夕阳，手里拿着一块头巾，唱着这首巴亚提：

祖国，我为你牺牲一切

为了你，为了河流，为了祖国的雾霭！

你的荣光在哪里？

曾经的荣誉在哪里？

你为什么躺在那里，如此虚弱无力？

只要想到：圣土，山川，峡谷，田野

曾那样繁荣昌盛。恐怕如今，

我的国家无主。

祖国啊，谁是你的主人？

你们的守护者、国王、王子们都在哪里？

唉，你的家孤立无援，

父亲忘记了自己的儿子。

不知去向的孙儿，只要让我看见你，

我就照亮你酣睡的土地，

烈火灼烧着我的身骨，

我想与你们同葬。

那我为什么不睁开双眼，

为什么不为你献出灵魂呢？

我此时还不能走到你跟前。

流眼泪无济于事。

我们的土地被夺走，我们的生命被杀戮，

啊，我们周围是刀剑和火光，

天空看不见孤独的国度，

大地裂不成无底的深渊。

当你再次抬起头来，

把心爱的孩子从悲伤中带走，

让苦难的疆域重获自由，

或者让我们一起走进坟墓。

我从出生起就看着周围的废墟。

群山向我们袭来，随后又崩塌，

不幸的人们无法从地球上抹去。

啊，心啊，你的寒冷和忧郁，

你的血脉枯竭，手已无力，

啊，我迫不及待地想见到

你已自由，敌人已被消亡。

复兴的精神和人民的崛起

会给我们带来什么样的生气？

亚美尼亚人将从哪里得到帮助，

哪只手将推动我们前进？

啊，我要把我的生命献给这只手，

我要用脸贴着它，

我要把我的血献给它，

哪怕在坟墓里我也要赞美它。

可怜的马西斯，你的白发

飞向云端，揭开面纱，

为什么，当你眼明身健时，

不用剑刺死那些不幸的子孙？

9

太阳就要落山了。黑暗笼罩着大地。

而我们的流亡者阿加西还坐在那里悲伤，哀叹着他和我们的悲惨命运，突然他看着峡谷，眼睛黯淡下来。

有五百名甚至更多的骑士，是塔拉克亚姆人和库尔德人，他们正从卡尔斯平原驱赶上千户人家以及他们的牛群和羊群。他们从山上往下走，把人们驱赶到峡谷，打算把他们带到埃里温去，要么在那里杀了他们，要么卖掉他们，要么把他们变成穆斯林。许多人被打得遍体鳞伤，毫无力气。

每个骑马的人都带着一个年轻的男孩或女孩，准备在即将到来的夜晚要么玷污他们无辜的灵魂，要么就用刀剑和火烤把他们折磨致死。

阿加西待在原地，小心翼翼地用手示意兄弟们先不要动。然后他弯下腰，爬上悬崖，以防强盗们观察到他，那样就来不及准备了。他们开始等待，敌人终于走近了，他们在河边停了下来，洗了洗刀，洗了把脸，做了祈祷，吩咐撒旦的仆人把所有那些疲惫不堪的老人和妇女的眼睛都蒙上，手都绑上，在他们面前跪成一排，等到晚宴结束后，把他们无辜的头献祭给自己那颗不洁的心。

他们甚至不允许父亲或母亲在生命最后的时刻与自己的儿女告别，让他们互相亲吻、祝福、拥抱。仆人们执行了命令：用刀柄把那些可怜的俘虏赶来，让他们跪在一起。

孩子们千万别干傻事！他们想要跳到水里，拿石头砸自己的头，把喉咙放在刀刃上，以此来恳求至少让他们亲吻父母的脸和手。但是他们被拖走了，许多人直接倒在地上，因为他们已经断气了，毫无知觉地在地上躺着。

但即使在这一刻，可怜的父母也告诉孩子们，宁愿死去，用剑砍掉自己的头，也不能背弃自己的信仰。他们捶打着自己的头，远远地对着孩子们喊话，眼睛里直冒金星。

当强盗宰杀公羊、剥皮、生火的时候，黑暗开始笼罩着山岭和峡谷，我们的亚美尼亚人已经准备好了马刀和猎枪，他们跪下祈祷，热泪盈眶，站起身来，相互搂着对方的脖子，最后说一声对不起，把马托付给了马鞍下的一个孩子，而他们自己，把希望寄托于上帝，沿着这条路，沿着这条鸟不拉屎的道路出发了！

五个人朝一个方向走，五个人再朝另一个方向走，另外十个人要把所有人围住；谁离刀近就先砍谁，再活捉一些人当俘虏。在必要的情况下解救亚美尼亚人，让他们也来帮忙，分给他们刀和枪；每个骑手都有两把枪。

以前被俘的四名库尔德人被阿加西带在身边：他们发誓，直到死都不会离开他，而他们也在履行神圣誓言。

因此，他们二十四个人要对付五百个人。

听者不要感到意外：勇敢靠的是一颗心。不管敌人有多少，要是在夜间出其不意地攻击他，他怎么知道来攻击他的人是多还是少呢？此外，阿加西还下令不要说亚美尼亚语或突厥语，而是要用库尔德语喊叫、呼救。

在所有这些被俘的亚美尼亚人中，有两三百人是仅仅因为没有武器而屈服。

在吃晚饭最热闹的时候，每个人都在吃烤串，他们把枪放在一边，卸下盔甲，开始整理自己的战利品，猎枪顿时噼啪响起，十五二十个强盗立即倒下。马混杂在了一起。强盗们立刻逃走了。

阿加西和一半的战友封锁了峡谷的入口，另一半解救了一百多名亚美尼亚人并带着他们封锁了峡谷的另一边。

又有二三十个人飞奔到那些跪着的人面前，打开他们的眼睛并解开他们的双手。在战斗中，当白发苍苍的老勇士们看到他们手里又拿着马刀时，他们立即变成了狮子。有的在峡谷里，有的在峡谷两边，他们如下冰雹一般砍在敌人的头上，上帝保佑！

卡尔斯的亚美尼亚人对这个峡谷的一草一木都了如指掌。无论从哪里响起枪声，无论从哪里闪出刀光，这些人都毫无意外地被击毙。只有纳吉汗和奥库兹老爷意外地保住了自己的脑袋：他们弄到几匹马，带着几个人成功地逃走了。

被打死的就被打死了，幸存者还留在峡谷里，像迷路的羊一样站在那里。我们的人把他们留到天亮，结果呢？让你大开眼界！四个库尔德人杀死了十五个敌人！阿加西一个人打碎了十多个人的脑袋，把他们开膛破肚！

听众可能会惊讶，怎么在一天内发生了这么多事。但这个时候波斯人正在向卡尔斯开战，我说的这个事发生在 1821 年[①]，那时的山峦峡谷，尤其是阿尼，成为了盗贼和掠夺者的避风港。

天亮了。上帝保佑，总有一天这样的早晨可以赐给每一个可

---

① 1821 年爆发了波斯 – 土耳其战争，其原因是边境地区库尔德部落的边界争端和骚乱，他们掠夺波斯村庄，在土耳其避难。

怜的人和受苦的人！五百个敌人中，剩下不到六十个，他们也像羊一样被赶到了一起，大多数人没有武器和盔甲。马匹、衣服、装备什么都没有。

我们必须要讲一下那些激动的拥抱和喜悦的泪水，阿尼见证了这一切。

卡尔斯的亚美尼亚人还不敢相信自己的眼睛，他们真的逃离了敌人的手掌心，他们又能回到自己的祖国了。在此之前，他们很茫然，甚至不知道是谁救了他们。

后来，当阿加西的人要把马牵出要塞时，他们惊慌失措，以为那是敌人，上去就抓住了他们的枪。但是阿加西安慰了他们，当他迈着巨人般的步伐从他们身边走过召唤战友时，所有人都钦佩他的体态、身材和风度。

但他不再与他们拥抱和相互祝福了，他顾不上这些了；他得知哈桑汗和他的军队正在从卡尔斯回来，这是卡尔斯的居民告诉他的。同时，他又派了两匹马去久姆里，命令其他人迅速把妇女和儿童带到要塞或峡谷的某个地方，把牛羊赶过峡谷，赶到舒拉格草原去。他自己把所有带马刀和枪支的人都召集起来，带着他们上陡峭的山。十到十五岁的男孩也变成了狮子，渴望为自己流的鲜血报仇。

被俘虏的突厥人和库尔德人的武器也被拿走了，他们都被捆绑在一起，带到了要塞。如果不是阿加西，他们怎能安然无恙，卡尔斯人想用石头砸死他们，或者把他们扔进水里。

1821 年 7 月 23 日，光荣的亚美尼亚古城阿尼亲眼看到了一支勇敢的军队，300多人，还不算全副武装的少年团。

当勇士们进入他们被荒废已久的都城时，他们的眼中充满了泪水。整整一个小时，他们俯首贴地，久久不能从地上起来。

但必须保持警惕。阿加西让同志们再次说出心中所想的愿望，并去完成它们，他将部队一分为二。他把一半交给了卡罗，卡罗很擅长作战并且经验丰富，另一半他自己带队。每个人都把必需的食物装在口袋里。他又派了三十个人去照顾妇女。阿加西自己埋伏在要塞里。卡罗占领了西峡谷，穆萨留下来照顾妇女。上帝仁慈，火药和子弹都及时到达了。

大家商定：如果哈桑汗进入峡谷，等到他全军都经过时，再采取行动。如果敌人直接向要塞进发，要等到所有人都集合起来才能出去，并且要出其不意地出现，在战斗最激烈的时候，一半人从峡谷的一边，一半人从峡谷的另一边把敌人打晕，使他们除了逃跑就别无选择。

大家决定，如果上帝保佑他们成功，那么穆萨也应该把妇女安置在一个安全的地方，他带着马和他的人出来作战，说不定就能追上敌人，把所有的人都杀掉。

当大家散去，各就各位时，早晨的凉意已经过去了，已经到了中午。但热浪没有像热血燃烧着的勇敢的亚美尼亚战士的心一样燃烧着大地。他们觉得为他们的人民、他们的国王和王子的土地流血、英勇牺牲是不朽的壮举。

当看到尘埃从要塞飞扬起来的时候，太阳已经偏离了天空正中央两嘉兹。天上的云层逐渐增厚，最终覆盖了整个阿尼平原。

从峡谷里也看到了扬土，所有人在原地沉默了。

血管都要破裂了，心脏也要破裂了。许多人都想离开要塞和峡谷，冲向开阔的战场，他们迫不及待地想要展示出自己的勇气。

显然，感谢上帝，敌人并不了解情况，所以急着赶来，打算在这里休息一会儿，乘着傍晚的凉爽，再次出发。

在他们身上没看见枪，也没看见其他武器，只有一行骑士骑马前进，他们急着赶往埃里温，宣布他们攻占并摧毁了卡尔斯城，他们迫使周围所有村庄的人搬走，用马刀驱赶着他们。

哈桑汗在他的一生中摧毁了无数个繁华的城市，他无论如何都想不到，就在这里，在这一堆废墟中，只有牧羊人才会在此经过，只有乌鸦才在那里筑巢，竟然在他回来的路上，遇到了那么大的麻烦！

尘雾笼罩着这座城市。城墙和塔楼的废墟似乎也看到了他们的毁灭者，他们闭上了双眼，不想去看。

谚语说："如果有上帝的恩惠，献祭的羔羊就会自己来到你的门口。"类似的事情就这样发生了。

刚进城，哈桑汗就立刻下了马。他们搭了一个帐篷。

波斯人的习俗是，一旦他从马背上下来，他就把枪、盔甲和斗篷放在马鞍上，然后给每个仆人分四五匹马去照料。如果是祈祷的时间，那么他就自己做祷告；如果是吃饭时间，他会抽一支水烟，然后坐下来吃东西，把腿盘起来。

这一次，也是这么做的。这儿二十个人，那儿一百个人，大家都旅途劳顿，摊开自己的斗篷，从怀里拿出圆石和梳子，从刀鞘里抽出马刀，把这些东西都摆在自己面前。

可以把他们当成某种黑暗之灵：他们嘴巴紧闭，站起来又蹲下去，他们用脸去贴石头，贴马刀，伏在地上待了一段时间，然后他们又抬起头来，再次俯身在地，所有这些人头上都戴着帽子，他们又站起来，半低着头，低声地祈祷，安静得连自己的耳朵都听不见。然后，他们把手放在膝盖上，弯下腰，看着石头，看着马刀，又跪下，头又碰到地上。

所有人都知道，如果伊斯兰教徒在进行祷告时，甚至别人砍掉他的头，他都不会把脸转过来。这样他就能感受到祷告的力量，虽然他自己一个字也听不懂，因为所有的祷告词都是用阿拉伯语写的。

当波斯人第一次跪下时，我们的小伙子们想立即扑向他们，但勇敢的阿加西举起手指阻止了他们的行动。

被俘的土耳其人被杀了，他们无法帮助自己的信徒们。其中一些人被当场开膛破肚了。而另一些人被警告了，看见这场面就安静了下来。

阿加西在波斯人中长大，他很清楚，祷告还没到一半，行动还不是时候。

峡谷里的伙伴们没有听到任何枪声，他们猜想，狼自己掉进了陷阱里。于是他们爬出洞穴，悄悄地穿梭在岩石中，往城市的方向靠拢。

波斯人的仆人们甚至发现了他们中的个别人，但他们怎么会有怀疑呢？他们以为那是自己人出去打猎了，然后把打到的猎物送给可汗或贝克作为礼物。

在堡垒里埋伏的人注意到了他们的行动，这使他们极其紧张。

现在再也没有时间可以浪费了。一旦让敌人发现，那整个行动将会失败。

从远处，从埃里温的方向，有两三个骑兵疾驰而来，他们伏贴在马背上，扬起一路尘沙。

但敌人们一直在祈祷：这关他们什么事？就算是整个世界都被摧毁了，他们也不会去看一眼。

他们刚刚把手举到耳边，跪倒在地，大炮就从堡垒中射了出去，山脉和峡谷开始隆隆作响，教堂显得格外醒目。敌人的马挣脱了自己的缰绳，两千多颗子弹、马刀、步枪还在原地，波斯人连帽子都来不及戴上，光着脚都奔向峡谷里。他们认为，这或许是魔鬼的把戏，他们也想象不出还有其他什么了。

勇敢的亚美尼亚小伙子在峡谷里穿越岩石追赶他们，这时候不能靠枪了，必须得用刀和匕首。

对于残暴的哈桑汗来说，决定命运的时刻到来了，但他很幸运，埃里温骑兵刚刚到达峡谷上边，亚美尼亚小伙子们还没来得及追上他们，他们就已经让哈桑汗骑上马加速离开了。悲惨的哈桑汗从峡谷的另一边看去，看到了他那支倒霉的军队，他马上用双手捂住脸，又给了马几鞭子。

那天有一千多名波斯人被杀。其余的人要么摔到了岩石上，要么当场死亡，有些人躲在石头后面，有些人躲在灌木丛后面，惊恐万分地躺在那里。

很多人都被抓了。用灌木丛和石头绑住他们的手，把他们往下带。让有心有思想的人去感受，去领略胜利者的所有喜悦。在这一天抓了一百多名俘虏。

在短时间内阿尼名声大噪，整个埃里温因内心狂热而颤抖不已。

当逃跑的哈桑汗骑马经过时，我本人恰好在埃奇米阿津。他派人去警告埃奇米阿津弟兄不要像往常那样用十字架和战旗迎接他。但有人散布谣言说他们遭到了库尔德人的袭击，还说卡尔斯在闹瘟疫。

人们一聚到一起，警觉的阿加西就放下所有事情，命令大家都去教堂。他们通宵祈祷，感谢上帝，当祈祷结束时，他派人四处侦察，看看是否有残余的敌人，或者还有什么危险。

感谢上帝——他们没有发现任何可疑的东西就回来了。

死者的尸体被扔下悬崖或扔进深坑里。马匹和所有的战利品都被瓜分了。然而，衣服和盔甲谁也没有去注意。

天黑前，阿加西就四处安插了卫兵，把剩下的人都召集到要塞里。

吃完晚饭后，阿加西开始与他们商量：他们是怎么想的，他们要去哪里。他想知道该如何说服他们留在阿尼，重建他们的古都，曾经挽救过他们生命的地方，在久姆里写申请接受俄国公民的身份，以这种方式让他们在世界上名垂青史。

但是圣约翰·耶尔津卡齐诅咒的锋芒和迷信在他们心中根深蒂固，哪怕你劝他一千次或者用钳子都无法解开这个心魔。

上帝保佑一个人的思想不要误入歧途！在这里，哪怕有一千个神父，哪怕有一千个医生，也没有什么用。不管你怎么跟他讲道理，他都会再次走偏，如果你再使劲讲，他就会发疯，也许他会真的疯了。

俗话说得好：疯子把石头扔到海里，就算一千个正常人都捞不出来。

阿加西意识到他的话不会被重视，这一切都将是徒劳的，他走到一边，把手帕贴在眼睛上，说：

"造物主啊，你的荣耀是伟大的！但是，为什么我们都说，人是你圣灵的一部分，他是按照你的形象创造的，而他的思想却往往比石头还硬，他的头比石头还厚呢？

"盗贼和强盗在这里安营扎寨多年，你的大地不去吞噬他们，不消灭他们，只把灾难降临在我们自己人的身上，你还不允许他们建立自己的国家，荣耀你的圣名，拯救自己的生命。

"不，我们万能的造物主，我们不是你创造的，你不会这样伤害自己的孩子，你不会去践踏他们。当一个人出生时，他就是一团肉，仅此而已。随着岁月流逝，他开始一点一点地走路、说话、开悟和思考，学会了把手放在嘴边，吃面包，然后自食其力。

"但灾难降临到了孩子身上，这个民族遭难了，当他们第一次睁开眼睛，看到的不是光明，而是黑暗；当看到一条笔直的小路，他就会往下走，在岩石上行走。那些抛弃自然法则而追随非自然的人有祸了，再不会有导师去提升他们的精神力量了。

"如果我们有优秀的科学家，他们不分昼夜地对我们的儿童和人民进行指导，对他们进行教育和教导，那我们的人民还会处于这种状态吗？

"山里的野兽比我们活得更好：要么逃离强盗、猎人，要么扑向他们，把他们撕碎，以此来保护自己。当鸟巢被摧毁时，鸟儿会发出吱吱声，拍打翅膀。难道我们就不能像一只鸟一样来保护我们自己的巢穴吗？

"如果我们不理解书对我们有什么好处，那么福音、十字架和崇拜又有什么用呢？

"地下也有很多宝藏——那于我们有什么用？

"啊，科学家啊，我们的科学家啊！他们花了多少时间去睡觉，去享受所有的乐趣！大家都在追求金钱！要是你能做些正确的事情，教育我们，那我们就能摆脱敌人和强盗，我们就能幸免于难了。

"人生只有一次，就应该这样做。当他去世以后，在这个世界上他的名字会被人记住，在节日里他会被人纪念，他的灵魂在这个世界上也闪耀着光辉。

"但是，如果只有石头才能听到我的话，那又有什么用呢？

"我们都说，无知的人就会人云亦云，但神职人员呢？这也证实了这座美丽的城市是被诅咒摧毁的。

"首先，圣人的口中不应该说出诅咒的话，但如果你说出了诅咒的话，我的造物主啊，我向你鞠躬！难道你就应该因为一个人而毁灭千百万的活人吗？如果你必须毁掉他们，那你为什么还要创造他们？

"啊，我心里有无数个这样痛苦的问题，但他们堵住了我的嘴，不让我说话。"

就在他思索的时候，忽然抬起头，看见整个阿尼平原都被火焰吞没了。他知道哈桑汗已经将所有人都驱逐出卡尔斯，并把他们赶往埃里温，他也清楚地知道，如果有一支军队去对付他们，那肯定不是他们对手。如果他自己打败了哈桑汗，那现在谁还能和他对抗呢？

战争对他来说轻而易举。

他等不到早上了。他担心这些亚美尼亚人会遭遇和其他人一样的命运——老人全部会被杀害。他带着大约两百个经过挑选的骑兵进了平原。就在敌人刚刚休息的时候，他们赶到了，场面十分混乱，连狗都认不出主人了，移民成群结队地摔倒，相互叠压着，每个人都手忙脚乱。

敌人立刻瓦解，四散而逃，连一个人影都看不见了。被解救的亚美尼亚人没有被放走，而是被集中在一个地方，他们忘记了悲痛，开始向来救他们的人大喊大叫，向他们要枪和炮，要赶走这些波斯士兵，哈桑汗留下两千名士兵看着俘虏，让他们慢慢地领着人们走，波斯士兵中的大多数人也是亚美尼亚人。

当如雷般的呐喊声响起时，波斯士兵以为是俄国人来了，扔下大炮和弹药，冲进了峡谷。

几个埃里温的炮手和波斯士兵也落入了他们的手中。还有什么？强盗们现在连想都不敢想去接近阿尼。

好不容易把夜色消磨掉了。早晨，上帝的光芒照亮了亚美尼亚人的心。他们得到了如此多的火药、步枪、大炮，即使全世界都向他们进军，他们也不会受到伤害。

但是，无论阿加西怎么劝告，怎么说，怎么请求，都无济于事：亚美尼亚人无论如何都不想回到这个该死的地方，大多数人又把脸转向卡尔斯。

阿加西非常希望他们至少能搬迁到俄国的土地上，但这也没有成功：有些人想搬过去，有些人不想。

就在他们争论不休的时候，卡尔斯帕夏集结了一支军队，去把自己的臣民带回来。必须要说的是，卡尔斯帕夏和巴亚泽特帕夏都爱亚美尼亚人，就像爱他们自己的孩子一样。

帕夏惊呆了，这简直像做梦一样。他原以为自己不可能活着走出这峡谷，但令他惊讶的是：就在他要进攻敌人的时候，成千上万的人举起双臂，呼唤他的名字，高兴地向他跑来。

就像一个亲眼看到孩子被释放的父亲一样，他开始赞美上帝，把脸贴伏在地上。还没等他开口问奇迹是如何发生的，众人就把阿加西送到了他的怀里，站在他的面前，千万个声音呼喊道：

"亲爱的帕夏，让我们和我们的孩子为他而牺牲吧。他是我们的救命恩人，是我们的第二个神！"

这个高尚的年轻人，每一次心痛都使他愁眉苦脸，他的眼睛和脸颊一阵通红，一阵惨白，他的心变得非常敏感，一听到什么，他的眼睛就像小河一样流淌着泪水，面红耳赤。他默默地把手伸向天空，一言不发，他表明，这是上天赐予他的这种力量和好运，而不是他自己的功劳。

高贵的帕夏有生以来第一次亲吻亚美尼亚人的额头，就像亲吻他的祈祷石一样。他把他抱在胸前，用手搂住他的头，又吻了他一次，并答应他会以各种方式赞扬他的勇气，邀请他一起去卡尔斯，并留在那里，做他的部下。

但阿加西跪在帕夏的脚边道谢并说道，哪怕全世界都来劝说他，他也不会拒绝阿尼，因为他打算恢复那里的生活。

对帕夏来说，这太容易办到了！只要阿加西现在和他一起去卡尔斯，一旦安定下来，他就会保证完全实现他的愿望；他说，只要他需要，就会给他提供人力、畜力、商品，而且他会亲自帮忙。

阿加西又满眼泪水地倒在帕夏脚下，他说：

"我这颗脑袋，这胸膛，已经在火里燃烧了上千次，那只手也曾无数次地许愿把刀插进自己的胸膛，扎在心上，这些我已经都不需要了，帕夏，你要么现在就杀了我，要么信守你的诺言，让我看到人民的首都重获新生，这样即便我死，也能闭上眼睛！"

"波斯人不可靠！"库尔德斯坦人从四面八方喊道。"他在说什么？他连大字都不识一个！让他当帕夏，他就只知道弹奏自己的萨兹琴！你是疯了才能去那样一个该死的地方定居！他是一个真正的波斯人，波斯混蛋！不管谁家的公鸡，他都只管一个劲地说：我们的公鸡唱起来，我们的公鸡唱起来！你能拿他怎么样！"

卡尔斯人载歌载舞地回到了自己的土地上。啊，擦干眼泪，阿加西离开了阿尼。在帕夏身边，他听到了无数恭维话和各种赞美的话，但他对这一切置若罔闻。

他曾无数次地往返于这条道路，只有当看见阿尼的城墙和教堂时，他的心才会稍微平静下来。他开始捶打自己的胸口，叹气，悲伤。

　　一登上山顶，到了山口，阿尼就消失在视野中了，他再也无法控制自己了，虚弱地从马背上摔了下来。然后他站在车辙上，把手伸向天空，望着阿尼，呼喊道：

　　　　天上的造物主啊，

　　　　要不然你把我的心挖出来吧，

　　　　给我指条明路吧。

　　　　要么把我的灵魂抽走，还给你，

　　　　要么从天上给我提供帮助！

　　　　趁我的头还在肩上的时候，

　　　　给我洒点火光吧。

　　　　我愿意结束尘世的日子，

　　　　只要我的身体躺在阿尼。

　　　　愿他们双目失明吧，如果这样

　　　　他们将不再看到阿尼据点。

　　　　如果我死于悲伤，请给我一人之地，

　　　　我古老的阿尼，请将我埋葬！

　　　　啊，愿我的灵魂下地狱，

　　　　我亲爱的阿尼，我祖先的花园，

　　　　如果你还在用石头庇佑我的遗骸，

我就不会在天堂里快乐。

你的家园所遭受的诅咒，

将会活活地把我吞噬。

如果额头能遮盖你光明的遗骸，

那我在天上寻找什么呢？

圣耶尔津卡齐，圣耶尔津卡齐，

如果我不重建阿尼的宫殿，

那你就欢呼吧，让闪电之剑

从天而降刺穿我的胸膛。

神圣的石头啊，我要把生命献给

这些坟墓、城墙、教堂。

但如果梦想没有实现，

那就让我自己变成石头吧。

让我坚挺地跪着，

用石头无言的嘴

向路人喊出一百种声音：

你们为什么离开自己的故乡？

10

天刚亮，大公和勇敢的少将马达托夫就从睡梦中醒来。他望向沙姆霍尔平原①，给部队下达了一些必要的军令后，亲自带着主教格里戈尔和几位有影响力的亚美尼亚人，用鹰一般锐利的目光，巡视着军队的营地，透过望远镜观察着山峰和峡谷，为防止敌人的突然袭击做着准备。

军队人数虽然不多，但由马达托夫指挥，这位指挥官的名字足以让山脉和峡谷发颤，人们把他看作上帝来景仰，一提起他，波斯人的灵魂都吓得逃跑，而他忠实的子民，备受鼓舞，满怀热血和气喘吁吁，振作精神做好了牺牲的准备，都支持他，他们已决定要么失去一切，包括房屋、财产、孩子、妻子、家畜、财富，全部奉献出来，要用俄国人的剑刺入敌人的眼睛。

天亮了，大家完成了晨祷，但还没有人知道要出发去哪里。

波斯军队占领了甘贾②和卡拉巴赫，这一边是潘巴克和舒拉加尔，一方面，是亚伯斯－米尔扎，另一方面，是哈桑汗，所有他们经过的地方都被摧毁和掠夺殆尽，一直抵达梯弗里斯，他们计划继续前进，如前所述，进攻彼得堡。梯弗里斯焦急地等待着，梯弗里斯的人民时刻都在担心，穆罕默德汗的战火随时会再次降临到他们的头上。

耶尔莫洛夫在行动中使用了所有可能的手段，发挥他的全部

---

① 指 1826 年 9 月 2 日沙姆霍尔战役前夕。事实上，在当天和前几天，亚美尼亚人来到了俄国营地并向马拉霍夫提供了有助于制定进攻计划的重要信息。其中一个来自舒什－阿斯利要塞的亚美尼亚人叫巴加杜梁茨，其他人的名字不详。一些资料显示，1826 年 9 月 12 日甘扎克战役前夕，一名身份不详的亚美尼亚骑手抵达营地。阿博维扬一直忠于历史真相。

② 阿塞拜疆的城市，人口和面积全国第二。

军事才能。

摆在马达托夫面前的是要成为格鲁吉亚的救世主，并向世界展示亚美尼亚人过去的辉煌，勇敢之火仍然在亚美尼业人的心中燃烧，他们对上帝的忠诚依然存在，有一天，当风吹起时，将会把芬芳洒遍世界，而胸中的火焰将把他们的敌人烧毁，摧毁他们的国家。

巡视结束后，指挥官又走进自己的帐篷，叫文书记录他要说的内容：要迷惑敌人让他们误认为某个将军从某地带领着人数众多的大部队，要把敌人的头颅打碎。

就在这一刻，军队里突然发生了骚动。喊声响起："戒备！"数以千计的枪口对准了各个方向。

一个身材高大的人骑马急速驶入军营，他大喊："基督徒，亚美尼亚人！"并在脸上画了个十字。他看到马达托夫的帐篷，最后又用马鞭抽了一下自己的马。马达托夫静静地坐在桌旁。他还没来得及喊人，陌生人的马抬起了前腿，嘶鸣着，从鼻孔里喷出最后一口气。

勇敢的骑士将长矛插入地面，无视卫士的存在，冲进了马达托夫的帐篷。

勇敢的将军，就算他是欧洲人，可能也会感到惊慌或至少对如此大胆的行为感到吃惊，也许会因此而惩罚他，但他深知我们国家的习俗，所以他站在原地，不等陌生人开口，主动询问发生了什么事。

如果马都处于这种状态，可想而知，骑手会是什么状态！他久久无法开口说话。终于醒过神来，说道：

"大公，你要做好准备：他们今天将发起进攻，最迟在今晚。"

他讲述了自己的来历，以及他在赫特卡里斯和阿尼城发生的事情，以及在阿帕兰和迪利詹所做的事情。讲述了如何带领着二三十个骑兵冲过上千个强盗，到处打击他们的故事，计划在夜间某种形式上对波斯军队发动袭击，但该计划未能实行。

他讲述到，有一天他经过塔尔塔尔河时，敌人发现了他，所有敌军部队都出发追赶他，他的两三个同伴被俘了，其他人则逃到了山上和峡谷里，而他自己躲过了枪林弹雨，听到有人喊他的名字，穿越俄国领土，为了赶往梯弗里斯得到需要的信息，但意外地看到了他的部队，就直接来到这里了。

"大部分追赶我的波斯人刚刚追不上我了。一看到你们，他们就慌忙逃掉了。现在你随意处理吧。我保住了自己的头颅，是为了献给俄国人。这是我心中很久以来的夙愿，但一直没有机会，希望我能再带上十来个敌人献给我的国王。甚至我了解这里的所有石头，闭着眼睛在黑夜中也能找到路。我会按照你希望的那样向国王表达效忠。

"在土耳其他们想让我当帕夏，但我拒绝了。甚至库尔德人也想让我当他们的首领。五年来，没有一只鸟能从巴亚泽特和卡尔斯飞过，我一直在那里的群山和峡谷中游荡。

"我计划重建阿尼城。唉，亚美尼亚人啊，亚美尼亚人，愿上帝对他们仁慈，他们既没有听从我，也没有听从帕夏的命令：他们一直推托，找各种借口，而此时恰好开始混乱起来。我尝试了所有的努力，最终不再抱有希望，不再寄希望于卡尔斯的帕夏，也不再希望得到承诺的职位，我回来并再次寄希望于阿尼。

"曾经，上帝把哈桑汗交到我手上，当时的我因年轻愚蠢，没有杀死他，我不想偷偷地，面对面地将他杀死，当波斯人从帕姆巴克回来时，我在山顶上一直想抓住他，但都没成功，因为上帝生我气了，所以他把我带到你这里，让我不要太自以为是，不要太骄傲。

"我的火药用完了，我的同伴们已经无法坚持下去了，他们都散布在山间，而我现在这个样子站在你面前：你要让我怎么做，下命令吧！头颅我只有一个，是准备献给俄国沙皇的。只要能让我们的国家从异教徒手中解放出来，哪怕那里只剩下一块又干又硬的面包。

"整个埃里温的居民已经搬迁了。可怜的人民已经到了塔夫里兹、巴亚泽特和卡尔斯。

"我的老父亲在监狱里遍体鳞伤正在溃烂。我的母亲，在迁移的途中过世了。我的妻子，我穿过火海，冲过箭雨，冲破上千的敌军，我遭受了一个夏天的折磨，终于把她送到了俄国的土地上，我别无他求了，只希望能够解救父亲，看到我们的人民、国家和信仰自由。那时，让上帝对我做命中注定的事情吧。"

说这些话时，他的心已无法承受。内心燃烧的火焰让他无法开口，泪水模糊了他的视线。

勇敢的马达托夫一直惊异于这位高贵的年轻人的雄辩、勇气、优雅的身材和他善良的心灵。

他请求让他稍微冷静一下，然后自己做了必要的准备。

那个时候，任何目睹或听闻过马达托夫壮举的人，都会理解为什么他的名字一直挂在亚美尼亚人、土耳其人和波斯人的嘴边。世界可能发生翻天覆地的变化，但对他的记忆将在我们的人民和国家中永远无法磨灭。

我那时候还是个学生[①]。但现在，就像今天一样，我眼前活生生地出现了阿加西进入梯弗里斯的情景。他不是贵族之子，不会受到特殊待遇，但每个了解他事迹的人都愿意给他洗脚并喝掉他的洗脚水。他曾经多次给我看他用纸包裹着的在不同战斗中折断的骨头。

11

众所周知，有段时间，当卡拉巴赫从敌人手中被解放出来时[②]，阿帕兰和埃里温成了勇敢的俄国人创造英雄壮举之地。埃里温的名字被授予特殊荣誉，无论在亚洲，还是欧洲，它将俄国武器的名声推向天堂。

有哪个亚美尼亚人不为这个土耳其人、波斯人和波兰人的神

---

① 阿博维扬于1826年2月底从亚美尼亚涅尔西相学校毕业，并于6月离开梯弗里斯。小说中的阿加西在沙姆霍尔战役后于9月中旬抵达梯弗里斯。可以认为阿博维扬将不同时期的事件相互联系起来了。

② 围困卡拉巴赫的波斯军队最终于1826年9月中旬被击退到阿拉克斯右岸，在著名游击队员、作家丹尼斯·达维多夫的领导下，包括阿帕兰在内的东部战区的俄国军队也于9月22日击退了敌人。

而感到骄傲呢？他现在用埃里温的名字粉饰着自己伯爵的名字。

华沙亲王，阿帕兰伯爵①在亚洲彻底抹去了人们对亚历山大和庞培②、成吉思汗和帖木儿的记忆，并将俄国人的勇气、宽宏大量、仁爱和博爱的美誉推崇到星空之上。

亚洲人搞破坏，如今他们也会建设，也知道和平。

对其他敌人，他们起初投入战斗抛头颅洒热血，后来把城市、妻子、孩子拱手相让了。而对于俄国人来说，恰恰相反：他们献上打开城市大门的钥匙，向他们提供住处，给他们波斯人趾高气扬的意见。十字架永远应该服从阿里的五指，波斯人们心中的骄傲已经烟消云散。他们看到的是同情和仁慈，而不是他们一直以来的残忍和无法无天。

上帝接受了亚美尼亚人泪水般的祈祷，他们日夜恳求上帝能够让他们亲眼见到俄国人，然后才能闭上眼睛，上帝满足了他们的请求。

十字架的光芒和俄国的博爱力量能让最坚硬的岩石变得柔软，亚美尼亚荒凉的无人居住的土地又有了居民，他们现在享受着俄国人民的关爱，重建着自己神圣的国家。

亚美尼亚人目光忧郁，已经不会再流泪了，但他能看到自己的祖国，在祖国的怀抱中亚美尼亚人民茁壮成长，享受祖国的爱，用自己的行动告诉那些盲目的嫉妒者，亚美尼亚人民崇拜俄

---

① 即帕斯克维奇。

② 庞培（前106—前48），指罗马政治家和指挥官。

帝国并非为了金钱，也不是为了利益，而是努力履行自己内心的誓言，为了捍卫他们的信仰和民族，毫不犹豫地付出自己的鲜血、生命，甚至是亲生骨肉！

并非亚美尼亚人民软弱或胆怯，无法保护自己的国家，不，这是国家本身的过错。

世界上无论谁想发动战争，都必须要经过亚美尼亚土地，亚美尼亚人民就会遭到践踏，会被控制，才能战胜敌人。

无论是亚述人、波斯人、马其顿人、罗马人、帕提亚人、蒙古人还是奥斯曼人，如果当时不得到亚美尼亚人民的支持，他们不可能拥有如此强大的力量。当然，这样做将毁掉自己的家园，因为敌人会复仇，会制造更多的恶。

然而，亚美尼亚人民就是以此勇敢地向全世界宣告，他们的灵魂是怎样的，他们的意志力是多么坚定，他们的精神是多么坚强：他们周围的强大民族已经灭亡，从地球上彻底消失，甚至连他们的名称也被遗忘了，而亚美尼亚人民仍然拥有自己的名字、自己的信仰以及用鲜血为代价保留下来的语言，将它们传承至今，没有其他民族可以做到这一点。

当俄国军队进入埃里温时，埃里温感受到了天使的翅膀。埃奇米阿津教堂的钟声、香火和蜡烛的芬芳传到了天上。

勇敢的英雄，埃里温伯爵，牵着主教内尔塞斯的手，就像牵着天使拉斐尔和多比雅一样，进入瓦格拉沙帕特，祝贺大主教以法莲，^①祝愿他身体健康。

当时创作的很多歌曲向世人永远证明，在那些日子里，土耳其人和亚美尼亚人认为上帝亲自降临到他们身边了。

数百首不同的亚美尼亚和土耳其歌曲在埃里温的花园和峡谷中飘荡，如今即使只有五岁的孩子，他快乐的时候，也会将手放在嘴边唱起这些歌曲。

为了让每个人都相信我的话是真实的，我在这里用一首歌曲来举个例子：

群山峡谷震撼了。

他们立刻向萨尔丹·帕斯凯维奇投降了。

阿拉加斯和马西斯都在他面前倒下。

园丁在花园里。无耻之徒，你打听一下，

园丁在花园里。无耻之徒，你打听一下，

别朝我内心抛石头了！

马达托夫解放了我们的卡拉巴赫。

---

① 这句话中多比雅是圣经中的形象，他不遗余力地拯救被囚禁的同胞或帮助任何人。在同一传说中，多比雅的天使是拉斐尔，上帝派他把多比雅从囚禁中解救出来。联系上下文可看出，多比雅指的是主教以法莲，天使拉斐尔指的是内尔塞斯·阿什塔拉基茨。主教以法莲在 1827 年 10 月时不在瓦加尔沙帕特（从 1821 年 11 月到 1828 年 7 月，他轮流住在舒沙、哈格帕特修道院和梯弗里斯），因此内尔塞斯和帕斯凯维奇无法亲自向他传达埃里温解放的好消息。

阿帕兰－克拉索夫斯基① 让它陷于毁灭。

整个伊朗在帕斯凯维奇的脚下哭泣。

波塞人成了小老鼠，泪水涟涟。

本肯多夫② 让萨尔丹魂飞魄散，

狮子的头颅在老鹰的爪中。

无耻之徒，不要喝亚美尼亚人的血，

我们国家有园丁。

无耻之徒，你身上沾满了亚美尼亚人的血。

我向你的十字架献上一切，

启蒙者尼尔塞斯，埃弗雷姆主教！

神圣的长矛彰显了力量，

我的族群欢呼雀跃。

上帝听到了人们的祈祷。

无信仰者啊！别再用铁链束缚我们了！

无耻之徒！不要喝亚美尼亚人的血了！

---

① 俄国军事领导人。自 1827 年 6 月起，他直接参与并领导了阿拉拉特地区的军事行动。8 月 17 日奥沙坎战役是一个转折点，萨达拉帕特和埃里温要塞相继在 9 月 19 日和 10 月 1 日被攻陷。1827 年 10 月，克拉索夫斯基被任命为埃里温省临时委员会主席，但 1828 年 2 月，由于帕斯克维奇的阴谋，他被解除职务并从亚美尼亚被召回。他在亚美尼亚人中很受欢迎，他的事迹被民间歌曲所传唱。

② 指的是康斯坦丁·赫里斯托夫罗维奇·本肯多夫少将，他是 1827 年春天向埃里温进军的俄国先遣部队的指挥官。

我的国家有园丁。

我们站起来，背靠背，

用生命和国家献祭俄国人。

哈桑汗像猫一样在岩石上跃动，

沙赫之子的军队四散奔逃。

无信仰的人啊！接受我们的十字架和圣油吧！

无信仰的人啊！别再用铁链束缚我们了！

无耻之徒啊！不要喝亚美尼亚人的血了！

我的国家有园丁。

12

　　埃奇米阿津、塔夫里兹、阿巴萨巴特、萨尔达拉帕特都承蒙了神圣的俄国人的保佑。但埃里温仍然屹立不倒，无助地低下头，在最后的一口气时，仿佛它还要为自己这些不幸的子民们再哭上几个小时，再次看看他们黝黑的脸庞，亚美尼亚的救星埃里温伯爵、华沙公爵赶来帮助困在监狱和地牢中的亚美尼亚人，恢复他们的自由。

　　当时是……号……月①。烟雾笼罩着埃里温城堡。火焰从天上

---

① 原文里遗漏，抄写员错误地复原了日期，应该是 9 月 24 日。

降落，炮弹落在不幸的居民头上。……天……夜①，峡谷和山脉在轰鸣、震撼。仿佛索多玛与蛾摩拉②的硫黄和火焰再次降临。

埃里温城堡燃烧着，就像干燥的引线：噼里啪啦地响了一会儿，然后又熄灭、黯淡下去，炮弹无数次地击中它的头颅和心脏，折磨着它的灵魂。

萨达尔和沙赫的儿子，哀悼他们的黑暗之日，却早已放弃了埃里温，他们逃到伊朗去了。只有哈桑汗一个人还留在那里，就像在网中一样，报应他的时刻到来了，他要为所犯下的一切罪恶付出代价，他在阿帕兰曾听到过这样的预言，但却没有让他悔改。

他用尽自己的所有力量、所有手段，去说服鼓励自己的人民不要投降，但一切都是徒劳。

过了……天③，当人民看不到出路时，从尊贵的人中选择了几个人。当最后的时刻来临，堡垒剩下最后一口气时，堡垒中的居民自发地爬上塔顶，手持钥匙，俯首听命。

自从这个世界有了埃里温以来，也许这样的日子、这样的景象从来没有过，从来没有像在那一天这样具有如此重要的意义。

星球之间可能会相互碰撞，民族可能出现可能消失，但只要亚

---

① 原文里遗漏，应该是七天七夜。

② 《圣经》中两座著名的城市，《圣经·创世记》记载，索多玛和蛾摩拉的罪恶甚重，尤其是淫乱行为，声闻于耶和华，耶和华要派两位天使去毁灭这城。而被上帝毁灭。在近代的圣经传统中，索多玛与蛾摩拉代表了引起最高神愤怒的最深的罪恶。

③ 原文有遗漏，应该是"七"，因为埃里温城堡是 1827 年 10 月 1 日投降的，也就是在七天的围攻后。

美尼亚人呼吸尚存，还可以说话，它怎能忘记那欢乐的时刻呢？那是华沙公爵和克拉索夫斯基将军，连同我们不朽的涅尔塞斯一起，手持十字架和福音书进入堡垒，庆祝亚美尼亚的解放之日！

应该让亚美尼亚精神在这个世界消失，亚美尼亚人不应用眼泪和哀歌来缅怀他们不朽的救世主帕斯基耶维奇的名字，时刻关心着人民的国父和保护者，即使身处遥远的北方，也渴望庇护自己的子民，不应将国父神圣的名字视为圣物来敬仰。

诚然，卡米卢斯①解放了罗马，西庇阿②将罗马之剑插进非洲，恺撒征服了高卢和不列颠，拿破仑承诺让意大利、西班牙和埃及获得自由。但罗马人、高卢人、埃及人能像亚美尼亚人一样，怀着如此深情、如此热爱之心接受和尊崇解放者吗？亚美尼亚人每天早上醒来就向神祈祷，每天晚上入睡前只为此而流泪。

俄国人进入巴黎那天真是伟大而令人难以忘怀，但在那个值得纪念的日子里法国人怎么能像亚美尼亚人那样充满热情地感受自己的幸福呢！

士兵们陆续进入要塞，成千上万户人家中，人们激动得泪水涟涟，他们哽咽着无法说话。但是那些有心的人清楚地看到，那一双双冰凉的、僵硬的手，那一双双凝视天空的眼睛无声地述说着，对这些罪人来说攻占亚美尼亚人的埃里温要塞的意义甚至要大于毁灭地狱。

---

① 从高卢人手中拯救罗马的英雄，被授予罗马第二创建者称号。

② 古罗马统帅、政治家、指挥官，他将迦太基夷为平地，同时也预见了罗马的灭亡。

作为朋友，作为上天派来的报喜天使，戴着自由和仁慈的花冠，帕斯基耶维奇大公进入了萨达尔的宫殿。他经过每一个地方时都强忍住泪水，看着老人、孩子、年轻的姑娘和老妇人们不仅亲吻他的脚，还充满感恩之情扑上前去拥抱士兵。

从亚美尼亚失去自己的名誉以来，从亚美尼亚人没有举起武器反抗而是向敌人低下了自己的头颅那一刻起，他们就没有经历过像这一天的日子，没有经历过这样的喜悦了。

城堡中的埃奇米阿津的主教们疲惫不堪地从一边走出来的，从一边走出来的是沙哈尔和康达的神父和教堂的下职人员，他们俯首致敬，仿佛英勇的瓦尔丹或者特尔达特再次从罗马前来解放祖国，赋予他们新的生命。

非洲的斯基比奥，看着迦太基①狼烟四起，看到那些被焚毁、被破坏的宫殿，闭上了眼睛，哭泣着，他很痛心，因为罗马人野蛮的本性喝干他们的血并以此得到满足。帕斯基耶维奇看着站在他面前的马西斯，高兴地擦掉泪水，回忆起提格拉尼斯、瓦加尔沙卡、汉尼拔、特尔达特的故事，他们的形象浮现在他眼前。他们不朽的灵魂，闪耀着天国的光辉，来到他身边，飘浮在他上方，微笑着，惊讶地说道：

"快看海克星！你的名字已被记录在这本光明、湛蓝的书中，我们子民的救星。我们在海克星的周围，在启蒙者的怀抱中和你

---

① 该词源于腓尼基语，意为"新的城市"，坐落于非洲北海岸，与罗马隔海相望。最后因为在三次布匿战争中两次失败，被罗马打败而灭亡。濒临地中海，是奴隶制国家迦太基的首都。

相会。而现在请保护我们的国家吧。"

海克的子民们向他鞠躬，用纯朴的亚美尼亚语赞颂他的生命。神圣的亚美尼亚土地敞开了自己的心扉，尊崇他，对他顶礼膜拜。

帕斯基耶维奇注定要洗净埃里温要塞这个名字曾经的不堪，并重新以自己的名字为它命名，成为埃里温人民、伟大亚美尼亚民族永远的父亲、保护者。在这个想法下，人们怎么会不热血沸腾、内心变得强大呢？在这一刻，听着诸多祝福和欢乐的声音，谁还能保持冷漠呢？所有人都克制不住而泪流满面。

他成了亚美尼亚的太阳，俄国人像行星一样围着他转，带来了新的生机。如何能够在思考这一切时保持沉默呢？这位勇敢的巨人如何能够不被深深打动呢？

哈桑汗躺在他的脚边，等待着自己生命的最后时刻。但对方不像斯基比奥，为了迎合人民的残酷本性去羞辱他，而是以符合俄国人高贵的心灵之姿拥抱了这个没有信仰的强盗，并下令敬重地为之送行，让他离开是为了让他更深刻地认识到俄帝国的慈悲和强大。

俄国人没有阴暗的灵魂，拿破仑曾期待胜利者的宽宏大量，但结果却被扔到船上，送去大海结束其痛苦的日子，不，俄国人是不会这样做的！

如今俄国人告诉这些如此卑劣的敌人，俄国人所到之处都会充满幸福、和平。

哈桑汗把头伸到了刀下，波斯人跪倒在地，准备任由对方践踏，但无与伦比的英雄帕斯基耶维奇只将一个被赐予荣耀的人送往梯弗里斯，对待其他人则表现出了慈悲和宽容。

如果欧洲人摧毁了美洲，将其夷为平地，那么俄国人重建了亚美尼亚，将人道主义精神和新的精神带给那些粗鲁野蛮的亚洲民族。上帝让他们的剑变得锋利，让历史崇拜帕斯基耶维奇，只要亚美尼亚人尚存气息就不会忘记俄国人的功勋！

13

但是，亲爱的读者啊！发生了这么多事件，请问，我们可怜的阿加西现在在哪里，他带着一颗悲痛的心在哪里？为什么他不去实现他的梦想，去解救那个快要死去的父亲，得到他的祝福，请求他的宽恕，因为父亲为了他承受了如此多的折磨和苦难，他五年来在监狱中苦苦挣扎，骨瘦如柴，无数次苦苦地挣扎在死亡的边缘又重新回来，只是为了能见到自己的儿子，实现自己朝思暮想的愿望，然后再离开这个世界，这样他的心里个会再有痛苦，坟墓对他来说不会成为深渊地狱。

要塞内外人山人海，人们纷至沓来。所有人无论是流露出喜悦的目光还是眼含热泪，大家都在赞颂和祝福。亲人们、朋友们不时地彼此拥抱。已经无法用语言表达，只能任凭眼泪流淌让自己受伤的心冷静下来。

群山峡谷兴高采烈，果园菜园欢欣鼓舞，因为它们主人们已经踏上回家之路，马上就会使它们焕然一新。

在要塞的大门口和大街小巷里，回荡着人们的脚步声和欢快的呼喊声。

俄国哨兵已各就各位，人们渐渐散去。然而，拜哈桑汗所赐，那里有多少失明的、残废的无手无脚的人！他们聚集在要塞的门口，等待着在他们悲伤的日子结束时，能够得到一丝启示、慈悲、安宁。

与此同时，涅尔塞斯主教带着萨科长官一起绕着要塞的塔楼和城墙走动，感觉自己从天上俯瞰着埃里温平原，感觉就在刚刚天堂之门才在他的眼前打开，洪水才刚刚结束，唯一的儿子刚刚从天降临，来拯救虔诚的、心爱的亚美尼亚人民。

过去的时光如梦般浮现在他眼前。他不知道眼前是埃里温还是梯弗里斯？在那些偏僻的小巷、峡谷里，他已习惯于看到波斯人黝黑的脸，而现在四下里到处是俄国人，无论是梦境还是奇迹，有谁会对此置之不理？

沉浸在这样的思绪中，他浓密的眉毛下那双充满激情的眼睛向外望去，他看到了赞卡河，他拄着权杖在那儿仿佛与当下隔绝了。突然有人从他身后愉快地喊道："圣父，亲爱的圣父！"并将他的手紧紧贴在胸前，然后又贴到脸颊上。

勇敢的神父愕然站在那里。

"圣父，亲爱的圣父！尊敬的大主教，这是多么高兴的日子啊！"另一边有人边喊边把他的另一只手紧贴在自己的嘴上。

"亲爱的斯姆巴托夫，亲爱的耶路撒冷先生！^① 我的孩子们！在这之后请将我埋葬吧！如果上帝再赐予我几天生命，愿它是为了让我实现我那备受折磨的内心的愿望——将我们可怜的、流离失所的人民带回自己的祖国。愿我渴望的目光能够见证这一事件，然后，唉，然后我会安息在亚美尼亚这片圣土中。

"我的孩子们，请求吧，欢乐吧，快乐吧，请求吧，我亲爱的孩子们，愿上帝满足你们老父亲的这个祈求吧！我别无他求了。

"亚美尼亚，亚美尼亚，把你的心交给我吧，给我一个坟墓吧！

"如果新的民族来了又走了，你不要忘记黑暗、悲伤的日子里受到的痛苦和折磨。保持警惕。爱护你可怜的孩子们，不要把你的儿子们送去当俘虏，我把脸贴在你神圣的土地上，美丽的亚美尼亚，上帝的宝座，阿尔沙克王朝^②后裔的家园！

"但是，我的亲爱的儿子们，你们从哪里，如何飞来看望自己的祖国呢？"

主教终于擦拭着眼泪，将这些高贵的盖克人的头紧紧抱在胸前，惊异地问道。

"好吧，告诉我，让我安心。我想念你们，我期望的就是你们，让你们在这一天能抵达我的内心世界，与我分享喜悦，亲爱的孩子们，高尚的亚美尼亚人民的后代！哪一位神知道了我这颗

---

① 沙皇军队上尉，自 1816 年起在埃里温宪兵团服役。参加过俄土战争，1828—1830 年期间是亚美尼亚移民委员会成员。

② 亚美尼亚王国的第四个奴隶制王朝，由于统治者出身于帕提亚帝国帕尔尼王朝的家族支系而得名，一共传 29 个国王，统治 374 年。

有罪的心藏着的秘密之后，把你们带来的？"

"我们也正是出于同样的想法，同样的渴望，离开了家园和农田，连续三天没有睡觉，在群山和峡谷间艰难前行，恰好是在这一天我们抵达了，见到您了，加入到您的喜悦之中，得到您的祝福，看到我们祖国的解放，满足我们忧郁的目光，但我们必须立即返回，不让总督发现我们的到来。"

"啊，你们这些恶棍！你们穿上车臣人的服装，隐藏起来，让别人认不出你们。好吧，好吧。但是不要开这样的玩笑。你们这些年轻人，耍了个什么把戏？而我这个老人也要耍个把戏，我们看看谁笑得出来。应该把你们关进监狱，让你们明白一些事理，让你们知道：谁在为了祖国承受如此之多的苦难，走过如此艰难的道路，甚至无视自己的职责，这样的人，即使有刀顶在心口上，火焰喷在头上，也不会退缩。你们勇敢无畏地走了这么远的路，潜入那些可以吃人的地方，而现在却不敢在总督面前站出来吗？

"是的，亚美尼亚的救世主一旦了解到你们的高尚行为，他会明白你们前来观看祖国和人民解放的盛典，在这个美妙而难忘的时刻与他们一起欢呼，将自己高尚的心灵与他们的心灵融为一体，他怎么可能不去爱你们，拥抱你们，而对你们发怒呢？当看到自己的儿子冒着生命危险穿山越岭来看望逃离苦海的父母，与父母在一起，和父母同欢喜，那一刻父母内心的快乐是无法用语言表达的，即使这个儿子是被判了死刑，也不会对此心怀怨恨。

"我希望能有更多像你们这样的儿子。过来吧，我亲爱的孩子们，过来吧，我心爱的孩子们，为了这些高尚的眼神，我愿舍弃生命！哦，我哺育过的孩子们，过来吧，让我再次亲吻你们纯洁的额头，再次将你们可爱的脸颊紧贴在我的怀里，其他的事情就由我来操心吧。如果总督有什么话要说，让他先对我说。你们树立了榜样，像那个为了解救自己的父亲从遥远的西伯利亚步行来到莫斯科的女儿一样。谁又会去谴责你们呢？

"我的亚美尼亚民兵已经组建好，他们正在逐步学习军事技能①。梅利克，如果国王有这样的子女，他会不高兴吗？亚美尼亚人民需要这样的儿子，就是这样的儿子。哦，如果还有一百个像他们一样的儿子那该多好啊！

"喂，你瞧瞧他们的个头、他们的容颜、他们的语言、他们无与伦比的眼睛。上帝看到，也会立刻把灵魂取出献给他们！生下这样孩子的母亲，应该受到祝福。他们每个人都像国王的儿子一样。上帝创造了你们，我愿为此将生命献给上帝，牺牲生命！你们应该把我埋葬，这样鸟儿才有勇气飞过你们的头顶！

"你们渴望着祖国，这就是你们的祖国。我知道：你们不会为了一个骨瘦如柴的年迈的黑衣修士去忍受这样的痛苦。不论你们是否爱我，但既然你们如此热爱自己的人民和国家，那么对我来说，你们就是加百列、米迦勒的天使，他们在霍尔维拉普修道院

---

① 亚美尼亚民兵是在俄波战争期间创建的，受到涅尔塞斯和诗人阿鲁提翁的启发，从 1826 年 7 月开始参加军事行动。1827 年 3 月，还组建了一支亚美尼亚小队，从 5 月开始，分队从梯弗里斯被派往埃里温，作为克拉索夫斯基将军军团的一部分与敌人作战。第一连连长是苏姆巴托夫中尉。1827 年 5 月，亚美尼亚军事条令颁布。

安慰我们的祖父启蒙者。我们出发吧，我的心灵之光，我们出发吧，我们要迟到了，总督可能已经在等着我呢。我们刚刚夺取了这座要塞，谁知道会发生什么？

"我们必须想想我们的人民，监狱和地牢里关押着我们无辜的孩子。我们必须将他们全部解救出来，关爱他们。谁知道在各个隐秘的角落里可能发生什么呢？波斯人虽然已经被打败，但仇恨和复仇之火可能仍然在他们的心中燃烧：毕竟，昨天他们还是埃里温的主人，站在我们人民的头上，而如今我们站在他们的头上了，他们必须顺从并臣服于我们的十字架。咱们走吧！"

他刚说完这些话，从他们所站的塔楼底部传来了悲痛的呼喊：亲爱的主教父亲，他们杀了一个亚美尼亚军官，连同他的父亲一起！快去尽自己所能帮帮忙吧！

塔楼门口看不到人，但当他们稍稍俯身向下望去时，火焰朝他们头上喷射而来。城堡仿佛沉入了深渊，有人从窗户探出头，大声喊叫。

亲爱的读者啊，为何我要继续描述这些可怕的事件呢？也许你的内心已经告诉自己，在这种时候，如果不是我们年轻的阿加西，哪个军官会进入这个死亡正在等待他的地狱呢？在五年的时间里，他在群山峡谷间与野兽和强盗共存，并没有丧命，保住了自己的头颅，完成了世界上很少有人能完成的壮举。最终，他与克拉索夫斯基将军一起回到了他所热爱的祖国，为了能见到可怜的父亲临终前的最后一面，堡垒刚刚被夺取，他像一只失去了母亲的小羊羔，来不及等到混乱平息，冲进了一座又一座的塔楼，他呼唤着父亲的名字，这时一个埃里温的亚美尼亚人碰巧遇到他，于是引导阿加西来到了那座塔楼的门口，他不幸的父亲还有几个亚美尼亚人被囚禁在那里。

但是无耻的波斯人早就打听到他会同俄国军队一起到来，于是那些曾经被他杀死的人的父亲、兄弟、亲戚……大约十来个人进入了那座塔楼并藏了起来。

啊，还要写些什么呢？我的心正在流血，我的手已无力书写。

啊，谁会为阿加西哭泣，为他断送的一生而流泪呢？是我，是我这个微不足道的人，在他的坟前俯身致敬。在我幼年时期，他抱着我，把我放在膝盖上，哄我玩，因为我而感到开心。不，我不是冷酷无情的石头，不能不为他哭泣！难道我不愿意为了这个勇敢、诚实的年轻人献出自己的灵魂吗？我的心无法承受其他人了。

但是，不，我是谁，我有什么资格哀悼阿加西？我能用这些故事感动、耗尽听众的心血吗？在我之后，会出现一个配得上为阿加西哭泣的人，而我也将续写自己的悲伤故事。

三个歹徒的尸体躺在塔楼一侧，其他人逃跑了，唉，管住你的嘴吧！

阿加西，天使阿加西，心脏插着两把匕首，背上插着三把，脚和手已经伤得千疮百孔了，他躺在不幸的父亲的怀抱里，周围是一片血海。这时，主教匆匆跑进来。

阿加西刚刚举起右手，打算搂住父亲的脖子，将这一头白发紧紧地贴在胸前，满足他多年的愿望，心情才能平息下来，结果肩膀就被砍断了，被切断的手臂还留在父亲的头下，脸紧贴着父亲的脸，僵硬的左手放在父亲的胸前。

唉！让我眼睛失明吧！唉，我们流着相同的血！让我们的道路长满荆棘！你是我们的英雄，你是我们的兄弟，你是亚美尼亚人的孩子！痛苦将伴随着我们！亲爱的阿加西，你是埃里温的明灯，我哺育了你，我抚养了你，难道此时你该流血吗？

这些忠于祖国的人讲述之后，用手帕捂住眼睛，转过身去，呆站着，身心疲惫，他们的灵魂被带到了天堂，人僵硬地站在那里。

他们刚一看到阿加西父亲的脸，看到他开心的表情，看着他儿子满是伤口、鲜血淋淋的身体，他们发出深深的叹息、尖叫着、哀号着：

"瞧啊，瞧啊，阿加西拥抱着自己的父亲！看那位老人，目光凝视着儿子的脸，双手敲打着自己的脑袋……"

（心儿啊，撕裂吧！心儿啊，我再也无法忍受了，我坚持不住了……有灵魂的人自会理解……其他的事情我明天再写。）

14

亚美尼亚人民在这些战斗中失去了许多英勇无畏的儿子。但是，在这个时候，不停地哭泣悲伤又有什么用呢？

可是，唉，阿加西的母亲在迁徙过程中结束了自己悲伤的日子，父亲在儿子的鲜血中洗净了僵硬的身体，但是他的妻子，不幸的娜兹鲁还在潘巴克地区。只有参与的人和熟悉的人为他哀悼、悲痛。

当阿加西在马达托夫那里的时候，他没有任何有关自己那些勇敢的伙伴们的消息。人们都说他们被俘了并被送到哈桑汗那里了。

上帝知道，也许，在那些残疾人当中有很多他的朋友，但没有人知道这件事。

有个埃里温人从塔楼里喊叫起来，我们从他那里得知一件事：当勇敢的阿加西穿着带有俄国军官的肩章的衣服出现在塔楼门口的时候，士兵放他进城并向他敬礼。

"这个勇者像天使一样飞进了塔楼，"那个埃里温人说，"而那些异教徒躲在一边，手持着已出鞘的刀和匕首。当时我们还不知道要塞已经被夺取了，我们以为是波斯人来屠杀我们或者带我们去执行绞刑。大家都极度恐惧地站在那里，一动不动，直到英勇的阿加西向我们飞奔而来。我们以为他来逮捕那些恶棍并解救我们的。谁会知道他是谁，为了什么而来？而可怜的父亲也许还尚存一口气息，只是他眼中的光早已熄灭，四肢早已僵硬，骨瘦如柴。臌胀的肚子几乎顶到了嘴边。看起来，是灵魂还不愿意离他而去。我们经常在他陷入昏迷时，清楚地听到他试图抬起头部并带着坟墓般的声音呻吟道：'哦，他在哪里呢？让我看一看，看一看，阿加西，我的儿子，我的灵魂，你还要让我痛苦多久？我早已在天上找到了自己的位置，哦，我年少的儿子，你还要让我痛苦多久啊？来吧，快来吧，我心爱的儿子，来吧，让我感受到你的呼吸，我的眼睛已经没有了，我无法再看到你，我的手臂也没有了，我无法再拥抱你，现在只剩下舌头和耳朵。让我能再听到你的声音，能给你的母亲捎去一点消息。丽普西姆……娜兹鲁……卡罗……巴里汉……阿加西！……'"

在被围攻期间，他不作声了。我们都以为他早就死了。炮声和爆炸声震得我们发聋。但是当这一切停息后，他又开始呻吟起来，深吸一口气，开始重复同样的话，做着最后的努力。这也是他最后的话："来吧，来吧，阿加西，我的儿子，我的灵魂！……"

就在这一瞬间，门吱呀作响，年轻的儿子听到父亲的声音，突然大叫着："父亲，我亲爱的父亲，你还活着，我的宝贝父亲，我的父亲啊！……"阿加西像疯子一样扑向父亲，而这时他被刀和剑砍伤了。父亲一声惊叫就死了。

啊，可怜的儿子没能让父亲苏醒过来，也没能保护自己。还是上帝怜悯我们这些不幸的人：一个士兵听到嘈杂声，像狮子一样冲进来，刺死了三个人，而其他的人都逃跑了。

啊，我宁愿让我的眼睛失明，也不愿意看到这一切！我与阿加西的父亲无数次地分享食物，我们一起庆祝，举办宴会。当阿加西逃走时，正在庆祝谢肉节，他们家的酒宴中也有我。

我的儿子，我年少的摩西，他也和阿加西一起跑了。人们说他还活着。上帝啊，你可怜可怜我们吧，不要再让这样的灾难降临到我们头上了，让我们不再看到这样的悲剧，我跪拜在你的脚下恳求你。这个可怜人说完，用衣服前襟擦干了眼角的泪水。

傍晚时分，天气变得寒冷，刮起了强风，尘土从四面八方笼罩住了要塞。在这样的天气里，即使鸟儿也不会离开巢穴。但这一次，整个世界的人都从四面八方聚拢过来围住了埃里温堡垒。有人来仅仅是为了阿加西这个名字，有人则是为了将他的遗体运走。人们听说安葬他将有音乐伴奏，军队护送，这样的事件，这样的景象在埃里温还是第一次发生。

士兵和演奏者们拥挤在要塞的门口，宪兵开路。巴纳广场和圣萨尔克斯广场，身穿黑色衣服、白色衣服的人群涌动不止，仿佛一片汹涌澎湃的海洋，当风吹过时，泛起白色泡沫，飞溅到岩石上，海水哗哗地拍打着岸边。四处扬起的尘土也参与进来完成了自己的任务。

乐队指挥挥舞着指挥棒，士兵们列队，哀乐奏响，几匹黑色战马的头出现了，接着是棺材的边缘。将军和军官们围绕着主教涅尔塞斯走出来，队伍在葬礼音乐的伴奏下行进。人们站在高处，平坦屋顶上到处是哀悼哭泣的人，悲伤的心一阵阵地发紧，发出一声声叹息，石头都与他们一起唉声叹气。

阿纳帕特教堂的大院站满了人，俄国人、亚美尼亚人、土耳其人，老年人、年轻人，多得让人无法呼吸。

神父们早已打开了教堂的门，点燃了蜡烛，换上了法衣，手上拿着香炉、十字架、旗幡，等待着将棺材抬入教堂。他们厌倦了驱散人群，为了尽快找到位置，许多人直接爬过墙壁进来了。

这时候，在人群中，有一个瘸子，一开始还相对平静，吃力地爬行在人群中，他敲打着自己的头和胸，撕扯头发，呼唤着圣萨尔基斯，终于他爬到了一个神父跟前，伏在神父的脚上，请求能允许他躺在教堂的门口。

热爱上帝的神父特尔－马鲁克，主教奥布塞普的父亲[1]，认为这个可怜人要么是来祈祷的，要么打算请求施舍的，他可怜他，掏出几个铜币，扔给他，并命令侍者们不要碰他。

"啊，愿那使你失明的人变成盲人，愿那使你陷入如此灾难的人失去一把土壤，哦，可怜的少年！多么高贵的面孔，多么优雅的身姿，多么完美的身材，他为什么要这样被残忍地摧残？摧残你身体的人，他的生活也会毁掉！"这位高尚的神父这样说着，擦干了眼泪，转过身去。

当受人尊敬的遗体刚被运送到目的地时，音乐声和祷告声停止了，棺材被放下，在举行安魂弥撒之前，大主教涅尔塞斯刚一张嘴说话，上帝啊，什么样的语言能够形容这里发生了什么！

山脉和峡谷都燃烧起来，人们如同被水淋湿一般，再也无法张开嘴巴，眼睛喷射出愤怒之火，心如刀绞，呼吸中迸发出浓浓的火药味。整个世界仿佛变成了石头，静止不动了。这不是梦，无法摆脱掉它；这不是火，无法逃离，让自己静心。内心在燃烧，心脏被撕裂。

"阿加西，亲爱的阿加西，我眼中的光早已消失，我再也看不到你的面庞了！"突然传来一个人的声音。"我的脚已麻木，无法站在你面前哀悼你。我的手像断了一样紧紧贴在胸前，我无法抱住你的棺木，至少把你的枕木贴近我的胸膛，与你的脸颊相贴，

---

① 没有对特尔－马鲁克的记载，他的儿子奥布塞普是 19 世纪 20 年代埃奇米阿津修道院的一位有影响力的人物。在阿博维扬的学生时代，曾遭受他的迫害。

与你的灵魂一同上路，你是我的生命之光，阿加西，我心爱的勇士，你是我的主宰，阿加西！

"你是期望着这样的结局吗？想要去帮助可怜的父亲，想要打动朋友和亲人的心，想要重建阿尼，为了国家和人民而牺牲自己，哦，你拥有天使般的灵魂，我愿意为此献身！

"啊，难道大地还会再哺育一个像你一样优秀的孩子吗？她为什么如此冷酷地把你带走？

"上天是见过，还是创造过像你这样优秀的人？为什么它要把你夺走？

"难道亚美尼亚人民还有其他像你一样优秀的儿子？一个像你一样辉煌的儿子？为什么他们抱着你，要将你埋葬在地下，为什么要放弃你，把你年轻的身体交给大地，安葬在坟墓里？阿加西，我愿为了你这光辉的形象献出生命！

"洛里山保护着你，热爱着你，阿尼的废墟赋予你力量，使你摆脱了强盗，可唯独祖国视而不见，她如此恶劣地对待你，像个后妈一样把自己围起来，判你死刑，而像你这样的儿子，无论过去多少年，她都未曾拥有过，也个会再拥有。

"五年来你是我们田野和山脉之王。你挽救了上千名俘虏，上千个无助者。难道你的国家就没有博大之心，连一个小时都保护不了你，不让你的太阳那么快地落下吗？

"哈桑汗下令挖掉了我的眼睛，我的腿和手成为他的牺牲品，亲爱的阿加西，上天和大地对我而言永远是黑暗的，我的力量已消失，太阳和月亮已落下。我还没有去见父母和亲人，害怕我的心会燃烧殆尽，我为你保留着尚存的一丝气息，我渴望听到你的声音，我忧郁的内心在听到你的名字时不再悲伤，变得开朗，我期盼着再次听到你甜美的声音，然后我就可以离开这个世界；我想念你幸福的样子，我期待着你的到来，照亮我命中注定的黑暗地牢，唤醒那座为我挖掘的冰冷的坟墓，用火点燃读者和听众的心，让他们知道，你在哀悼我，我的生命之光。

"而现在呢？哦，如果天堂之火降临我身，将我烧成灰烬吧，如果大地裂开将我吞噬吧！

"哦，没有眼睛，我如何为你哭泣？什么都看不见，我如何站在你的墓前？你的坟墓在哪里，在地下还是在我心中？只有人们为你哭泣吗，还山脉和峡谷也在为你哀悼？人们在埋葬你，现在是夜晚还是白昼？是太阳还是月亮闭上了眼睛，变得昏暗？是天使还是人民围绕着你在哭泣？我和你在天上还是地上？阿加西，为了你美丽的容颜，我愿意献出我的生命。

"你的父母站在我面前，他们高兴，他们欢呼，他们呼唤你，花冠、光芒和鲜花降临你身上在为你装扮吗？国王和勇士们迎接你。我看到了一切，在众人中，你如太阳般耀眼。但是为什么我听到了悲伤的声音？为什么响起哭泣和哀叹的声音？你的娜兹鲁在哪里？你可爱的孩子们在哪里？你问都不问就离开了。

"但这是些什么石头在击打、在撕裂我的双膝。

"不，我是多么悲伤，多么失落！你在天堂，而我，不幸的我，在人间，在这个忙乱的世界，在这个黑暗的地狱，在这个充满荆棘的峡谷。没有你的我，没有阿加西的穆萨，没有灵魂的躯壳，这具无足轻重的身体，他的天使在哪里啊？

"我的生命与你息息相关，没有你，我的生命也将不复存在。我的太阳在你身边升起，你的太阳在我面前沉落。呼吸将化作火焰把我燃烧。这片土地将变成地狱来折磨我。为了你，我可以牺牲自己，我已不再需要身体！为什么你扔下我，自己离开了？为什么你埋葬我，自己飞走了？

"我们在世间一起欢乐，无论在摇篮里还是田野上，你都曾是我生命中的伴侣，你是我心中最喜爱的人，我也是你无话不谈的朋友。

"如果父母不为你哭泣，如果亲人们不站在你的墓前，难道你可怜的穆萨，你亲手哺育的儿子，会送你上路，自我安慰，把你交给土地，自己不紧随其后吗？

"不，不，我将永远无法再见你圣洁的容颜，我以它起誓，去天堂吧，把我送去地狱，这个世界已经无法留住我了。虽然我的肉眼无法看见你，但是我眼中会露出精神之光。

"你是我亲爱的家人！即使我不能在天堂拥抱你，坐在你身边，与你交谈，我仍然会看到大使们在你的周围飞舞，感觉到你在天堂陶醉的样子，看到光芒洒在你身上。亲爱的阿加西，只要能看到你，就算剑刺入我心，我也会欢喜；就算火焰在我头顶燃烧，我也会欢腾。带我走吧，带我走，把你的朋友带走吧，不然，我自己也会去，因为我不想离开你……啊！

"唉，我听到了谁的声音？哦，人们啊，拿起石头痛打我的身体吧，拿起剑把我砍成碎块吧！"

突然人群中传来雷鸣般的声音。

"穆萨，我的儿子！先杀了我，埋葬我吧！我失散的儿子啊，你折磨我的灵魂，折磨我的心，可怜可怜你的老父亲吧！我把这些白发献给你，我的孩子！至少让我能听到你的呼吸！啊，我是多么悲伤！穆萨……阿加西……上天啊，坍塌吧，大地啊，裂开吧！哈桑汗，地狱，地狱，把我带走吧，吞噬我吧！

"亲爱的穆萨，我的孩子，你扔下我，所以这就是回报你的……我应该为你填上一把土吗，我应该用干枯的双手去埋葬你吗？在我下葬之前，你能在天上找到属于自己的位置吗？

"一路平安，我亲爱的孩子们，一路平安！

"你们用爱把我烧毁了，我就用这把剑挖出自己的灵魂，献给你们，身体归于大地，与你们一起在至高者的宝座前欢乐，同甘苦共患难。希望你们在去见父母的路上平平安安！"

这个不幸的人说道。刀剑闪耀，鲜血喷涌，雷声隆隆，白昼消逝，枪声响起，人们抬起棺材，唱起赞美诗，就在同一天，卡纳克神殿接纳了两位父亲和两个儿子，至今仍将他们保存在神圣的地方，为了在审判日显现并荣耀他们。

坟墓无从找到，我们的儿子们
在远方，被埋葬被遗忘。
我们自己沉默无语。世界啊，你不公正，
因为你，我们的人民变得孤苦伶仃，
你夺去了多少人的生命，仍然不满足。

没有教堂安放他们的灵魂。

没有纪念碑来纪念他们，

人民无法缅怀他们的名字。

温柔的缪斯女神，你燃烧了我，

震撼我的内心，赋予我力量。

啊，让我活下去。

让我擦干为人民流淌的眼泪

再离开这个世界。

哦，亲爱的缪斯女神，

是时候将阿加西托付于你的羽翼之下。

你要在人质中保护他，

直到我实现自己的梦想，

为了在我的人民中变得有声望，

这样他们就不会恶意地对我说：

"无耻的孩子，你没有羞耻之心，

在我们的土地上生活这么多年，

你不是我们的血脉，你不可怜我们，

你不愿谈论流血事件。"

哦不，阿加西！哦，我的缪斯！

一直以来我思考着同样的问题：

我的幸福、骄傲和荣耀只在于

将生命献给人民，

为了让你们能以坦诚的面孔出现，

我以你们的坟墓起誓。

藏古河①

1

　　就像一条愤怒的龙从天上飞了下来，它的一头在平静的塞凡湖，另一头在阿拉克斯河松软的河岸上，它在途中践踏着、撕裂着、撞击着山川峡谷，水花四溅，泡沫横飞，披散着蓬乱的头发，肆无忌惮胡乱地洒落下来，携带着沙子、石头和垃圾，向两边打着喷嚏，冲刷着河床和河岸，把它们咬碎，嚼烂。它的一只爪伸进了黑色的、阴沉的、被雾气笼罩的、蜿蜒曲折的、袒露胸膛的、用树丛和灌木装饰着的河道两旁的峡谷；另一只爪伸进了狭窄干燥的、悲伤的卡卡瓦萨②地下，然后迅速地从河床下面冲出来；在奔跑中气喘吁吁，怒吼咆哮，用火、剑和铁钉把石头和悬崖的顶端劈开，把石块和崖壁击碎，然后塞进自己的肚子里；电闪雷鸣，天空响起呼啸声、噼啪声、隆隆声；它冲刷着低矮的河岸，带走水草，面目狰狞地吞噬着大地，折磨着大地，折磨着自己，

---

① "藏古"一词在波斯语中的意思是"丰富的、茂盛的"。（作者注）

② 今埃里温的齐塞纳卡伯德山。

折磨着一切有生命的和没有生命的东西，折磨着人畜，撞击着大地；它无坚不摧、斗志昂扬、周身通红、红得发亮、血灌瞳仁、鬃毛耸立、咬牙切齿，它发出的雷鸣声、低吼声、轰鸣声和噼里啪啦声，响彻田野和平原；它的嘴里含着一把火之剑，汹涌澎湃，百折不挠的藏古冲进了佐拉格，让每个践踏亚美尼亚圣地的人、残害我们生灵的人、毁坏我们祖先纯净坟墓的人、使我们圣洁正义的无辜人民抛头颅洒热血的人、破坏和亵渎我们的圣殿和教堂的人、夺走我们伟大的王权和城市的人，要让他们化为乌有，让他们彻底毁灭，他们剥夺了我们的土地和赖以生存的家园，让乞丐和孤儿散落在这分崩离析的土地上，这一切都是敌人和各国强盗一手造成的，他们使我们的人民流离失所，成为无家可归的人。让每一个邪恶的破坏者和他的巢穴、渎神者的家、暴徒的王位、毁灭我们国家之人的宫殿、他血迹斑斑的堡垒、他在遗骸上建立的塔，他偷来的土地以及他的野蛮之地都被摧毁，被推倒，被粉碎，成为废墟，把它们掀个底朝天，让它们瓦砾成山，残破不堪，把它们夷为平地，把那里面的所有人，树上的雀、地上的兽，连同他们祖先的墓穴全都赶走，让水冲走，把他们变成碎屑和浮尘，以此来安抚我们的国家和可怜的人民所流出的痛苦眼泪，使他们被烧焦的心冷却平静。被摧毁了数千年的、有毒且无法治愈的溃疡，这种溃疡在这成百上千年里活活地腐蚀着、折磨着、消耗着成千上万年轻、开朗的人的灵魂，将他们葬送的正是那个凶残的民族，那个残暴的野兽，他们注定会灭亡。

黑夜笼罩大地的时刻到了，一个人被自己的影子吓得瑟瑟发抖；而另一个路人在被恶魔追赶着狂奔，他吓得要死，边画十字边说"我相信我忏悔"，他念着圣人和先知的名字祈祷；要是他穿过赞金桥，爬上康德干燥的山坡，那么他会吓得全身发抖，连舌头都会僵在嘴里：右边是可怕的埃里温要塞和穆斯林墓地，左边有敲击声、捣捶声和研磨声，再远一点，就是被昏暗笼罩着的浴室圆顶和坐落在坑里的佐拉格，里面回荡着它自己的声音，再往前是谢哈尔，它像一个寡妇，悲伤、忧郁，脸上蒙着一层哀悼的面纱。一切都随着旅行者的向上攀爬而沉没，好似陷入了深渊。而在远处，在房屋顶上发出了尖叫声、嚎叫声、吠叫声，吵闹完又陷入了沉静，一开始发出细微的声响，后来它们歇斯底里地嚎叫，从鼻子里发出凄惨而可怕的尖叫声，机警的狗也在不时地吠着。在峭壁上、在山坡上或在山脚下，饥肠辘辘的狼闻到了猎物的气味，它们用贪得无厌的喉咙和满是泡沫的嘴巴像狗一样嚎叫着、尖叫着，为了掩人耳目，它们悄悄地爬进住宅或者爬到栅栏里，把那里的牲畜都咬断脖子，撕碎，或者咬死无辜的羔羊，或者袭击在回家路上迷路的牛犊，或者围攻一只温驯的母牛，它被落在了牛群后面，在路上或石头旁找个地方坐下歇会儿，或者扑向一匹瘦骨嶙峋的劣马，或者一匹刚刚产过小马驹的母马；或者还能碰到一只慵懒的羊静静地躺在草地上咀嚼着。不止它，还有其他的牲畜，辛苦了一辈子，精疲力竭，被它的主人嫌弃，给赶出了家门；一只没有牙齿、没有尾巴、没有舌头的牛，它揪着干树枝和带刺的藤条，在嘴里嚼着，拍打着自己长疮的耳朵，疲倦不堪，它早已厌倦这痛苦的生活，一只可怜的驴子向它跑来，先和它一起玩、跳，让它想起年轻时的样子，让它高兴起来，心中充满欢乐，然后再做自己的事：一点不剩地把这些东西吃掉。与此同时，从峡谷、从岩石的裂缝，从山顶，从悬崖的边缘，从灌木丛下，从小树林里，从平原上，从沙漠里，从隐藏的巢穴里，发出了可怕的声音。有愤怒的熊，有狡猾的狐狸或懦弱的豺狼，有凶猛的鬣狗，有不见踪影的野兔。它们发出尖叫声、呼噜声、吱吱声、哞哞声、咩咩声、咆哮声、嚎叫声。到处都是叫声，还有不眠不休的公鸡在为主人警惕地守候着，时刻处于惊恐当中，它不停地摇晃着脑袋，拍打着翅膀，从它们狭长的脖子里发出刺耳的声音，它们在森林峡谷、山丘或屋顶的某个地方唱歌，听一会儿，又接着大声唱。现在还听到了一个俄国士兵的声音：这个时候，波斯卫兵不再发出声音了，就像刚从坟墓里出来，落入了魔鬼的魔掌，仿佛他的手脚被捆了起来，看到面前有一把出鞘的剑，他作为罪犯，被判死刑，即使有人威胁要杀了他，他也不会张开嘴巴，不会发出声音。俄国士兵把他的黑毛皮帽往鼻子上拉了拉，遮住眼睛和眉毛，沉重地、缓慢地、悄无声息地走着，揉着眼睛，打着哈欠，从黑暗的角落或者从岗亭里探出头来，用低沉的令人毛骨悚然的声音喊道"喂"或"哈巴尔达尔·萨尔·格萨布"。

这边刮着北风，那边下着暴雪，它们像愤怒的刽子手一样，从山峰和峡谷赶来，仿佛在用鞭子，用大炮和长矛猛烈地攻击，把沙子、尘土、干粪、垃圾，从坑里卷出来，扔到墙上，摔到地上，拍打着岩石，折断了树木，把草木连根拔起，把大地撕得粉碎，树枝、墙壁和木板纷纷倒下，相互拍打着，卷起石头敲击整个悬崖，然后用拳头或手掌去敲山顶，敲打个不停。只要你呼吸一下空气或睁开眼睛，它们就会用双手把一大堆泥土和沙子塞进你的嘴和鼻孔，堵住你的鼻子，蒙上你的眼睛，发出嗡嗡的响声，它在你的耳朵下面吹口哨，就像炮弹或利箭一样，然后回头鞭打你的脸，让你黑色的眼睛闪闪发光。你疯了，迷路了，麻木了，僵硬了，变成了石头，站着，好像被冻住了，而你那看不见的敌人已经让马再次疾驰，再次燃起火光，努力到达山谷。它走着，嘎嘎地响，隆隆地响，嗡嗡地响，吱吱地响，砰砰地响，狂怒着，吹着泡沫，咕噜地响，咆哮着，摇晃着头，环顾四周，最后沉默了。

眼睛什么都看不见了，打着寒战，惊慌失措，仿佛从沉睡中醒来，你在害怕和恐惧中抬起头来，环顾四周：每一条沟渠、每一处坑洞、每一处缝隙、每一处暗洞，目光所到之处，远方的树下、果园里、山顶上、藏古河岸边，到处都是点燃的杏树；明亮的火焰熊熊燃烧，像一根火柱，像一把剑切开了夜晚的黑暗；黑色的浓烟直冲云霄，火化四射，明亮的闪电照亮了峡谷和天空，被黑暗所笼罩的深谷露出了可怕面容，又立刻被遮盖起来。洞穴张着大嘴，缝隙像蛇一样蜿蜒曲折地垂挂着，就像恶魔向四面八方伸展的魔爪，披散着七零八落的头发，垂下的辫子，袒露的树干敞开光秃秃的怀抱，悬崖呲着可怕尖牙，它们露出邪恶的脸，无所畏惧，坚定不移地站着，伸出锋利的肩膀，脸对脸，嘴和嘴连在一起，张开充满黑暗的胸膛。它们又一次像疯了一样，挣扎，捶打，吹得这一堆那一堆的，趴在地上刮一阵，然后闭上眼睛，沉默了，安静了，停止呼吸了，沉寂下来了。

就在此时，在这可怕的时刻，连天空都肆虐开来，摧毁着群山，翻动着云彩，从四面八方用闪电鞭打着大地，把大地打得粉碎，于是藏古，可怕的藏古，也在一旁喧闹着，咆哮着，它用软弱的手和不坚定的脚敲打着石头，扬起水尘和雾气，咕噜咕噜地把一切都混在一起：风的呼啸声、天雷的轰轰声、岩石的噼啪声、群山和峡谷的隆隆声、树木的喧闹声、洞穴的咆哮声、推车和磨坊的敲击声、大地的呼啸声、房屋的嗡嗡声、墙壁的咚咚声、尖叫声、吱吱声、吠叫声，狗、狼、熊、公鸡和警卫他们铿锵有力的叫声，把这些响亮的声音凝结起来，集中在一起，吸一口气，再把它吹出来，吹散到各处，再把舌头放进山峦峡谷和岩石的嘴里，再次让它们呼吸，使它们再次发出那甜美的声音，同它们一起沉迷于地狱般的盛宴，跳舞，拍手，尖叫，呐喊，喧闹，宴饮，欢呼！

就在这时，上帝保佑，如果一个不知名的路人爬上了康达的平顶，或者从阿普兰卡波斯下去穿过藏古河，他的眼睛就会变得模糊不清，头眩晕不止，他会认为有一座巨大的山落在了他的身上，让他前不见头，后不见尾。他呆住了，木讷了，他站在原地一动不动，就像树一样长在了土里。就像做梦一样，从远处的某个地方会听到那沉闷的隆隆声，你会想，天空和太阳、月亮、星星们互相撞在一起，撞得支离破碎，撞碎的石头带着巨大的响声掉下来，于是深渊、地狱、天堂、阴间、天使们、魔鬼、六翼天使、基路伯、撒旦，它们都被震撼了，面色苍白，连同燃烧的剑，炙热的刀，伴着乌云和闪电，一起向下跌落，为了消灭这个世界，为了给最后的审判准备一个地方，使上帝的宝座能够降临，使审判者坐在里面，要让那有罪的、认为自己无所不能、世界属于他的人来承担责任。一个可怜的过路人的灵魂和内心是多么的困惑，他从地面向天空望去，他看到了自己的尽头，在忏悔中，他想起了自己的罪过，擦掉了脸上的血汗，此时，卡纳克或诺拉盖平原已经展现在他面前了。

作者注：

阿普兰卡波斯就是藏宝的洞穴，在阿伯文茨大花园下面。卡纳克人说，有一次有个牧羊人带着一头驴回家，忽然看见有一扇门在他面前开了。进去一看，"愿你的眼睛看到好东西！"钻石、珍珠、黄金多得数不清。我们的驴主人高兴地倒出驴身上驮的灰烬，把驴背上的褡裢填满钻石，然后离开。过了一会儿，他想起了他的手杖。他的眼睛还没有看够，于是因为这根手杖，他又回到了洞穴，当他想出去的时候，就怎么都找不到门。他就在这里，在钻石中消耗了自己黑暗的人生，而他的妻子在家里等他。一个什么也不懂的驴子怎么知道它身上装的是钻石还是垃圾？当它咕哝着回到家，垂着耳朵站在门前时，善良的女主人看到她心爱的丈夫不见了，内心的一切都崩塌了。她刚要把驴赶走，突然有什么东西在它身上闪过。真应该把这头驴献给国家，但我们的女主人没有国家。在她的一生中，她连亲吻丈夫都没有像现在亲吻我们的驴先生那么热烈：她抓住笼头，邀请它到家里来。驴子受宠若惊，它得到了说话的能力，就把发生的一切都说了出来。愿上帝怜悯牧羊人，给每一个基督徒同样的幸福。

我们的村民还说，就在这里，一天晚上从集市回来，人们看到了阿波夫的祖父，他的善行直到今天仍在百姓口中流传，他已经死了。家里挤满了来参加他儿子婚礼的客人，这时他父亲的尸体被人扛回来了。婚礼变成了丧礼。据说他是被毒死的。

2

正是在这样一个可怕的夜晚，卡纳克的一个贵族阿鲁通·阿伯文茨离开了阿普兰卡波斯，他来到广阔的花园，看到园丁们都睡着了，舍不得打扰他们，于是决定自己骑着一匹快马去戈尔戈坎，或者去运河，看看它为什么不流水了。

黑暗笼罩着大地，如果你用手指去戳一个人的眼睛，他就不会再朝你看了。但即使所有的石头都张开嘴巴，也不会吓到他，我们勇敢的海克人有这样一颗无畏的心。无论是土耳其人，还是亚美尼亚人，今天每个人都会证实，在他的心和他的语言面前，就算是山也站不稳。

我们勇敢的人沿着花园的最上边奔驰，到了戈尔戈坎的山顶：水正好是从这个地方流出来的。可他发现，这里的水也减少了。

然后他向运河走去，打算放水，但他刚绕过上面的教堂，回头一看，就僵在那了。那是什么地方，他根本没认出来。他想往回走，但是又不能确定这对他来说算不算是一件耻辱的事。他靠在马身上，马儿扭着耳朵，流着鼻涕，往回跑。周围的一切都笼罩在阴暗和黑暗之中，但教堂的尖顶却闪闪发光，像太阳一样光芒四射。

"圣母玛利亚，我在呼唤你！"虔诚的亚美尼亚人说，他下了马，把马拴在一旁，洗了个手，走进了墓地。

"愿上帝安息你们这些死去的正义之人！"他说着便走进了教堂的院子里。

自从卡纳克的命运急转直下，在它这儿曾经生活的那些富裕的一千户人家中，如今只剩下四十多户了，还都是穷得连日常所需要的粮食都几乎没有的人家。这座神圣的教堂也被遗弃了。每年在那里只举行一次礼拜，就在圣母升天节那天。因此，它的门和院子总是敞开着的。

阿鲁通鞠几个躬，在胸前划了个十字，想要拜祭坛，继续做自己的事。忽然被人拽住了袖子，他怔怔地停在原地，此刻听到一个孩子的声音。他以为自己在做梦或出现了幻觉。他又听了一遍，另一个声音传入了他的耳朵。他清楚地听到一个孩子在哭泣，用哽咽的声音重复道：

"妈妈，亲爱的妈妈，睁开你的眼睛，我会为你受苦的！你为什么把我们带到这里来？要知道这些死人会吃掉我们……如果你沉睡着，不睁开眼睛，那谁来帮我们？起来，我们回家吧，你哭得够多了，够多了。我们的父亲还没有死，他还会回来的，你愁什么？把我们埋了吧，亲爱的妈妈，你最好把我们都杀死，把我们扔进水里，不然强盗来了就把我们带走了。在这荒野里，我们该怎么办呢？妈妈，妈妈，为了你那张可爱的脸，我们会为你牺牲自己！你为什么不开口说话？我们不是你的孩子吗？我们做了什么让你这么生我们的气？我们再也不会伤害你了，我们亲爱的妈妈，你爱我们吧，带上我们吧，不要再生我们的气了……"

啊，在这样一个可怕的夜晚，谁的心不会被这个声音感动、震撼？这位母亲就是娜兹鲁，哦，我亲爱的读者啊，是她的孩子们在悲痛哀伤。如果你有一颗心，你就不会说这个故事是虚构的。爱，圣洁的爱，像香膏一样使人的心青春焕发，又像军刀一样把人的心变成碎屑，有什么它干不了的呢？用什么火焰能温暖一颗被剥夺了爱的心？用什么水能熄灭一个充满爱的灵魂？一颗被爱伤害过的心，不怕坟墓，不怕小偷，不知恐惧，不知害怕，不躲刀剑，不躲水患。爱得越多，苦难越甜。什么可与爱情相比？她为什么要怕死？当你失去你的爱人时，大地就张开嘴巴吞噬你，石头像长矛一样刺入你的眼睛，你的呼吸对你来说就变成了火，它会燃烧你，使你变成灰烬，你的身体就变成了你的坟墓，你的心就变成了地狱，你的眼睛就变成了血的海洋，你的声音就变成了雷电、旋风和暴风雨。啊，没有了阿加西，娜兹鲁还如何履行自己说过的话和曾经对他发过的誓言？

真心爱一个人，就愿为他所爱的人而死，而娜兹鲁所爱之人却在地上，他是一家之主，最好的人，他是全世界眼中的光。那么，难道娜兹鲁在失去阿加西之后，还能眨动自己无神的眼睛，还能长久地喘那失去灵魂的一口气吗?

她把头靠在坟墓上,把孩子们抱起来,搂在胸前;她照亮了周围的一切,但在这些无辜的孩子还没有人守护的时候,仁慈的天空还不愿意带走她圣洁的灵魂。

阿鲁通就站在他们面前。他一无所知,只偶然进来听到了叹息。亲爱的娜兹鲁,你该能安心地躺在坟墓里了。大地也心满意足,因为它干净、纯洁地埋葬了两个相爱之人的遗骸,我们的大地是天空的姊妹,我们的灵魂是神圣的上帝创造的,它将以清澈的脸庞出现在上帝面前。

阿加西没有了,娜兹鲁也没有了,上帝为他们的孩子们派了一个守护神。上帝会让他的孩子死吗?

总有一天我们会离开,还有,啊,我亲爱的同胞们!

试问,如果阿加西的坟墓现在就在你眼前,你难道不叹息,不缅怀地说:

"如果我是你们的战友就好了,热爱自己的祖国,造福自己的人民,我也同样会受到爱戴,我的名字也能同样享誉世界,那该有多好。"

宝藏和财富、荣誉和功绩、威严和权力,它们只能陪着我们到坟边上,它们是我们的同行者,但却不是我们的朋友。我高贵的儿子海克啊,当你的眼睛被冰冷的白布盖住时,我将为你智慧的眼睛殉葬;当悲伤的钟声把你送进教堂,你清澈的脸庞被死亡的黄色所覆盖时,你甜美的舌头变得僵硬,你可爱的太阳将要落山,你的棺材会归坟墓,你的身体会归大地,你的灵魂会上天堂，一切都会平复下来，那些为你悲伤的人也会平静下来，仿佛他们也将死去，不会再为你点燃香火和蜡烛，不会再有教堂的歌声和晚宴。

也许，有许多残酷无情的人在你的坟墓上快乐地玩耍，在你还活着的时候，他们吃过你的面包，享受过你的仁慈，还会亲吻你的脚。世界就是这样安排的。

你的事业是你的，只有事业才能保留你的名字。只有对祖国的热爱才能保留关于你的记忆，只有对人民的热爱才能使你的事迹永存，才能使你与圣人平等地受到尊重。故乡的土地会把每一个路人带到你的遗体前，带到你神圣的墓碑前，用手指着你说："如果你想让我爱你，珍惜你，那么你也爱我吧，让我明悟吧，我亲爱的孩子！……"

人们为阿加西痛哭不已，事情结束了。啊，不该让我写他的故事来纪念这样一个亚美尼亚人，这样一个无与伦比的英雄。当亚美尼亚某个高贵的子孙对我不恰当的语言感到愤怒时，那便是令人欣慰的时刻，他会扔掉我毫无价值的文章，然后自己改写我们勇敢的亚美尼亚人的历史，使听众和读者为之震动，为之惊讶，使他们心中燃起钦佩和尊敬之情，将这位作家的笔和书视为神殿，就好像它们出自彼特拉克之手一样，爱不释手。我是因为爱才斗胆写了这本书——请读者不要因为我的缺点而谴责我。

我们再去藏古河边，再去看神圣的藏古河，再去看白天的峡谷，因为我们穿过藏古河的时候是在晚上，晚上和白天看到的不一样。让我们再一次在我们神圣祖国的土地上行走，然后彼此伸出手，心合在一起，拥抱在一起，胸贴在一起，我们抑制住眼里的泪水，抑制住我们嘴里的痛苦和悲伤，让我们的声音在这山峦峡谷里回响。啊，如果我们中有一个人在天堂里，而另一人还留在这人世间，那么无论他站在哪里，无论他仰望哪颗星，无论他坐在哪一片海岸，无论他经过哪一座山峰，他都应该把目光看向天空，压低声音，让他的第一次呼吸、从眼睛里掉下来的第一滴泪水、他嘴里吐出的第一句话，都是：

"我的朋友，我的朋友，你走了，我留下了，但我没有把你的话扔在风里，我永远把对祖国的热爱放在心里，我准备为祖国的幸福献出我的生命。不要悲伤，不要难过，请记住我，请赐予我力量。"

3

藏古，藏古，我美丽的藏古！在你装饰着鲜花的峡谷里，在你凉爽的河岸上，在你白色发光的泡沫下，在你简陋的曼布里①河岸上，在你的散发着香气的树下，在你的花朵里，在你赐予的不朽生命中，每当我看到你苍穹般的脸庞，听到你悲伤的声音时，我就要用嘴唇去汲取你的圣水；当我听到你悲伤忧郁的哭泣声，

---

① 一条古老的运河，从赞古河（赫拉兹丹）左岸开始，灌溉诺克和谢卡尔的花园，到达埃里温城堡。至今一直在流淌。

凄凄哀哀的呜咽声，当我看到你可爱眼睛里的热泪，我想：我们的子孙是多么地不幸——他们命运多舛，被俘虏，被打倒，受尽折磨，手无寸铁，满目疮痍，被刀砍死，被石头砸死，失去了家园，流淌着鲜血，成为了无家可归的人，变成了举目无亲的哀悼者，变成了衣不蔽体的穷人，他们早已失去了幸福，失去了高贵的亲人，失去了强大的、震撼世界的、所向披靡的、不可抗拒的、热爱和平的王公贵族和强壮有力的勇士，他们抱头痛哭，为眼前黑暗的日子感到忧郁，他们想起了第一次用欢乐的声音欢迎你的那个人，他高昂着额头，有着苍穹般的脸庞和鹰一般的锐眼，长着一副刚毅的面容，还带着甜美的笑容，他是那个第一次品尝了你味道的人，他欢腾雀跃地闻了你的花香，愉快地尝了你甜美的果实，他躺在你凉爽清新的河岸上，亲吻你圣洁、完美的胸膛，深情而亲切地摘下了你的玫瑰，你的紫罗兰，高傲威严地伸出勇敢的手臂放在你的身上，他以一种专横的力量，一种深邃的思想，用一双敏锐的眼睛注视着你这神圣的河岸，这些高耸的峡谷，这些坚不可摧的岩石，在你无畏勇敢的心面前，在你那充满泡沫的、凶猛的、可怕的浪花面前，最后，他用坚定的声音、果断的语言、上帝之口、天使之声喊道：

"拉兹丹！^① 从现在开始，你就是我的家园！"

这只勇敢的手，这支宽阔如湖的弓，这支三分叉的箭，这个坚韧的胸膛，他们用爱团结起来，震撼世界，不可抗拒。从现在

---

① 也就是藏古河。（作者注）

起，神奇的拉兹丹河，他们会永远守护着你！

欢欣鼓舞、欣喜若狂、心潮澎湃！愿这就是你的命运，我美丽的拉兹丹河……

愿你拥有欢乐的怀抱，愉快的田野，万物生根发芽，茁壮成长，开花结果，结出千千万万的果子，数不胜数，供我的后代食用，供我的子孙食用，供我的英雄部落食用。

此后，我的后裔将继承这得天独厚的家园，我的后裔将为你而高兴，会击退敌人，获得胜利。这些高耸入云的群山，将是我安稳的据点；这美丽的平原，是我甜蜜的安息之所；你盛开的峡谷，是我喜爱的散步之地。

我的名字将被施洗，被铭刻在这纯洁的、令人愉快的地方，因为在我长期的飘荡过程中，没有看到任何一处地方与它相似，能与它相提并论。它将永远地被称为阿亚斯坦，无论是现在还是将来。

藏古啊，藏古！我无情的藏古！我的心在忧郁，我的五脏六腑在翻转，我的意识在肆虐，我的灵魂在抽搐，由于痛苦我疲惫不堪，焦急万分，请你倾听我的呻吟和哭泣，我的哀号和祈祷，请你接受我的眼泪，给我安慰和希望吧。

当我还是小男孩儿的时候，有无数次，我站在你那可怕的岩石上，在你那多彩而奇妙的怀抱里嬉戏！我欢乐无比，追赶，跳跃，好奇，惊呼，有时害怕，被你那令人生畏的美丽而狂暴的面孔所震撼，在恐惧和害怕时，要么跑到父母的怀抱里，要么兴高采烈地冲向你的波涛。

悲伤的呻吟声震动心底，在我那汹涌澎湃、充满疑惑的心中聚集，现在它向你涌来，恳求你，要投入你的怀抱中凝结。

藏古、叶拉斯赫、拉兹丹、阿拉克，我亲爱的多情的母亲——伟大的亚美尼亚！我们在全世界都引以为傲的那些英雄人物呢？你的那些黄金时代在哪里？我们的勇士们在哪里？我们的巨人们在哪里？首都在哪里？拥有一座座高耸建筑的城市在哪里？塔楼、宫殿、露天的马戏团、著名的庙宇、让我们娱乐嬉闹的地方都在哪里？难道不是它们用最坚固的纽带、有力的双臂、坚定的手掌、温柔的心和热情的爱，用满脸慈祥的微笑拥抱着你，围绕着你，感动着你，拥抱着你，爱抚着你，把你那如天空般甜美的水岸抱在怀里，用圣洁的吻吻着你，以表示永远的爱，表示友好和亲情的热情誓言。

我的藏古，叶拉斯赫、马西斯，阿拉加兹！你们永远默不作声，屏住呼吸，静静地流淌，经过我们的山谷，逼近云层，撞击着峡谷，时而卷着美丽的波浪，时而面容凶猛，时而闪闪发光，如雪如银，时而泛起泡沫，时而与天空搏斗，时而俯仰大地，时而头上戴着雪冠，时而头上戴着花冠，在黎明和温顺的明月中，你们互相问候，把亲吻镌刻在你们圣洁山麓的唇上，印在你们散发着芬芳的海克大地的田野上。

我们的国家被摧毁了，我们的田地荒芜了。残酷无情的人呀！你怎么能目睹一个民族灭亡，美好的城市和田地被毁，权贵诸侯堕落，他们的世世代代被敌人掌控，在地牢里，在恶人卑鄙的行径下，死于刀剑，陷入火焰之中，让我们在悲痛中，在血泪中，被迫逃往异国他乡，在祖国的神圣土地上哀叹，在那里哀叹，在远方，带着一双流干了泪的眼睛和心灵，在忧郁中死去！

藏古，藏古，我甘甜的藏古！在你不屈的头颅面前，勇敢的英雄们佩戴上了武器。在你那可怕又美丽的波浪面前，杰出的海克子孙们纷纷投入战斗，他们手里拿着武器，穿着盔甲，投入战场，勇敢地用长矛、盾牌、弓箭击退敌人，向那可怕的贝尔大军亮出他们的宝剑。他们在自己的金发上加冕了月桂花环，在地球上获得了不朽的、永恒的、不容置疑的荣耀，在通往天国的群山中漫步，在高处享受着无忧无虑的生活。

藏古，藏古，神奇的藏古！你至今仍然保持着神圣的热情，你一如既往地用你响亮的声音反击，轰鸣，在你的狂暴的攻势中，用你响亮的声音喊道：

"起来，勇敢的海克后代，拿起武器和盔甲，亚美尼亚高贵的子孙们，去打击，去消灭你的敌人！心连心，肩并肩。愿把野兽打得粉身碎骨。愿俄国强大的力量成为你们坚强的后盾。为它而牺牲自己是你们永远不变的追求。我和我的姐妹叶拉斯赫与伏尔加姐姐一起，将在里海的海浪中汇合。我们在同　个母亲的怀抱里团结：她是善良的，我是不屈的。我会带着她们向我亲爱的妹妹伏尔加转达来自亲人塞凡的祝福和圣马西斯父亲的问候，我会把他的问候和喜讯带给你们。"

我要对它说："不是我这个柔弱的少女让敌人侵入了我们的地界，而是我年迈的姐姐，是古老的阿拉兹允许他们强行闯入。当我望着我的马西斯老爷爷时，我会蒙着头，掩着脸，免得这位心地善良、白发苍苍的老人伤心。如果我那顽固不化的妹妹叶拉斯赫搅扰了不幸的人，不让人休息，用她的流水破坏并冲毁它的岸基，那么我的工作就是永远治愈这些创伤。我的庄稼和田野被称为'黄金之地'，但这不是我的功劳，这是圣塞凡和启蒙之父的恩赐，是它的圣洁力量在我面前安息，是它们保护、祝福和珍视着我虚弱的双手，才能结出这些劳动的果实。

"张开你的眉头，尽情地欢舞吧：我甜美的姐姐伏尔加从今往后会永远照顾你的。我的儿子们，已向她示好，她也必向你们示好。这牢不可破的纽带，这神圣的爱，将永远留在我们之间。亚兰的子孙啊，你们要增强力量，你们要相亲相爱、团结一致。爱与和平会给所有民族和部落带来繁荣。"

·